약사의 혼잣말

6

'어떻게 된 일이지.'

휴우가 나츠

일러스트
시노 토우코

마오마오 도
자신이 무언가를 찾아내야 한다는
생각은 갖고 있었다.

진시는 반대편 손으로 턱을 잡고,
엄지로 아랫입술을 꾹 눌렀다.

"조용히 해."

"지, 진⋯."

바센 은 얼굴이 새파래진 상태였다.

리슈 는
고개를 마구 가로저으며
탁자 위의 식사를 밀쳐 냈다.

"필요 없어,

필요 없어,
필요 없다고!"

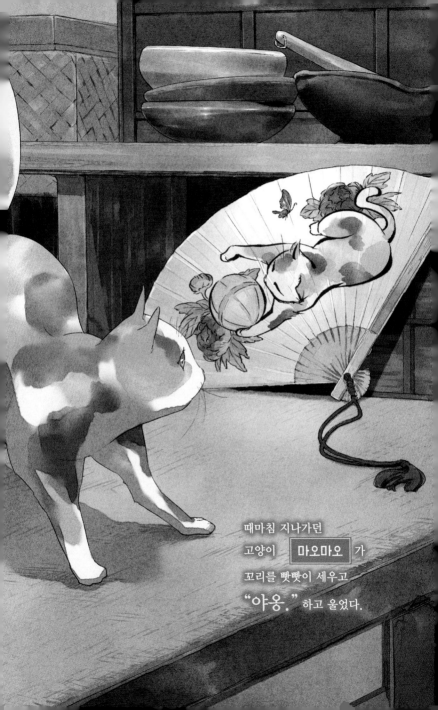

때마침 지나가던
고양이 　마오마오　 가
꼬리를 빳빳이 세우고
"야옹." 하고 울었다.

"다치신 곳은 없으십니까?"

"도대체 왜…."

그 뒤로 무슨 말을 해야 좋을지 알 수가 없었다.
리슈 의 눈앞은 그저 눈물로
뿌옇게 흐리기만 했고,
반대로 이 상처투성이가 된 청년의 얼굴에는
환한 미소가 가득했다.

약사의 혼잣말

INTRODUCTION

관계의 변화

진시와 마오마오.
프러포즈를 계기로 두 사람의 관계는
크게 변하게 됩니다.
한편 리슈 비의 부녀 관계에도 의혹이 생겨나죠.
동시에 다른 의혹이 발생해
리슈 비는 연금을 당하고,
그것을 계기로 어떤 청년과의 관계도 크게 변합니다.
청년의 태도에는 단순한 정의감이 아닌,
리슈 비에 대한 더욱 깊은 무언가가 있다고
느끼는 마오마오.
그 감정은 황제의 상급 비에게 향해서는
안 되는 것이었습니다.
서도에서 벌어진 새신부의 자살,
인기 화가의 식중독, 늪 위를 걷는 선녀….
사건을 해결할 때마다 뒤엉켜 있던
수수께끼의 실뭉치는 조금씩 풀려 나갑니다.
리슈 비를 노린 것은 누구인가?
그리고 진시와 마오마오는 어떻게 될 것인가?
6권에서도 눈을 뗄 수가 없네요!

약사의 혼잣말

6

휴우가 나츠 지음
시노 토우코 일러스트

Carnival

약사의 혼잣말

인물 소개   013

서장   017

1화   서도 나흘째   033

2화   허공에 뜬 새신부 전편   047

3화   허공에 뜬 새신부 후편   065

4화   귀로   099

5화   서도 뒤처리   121

6화   라 일족 전편   137

7화   라 일족 후편   181

8화   리슈 비의 여행의 끝   201

9화	귀가	213
10화	상한 함병(餡餠)	229
11화	춤추는 물의 요정	251
12화	리슈 비의 수난	307
13화	추문 전편	339
14화	추문 중편	363
15화	추문 후편	377
16화	바센과 리슈	409
종장		431

목

차

KUSURIYA NO HITORIGOTO 6

ⓒNatsu Hyuuga 2016
All rights reserved.
Originally published in Japan by Shufunotomo Infos Co., Ltd.
Translation rights arranged with Shufunotomo Infos Co., Ltd.
korean Translation rightsⓒ2018 by HAKSAN PUBLISHING CO., LTD.

이 책의 한국어판 저작권은 일본 Shufunotomo와의 독점계약으로
(주)학산문화사에 있습니다.

인물 소개

마오마오······유곽의 약사. 약과 독에 기이한 집착을 갖고 있다. 19세. 유곽의 기녀와 군사 라칸 사이에서 태어난 딸.

진시······후궁에서 환관 노릇을 하고 있었지만 정체는 황제의 아우. 인간이라고는 믿어지지 않을 정도의 미모를 지니고 있다. 본명은 카즈이게츠. 20세.

바센······진시의 종자, 가오슌의 아들. 평소에는 고지식한 성격이며 어딘가 얼빠진 구석도 있지만, 전투 시에는 깜짝 놀랄 만큼의 재능을 발휘한다.

라칸······마오마오의 아버지. 마오마오는 '괴짜 군사', '외알 안경 변태', '그 아저씨' 등으로 부른다.

라한……마오마오의 사촌 형제, 라칸의 양자. 산술을 좋아하고 사람의 얼굴을 매우 따진다.

뤄먼……마오마오의 양아버지, 라칸의 숙부. 위대한 의관이지만 매우 불행한 팔자를 타고났다.

리슈 비……후궁의 사부인 중 한 명. 심약하고 박복한 소녀. 16세.

아둬……전직 사부인. 남장미인.

교쿠요 황후……황제의 정실. 서도 출신이며 교쿠엔의 딸. 빨간 머리와 녹색 눈을 지닌 이방의 공주.

녹청관 할멈……전직 기녀이며 현재는 녹청관을 관리하는 노파. 어마어마한 수전노.

세 아가씨……녹청관에서 제일 잘나가는 기녀 삼인방. 바이링, 메이메이, 죠카.

쵸우……시 일족의 어린 생존자. 반신이 마비되고 옛 기억을 잃었다. 그림 그리는 것이 특기.

우쿄……녹청관의 우두머리 남자 하인. 중키에 보통 체격이며 평범한 생김새를 지니고 있으나 눈치가 빨라 기녀들에게 인기가 많다.

사젠……본래 농민이었으나 시 일족의 반란 이후 도성으로 도망쳐 왔다. 현재 약사 수행 중.

즈린……녹청관의 여동. 말을 하지 못하며, 쵸우를 따라다닌다.

교쿠엔……교쿠요 황후의 부친. 서도를 다스리는 고관이지만 아직 황제에게서 '이름'을 받지 못했다.

우류……리슈 비의 부친. 리슈 비에게 애정을 주지 않고 키웠다.

약사의 혼잣말

서 장

　오늘 밤도 뼈가 시릴 정도로 춥다.

　진시는 타닥타닥 불꽃을 피우고 있는 화로를 바라보았다. 옆에서는 바센이 숯을 더 넣고 있었다.

　서도의 밤은 춥다. 낮의 더위와는 큰 격차를 보이기 때문에 이 일교차로 건강을 해치는 사람도 있다고 한다. 사막의 밤에 아직 익숙해질 것 같진 않지만, 지금의 진시에게 오히려 그 추위는 딱 좋았다.

　진시는 수심에 찬 얼굴로 긴 의자에 누워 있었다. 탁자 위에는 꿀에 절인 감귤에 뜨거운 물을 부어 만든 음료가 준비되어 있었다. 목이 마르긴 했지만 그것을 마시고 싶다는 생각은 들지 않았다. 입술에 남은 여운이 아직 사라질 기미를 보이지 않았기 때문이었다.

　진시는 반쯤 마른 입술을 문질렀다. 한 시간쯤 전, 거기에 분명히 닿아 있었던 무언가를 확인하려는 듯 손가락으로 훑어 보았다. 몸이 뜨겁고, 동시에 답답한 기분도 통 가시지 않았다.

눈을 감으면 자꾸만 머릿속에 또렷하게 떠올랐다.

진시를 위에서 내려다보는 얼굴, 빛이라고는 거의 별빛밖에 없는 어둠 속. 잘 보이지도 않았는데 유난히 선명하게 기억난다. 평소에는 나른하게 뜨고 다니던 눈에 어두운 빛이 감돌았지만, 그 입술은 촉촉하게 젖어 빛나고 있었다. 젖은 너머로 실이 이어지다, 그것이 툭 끊어졌다. 행위가 끝났다는 사실을 알리는 그 모습을 보며, 진시는 아쉬움과 동시에 안도를 느꼈다.

그리고 후회했다.

상대는 아직 한참 여유가 있었다. 뺨을 붉히지도, 수치심으로 고개를 돌리지도 않았다. 그저 자신의 밑에 있는 남자를 냉정하게 내려다보고는 입술을 날름 핥기만 했다. 끊어진 타액의 실이 그 혀로 되감겨 빨려 갔다. 여운을 맛보지도 않고 아무 일 없었다는 듯 그 흔적은 지워졌다. 자그마한 그 몸은 자신의 두 배는 되는 진시의 덩치를 올라타고 앉아 있었고, 그 손은 진시의 심장 바로 위에 놓여 있었다. 일방적으로 진시의 심장 소리만이 상대에게 전달되고 있었다.

크게 쿵쿵 뛰는 심장을 느끼고 상대는 무슨 생각을 했을까.

그것은 일목요연했다. 머리카락이 바람에 나부끼며 시원스럽게 흔들렸다. 상대는 눈을 가늘게 뜨고 진시를 내려다보고 있었다. 요염한 입술이 호를 그렸다.

'저런, 벌써 끝인가요?'

아무 말도 안 했는데 마치 그런 말이 들린 듯한 기분이었다. 여유가 느껴지는 미소였다.

그것은 진시의 패배를 의미했다.

그 모습을 떠올리던 진시는 어깨를 축 늘어뜨리는 수밖에 없었다.

반격하려 했지만 약사 소녀는 아무 일 없었다는 듯 "실례했습니다." 하고 사라져 버렸다. 소녀의 사촌 오빠가 불렀다면서, 여기엔 이제 더 이상 아무 볼일도 없다는 듯이.

모기에 물렸어도 이보다는 더 크게 반응했으리라.

개에 물린 수준도 안 된다.

현실로 돌아온 진시는 크게 한숨을 내쉬었다.

"진시 님, 역시 몸이 편찮으신 겁니까?"

진시를 보고 종자 바센이 그렇게 물었다. 아니라고 부정하면 무슨 일이 있었느냐고 추궁할 테고, 그렇다고 긍정하면 간병하겠다고 우기면서 방 안에 눌러앉을 게 뻔했다.

이럴 때는 그냥 혼자 내버려 둬 주면 좋을 텐데, 어째서인지 그런 성격은 아버지 가오슌을 닮지 않았다고 진시는 항상 생각하곤 했다. 이상한 데서 눈치가 없다.

하지만 그런 바센도 오늘은 왠지 분위기가 다르다. 어쩐지 얼굴색이 유난히 불그스름하다. 혈색이 좋다기보다는 흥분해서 벌겋게 달아올랐다는 느낌에 가깝다. 사자를 때려눕혔기 때문일까. 그 오른손은 붕대로 감겨 있었다. 쇠창살을 움켜쥐었던 손에 염증이 일어났기 때문이었다. 눈 밝은 약사 소녀가 재빨리 그것을 발견하고는 "부러졌네요." 하고 담담하게 진단을 내리긴 했지만, 소녀 역시 너무나 둔한 바센을 보고 내심 의문을 느꼈을 것이다.

"…바센, 오늘은 너도 지쳤을 테니 일찍 쉬도록 해."

"아뇨, 그럴 수는 없습니다. 그런 큰일이 벌어진 직후인데 또 무슨 일이 일어나서는 안 되니 말입니다."

바센은 고지식하게 말했지만, 정말 이런 상황에서는 눈치가 좀 있어 줬으면 싶었다.

진시는 뜨거운 꿀물을 집어 들고, 마시는 대신 잔으로 손바닥을 녹였다. 진시가 잠옷으로 갈아입고 침대에 눕는다 해도 바센은 방 밖으로 나가지 않을 것이다. 방에 하나 더 있는 긴 의자 위에는 베개 대용으로 쓸 모양인지 푹신한 등 받침이 놓여 있었다.

진시는 잠이 오지 않았다. 바센 또한 잠이 오지 않는 모양이었다.

커다란 맹수를 때려눕혔다는 흥분 때문일까, 아니면 무슨 다른 이유가 있을까. 바센은 늘 잡고 있는 미간의 주름에 더해,

입술까지 잔뜩 힘이 들어가 울퉁불퉁해져 있었다. 갑자기 뭔가 떠올랐는지 눈을 여러 번 깜빡이다, 금세 고개를 가로저으며 부정한다. 수상쩍기 그지없는 모습이었다.

인간은 참 신기한 존재여서 타인이 자신보다 훨씬 당황해 어쩔 줄 모르고 있는 모습을 보면 묘하게 냉정해지는 법이다.

진시는 크게 심호흡을 하고, 이대로는 안 되겠다는 생각에 마음을 가라앉히기로 했다. 오늘 밤 연회는 끝났지만 내일도 회담이 남아 있다.

머릿속을 정리하기 위해서라도 혼자서만 틀어박혀 있는 건 좋은 일이 아니라는 생각이 들었다.

"바센."

"왜 그러시죠, 진시 님?"

바센은 '진시'라는 가명을 불렀다. 진시 또한 그편이 더 마음이 편했다. 어린 시절처럼 진짜 이름을 불러 주지 않을 바에야 차라리 이 이름을 쓰는 게 나았다.

"누군가와 힘겨루기를 해서 잘된 적이 있나?"

솔직히 바센을 상담 상대로 선택한 일 자체가 틀렸다. 하지만 진시는 답을 원하는 게 아니었다. 자문자답으로 끝내게 되면 그냥 머릿속에서 빙빙 돌기만 할 듯해, 어떤 형태로든 입 밖으로 내뱉고 싶었을 뿐이다. 무슨 말인지 못 알아듣는다 해도 그냥 적당히 맞장구만 쳐 주면 족하다.

"그, 어떤 일을 말씀하시는 겁니까? 이쪽에 온 이후로 워낙 여러 일이 있어서….."

확실히 서도에 온 이후로 많은 여성들이 진시에게 말을 걸긴 했다. 그중 도대체 누구 이야기를 하는 거냐고 묻는다면, 솔직히 콕 집어 말하긴 힘들다.

"굳이 말로 해야겠나?"

바센이 미간에 주름을 잡았다.

"저는 진시 님의 입장도 아니고, 그런 상황에 처한 적이 별로 없어서 잘 모르겠습니다. 추후 제 의사와 상관없이 생길지도 모르겠지만….."

어쨌거나 지금은 아니리라. 진시가 후궁에 들어간 이후 바센을 만나는 일은 한 해에 몇 번 정도밖에 되지 않았으나, 그래도 허물없는 젖형제 사이다. 이 사내는 여인을 불편하게 여기는 구석이 있다. 여성스러우면 여성스러울수록 접촉을 더욱 꺼린다. 약사 소녀와 비교적 멀쩡한 대화가 성립되는 이유도 그런 부분에서 썩 의식하지 않는다는 사실을 가리키지만, 그게 좋은지 나쁜지 진시로서는 복잡한 심경이었다.

딱히 여자를 싫어하는 건 아니지만, 바센의 그 부분은 어린 시절 받았던 영향을 강하게 드러내고 있다고 말할 수도 있다. 원인은 바센 특유의 체질 때문에 벌어졌던 불행이었다.

진시의 물음에 바센은 턱을 쓰다듬으며 말했다.

"상대에 따라 다르다고밖에 말씀드릴 수 없겠군요. 제게도 거북한 상대는 많이 있으니. 그리고 상황에 따라서도 다릅니다. 상대가 얼마나 능숙한가에 따라 흐름이 바뀔 수도 있고, 그 반대의 경우도 있죠. 진시 님의 경우 한 번에 다수를 상대해야 하기 때문에 부담이 크실 겁니다."

"한 번에 다수라니, 나를 너무 과대평가한 소리다."

생각보다 훨씬 쓸 만한 대답이 돌아왔다. 마치 자신을 색정광 취급하는 듯한 그 말투에 진시는 쓴웃음을 지었다. 그러고 보니 바센은 최근 들어 가오슌 대신 유곽에 가는 경우가 잦았는데 혹시 무슨 경험이 될 만한 일이라도 겪었을까. 워낙 장사에 능한 할멈이 있는 창관이니 바센 역시 여자를 권유받았을 수도 있겠다.

진시는 복잡한 표정으로 바센을 쳐다보았다.

확실히 녹청관은 고급 창관이므로 기녀의 질도 높다. 바센은 여성스러운 여자를 꺼리면서도 동시에 여자에 대한 환상을 갖고 있다. 교양이 있고, 남자를 손바닥 위에 놓고 마음대로 굴릴 수 있는 기녀에게 걸린다면 의외로 홀랑 넘어갈지도 모른다.

진시는 마른침을 꿀꺽 삼켰다.

"…바센, 너. 녹청관에서 도대체 무슨 일을 겪고 온 거야?"

"가, 갑자기 무슨 말씀이십니까?!"

바센은 노골적으로 당황했다. 이 사내는 거짓말에 능숙하지 못하다. 솔직히 정사를 볼 때 보좌로 삼기에 그리 적합한 인물은 아니다. 하지만 바센의 그런 성격 덕분에 진시는 마음의 안정을 얻을 수 있었다.

"아무 일도 없었습니다. 게다가 저도 할 때는 하니까요…."

'할 때는 한다'는 말에 묘하게 불안감이 느껴졌지만, 확실히 바센도 할 때는 하는 사내다. 그 점은 인정해 줄 수 있다.

진시는 젖형제에 대한 인식을 바꿔야겠다는 생각에 다시 한번 마른침을 삼켰다.

"그러는 진시 님이야말로 왜 그러십니까?"

"아니, 무슨 일이 있어도 꼭 이겨야만 하는 상대가 생겼을 뿐이다."

진시는 말하기 껄끄러운 듯 말했다. 한 번에 다수를 상대할 만큼 자신은 재주가 좋지 않다. 너무 과대평가하지 말아 줬으면 좋겠다.

"나는 당연히 내가 여러모로 능숙할 거라고 생각했어. 상대는 이론만 잘 알고 입만 살았을 뿐, 막상 실천해 보면 내가 나을 게 뻔하다고 과신했지. 그런데 그 자신감이 완전히 박살났고, 난 비참해지고 말았다."

이래 봬도 어느 정도는 자신이 있었다. 후궁에서 6년을 보냈다. 그사이 자신에게 말을 건 궁녀들은 수없이 많았고 자신은 항상 그런 여자들을 위에서 내려다보곤 했다. 그러니 여자란 얼마든지 자신의 손바닥 위에서 굴릴 수 있는 존재라고, 오만한 생각도 했었다.

바셴은 진시의 말을 듣고 오묘한 표정을 지었다.

"그렇게까지 말씀하시는 걸 보니 어지간히도 뛰어난 상대인가 보군요."

"…그래."

그나마 상대가 누구인지까지는 눈치채지 못하니 참 다행이다.

"사소한 일 때문에 다투게 되었어. 내가 먼저 시비를 걸었는데, 완패 당했다."

바셴은 잠시 고개를 갸웃하더니 "아하!" 하고 혼자 납득한 표정을 지었다.

"완패…라니, 그런 이야기였군요. 그런 쟁탈전이 있었단 말입니까? 상당히 무례한 자로군요."

의외의 곳에서 핵심을 찌른다. 바셴이 사랑의 쟁탈전이라는 단어를 쓸 수 있다는 사실에 놀랐다고 한다면 아무리 그래도 너무 무시하는 걸까. 하지만 그 리쿠손이라고 했던가. 아무튼 그 인물은 곱상하게 생겼지만 결코 만만히 볼 수 없다. 역시 군사 라칸의 직속 부하라고 할 수 있겠다. 그러나 진시가 쓰러뜨려야 할 상대는 그쪽이 아니다.

"진시 님이 패배를 인정하실 수밖에 없게 만든 자가 그 연회에 있었다니…."

진심으로 고민에 빠진 표정으로 바센이 중얼거렸다.

"입에 발린 말은 그만둬. 내가 아직 풋내기라는 사실은 잘 아니까. 상대는 마치 버들가지 같아서 아무리 밀어도 꿈쩍도 하지 않아. 공격해 봤자 아무런 효과도 없어."

문제는 미숙한 자기 자신을 어떻게 단련하느냐에 달렸다. 해결 방법은 결국 실전 경험을 많이 쌓는 길밖에 없으리라.

하지만 그러기에는 경우가 경우인지라 아무래도 망설여진다. 다른 여성을 상대할 수도 없고, 그렇다고 뒤끝 없는 곳이라는 이유로 창관에 드나들기도 뭣하다.

그런 진시를 향해 바센이 생각지도 못한 말을 건넸다.

"저로서는 아무런 도움이 되지 않습니까?"

"…갑자기 무슨 소리지?"

하마터면 진시는 들고 있던 찻잔을 떨어뜨릴 뻔했다.

이 녀석은 분명 평범한 성벽性癖을 가지고 있을 것이다. 이는 진시도 잘 알고 있는 사실이다. 설마 이런 소리를 꺼내리라고는 상상도 못 했다. 그러나 바센은 말을 이었다.

"솔직히 제 실력이 부족하다는 사실은 잘 압니다. 기량도 진시 님이 훨씬 뛰어나다는 점 역시 충분히 이해하고 있습니다. 하지만 그렇다 해도 아무것도 안 하면서 답답해하기만 하는 것보다는 훨씬 진전이 있으리라 여겨지기에, 저도 이렇게 진언해 드리는 것입니다."

"바셴…."

그건 그렇다. 그리고 상대가 바셴이라면 어떤 의미에서는 무효로 처리할 수도 있지 않을까. 그 점까지 고려해서 하는 말일까. 아니, 하지만, 잠깐, 이건 뭔가 이상하잖아.

"기량은 몰라도 체력과 맷집에는 자신이 있습니다."

"체력…. 아니, 거기까지는 아무래도 좀…."

아무리 그래도 그 이상의 일을 상대하게 할 수는 없다. 진시도 난감해졌다. 혹시 녹청관에서 이상한 놀이라도 배워 온 건 아닌지 불안해질 정도다. 이건 가오슌에게 보고해야 하는 사안이 아닐까?

하지만 바셴은 매우 진지한 눈빛으로 진시를 바라보고 있었다. 방금 전까지 묘하게 달아올랐던 얼굴이, 다른 의미로 흥분한 모양이었다.

"그냥 연습일 뿐이라고 생각하시면 문제없을 겁니다. 당사자가 아니니, 어디까지나 상상으로 훈련하면 되는 일입니다."

"……."

진시는 잠시 생각에 잠겼다가 금세 움직임을 보였다. 찻잔을 탁자 위에 올려놓고, 긴 의자에서 일어나서….

천천히 바셴의 앞으로 다가가 섰다.

"다른 곳으로 자리를 옮기시겠습니까? 이곳은 너무 좁지 않으십니까?"

"아니, 여기면 충분해."

침대까지 쓸 수는 없다. 누구에게도 보이고 싶지 않은 일이니, 이 방 안에서 끝내는 편이 좋으리라.

바센은 진시보다 키가 2치* 정도 작다. 한 7치 정도는 더 줄어 줬으면 좋겠다는 생각이 든다.

진시의 얼굴이 가까이 다가옴에 따라 바센은 반대로 뒷걸음질로 물러났다. 뭘까, 이건. 문제의 장본인과 상당히 비슷한 반응인데.

"진시 님?"

"딱 좋다. 계속 그대로."

"저, 저기, 상대는 맨손이었습니까?"

"맨손이었지. 나도 맨손이었고."

그러고 보니 도구를 사용하는 행위가 있다는 사실도 알고는 있었는데, 설마하니 바센이 거기까지 언급할 줄은 몰랐다. 역시 유곽에서 이상한 놀이를 배워 온 게 분명하다. 가오슌에게는 말하지 않는 편이 나을 수도 있겠다.

그렇다면 진시도 망설일 필요가 없어진다. 쓸데없는 배려를 할 이유도 없다.

진시가 더욱 바짝 다가가자 바센은 거리를 두었다. 약사 소녀

※2치 : 약 6센티미터.

28

처럼 표표한 움직임은 아니긴 했지만, 무인답게 민첩한 동작이
었다.

"진시 님?"

"기본적으로 상대는 먼저 덤비지 않아. 자기가 당한 만큼을
그대로 갚아 줄 뿐이지."

"그런 방식으로 진시 님을….."

바센이 전전긍긍하는 표정으로 진시를 마주 볼 무렵에는 이
미 등 뒤로 벽이 바싹 다가온 상태였다. 벽으로 몰아붙이는 일
은 지금까지 항상 성공했으니 이것만은 자신의 장기라고 해도
좋을지도 모르겠다.

바센의 등이 벽에 닿을락 말락 한 상황에서 진시가 쿵, 하고
벽에 손을 짚었다.

"지, 진시 님."

"조용히 해."

눈앞에 있는 사람은 젖형제가 아니라 쓰러뜨려야 할 상대라
고 진시는 다부지게 상상했다. 말수가 적지만 엉뚱한 곳에서
청산유수가 되는 그 입이 영문 모를 소리를 늘어놓기 전에 진
시가 먼저 공격해야만 한다. 진시는 반대편 손으로 턱을 잡고,
엄지로 아랫입술을 꾹 눌렀다.

"지, 진….."

바센은 얼굴이 새파래진 상태였다. 잘 보니 전신에서 비지땀

이 배어 나오고 있었다.

자기가 먼저 제안한 주제에 왜 저렇게 여유를 잃었는지 알 수가 없다. 오히려 예상 밖의 상황에 당황한 모습으로밖에 보이지 않았다.

혹시 어딘가 결정적인 부분에서 서로 착각한 게 아닐까.

그런 깨달음이 찾아온 순간에는 이미 늦었다.

둘 다 몹시 긴장했던 모양이었다. 방 밖에서 나는 이야기 소리를 전혀 알아차리지도 못했다. 쾅, 하고 요란한 소리와 함께 방 입구가 활짝 열렸다.

"오랜만에 같이 술이라도 마실까? 실은 꽤 흥미로운 사냥감이 그물에….”

늠름하고 중성적인 목소리가 울려 퍼졌다.

"앗, 아둬 님!"

당황해 어쩔 줄 몰라 하는 호위를 밀어젖히고 남장을 한 미인이 나타났다. 이미 술기운이 얼근하게 올라 있는지 주정 냄새가 훅 끼쳤다. 후궁에 있을 때부터 그랬다. 아둬는 툭하면 진시에게 술을 권하곤 했다. 꽤 취한 모양인지 상당히 강압적인 침입이었다.

하지만 현재 상황은 몹시 곤란한 상태였다.

진시는 바셴을 벽으로 몰아붙이고 거의 덮치다시피 한 채 입술을 만지고 있었다. 누가 봐도 연인에게 애정을 쏟는 모습이었다. 바센의 얼굴은 새파래져 있었고, 땀을 뻘뻘 흘리고 있었다.

아뒤를 말리려던 호위 두 명은 손으로 자기 눈을 가리고 손가락 틈새로 엿보고 있었다.

아뒤는 아뒤대로 눈을 커다랗게 뜨고 입만 딱 벌리고 있었다.

"…꼭 꽃을 고르라는 법은 없지. 그래, 아무래도 내가 착각한 모양이다."

아뒤는 그 말만을 남기고 후퇴한 뒤 문을 닫았다.

""…….""

한동안 침묵이 흐른 후, 심야의 요楊 저택에 남자 둘의 비명이 메아리쳤다.

약사의 혼잣말

1 화 ： 서도 나흘째

　장막 틈새로 비쳐 드는 빛에 마오마오는 무거운 눈꺼풀을 들어 올렸다. 세련된 천개가 달린 침대와 쾌적한 공기, 그리고 훌륭한 실내 장식을 보니 이곳이 도성의 자기 집이 아니라는 사실을 새삼 실감할 수 있었다.

　'잠이 부족해.'

　마오마오는 눈을 비비며 몸을 일으켰다. 밤은 춥기 때문에 이불을 여러 겹 덮고 그 위에 모피까지 덮었으나 해가 뜸과 동시에 금세 후덥지근해진다. 이미 홑이불 한 장은 바닥에 떨어져 있었고, 마오마오의 다리는 이불 밖으로 빠져나와 있었다.

　심야에 영문 모를 커다란 비명 소리가 들린 것 같은 느낌이었는데, 그 때문에 한 번 눈을 뜨는 바람에 그 후로는 선잠을 자고 말았다. 도대체 누굴까, 정말 민폐를 끼치는 인간들이다.

　슬슬 아침 식사가 날라져 올 시간이었다. 굳이 모두가 한자리에 모여서 식사하지 않아도 되니 정말 편하고 고마운 일이었다. 아마 손님들의 숙취를 배려한 조치인 듯했다. 하녀가 오기 전에 옷을 갈아입어야겠다는 생각에 마오마오는 잠옷을 벗었다. 옷은 옷장 속에 들어 있던 것을 그냥 마음대로 꺼내다 입었다.

오늘의 옷은 아무런 특징도 없는 치마와 반팔 저고리였고, 반팔 저고리 아래에는 시원스러워 보이는 주름이 잡혀 있었다. 통기성이 좋은 옷이지만 앞섶과 치맛자락에 자수가 놓여 있는 모습은 서도풍이라고 할 수 있겠다. 탁자 위에는 은비녀가 놓여 있었다.

'…….'

마오마오는 비녀를 하지 않고 그냥 끈으로만 머리를 묶었다. 일단 비녀는 잃어버리지 않도록 품에 잘 넣어 두었다. 늘 그렇듯 품속에는 약이나 붕대 등을 넣어 둔 천 꾸러미가 들어 있으므로, 그 속에 같이 넣었다.

옷을 다 갈아입고 나니 때마침 문을 똑똑 두드리는 소리가 났다. "들어오세요." 하고 말하자 하녀가 수레에 아침 식사를 싣고 들어왔다. 어제 연회를 고려해서인지 오늘은 평소보다 가벼운 식단이었다.

흰죽을 두 입 정도 떠먹고, 나머지는 흑초를 끼얹어 먹을까 생각하던 때였다. 요란하게 문을 두들기는 소리가 들렸다. 마오마오는 죽에 흑초를 넣어서 한 입 먹으며 귀찮은 듯 "들어오세요." 하고 말했다.

"대답 소리가 바로 들리지 않은 것 같은 기분인데."

바센이 들어왔다. 또 한 명의 남자가 따라 들어왔지만 진시는 아니었다.

뭐라 대답해야 좋을지 알 수가 없어, 마오마오는 죽을 삼키고는 시치미 뚝 뗀 표정을 지었다.

"착각이십니다."

"식사 중이었군."

하지만 그렇다고 나가 줄 생각은 없는 듯했다. 무슨 일이 있었나 본데, 하고 마오마오는 눈치를 챘다.

"무슨 일이시죠?"

젓가락을 내려놓은 마오마오가 바센을 쳐다보았다. 바센의 오른손에는 붕대가 둘둘 감겨 있었다. 어젯밤 마오마오가 치료해 주었던 상처였다. 어젯밤에는 흥분해서 그랬는지 뼈가 부러져 벌겋게 퉁퉁 부어 있었는데도 바센은 아무렇지 않은 표정을 짓고 있었다. 둔한 데에도 정도가 있다.

바센은 잠시 뜸을 들였다가 품에서 천 꾸러미 하나를 꺼냈다. 그것을 탁자 위에서 펼치자 내용물은 기름종이로 한 겹 더 포장되어 있었다. 기름종이까지 펼친 순간 마오마오는 몸을 뒤로 젖히며 코를 틀어막았다.

속에 든 물건은 도기로 된 병이었다. 거기서는 강렬한 악취가 뿜어져 나왔다.

"…이거, 혹시 향수인가요?"

맡아 본 적 있는 냄새였다. 어제 연회 자리에서 리슈 비에게서 났던 바로 그 냄새.

"이건 어디서 나셨죠?"

"그게 말이다."

바센은 복잡한 듯, 그러면서도 분노를 억누른 표정으로 말했다.

"아둬 님께서 갖고 계셨다."

"아둬 님이 왜요?"

"아둬 님 직속 호위가 우연히 발견했다고 하는군. 심야에 리슈 비전하 이복 언니의 시녀가 들고 다니던 물건이라고 한다. 밖에서 산책을 하다가 어째서인지 들개에게 쫓기고 있던 것을 우연히 구해 주게 되었다던걸."

'**우연히** 구해 줬단 말이지.'

우연히 그런 상황을 마주칠 확률이 어느 정도나 될까. 무엇보다 도성에서 이토록 멀리 떨어진 곳에서, 아무리 시녀라고는 해도 그리 쉽게 밖을 나돌아 다닐 수는 없을 텐데 말이다.

처음부터 수상한 인물 주위에 감시를 붙여 놓았다고 생각하는 편이 더 합리적이다. 하지만 그 말을 굳이 입 밖에 낼 필요는 없다.

"들개가 유난히 흥분해서 주위에 다른 사람도 있는데 그 시녀에게만 달려들었다더군."

"그 원인이 이 향수라는 말씀이신가요?"

마오마오는 손수건으로 코를 틀어막은 채 향수병을 집어 들었다. 도기로 된 병은 그리 신기한 물건은 아니다. 향수병으로 쓰기에는 너무나 수수하고 멋없는 물건이니 출처를 찾아내기도 쉽지 않을 것이다.

"그럼 어제 리슈 비전하에게 끼얹어졌던 향수는 이복 언니의 소지품이라고 생각하는 편이 타당하겠군요. 그리고 이 향수는 짐승을 흥분시키는 작용을 한단 말씀이시죠."

"십중팔구 그렇겠지."

그 이복 언니라면 일부러 사람을 괴롭히기 위해 향수를 구입했다 해도 그리 놀랍지는 않은 일이다. 하지만 이복 언니가 정말 리슈 비를 죽여 버리고 싶을 만큼 미워했을까. 그만한 동기가 있다 하더라도, 이복 언니와 그 시녀에게 사자 우리에 무슨 조작을 해 놓을 정도의 연줄이 있다고는 생각하기 힘들다.

부친인 우류가 도와줬다고 생각할 수도 있다. 하지만 이 또한 의문이 남는다. 막상 실행에 옮기려 들면 너무 번거로워지는 방법이기 때문이다. 더 간단한 방법은 얼마든지 있다. 무엇보다 위험 부담이 너무 크다. 마오마오는 그렇게 생각하긴 했지만, 그래도 만일을 대비해 확인은 해야 했다.

"그러니까 범인은 리슈 비전하의 이복 언니라고 생각하시는 건가요?"

"…그렇다고 딱 잘라 말할 수도 없어. 하지만 지금 상태로는 그렇게 되겠지."

애매한 말이었다. 바센치고는 드문 말투다. 더욱 직접적이고 감정적으로 '당장 엄벌에 처해야 해!' 하고 목청을 높여 고함을 지를 성격일 텐데.

"이복 언니는 그냥 장난이었을 뿐이라고 주장하고 있다. 향수도 며칠 전 저잣거리에서 알게 된 사람에게 얻은 물건이라더군. 나쁜 벌레가 꼬이게 될 경우 상대를 괴롭히는 데 쓸 수 있다면서 줬다고 해. 사자를 자극할 생각은 없었다고 하는데…."

이복 언니는 리슈 비에 대한 악의는 인정하고 있지만, 사자까지 동원할 생각은 없었다고 봐야 한다. 그 점을 감안해 생각해 보면 어떨까.

"만일 사자 우리에 조작을 했다면 단순한 장난으로 끝날 문제가 아니겠죠."

게다가 그 자리에는 리슈 비 외에 다른 중진들도 많이 있었다. 즉, 그 사람들까지 전부 다 위험에 몰아넣었다는 말이 된다. 비 한 명만을 노렸다면 그래도 좀 참작의 여지를 얻을 수 있으리라. 가족이기 때문에 처벌의 재량이 리슈 비에게 맡겨지리라는 점도 크다. 무죄 처분을 받을 거라고 딱 잘라 말할 수는 없겠지만 비교적 가벼운 처벌로 끝날 수는 있다.

"그래. 이대로라면 이복 언니뿐만 아니라 우류 님과 리슈 비전하에게까지 불똥이 튀겠지."

"불똥만 튀는 정도로 끝날까요?"

오히려 활활 타오를 게 뻔하다. 이번 연회에는 타국의 유력자들도 많이 와 있었다. 국제 문제로 발전할지도 모른다. 이복 언니 한 명만 처분하고 끝날 문제는 아니다.

마오마오가 확인하듯 묻자 바센은 벌레 씹은 표정을 지었다.

"리슈 비전하는 도대체 왜 항상 그런 상황에 처하는 거지?"

질문인 듯 자문인 듯한 그 말에 뭐라 대답해야 좋을지 알 수가 없어, 마오마오는 아무 말도 하지 않았다.

'원래 타고나길 그런 태생일 수도 있겠지.'

운명이라는 단어로 모든 일을 정리해 버리긴 싫었지만 적어도 사람에 따라 운의 좋고 나쁨은 틀림없이 존재한다고 생각한다. 무엇보다 마오마오는 자신의 양아버지 뤄먼을 보고 그렇게 느꼈다. 누구보다도 뛰어나고 누구보다도 현명한 사람인데도 어째서인지 운에게만은 버림을 받은 사람이다. 얼마 전 궁정으로 돌아가 의관으로서 일하기 시작했지만, 그 때문에 툭하면 여우 군사가 찾아와 일을 방해하고 있다고 한다. 편지에까지 쓸 정도니 상당히 골머리를 썩고 있는 모양이다. 얼마 전에는 약 서랍을 몽땅 뒤엎어 놓았다는 이야기가 쓰여 있었다. 도대체 뭘 어떻게 하면 그렇게 되는지 정말 신기할 노릇이다.

"그냥 내버려 두기에는 너무 가엾지 않겠어?"

'유별나게 편을 들어주는 느낌인데.'

마오마오는 그 말을 굳이 입 밖에 내진 않기로 했다. 눈치채서는 안 되는 무언가를 눈치챘을 경우 결국 귀찮아지는 건 자기자신이니 말이다.

하지만 비에게는 또 비 나름대로의 문제가 없다고 할 수도 없다. 리슈 비는 기본적으로 휩쓸리기 쉬운 성격이다. 그렇게 키워지고 그렇게 살아왔으니 그렇게 될 수밖에 없다는 건 마오마오도 이해가 된다. 하지만 마오마오는 자신의 의지로 유곽의 기녀가 되기 위해 찾아왔던 어느 소녀를 떠올렸다. 부친 곁에 있어 봤자 소용없다며 선을 긋고는 동생을 먹여 살리기 위해, 스스로를 진흙탕 구렁텅이 속에서 끌어올리기 위해 찾아왔던 소녀. 이러니저러니 해도 결국 마오마오는 그런 성격을 그리 싫어하지 않는다.

'그 애의 반만이라도 기개가 있었더라면….'

이복 언니에게 괴롭힘을 당하는 일도, 후궁에서 무시당하는 일도 훨씬 줄었으리라고 마오마오는 생각했다.

그나저나, 서두는 이 정도로만 해 두고 슬슬 바센이 자신을 찾아온 진짜 이유를 물어봐야 할 때다.

"그래서 전 무엇을 하면 좋을까요?"

"…아아."

바센은 품에서 종이를 한 장 꺼냈다. 인상착의서 같았으나, 마오마오는 고개를 갸웃거렸다.

"이거, 의미가 있긴 한가요?"

"그래서 곤란하다는 말이야. 이 여자가 향수를 줬다고 우기고 있거든."

종이에 그려져 있는 인물은 확실히 여자인 것 같긴 했다. 왜 이렇게 애매하게 말하느냐 하면 얼굴이 면사로 가려져 눈 부근밖에 보이지 않았기 때문이다. 그래서인지 전신이 그려져 있었다. 옷의 특징은 확실하게 묘사되어 있었으나, 옷 따위는 갈아입으면 그만이다.

"상인인가요?"

"아니, 길거리에서 물건을 사고 있을 때 먼저 말을 걸었다던데."

'길거리라….'

마오마오는 머릿속에 의문을 담은 채 바센의 이야기를 들었다.

"여자는 자기가 향수를 취급하는 상인이라면서 이런저런 물건들을 권했다고 해. 그중 하나가 이것이라더군."

남자를 끌어들이는 향수지만 조심해서 사용해야 한다고 말했다고 한다. 원액 그대로는 냄새가 매우 독하며, 그 점을 이용하여 장난을 치는 사람도 있다고 말이다. 괴롭힘 이야기도 여기서 나온 모양이다.

"설명만 들어서는 너무 애매한데요."

"그래. 뭐라 대꾸하기 힘들지. 무엇보다 그 향수 장수를 찾아내긴 아주 어려울 테고."

마오마오는 눈을 가늘게 뜨고 인상착의서를 들여다보았다. 서도풍 의상은 모래 먼지를 막아야 하기 때문에 노출이 적어 신체적 특징이 잘 보이지 않는다.

하지만 마오마오는 어느 한 부분을 예리하게 잡아냈다.

"이 인상착의서, 옷은 간소하게 그려져 있는데 신발 장식만은 유난히 자세하게 묘사되어 있는데요."

마오마오의 말에 바센도 종이를 빤히 들여다보았다.

"그러고 보니 그렇군. 그리고 몸집 크기에 비해 발 크기가 어색한 느낌이야."

몸 전체는 평범하게 그려져 있는데 발만은 마치 왜곡된 듯 작았다.

"…혹시 전족을 한 게 아닐까요?"

"전족?"

전족이란 발을 억지로 작게 만드는 행위를 말한다. 후궁에서도 일부 궁녀들은 전족을 하고 있었다. 북부에 많은 풍습이지만 이쪽에서는 어떨까. 이복 언니가 깊이 생각하지 않은 걸 보니 이 근방에도 전족이 그리 드물지 않은 걸까.

"인상착의서에 대해 다시 한번 확인해 주실 수 있을까요?"

"알겠다."

인상착의서를 집어 든 바센은 방을 나가려다 말고, 무언가가 떠오른 듯 다시 마오마오 쪽을 돌아보았다.

"그런데 말이야."

"왜 그러시죠?"

"어젯밤부터 진시 님의 상태가 이상한데 혹시 뭐 아는 바 없나? 평소였다면 아마 직접 이곳을 찾아오셨을 텐데, 오늘은 나한테 가 보라고 하시더란 말이야."

"……."

"진시 님이 누구랑 무슨 승부를 하셨다는 이야기 같은 건 들은 적 없고?"

마오마오는 슬그머니 시선을 돌렸다. 그렇다. 부탁을 받지 않은 이상, 보통 바센이 이렇게 마오마오를 찾아오는 일은 없다.

"글쎄요. 긴 여행에 지치신 게 아닐까요?"

마오마오는 그렇게 시치미를 뗐다.

채 반 시간도 지나지 않아 바센에게서 보고가 들어왔다.

이복 언니는 끈질기게 '나와는 아무 상관도 없다, 그럴 생각은 아니었다'고 시녀들과 함께 주장하고 있다고 하지만 솔직히 마오마오하고는 관계없는 이야기였다. 바센은 그 점에 대해 몹시 화가 난 듯 콧김을 내뿜으며 돌아왔다.

"네 말대로였다."

문제의 여자는 역시 전족을 하고 있었는지, 이복 언니는 그 독특한 형태의 신발이 머릿속에 남아 있었다고 했다. 따로 언급하진 않았지만 워낙 인상 깊은 부분이었기에 인상착의서를 그릴 때 무의식적으로 자세히 설명하게 되었다는 모양이다.

"전족을 한 자라고 하면 범위를 확 줄일 수 있겠군."

"이미 몇 명 정도로 좁혀져 있을 텐데요."

"그게 정말이야?"

이 나라에서 전족 풍습은 주로 북부에 짙게 남아 있으며 반대로 서방에는 거의 남아 있지 않을 터였다. 서도에서 전족을 하고 다니는 자는 북부 출신에 한정되어 있다. 또는 몇 세대 이내에 이 근방으로 이주해 온 집안이거나.

"원래 집안에서 대대로 그런 풍습을 갖고 있는 사람이라고 할 수 있겠죠?"

그 말에 바센은 의아한 표정을 지었다.

"한 가지 묻겠는데, 여행자일 가능성은 없나?"

마오마오는 고개를 가로저었다.

"만일 그럴 경우, 리슈 비전하처럼 이동할 때 매우 조심을 시킬 수 있는 귀한 집 자녀가 아니라면 힘들 겁니다."

서도까지의 여정은 몹시 길다. 전족 때문에 발이 일그러진 채 굳어진 상태로는 모래로 된 대지를 밟으며 걷기가 아주 힘들다. 마오마오도 대부분 마차로 이동하긴 했지만, 장소에 따라 마차에서 내려 걷는 일도 있었다. 전족이란 아주 어린 시절부터 발을 억지로 졸라매고, 성장해도 발이 커지지 않도록 평생 그 상태로 지내야만 하는 일이다. 며칠에 한 번씩 발을 소독해야 하기 때문에 전족을 한 기녀를 위해 주정을 팔기도 했다.

어쨌든 서도에서 태어나 그곳에서 전족을 받은 자이며, 전족 풍습을 계속 이어 내려온 집안 중 어느 정도 규모가 있는 가문 출신의 사람이 아닐까.

"그 말이 틀림없겠지?"

"책임을 질 수는 없습니다. 저는 그저 들은 정보를 가지고 가장 가능성 높아 보이는 생각을 시사해 드릴 뿐입니다."

완벽을 요구당하는 건 곤란하다. 만일 정답이 아니면 허용되지 않는 상황이었다면, 마오마오는 입을 다물고 아무것도 모른다고 우기는 수밖에 없다.

"…알겠다."

할 수 없다는 듯 대답하고 나서 바센은 방을 나섰다.

마오마오는 하품을 한 뒤 한숨 더 잘까, 하고 침대에 앉았다.

'완벽하진 않단 말이야.'

마오마오에게도 몇 가지 의문으로 남는 점이 있었다. 우선 그 거만하던 리슈 비의 이복 언니가 처음 만나는 사람과 가벼운 대화를 나누고, 심지어 상대에게서 물건을 사기까지 했다는 점.

그리고 또 한 가지 있다. 그 향수를 팔았다는 자는 리슈 비의 이복 언니라는 것을 어떻게 알았을까, 하는 부분이었다. 우연이라기에는 너무 잘 만들어진 상황이다.

'으음….'

마오마오는 우선 잠이나 더 자기로 했다. 졸려서 머리도 잘 돌아가질 않았다.

자리에 눕자 품에 넣어 두었던 비녀가 거치적거렸다. 꺼낼까 싶었지만 눈에 보이는 곳에 놔두기도 싫었다.

"……."

마오마오는 몸을 뒤척여 반대 방향으로 누운 뒤 그대로 눈을 감았다.

2 화 : 허공에 뜬 새신부 전편

마오마오가 눈을 떴을 무렵에는 이미 저녁이 다 되어 있었다. 사실 오늘은 거리에 시장 구경을 하러 나갈 예정이었다. 호위를 동반하면 저택 밖으로 나가도 좋다는 허락을 받았지만, 어젯밤 난리에 온통 정신이 없었던 탓에 그럴 마음도 다 사라져 버렸다.

실컷 자고 일어났더니 남는 거라곤 무어라 형언하기 힘든 권태감뿐이었다.

'앗.'

잠옷으로 갈아입고 잘 걸 그랬다고, 마오마오는 구깃구깃해진 옷을 보며 반성했다. 우선 마른 목을 축이기 위해 물을 마셨다. 병에 든 물은 미지근했지만 그 속에 감귤이 들어 있어서 상쾌한 맛이 났다.

'저녁 식사는 어떻게 되는 걸까?'

마오마오는 일단 방 밖으로 나가 봐야겠다는 생각에 치마의 주름을 폈다. 그리고 어느 정도 보기 흉하지 않을 정도로만 차림새를 가다듬은 뒤 방을 나섰다.

　그러자 때마침 복도 저편에서 진시와 바센이 오고 있었다.

　'…….'

　주위 사람들은 모두 마오마오를 뻔뻔한 인간이라고 여기고 있지만, 아무리 마오마오라 해도 이런 상황에서 거북하다고 느낄 줄은 알았다. 어젯밤 진시를 도발할 만큼 실컷 도발해 놓고선 라한에게 호출을 받았다는 핑계로 도망간 직후이니 말이다. 하지만 그렇다고 다시 방으로 들어가 숨을 수도 없다.

　다가오는 진시의 표정은 묘하게 험악했다. 마치 가오순처럼 미간에 깊은 주름을 잡고, 눈에도 심각한 빛을 띠고 있었다. 그리고 그 시선 끝은 마오마오를 향하고 있는 듯했다. 하지만 그것도 한순간일 뿐, 표정은 금세 평정을 되찾았다. 곁에 있는 바센은 아무래도 이상하다는 듯 난처한 표정으로 진시를 쳐다보고 있었다.

　진시는 뚜벅뚜벅 발소리를 내며 이쪽으로 걸어왔다.

　'이럴 경우에는 어떻게 해야 하는 걸까?'

　생각할 틈도 없었다. 우선 마오마오가 할 수 있는 일이라고는 그저 평소와 다름없이 상대를 대하는 정도뿐이었다.

　마오마오는 고개를 숙였다가 다시 들었다.

"무슨 일이신가요?"

본래 하녀의 경우, 진시가 먼저 말을 걸고 나서 입을 열어야 법도에 맞는 일이라고 할 수 있다. 하지만 이번 경우에는 마오마오 자신이 먼저 입을 여는 편이 나을 것 같았다.

진시는 입술을 비틀었다. 뭔가 복잡한 표정이 은근히 배어 나오고 있었지만 그것은 주위에서 볼 때 알 듯 말 듯한 정도였다.

"갑작스럽지만 바로 옷을 갈아입고, 같이 가 줘야겠다."

진시는 그 말만 남긴 채 마오마오를 남겨 두고 지나쳐 가 버렸다. 진시의 뒤에서는 하녀들이 의상이 든 상자를 든 채 고개를 숙이고 있었다.

"네."

이 경우에는 대답하는 것 말고 다른 방법이 없었다.

옷을 갈아입고 나니 이번에는 마차에 타라는 지시를 받았다. 진시와 바센 또한 옷을 갈아입고 이미 마차 안에서 기다리고 있었다.

마오마오는 흘끔흘끔 주위를 둘러보았다. 이번 여정에서는 기본적으로 라한과 함께 행동하는 것으로 알고 있었는데, 이렇게 단독으로 진시 일행과 함께 행동해도 되는지 알 수가 없었다.

"부름을 받은 게 **나**니까. 그 때문에 일정을 조정했다고 하니 안 갈 수가 없지.”

진시의 사정이야 어찌 됐든 일단 자연스럽게 대화를 나눌
정도의 이성은 있는 모양이다. 이런 부분에서는 그래도 어른스
러워서 다행이지만, ‘나’를 유달리 강조하는 부분이 마음에 걸
렸다.

“어디로 가는 건가요?”

“어느 가문의 혼인 연회다.”

또 연회라니, 하는 생각도 들었지만 이 또한 일 때문에 가는
자리일 것이다.

“거절하려 했지만 경사스러운 자리니 꼭 와 달라며 워낙 강경
하게 나와서 말이야. 게다가….”

“게다가?”

진시는 바센에게 눈짓을 했다. 바센은 아까 마오마오에게 보
여 주었던 인상착의서를 꺼냈다.

“혼인하는 신부 측 집안이 본래 북방 출신이라고 하더군. 이
戌 일족이 멸족당한 후 불려 와 통치를 맡게 된 집안들 중 하나
라고 한다.”

이 일족은 본래 서도를 다스리던 가문이지만 여제 시절에 멸
족을 당했다고 들었다. 그렇다면 신부 측은 수십 년 전에 온 집
안이라는 말이 된다.

“신부의 발은 전족이 되어 있다고 들었다.”

예상대로의 대답이 돌아왔다.

"신부 이외에는 없나요?"

마오마오는 진언을 한 입장이다 보니 그 점을 확실하게 알아두어야만 했다. 혼자의 억측만으로 누군가를 범인 취급해서는 안 된다.

"그 외에도 몇 명 있지. 신부의 시녀들 중 한 명도 전족을 했다고 들었는데, 문제는 그게 아니라 결혼 상대다. 샤오에서 온 자라더군."

"그렇군요."

사자를 데려온 건 샤오 사람들이었다. 그렇다면 우리에 조작을 하는 일도 충분히 가능하다.

"무엇보다 그 신부는 내일 먼 길을 떠난다고 한다."

오늘 혼인 연회를 치르고, 내일 바로 남편의 나라로 향한다는 말이었다.

"너무 급하지 않나요?"

"그런 부분까지 다 고려해서 일정을 짰을 가능성도 있지."

여기서 마오마오를 데려가는 이유는, 결국 무슨 증거를 찾아내라는 소리다.

"찾지 못했을 경우에는요?"

"그럼 다른 방법을 생각해 봐야겠지. 내 체재 기간이 길어질 수도 있고."

진시의 얼굴에는 웬만하면 그건 피하고 싶다고 쓰여 있었다. 그렇지 않아도 벌써 도성을 벗어난 지 한 달 가까이 흐른 상태다. 왕제로서의 직무도 쌓일 대로 쌓여 있을 것이다.

그래도 찾아내야만 한다.

"우卯 일족에게도 영향이 갈지도 몰라. 그건 피했으면 싶다."

"전 반드시 찾아낼 수 있으리라는 자신은 없습니다."

마오마오는 그 점만큼은 확실히 말해 두었다.

"알고 있다."

진시는 그렇게 말하며 창밖을 내다보았고, 그 뒤로 마오마오 쪽을 돌아보는 일은 없었다.

도착한 저택 역시 오아시스라 불리는 수원 가까운 곳에 있었다. 교쿠요 황후의 친정과는 다른 정취가 있는 저택으로, 굳이 따지자면 도성풍의 느낌이었다. 건물이나 정원 구조가 도성 분위기를 상당히 닮아 있었다.

문으로 들어가 돌바닥을 밟으며 걸어가다 보니 양옆으로 물이 흐르고 있었다. 곳곳에서 버들가지가 상쾌하게 흔들리고, 붉은 칠이 된 기둥과 노란색 지붕이 있는 정자들이 여기저기에 보였다. 넓은 연못에는 연잎이 떠 있고, 수면에 때때로 파문이 일어나곤 했다. 조약돌이 수로에 떨어지면 첨벙첨벙 요란한 소리를 내며 물고기가 튀어 올랐다.

'잉어인가?'

잉어는 워낙 튼튼한 물고기이긴 하지만 설마 이런 건조 기후에서 사육하고 있었을 줄이야, 하고 마오마오는 감탄했다.

"이戌 일족의 유산이군."

사치와 향락 끝에 멸망했다는 일족. 그들의 빈자리를 차지하러 온 사람들이라면 그대로 이 저택에 눌러앉아 살았다 해도 별로 놀랍진 않다.

확실히 으리으리한 건물이긴 하지만 어딘가 스산한 느낌이 들었다. 교쿠요 황후의 친정, 교쿠엔의 저택은 활기가 넘쳤는데 이곳은 왠지 조용했다.

연못에 걸려 있는 다리를 건너고 있는데 앞에서 누군가가 공손히 고개를 숙였다.

"마중이 늦어서 죄송합니다."

그 인물은 정중히 인사를 건넸다. 이 저택의 주인인 듯한 그 인물은 키가 작고 몸집이 통통하며 앞머리가 다소 후퇴한 생김새를 지니고 있었다. 그 뒤에는 안주인으로 보이는 여성이 있었다. 여성의 발은 매우 작았고 기묘한 모양의 신발을 신고 있었다.

"밤의 귀인께서 축하해 주신다면 제 딸아이도 몹시 행복할 겁니다."

'밤의 귀인이라.'

아마 진시에 대한 호칭인 듯했다. 이 나라 안에서 진시의 본명을 부를 수 있는 사람은 매우 한정되어 있다. 본래 이름에 '달月'이 들어가는 데서 그런 명칭이 유래한 모양이었다.

"그럼 안쪽 연회장으로 가시지요."

저택 주인은 그렇게 말한 뒤 일행을 안으로 데리고 들어갔다.

정자에 양탄자가 깔려 있었고, 연못에는 작은 배와 사방등이 설치되어 있었다. 지금은 아직 해 질 녘이지만 밤이 되면 환상적인 풍경이 펼쳐질 듯했다.

"이봐, 이쪽이야."

바센이 마오마오를 불렀다.

진시는 저택 주인 가까이에 있었고, 그 옆에 교쿠엔이 보였다. 교쿠엔 또한 손님으로 불려 온 모양이었다.

"이쪽에서 무리하게 요청한 일이니 어쩔 수 없는 일이지만, 넌 본래 리슈 비전하가 앉으실 예정이었던 다소 구석에 있는 자리에 앉게 됐다. 시녀를 한 명 붙여 줄 테니 무슨 일 있으면 이용하도록 해."

마오마오의 자리가 갑자기 생겨난 건 그 때문이었던 듯했다. 바센 뒤에서 시녀로 보이는 여인이 극히 자연스럽게 모습을 드러냈다.

여자는 마오마오 외에도 몇 명 더 있었는데 모두가 건강하고 커다란 발을 갖고 있었다. 주역 두 사람의 자리 중 한 곳에는 밝은 머리색을 지닌 장년의 사내가 앉아 있었다. 이목구비가 뚜렷한 이국 사람이었다. 또 하나의 자리에는 머리에 낙낙한 면사를 쓴 여성이 앉아 있었다. 여성은 새하얀 옷을 입고, 그저 인형처럼 가만히 앉아 있기만 했다.

'저 여자로군.'

얌전해 보이는 아가씨지만 지금은 그냥 내숭을 떨고 있는지도 모른다.

마오마오는 술을 마시고 싶었으나 꾹 참고 대신 과일 음료를 마셨다.

다소 특이한 점이라 하면 연회가 야외에서 이루어지고 있다는 사실뿐이고, 요리나 음악에 이렇다 할 만한 이상한 부분은 없었다. 연회는 지겹도록 봤으니 새삼 자세히 관찰할 필요도 없었다. 마오마오는 그냥 앉아서 음식만 맛있게 먹으며 새신부를 감시했다.

'어떻게 된 일이지.'

일단 끌려온 이상 마오마오도 자신이 무언가를 찾아내야 한다는 생각은 갖고 있었다. 하지만 뭘 좀 해 보려 해도 도무지 움직일 수가 없었다. 아까 한 사람이 말을 건 이후, 사람들이 우르르 몰려와 자신에게 말을 걸었기 때문이었다. 이유는 아마도 진시가 데려온 사람이 대체 누구인지 다들 궁금했기 때문이리라.

모두 웃으면서 술을 권하긴 했지만 그 눈동자 속 깊은 곳에는 꿈틀대는 무언가가 담겨 있었다.

남자의 눈에는 야심이, 여자의 눈에는 질투가.

어쩌면 자신이 끌려온 목적은 이것인지도 모른다는 생각이 들었다. 왕제와 함께 온다는 건 그런 의미다. 예전처럼 시녀 입장으로 따라온 상황도 아니니 말이다.

'너무 싫다.'

어젯밤 일은 크게 신경 쓰지 않고 그냥 평소대로 지내고 싶지만, 그건 마오마오의 이기적인 바람일 뿐일까. 진시와의 관계는 지금까지와 마찬가지로 서로 이용하고 이용당하는 사무적인 상태를 유지하고 싶은데 말이다.

현재의 마오마오에게는 그것이 최선이다.

"무척 수줍음을 많이 타시는 아가씨로군요."

"……."

마오마오는 머리에 면사를 폭 뒤집어쓰고 있었다. 최근 들어 유곽 출신 특유의 거친 말투가 되돌아온 탓에 자신이 혹시나 괜한 소리를 하지 않도록, 바센이 붙여 준 시녀를 통해 부탁해서 얻은 물건이었다.

'마음대로 생각해라.'

그렇게 생각하며 시선을 연회장 중심으로 돌리자 어느샌가 새신부가 사라져 있었다. 마오마오의 반응을 보고 알아차렸는지 시녀가 귓가에 속삭여 주었다.

"화장을 고치러 간 모양이에요."

마오마오도 뒤따라 측간에 다녀올까 싶어 자리에서 일어나려했다. 하지만 분위기 파악 못 하는 사람들에게 둘러싸여 있는탓에 어떻게 할 도리가 없었다. 진시 일행 쪽을 쳐다보았지만그쪽 역시 사정은 마찬가지였다. 바센도 무뚝뚝한 얼굴로 여자들이 따라 주는 술잔을 받고 있었으나, 그 얼굴이 붉은 이유가술 때문인지 아니면 다른 원인 때문인지를 캐묻는 건 너무 눈치없는 짓이리라.

사람들을 교묘하게 따돌릴 만한 그럴듯한 이유를 고민하고있는데 펑! 하는 큰 소리가 울려 퍼졌다. 마오마오는 뒤를 돌아보았고, 주위의 다른 사람들 모두 마찬가지로 소리가 난 방향으로 시선을 돌렸다.

연못 한가운데, 사방등을 켠 배가 떠 있는 곳에서 눈부신 빛이 보였다.

연못을 가로지르듯 색색의 불꽃들이 터지고 있었다. 커다란소리의 정체는 불꽃이었다. 이 또한 행사의 일환일까.

"하하하, 경사스럽구나. 아주 경사스러운 날이야."

잔뜩 취한 사내 한 명이 갈지자걸음으로 비틀비틀 정자를 나갔다. 그리고 무슨 생각인지 갑자기 연못 속으로 들어가더니 양손으로 커다란 잉어 한 마리를 움켜쥐었다.

"경사스러워, 경사스러워. 이게 도미가 아닌 게 유감일 정도로구나[*]."

그런 시시껄렁한 농담을 늘어놓으며 사내는 잉어를 하인에게 건네려 했다.

"이걸 좀 손질해 주겠나?"

부탁을 받은 하인은 곤혹스러워했다. 난감해하는 하인을 구해 준 것은 이 저택의 주인인 새신부의 아버지였다.

"이 녀석, 아무리 조카딸이 시집가는 경사스러운 자리라고 해도 그렇지. 너무 들떠서 소란을 피우면 안 되지 않겠느냐. 사람들이 다 보고 있는데."

"하하하, 형님. 좋지 않습니까?"

"밤의 귀인께서도 어처구니없는 표정을 짓고 계시지 않으냐."

지목당한 진시는 웃고 있었다. 형식적인 미소임이 분명했지만, 주위 사람들은 흉터가 생겼어도 여전히 천녀를 방불케 하는 그 웃음에 홀려 있었다.

"잉어가 너무 가엾도다. 놓아주면 안 되겠는가?"

진시가 말했다. 상대가 왕제든 아니든 이 자리에서는 그냥 신분에 속박당하지 않고 자유롭게 이야기를 나눌 수 있는 모양이

※일본어로 '경사스럽다(메데타이)'라는 말에 빗대어. 축하할 때 '도미(타이)'를 길한 생선으로 여겨 대접하는 풍습이 있다.

다. 도성에서는 절대 상상도 할 수 없는 일이다.

그런 모습을 보고 주위 사람들은 모두 웃었다. 붙잡혔던 잉어는 요리당할 뻔했지만 연못 속으로 돌아갈 수 있었다. 그나저나 잉어들도 참 귀찮겠다 싶었다. 불꽃놀이 폭죽은 펑펑 터지고, 덥석 붙잡아 가니 말이다. 마오마오는 시커먼 수면을 바라보았다. 빵부스러기를 던져 보았으나 잉어들이 모여드는 기색은 없었다. 난리를 피해 다른 곳으로 이동한 듯했다.

술이 들어간 탓에 연회장은 더욱 개방적인 분위기로 바뀌어갔다. 하지만 새신부는 아직 돌아오지 않았다.

이쯤 되니 진시도 신경이 쓰이는 눈치였고, 새신랑도 의아한 표정으로 빈자리를 쳐다보았다.

"오늘의 주역은 아직도 꽃단장을 하느라 여념이 없는 건가?"

새신부의 숙부는 화장을 고치러 간 것뿐이라는 것처럼 말했다.

하지만 여성들에게는 그 말이 별로 먹혀들지 않았는지, 시녀들이 연회장 밖으로 나갔다.

잠시 후 시녀들 중 한 명이 다급한 표정으로 돌아왔다. 얼굴이 새파래져 있었고, 몹시 놀라 어찌할 바를 모르는 모양새였다. 말조차 제대로 나오지 않는 듯, 그저 연못 반대편만을 손가락질했다.

'또 무슨 일이지.'

수상쩍은 분위기가 풍김과 동시에 비명 소리가 들려왔다.

무슨 일인가 하고 고개를 돌려 시녀가 가리킨 방향을 바라보던 손님이 지른 비명이었다. 손님은 물고기처럼 입만 뻐끔거리며 떨리는 손가락으로 하늘을 가리키고 있었다. 아니, 하늘이 아니라 저택 한구석에 있는 건물, 지붕이 4중으로 겹쳐져 있는 탑이었다. 그 최상층에 새하얀 무언가가 흐릿하게 보였다.

"아, 아가씨가… 매달려 계시는…."

겨우 들려온 시녀의 목소리와 함께 연회로 잔뜩 들떠 있던 사람들의 얼굴이 새하얘졌다.

하얀 그림자가 지붕에 매달려 있고, 다리가 하늘하늘 흔들리고 있었다. 공중에 떠 있던 것, 그것은 하얀 신부 의상이었다.

"탑으로 가자!"

진시와 바센이 제일 먼저 움직였다. 그 뒤를 새신랑과 신부 아버지, 그리고 숙부가 따랐다.

마오마오 또한 탑을 향해 달려갔다.

녹색이 풍부한 정원, 수로를 타고 흐르는 등롱의 불빛. 폭죽 연기 때문에 눈앞이 흐릿했다. 잉어가 첨벙첨벙 뛰어오르는 소리가 났다.

시야에 탑이 보이고 있었으나 길은 일직선이 아니었다. 나무와 건물에 가로막힌 꾸불꾸불 꺾어진 길을 달려갔다. 발밑에 등롱이 켜져 있어, 길이 눈에 잘 띄는 덕분에 넘어지는 일은 없었다.

마오마오는 한 걸음 늦게 탑 안으로 들어가 계단을 뛰어 올라갔다. 숨을 헐떡이며 꼭대기 층에 도달하니 그곳에는 끊어져서 대롱대롱 늘어져 있는 끈과 넋이 나간 표정의 남자들이 서 있었다.

"찾아! 탑 밑을 찾아봐!"

바센이 고함을 지르며 뛰어 내려갔다. 성격은 단순하지만 이럴 때의 행동은 빠르다.

모두가 그 뒤를 따라 탑을 나갔다. 진시는 밖을 내다보고 있었다. 높이는 4장(약 12미터) 정도 되어 보였다. 목을 매달고 얼마 안 있어 줄이 끊어졌다면 혹시 살아날 가능성도 있지 않을까.

'아니, 그럴 리가 없겠지.'

목이 부러지든 숨통이 막히든 어차피 그리 오랜 시간 매달려 있을 수는 없다. 흔들리는 끈 아래에는 작은 신발 한 켤레가 얌전히 놓여 있었다. 자수를 놓은, 하얀 새신부 신발이었다.

"어떻게 생각하지?"

진시가 매달린 끈과 그 아래를 교대로 보며 물었다. 끈은 처마 밑에 묶여 있었고, 그 끝은 너덜너덜 찢어진 상태였다. 시선을 내리니 겹겹이 겹쳐진 지붕이 보였다. 여기서 데굴데굴 구르듯 떨어진 모양이었다.

"모르겠습니다."

마오마오가 솔직하게 대답하자 진시가 웃었다.

"내가 신부를 슬그머니 떠보았다. 그 결과가 이거라면?"

진시가 중얼거렸다.

진시는 연회장의 중심에 앉아 있었다. 그때 새신부에게 슬그머니 무슨 말을 할 기회가 있었으리라. 진시는 고개를 숙이고 마치 모래 씹은 표정을 지었지만 그건 한순간이었다. 진시는 고개를 숙인 채 나란히 모아져 있는 신발에 등을 돌렸다.

"내가 악당이었던 건가?"

"…모르겠습니다."

하지만 진시는 그냥 자기 할 일을 했을 뿐이다. 늦든 빠르든 어차피 누군가가 하지 않으면 이대로 서쪽으로 도망쳐 버렸을 것이다. 그 사태만은 피하고 싶었다.

마오마오는 무어라 말로 표현하기가 힘들어, 그저 입을 다물고 있었다.

"…가자."

차가운 목소리가 들렸다.

"네."

마오마오는 천천히 계단을 내려갔다. 가파른 계단을 내려가며, 마오마오는 한 가지 의문을 품었다.

새신부는 금세 발견되었다.

하지만 도저히 두 눈으로 직시할 수 없는 모습이었다.

하얀 옷은 시꺼멓게 불타 그을려 있었다. 기묘한 방향으로 꺾인 팔다리도 시커멓고, 머리는 찌그러져 있었다. 그러나 그 목에는 뜯어진 끈이 묶여 있었고 뒤틀린 발 역시 아주 작았다.

사방등 기름에 범벅이 된 채 불탄 그 모습은 연회의 취기를 날려 버리기엔 충분하고도 남았다.

약사의 혼잣말

3 화 : 허공에 뜬 새신부 후편

"귀찮은 일만 자꾸 늘어나는군."

아둬가 우울한 듯 말했다. 사실 오늘은 아둬의 시장 구경에 동행할 예정이었다. 어제에 이어 오늘도 관광은 다 날아간 셈이다. 마오마오도 서도의 신기한 물건을 살 수 있겠다는 생각에 기대하고 있었으나, 그러지 못하고 수수한 색깔의 옷으로 갈아입게 되었다. 설마 이런 곳에서 장례식에 참석할 줄은 정말 상상도 못 했다.

"덕분에 오늘 밤 연회는 취소됐으니 그건 솔직히 고맙긴 한데, 그렇게 생각하는 건 너무 불경한 짓이겠지."

차를 홀짝이며 아둬가 말했다. 매일 밤 이어지는 연회에 지치고 피로했던 건 마오마오 한 명만이 아니었던 모양이다. 불경한 소리를 해 봤자 이 방 안에 있는 사람은 아둬와 마오마오, 그리고 스이레이밖에 없다. 보통 스이레이에게는 감시가 붙어 있지만 아둬와 함께 있을 때는 감시도 물러난다. 그렇다고 숨통이 트이느냐 하면, 그것도 어려울 것이다. 아둬 또한 재미있는 것을 좋아하는 성격이니 성실하고 고지식한 스이레이는 항상 놀림을 받고 있는지도 모른다.

"그나저나 궁지에 몰려 자살을 하다니, 너무 허망한걸."

새신부는 자살을 했다는 결론이 내려졌다. 본인의 방에서 유서가 발견되었기 때문이다. 자살의 이유는 머나먼 이국땅에 대한 불안이라고 쓰여 있었다. 유서를 본 새신랑은 화기애애하게 연회를 즐기던 때와는 태도가 완전히 달라져 몹시 분개했다. 신부의 아버지에게 덤벼들어 어마어마한 분노를 터뜨렸다. 그 대부분이 이국의 언어였기 때문에 무슨 말인지 알아들을 수 없었으나 상당히 지저분한 말이 섞여 있는 듯했다. 서도 사람들은 그 말을 알아들었는지 그저 슬픈 표정으로 고개만 숙이고 있었다.

마오마오도 유서를 보았다. 신부 본인의 필적이었다.

'궁지에 몰렸다는 말은 한마디도 적혀 있지 않은데….'

이 전직 사부인은 아무래도 쉽게 얕볼 수가 없다. 애당초 향수를 찾아낸 사람 역시 아둬의 부하였다. 아둬는 교쿠요 황후와 같은 분위기를 지닌 인물이다. 도대체 어디까지 알고 있는지 알 수가 없으니, 마오마오도 발언에 조심해야 한다는 생각이 들었다.

새신부는 결혼이 싫어서 자살했다. 탑에 목을 매단 건 일부러 모든 사람들에게 보여 주기 위한 행동이었으며 그 줄이 끊어지는 바람에 땅바닥으로 추락했다. 그런데 그 떨어진 자리에 하필 등롱이 놓여 있었던 탓에, 낙하와 동시에 등롱이 넘어져 의복까지 불타고 말았다.

표면적으로는 그렇게 처리되었다.

사실은 그렇지 않았는데 말이다.

진시는 자신이 넌지시 떠본 말 때문에 신부가 자살한 게 아닌가 생각하는 모양이었지만 실제 그런지 어떤지도 알 수 없다. 이 신부가 바로 향수를 리슈 비의 이복 언니에게 건넨 장본인일 가능성이 높지만, 확실하지는 않다.

어쨌거나 애매한 상황에서 마오마오는 장례식에 참석하게 되었다. 아니, 거절하려고만 하면 얼마든지 거절할 수도 있었지만 자꾸 신경 쓰이는 부분이 있었다.

진시도 간다. 본래 진시가 일개 지방관의 딸 장례식에 참석할 이유는 없었지만, 신부의 아버지가 애원했기에 별수 없었다. 나중에 들은 이야기지만 새신랑이 고함을 지르며 화를 낸 그 말의 내용은 '이게 벌써 두 번째잖아! 다음 신부를 준비할 수 있긴 한 건가?'라고 했다.

그 자리에서 새신랑이 소란 피우기를 그만뒀던 건 진시와 교쿠엔이 있었기 때문이다.

'두 번째라….'

원만해 보이던 혼인 뒤에 사실 뭔가가 있다는 사실은 쉽게 눈치챌 수 있었다.

"슬슬 시간이 되어 갑니다."

마오마오가 의자에서 몸을 일으켰다.

"그렇군."

아둬는 찻잔을 내려놓고 마오마오를 흘끔 쳐다보았다.

"한 가지 미안한데…."

"무슨 일이시죠?"

드물게도 다소 조심스럽게 말하는 아둬를 보고 마오마오가 고개를 갸웃거렸다.

"밤의 귀인도 참석한다면, 당연히 그 종자도 동행하겠지?"

"그럴 테지요."

일단 바센은 부관 겸 호위다. 사자를 때려잡는 바람에 오른손 손가락뼈가 골절되었는데도 당사자는 신기할 정도로 멀쩡했기에, 손가락이 이상한 방향으로 꺾여 있는 모습이 뒤늦게 발견되었을 때는 정말 난리가 났었다.

"정말 괜찮을까? 가오슌의 아들이라는 이야기를 듣긴 했는데, 너는 어떻게 생각하지?"

"…그 점에 대해서는 진시 님이 결정하실 문제이므로, 제가 무어라 말씀드릴 이유가 없습니다."

싸움 실력에는 문제가 없다. 하지만 당사자의 내면이 아직 성숙하지 못했을 뿐이다. 마오마오의 경우 가오슌이라는 존재를 먼저 보았기 때문에 비교 대상이 있어서 평가가 더 박해진 면도 있지만 말이다.

호위나 보좌관은 그 외에 또 있으므로 바센 한 명에게만 맡겨 놓지는 않을 테니 문제없을 거라고, 마오마오는 낙관적으로 생각하기로 했다.

"끼어들 여지가 아예 없는 건가?"

아둬는 심각한 표정이었다. 스이레이가 아둬의 빈 찻잔에 새 차를 따랐다.

"네, 제가 어떻게 할 수 있는 일이 아닙니다."

"알겠다."

마오마오는 의아한 표정으로 아둬를 바라보며 방을 나왔다.

사실은 더 내밀하게 끝내고 싶겠지만, 그렇게 공공연히 수많은 사람들이 다 봐 버린 상황이니 장례식도 조용히 치를 수가 없었으리라.

죽은 새신부의 저택을 보니 하얀 옷을 입은 여자들이 줄지어 들어가고 있었다. 면사를 쓴 걸 보니 곡해 주러 온 여자들인 듯했다. 꽤나 많이도 준비했다고 생각하며 마오마오는 그 광경을 지켜보았다. 집 주위에 화환이 장식되고, 고개를 숙인 하인들이 들어오는 장례식 참석자들을 맞이하고 있었다.

서역에 실제로 대신 곡해 주는 여자라는 풍습이 있는지는 잘 모르겠으나, 딸에게 전족을 시키는 집안이니 장례식도 아마 도성풍일 것이다.

접수처에서는 대신 곡해 주는 여자들의 인원수를 확인하고 나서 나무패를 건네주고 있었다. 신분증명서 대용품인 듯했다.

"자, 어서 가자."

저택 하인의 말에 여자들은 그 뒤를 따랐다.

이번에 마오마오는 라한을 따라 장례식에 참석하게 되었다. 이들 일행이 가져온 짐 속에는 종이로 만든 돈과 가짜 일상 용품들이 들어 있었다.

"진짜를 쓰진 않는 거야?"

"그건 졸부들이나 하는 짓이고."

라한이 대답했다. 자기가 수전노라서 종이로 된 물건을 준비한 게 아니라는 말이었다.

라한은 연회에는 초대받지 못하고 장례식에만 불려 가게 된 일에 대해 투덜투덜 불평하고 있었으나 어쩔 수가 없다. 라한이 있는 이상 마오마오가 진시를 따라갈 필요는 없으니 말이다. 오늘 리쿠손은 참석하지 않는다고 한다. 리쿠손도 따로 자기 할 일이 있을 것이다.

"게다가 생각보다 꽤 질 좋은 종이라고. 조악한 물건하고는 달라."

그 지전紙錢은 아주 좋은 소재로 만들어진 물건이었다. 돌팔이 의관네 마을에서 생산한 상품과 비교해 봐도 손색이 없는데, 실제로 거기서 사 온 물건인지 아닌지는 알 수 없다. 하지만 유서를 봤을 때도 든 생각인데 서도에는 꽤 좋은 종이들이 나돌고 있는 듯했다.

"유통의 중심지니까. 조악한 상품을 밖에 내놓을 수는 없지."

원래는 이 나라 리국에서도 종이를 수출했다고 한다. 당시의 품질은 서방에서도 비싼 값을 쳐 줄 정도로 괜찮았다고 들었다. 조악한 상품이 늘어나면서 종이 수출도 쇠락했다고 하던데, 양질의 물건이 아직 시장에 나오고 있기는 한가 보다.

장례식에 참석한 사람들은 고인을 추모하기 위해 종이로 만든 돈과 일상 용품들을 바쳤다. 이것을 불태움으로써 사후 세계에서도 생활이 불편하지 않도록 해 주기 위함이다. 저승길에도 노잣돈이 필요하다는 말은 괜히 하는 소리가 아니다.

어제는 저녁 무렵이었기에 어두컴컴한 가운데 걸어와 몰랐지만, 밝은 대낮에 저택을 다시 보니 곳곳이 황폐해져 있는 게 눈에 띄었다. 원래 갖은 사치를 부리며 지었던 저택도 주인이 바뀜으로써 그 사치를 유지할 힘을 잃은 모양이었다.

'샤오 사람과의 혼인….'

이 또한 의아한 일이었다.

외교 관계를 구축하는 데 꼭 필요한 일이라 볼 수도 있겠지만, 한편으로는 그 역학 관계가 한쪽으로 기울어 있는 것 같기도 했다. 어제는 이곳에서 연회가 열렸으나 다른 혼인 관계의 경우, 웬만하면 신랑이 사는 곳에서 연회가 벌어지곤 한다. 그리고 그 자살 사건이 벌어진 후 신랑의 태도는 너무나 오만하고 고압적이었다.

라한은 이미 그 이유를 알고 있는 듯, 길을 걸으며 마오마오에게 가르쳐 주었다.

"원래는 이戌 일족 대신 끌려온 가문이지만, 사실은 귀찮은 존재를 허울 좋은 방식으로 치워 버렸다고 보는 게 맞겠지."

선제의 모후, 즉 여제는 실력지상주의자였다. 중앙에서 아무리 혈통이 좋아도 무능한 관리들은 거치적거리는 존재로 여겼다고 한다. 서도를 제대로 다스리기만 한다면 '이름'을 주겠다는 핑계로 여러 가문을 서쪽으로 보냈다.

그중 한 곳이 이 새신부의 집안이었다.

하지만 무능한 자가 장소를 바꾼다고 갑자기 유능해질 리는 없다. 익숙지 않은 기후 때문에 돌림병에 걸려 대가 끊긴 집안도 있고, 몰락해서 사라져 버린 집안도 있다.

서쪽 땅은 국가적으로 방어의 요충지라 할 수 있는데 어째서 여제가 그런 무모한 짓을 했느냐면, 그 시대가 여제의 최전성기였기 때문이다. 그리고 몰락한 집안도 있는가 하면 번영한 집안도 있다. 그것이 교쿠요 황후의 친정이다.

새신부는 집안을 유지하기 위해 타국으로 시집갈 예정이었다. 혈연관계를 맺어서 교역을 행하는 것이 이 집안의 방식이었다고 한다. 대대로 이 저택의 딸들은 그렇게 시집을 갔다. 이 집안이 살아남는 방법으로 선택한 게 바로 그 길이었다.

"사실 원래 시집가기로 되어 있던 신부는 죽은 여자의 사촌자매였다더군. 당주 동생의 딸이었다는데."

그 연회에서 유난히 기분 좋게 취해 있었던 그 중년 남자를 말하는 모양이었다. 마치 친딸의 혼인처럼 들떠 있는 듯 보였는데 말이다.

"혼인 연회 열흘 전에 자살했다고 해."

"…그렇게는 안 보이던데."

"억지로라도 웃어야만 하는 일이 많은 법이야, 세상에는."

그래서 새신랑이 두 번째라고 한 모양이었다. 게다가 자살한 이유는 이번 신부와 완전히 똑같다고 한다. 도대체 이국땅을 얼마나 두려워하고 있었던 걸까.

두 사람은 돌이 깔린 길을 뚜벅뚜벅 걸어갔다. 수로의 잉어들이 첨벙 뛰어오르는 바람에 물이 튀어 발밑이 다 젖었다. 아무거나 다 주워 먹는 이 물고기들은 방문자의 발소리를 알아듣고 더 쫓아오는 모양인지, 서늘한 물소리는 점점 더 늘어났다.

저택 앞에는 이미 사람들이 와글와글 모여들어 있었고, 곡하는 여자들 집단이 울고 있었다.

조문객들 중에는 어제 본 얼굴이 많았다.

'진짜 많네.'

조문객도 그렇지만 아무래도 눈에 띄는 건 새하얀 옷의 집단
이었다. 우는 여자들은 벌써 50명이 넘는다. 다른 조문객이 데
려온 사람이 있을 수도 있겠지만, 아무리 그래도 너무 많다는
느낌이 자꾸만 들었다. 소리 높여 우는 것이 이 여자들의 일이
긴 하지만 이번에는 다소 억누르고 있다는 인상도 느껴진다.
그렇지 않았다면 너무 시끄러워 견딜 수가 없었으리라. 역시
직업상의 울음이구나, 하는 생각이 들었다.

곡하는 여자들을 이렇게 잔뜩 모아 놓으면 아무래도 어색하
고 서투른 사람도 어느 정도는 섞여 있기 마련이다. 아직 수줍
음이 남아 있는 목소리인 걸 보니 일을 시작한 지 얼마 안 되었
을 수도 있겠다. 게다가 유난히 기장이 긴 옷을 입은 탓에 옷에
걸려 자빠질 뻔하며 걷는 여자도 있었다.

긴긴 장례식 중에 계속 곡소리를 내기도 힘든지 때때로 앞줄
과 뒷줄이 자리를 바꾸곤 했다. 즉, 서로 교대하면서 곡을 함으
로써 체력을 보존하는 모양이었다. 이렇게 효율을 중시하면서
해 주는 곡으로 고인이 정말 성불할 수 있을지 의문이긴 하지
만, 어차피 죽으면 아무것도 남지 않는다고 마오마오는 생각한
다. 곡하는 여자들도 먹고살아야 하니 어쩔 수 없다.

마오마오는 위를 올려다보았다. 정원 건너편에는 지붕이 4중으로 되어 있는 탑이 있었다. 낮에 보면 밤과는 다른 관점으로 관찰할 수 있지 않을까.

마오마오는 앞으로 몇 걸음 나아갔다. 하지만 코앞에 수로가 있다는 사실을 알아차리지 못한 탓에 떨어질 뻔해서, 다급히 근처에 있던 라한에게 매달렸다.

"뭐 하는 거야?"

라한이 어이가 없다는 듯 말했다.

"미안."

수로에 떨어져도 그렇게 깊지는 않겠지만, 벌써 무슨 소리를 들은 잉어들이 몰려들었다. 어제는 불빛이 있었기 때문에 떨어지지 않을 수 있었으나 다소 위험하다는 느낌은 들었다. 탑까지는 거리가 제법 된다. 게다가 계단을 단숨에 뛰어 올라갔던 탓에 어제는 좀 힘들었다.

'계단? 탑까지의 거리?'

마오마오는 어제 묘한 위화감을 느꼈던 일을 떠올렸다. 왠지 연결될 듯한 기분이었다.

"이 녀석들, 얘는 너희 먹이가 아니야."

라한이 농담조로 말했다. 잉어는 개의치 않고 주둥이를 뻐끔거리며 먹이를 달라고 졸랐다. 때마침 바람이 불어 지전이 수로에 떨어졌다. 잉어는 거기에 세차게 달려들었고, 돈은 흔적도 없이 사라졌다.

"……."

마오마오는 눈을 커다랗게 뜨고 그 모습을 가만히 지켜보았다.

"뭐 하는 거야? 그건 잡으면 안 되는 고기야."

농담하듯 말하는 라한을 향해 마오마오는 손을 내밀었다.

"종이."

"종이?"

"회지 갖고 있잖아? 일단 몇 장 좀 줘 봐."

"갑자기 뭐야?"

라한은 의아해하면서도 품에서 종이를 꺼냈다. 마오마오는 그것을 잘게 찢어 수로에 뿌렸다. 잉어는 또다시 그것을 덥석덥석 먹어 치웠다.

마오마오는 입을 딱 벌린 채 멍하니 그 모습을 지켜보았다.

"그랬구나!"

마오마오는 후다닥 탑 쪽으로 뛰어갔다.

"어, 어디 가?!"

새신부가 매달려 있던 탑은 연회가 벌어졌던 정자에서는 보이지만, 가까이 다가감에 따라 점점 보이지 않게 되는 위치였다.

마오마오는 탑을 향해 달려갔다.

그리고….

탑 바로 아래에 있는 연못을 보았다.

"뭐, 뭘 하고 싶은 거야, 도대체. 아니, 지금 뭐 하는 거야?!"

라한이 숨을 헐떡이며 따라왔다. 마오마오는 옷자락을 걷어 올리고 연못 속으로 들어간 상태였다. 탑은 가까운 곳에 있었지만 그래도 어느 정도 거리가 있긴 했다. 새신부의 시체는 이 연못 앞에 떨어져 있었다.

"라한, 창으로 사람이 떨어진다고 쳐. 그럼 어느 위치에 떨어지겠어?"

"그야 기본적으로 바로 아래겠지."

그렇다. 그 위치에서 불탄 시체가 발견되었다.

하지만.

"그럼 사람이 아니라 더 가벼운 물건이 떨어진다면? 바람 방향과 세기는 오늘과 똑같다고 치고."

"무게에 따라 다르겠지."

"2근도 안 되는데, 크기는 사람과 거의 비슷한 정도."

"그럼…."

라한은 안경을 고쳐 쓰고 눈어림으로 거리를 쟀다. 그리고 손끝에 침을 뱉어 바람의 흐름을 살폈다.

"거기보다 건물에서 조금 더 멀리 떨어진 위치겠지. 그리고 지붕 위치도 계산에 넣으면…."

'그래, 지붕의 위치야. 그것까지 시야에 넣으면 모순이 생겨.'

밝은 곳에서 보니 새삼 확인할 수 있는 점이 있었다.

라한도 시체가 있었던 불탄 땅바닥 자국과 지붕을 번갈아 쳐다보았다. 그리고 고개를 갸웃거렸다. 마오마오가 알아차릴 정도이니, 이런 쪽의 계산이 빠른 이 사내가 알아차리지 못할 리가 없다. 만일 라한이 어제 이 현장에 있었다면 마오마오보다그 모순을 빨리 발견했을지도 모른다.

마오마오는 라한이 손가락으로 가리킨 위치로 이동했다. 그리고 팔을 걷어붙이고 연못 속에 손을 집어넣어, 연못 바닥을헤쳐 보았다.

라한은 일단 상황을 지켜보기로 했는지 지면에 엉거주춤 앉았다. 달리 할 일도 없는 듯 잔가지를 주워 들고 땅바닥에 낙서를 하고 있었다. 무슨 계산을 하고 있는지도 모른다.

"뭐 하시는 겁니까?!"

손님이 정원 연못 속으로 들어가 진창 속을 헤집는 모습을 발견한 저택 하인이 다급히 쫓아왔다. 장례식이 열리고 있는 저택 안에서 제멋대로 어슬렁거리는 손님을 수상히 여기지 않을리 없다.

"빨리 올라오십시오."

"신경 쓰지 마시길."

마오마오는 개의치 않고 연못 속에 손을 넣었다. 바닥은 진흙이어서 좋은 비료가 될 것 같았다. 엄청난 양의 잉어 똥이 비옥

한 진흙으로 바뀐 듯했다.

"그렇다는군."

라한은 남의 일처럼 말했지만, 그래도 하인은 마오마오를 끌어올리려 했다. 마오마오는 그것을 무시하고 계속 진창 속을 파헤쳤다. 찾는 물건이 나오기만 하면 해결될 일이다.

라한은 말리진 않았으나 그렇다고 응원할 생각도 없는지 주위를 흘끔흘끔 쳐다보고 있었다.

하인은 첨벙첨벙 물보라를 일으키며 다가왔다. 그때 마오마오의 손에 어떤 것이 걸렸다. 마오마오는 그것을 움켜쥔 채 뒤어서 도망치려다 미끄덩거리는 진창에 자빠져, 연못에 얼굴을 처박고 말았다. 진흙투성이가 된 채 하인에게 잡히려던 그 순간이었다.

"뭘 좀 찾았나?"

투명한 미성이 울려 퍼졌다.

'일부러 때를 노리기라도 한 것 같네.'

진시가 나타났다. 뒤에는 어처구니없다는 표정의 바센도 있었다.

마오마오는 진흙투성이가 된 얼굴을 닦고, 끈 하나를 치켜들어 보여 주었다. 끈 끝은 너덜너덜하게 찢긴 모양을 하고 있었다.

'그렇다면 새신부는….'

마오마오는 정보를 정리했다. 수상한 점이 한 가지 더 이 저택 안에 있었다. 그것만 밝혀 낼 수 있다면 이 사건은 해결된다.

"새신부는 살아 있겠네."

마오마오는 그렇게 말하며 히죽 웃었다.

마오마오는 방을 준비해 달라고 부탁한 뒤, 몸을 씻고 옷을 갈아입었다. 목욕을 하고 싶었으나 시간이 그렇게까지 넉넉하진 않았기에, 두피에 진흙이 말라붙은 느낌이 찝찝했지만 꾹 참았다.

옷을 갈아입은 후에 안내받은 곳은 저택의 어느 넓은 방이었다. 장례식에서 기괴한 행동을 저지른 손님이 아무래도 불쾌할 수밖에 없었는지, 저택 주인과 그 친족들은 들어오는 마오마오를 일제히 노려보았다.

그 외에 있는 사람들은 진시와 바센, 라한과 그 호위들뿐이고 어제의 새신랑은 없었다. 뿐만 아니라 새신랑은 장례식에 참석한 것 같지도 않았다.

탁자 한가운데에는 마오마오가 연못 진창 속에서 찾아낸 끈이 놓여 있었다.

창밖을 보니 하얀 옷 집단은 아직도 곡을 하고 있다. 장례식은 내일까지 이어지기 때문에 오늘은 이곳에서 묵어갈 예정이었다.

다른 손님들은 돌아가고, 남은 인원은 곡하는 여자들과 저택 주인 가족과 마오마오 일행뿐이었다.

"도대체 뭘 어쩌시려는 겁니까?"

진심으로 절망한 듯한 집주인이 말했다. 분노보다는 슬픔이 앞서는 눈치였다.

"그건 이쪽에서 설명하도록 하지."

진시의 목소리에 마오마오는 방 한가운데로 불려 갔다. 진흙 투성이가 된 끈은 아직 새것이었다.

"라 집안의 아가씨라고 들었습니다만, 저희는 지금 딸의 죽음에 슬퍼하고 있는 상황입니다. 가만히 좀 내버려 둬 주시면 안 되겠습니까? 아무리 밤의 귀인이라 하더라도, 저희 쪽에서도 생각이 있습니다."

에두른 말이긴 하지만 집주인은 명백히 진시를 비판하고 있었다. 움찔움찔 떨고 있는 모습을 보니 상당한 용기를 쥐어짠 듯했다.

"그 부분은 나도 미안하게 생각하고 있다. 하지만 잠시만 우리 이야기를 들어 줬으면 좋겠군."

진시는 부드럽지만 단호하게 말했다.

"손님들이 모두 돌아가셨으니 뒷정리를 해야 합니다. 하다못해 곡하는 여자들 정도는 돌려보내게 해 주시지 않겠습니까?"

진시가 마오마오를 흘끔 쳐다보았다. 마오마오는 고개를 가로저었다. 이제부터 할 이야기를 전부 마오마오에게 맡기겠다는 듯, 진시는 반걸음 물러섰다.

"정말로 새신부가 죽었다면 저도 그럴 생각입니다."

마오마오는 그렇게 말하며 끈을 집어 들고 밖으로 나갔다.

"따라오십시오."

"갑자기 무슨 소릴 하는 거야?"

투덜투덜 불평하는 소리가 들려오는 가운데 마오마오는 하얀 옷의 집단 앞으로 다가가 섰다. 그리고 통곡하고 있던 여자들 앞에 쪼그리고 앉았다.

주위에서는 대체 뭘 하려는 거야, 하고 고개만 갸웃거리고 있었다.

"에잇!"

마오마오는 양손으로 곡하는 여자 둘의 치맛자락을 움켜쥐고 있는 힘껏 위로 들춰 올렸다.

"……."

모두가 턱이 빠질 만큼 입을 떡 벌리고 혼이 빠진 표정을 지었다.

햇볕이 강한 지방이지만, 그을리지 않도록 항상 가리고 다니는 다리는 창백했다. 마오마오는 무조림을 먹고 싶다고 생각하면서 차례차례 치마들을 들추고 다녔다.

치마 들추기를 당한 여자들의 높은 비명 소리가 울려 퍼졌다.

'옛날에 그런 적이 있었지.'

악취미를 지녔던 상인 한 명이 기녀들 십수 명을 모아 놓고 치마 들추기를 하면서 하룻밤을 꼬박 지새웠던 일이 있었다. 녹청관 할멈은 천박하다고 투덜거렸지만 통상 요금의 세 배를 냈기에 할 수 없이 승낙했다.

마오마오가 하고 있는 일은 그 호색한 영감탱이와 똑같은 짓이었다.

치마 들추기를 당한 여자들은 치맛자락을 꾹 누르며 제자리에 주저앉았고, 아직 당하지 않은 여자들은 다급히 도망쳤다.

'큰일 났네, 의외로 재미있는걸.'

뭐가 그렇게 재미있는지는 해 보지 않으면 모른다. 마오마오는 도망치는 여자들을 쫓아가며 치마를 계속 들춰 나갔다. 이 시점에서 호색한 영감탱이의 마음이 이해가 되기 시작했다. 이건 곤란하다.

곡하는 여자들 가운데에는 운동 신경이 없는 자도 있었다. 도망치려 했지만 제대로 달리지 못하고 그만 자빠지고 말았다. 마오마오는 사정없이 그 여자 앞으로 쫓아가 서서 손가락을 꿈지럭거렸다. 곡하는 여자의 비명이 정원 안에 메아리쳤지만 마오마오는 그 치마를 손으로 움켜쥐었다.

"이봐, 적당히 좀 해."

뒤통수를 철썩 얻어맞은 마오마오가 누군가 뒤를 돌아보니,

기가 막히고 어이가 없다는 표정의 진시였다.

"죄송합니다."

마오마오는 들추려던 치맛자락을 놓았다.

"하지만 이미 찾아냈습니다."

곡하는 여자의 치마 속에서 튀어나온 것은 신발이었다. 자빠져서 반쯤 벗겨진 그것은 발에 전혀 맞지 않는 크기였다. 마찬가지로 튀어나와 있는 발은 붕대로 둘둘 감겨 있었고, 발다운 발의 형태를 띠고 있지 않았다.

그 곡하는 여자는 전족을 하고 있었다.

치마에서 손을 뗀 마오마오는 여자가 쓴 면사로 손을 뻗었다.

천천히 면사를 벗기자 그 속에서는 눈물이 그렁그렁한, 귀여운 얼굴의 소녀가 나타났다.

"죄송해요."

소녀는 울면서 말했다. 누구에게 하는 말인지 몰라도 최소한 마오마오에게 하는 말은 아니었다.

"아…."

'당신이 신부로군요.'

마오마오는 그렇게 말하려 했지만, 말을 입 밖으로 꺼낼 수가 없었다. 곡하는 여자 앞으로 또 한 명, 전족을 한 여자가 몸을 들이밀고 가로막았다. 분명히 새신부의 시녀들 중 한 명이었다.

"갑자기 뭐 하는 짓입니까! 무례한 데에도 정도가 있지요!"

여자는 마오마오에게 고함을 질러 댔다. 눈에는 눈물이 고여 있었으나 여자는 그것이 흘러넘치지 않도록 필사적으로 눈을 부릅뜨고 있었다. 입술도 깨물고, 어깨도 바들바들 떨고 있었다.

"자, 넌 어서 가도록 해. 내일도 일이 있잖아."

시녀는 새신부의 치맛자락을 고쳐 주고, 면사도 다시 씌워 주었다.

하지만 전족을 발견한 이상 마오마오는 물론이고 진시 역시 그 여자를 그냥 보내 줄 수는 없는 노릇이었다.

이대로 도망치는 건 곤란하다. 그렇게 생각한 마오마오는 잔혹한 말을 내뱉었다.

"불탄 시체는 당신의 자살한 사촌 자매인가요?"

소녀의 몸이 움찔 떨렸다.

"목매다는 모습을 요란하게 보여 줬던 건 시체에 목매단 자국이 남아 있는 것을 얼버무리기 위한 일이었고, 불태운 것은 사후 경과를 숨기기 위해서였군요."

소녀가 코를 훌쩍이는 소리가 들렸다. 어설프게 곡하는 흉내를 내는 게 아니라, 일로 삼아도 손색이 없을 정도로 어엿한 울음이었다.

"도대체 무슨 소리를 하고 있는 건지 알 수가 없군. 이 이상

내 딸의 죽음을 모독하는 일은 삼가 줬으면 좋겠어. 그런 곡하는 여자 따위가 내 딸일 리가 있나!"

내내 가만히 있었던 신부의 아버지가 언성을 높이며, 시녀와 마찬가지로 마오마오의 앞을 가로막았다.

"그래, 내 딸 이야기도 하고 있는 모양인데, 솔직히 섣부르게 건드리지 말아 줬으면 좋겠군."

신부의 숙부도 분노를 드러냈다.

"게다가 그렇다면 그때 우리가 봤던 허공에 뜬 신부는 도대체 누구였단 말이지? 우리는 목이 매달린 새신부를 봤어. 그리고 땅에 떨어진 새신부도 찾아냈어. 그게 사실이라고!"

숙부는 손짓 발짓까지 동원하여 열변을 토했다.

하지만 마오마오는 고개를 가로저었다.

"맞습니다. 새신부는 꼭대기 층의 목이 매달렸던 장소 바로 아래에 떨어져 있었죠. 하지만 이상한 일입니다. 왜냐면 탑의 지붕은 4중으로 되어 있잖아요? 그건 얼핏 보기에는 전부 같은 크기인 것 같지만 사실은 아래층이 더 넓게 펼쳐져 있죠. 거기에 무언가가 떨어지면 어떻게 될까요?"

이런 설명은 라한이 더 잘한다. 마오마오는 라한에게 떨어져 있던 나뭇가지 하나를 쥐여 주었다. 라한은 땅바닥에 탑 모양을 그렸다. 마오마오가 진창 속을 헤집고 다닐 때 그렸던 그림이었다.

"지붕이 대각선이니 아무래도 바깥을 향해 굴러갈 수밖에 없겠죠. 그리고 굴러가다 보면 아무래도 바깥쪽으로 향하는 힘을 받게 됩니다."

라한이 화살표를 그리며 설명했다.

"즉, 기세 때문에 멈추지 않고 데굴데굴 굴러서 떨어지게 된다면 탑에서 훨씬 멀리 떨어진 곳에 떨어지게 되겠지요."

하지만 불탄 시체는 지붕 바로 아래에 있었다. 탑 입구에서는 사각이라 보이지 않는 장소였다. 그랬다. 연못에 떨어지면 시체를 태워서 눈속임을 할 수 없게 된다.

"사물의 운동과 속도를 계산하면 아무리 생각해 봐도 맨 처음 시체가 있던 장소에 떨어지진 않을 터."

이럴 때는 믿음직스러운 게 라한이다. 그림을 그려서 보여 주니 그냥 말로 설명하는 것보다 훨씬 이해하기 편했다.

"불탄 새신부의 시체는 처음부터 그 자리에 놓여 있었고, 저희는 모두 허공에 뜬 새신부의 모습에 시선을 빼앗기는 바람에 그걸 미처 못 봤던 겁니다."

탑으로 향하는 길 내내 발밑에는 등롱이 켜져 있었다. 어두운 밤길, 저택에 익숙지 않은 손님들이 그 불빛에 유도당하는 건 당연한 일이다. 폭죽 연기와 등롱 기름 냄새는 사전에 이미 타 있었던 시체의 냄새를 얼버무리기 딱 좋았다.

"그리고…."

마오마오가 덧붙였다.

"매달려 있던 신부의 정체는 이것일 겁니다."

마오마오는 회지를 꺼내, 일부러 요란한 발소리를 내며 연못으로 다가갔다. 그리고 잘게 찢은 종이를 수면에 뿌리자 첨벙거리는 소리를 내며 잉어들이 덤벼들어 종이를 먹어 치웠다.

"이 근방에는 질 좋은 종이가 많이 유통되고 있으니 먼발치에서 보면 마치 진짜 신부 의상처럼 보일 만큼 정교한 종이 세공을 할 수도 있었겠지요."

신호로는 무엇을 사용했을까. 불꽃놀이를 이용하면 아주 적절했으리라. 봉홧불 대신 특정한 색을 사용했거나, 아니면 소리로 판단했거나.

누군가가 목매단 새신부를 발견한 순간 그것이 신호가 된다. 탑까지의 거리와 꼭대기 층까지 달려 올라가는 시간을 역산하여, 끈이 끊어진 척하며 종이 인형을 떨어뜨린다. 모두가 탑으로 달려 올라오느라 그것을 알아차리지 못한다.

"어제 잉어를 잡으셨죠? 그건 잉어를 쫓아내려 했던 행동이 아니었나요?"

새신부의 숙부가 잉어를 잡으며 소란을 피웠던 것도 종이를 먹는 잉어를 목적지로 유도하기 위한 일이었다. 불꽃 소리에 놀라 도망치기도 했겠지만, 어쨌거나 더욱 신중을 기한 행동이라 할 수 있었다.

종이 인형은 연못 속으로 떨어져 잉어 배 속으로 사라지고 인형을 묶은 끈만이 남는다. 마오마오가 연못의 진창 속을 파헤쳐서 찾아낸 바로 그 끈 말이다.

이때 끈을 끊은 자는 누군가가 탑에 올라오기를 기다리기만 하면 된다. 서둘러 내려가다가 딱 마주치느니, 차라리 여러 사람이 모여들었을 때 그 속에 숨어들어 천연덕스러운 얼굴로 섞여 버리면 문제없으니 말이다. 그게 누구인지는 새삼 추궁할 필요도 없을 것이다.

"다른 의견이 있으시다면 탑에 매달려 있던 끈과 그 연못 속에서 찾아낸 끈의 뜯어진 부분을 한번 맞춰서 비교해 볼까요, 여러분?"

'여러분'이라는 말에 새신부의 아버지가 무릎을 꿇었다. 다른 사람들도 포기한 듯 서로 얼굴을 마주 보았다. 의지 어린 표정으로 곡하는 여자를 감싸고 있던 시녀가 분한 듯 얼굴을 일그러뜨렸다.

그렇다. 이 모든 일들은 새신부 혼자서 해낼 수 있는 일이 아니다. 복수의 범인, 또는 일족 전체가 공범이 되어 계획한 일이었으리라.

눈앞에 있는 것은 야심으로 가득한 표정이 아니라, 그저 슬픔으로 고개만 숙인 한 가족의 모습이었다.

"신부를 곡하는 여자들 속에 숨겨서 도망치게 만들 생각이었군요."

마오마오는 내내 착각하고 있었다. 리슈 비가 도적에게 습격당한 일 때문에, 이번에 벌어진 사자 사건도 리슈 비를 노린 일이라고 착각하고 있었다.

하지만 상대의 꿍꿍이가 이쪽의 예상과 반드시 일치하리라는 법은 없다.

"그 이국의 신랑에게서 벗어나게 해 주기 위해."

사자를 데려온 사람이 바로 그 이국의 신랑이었다고 한다. 그렇다면 우리가 부서져 사자가 탈출할 경우, 책임은 신랑에게로 돌아간다.

사자 우리에 조작을 하고, 사자를 흥분시키는 향수를 연회 참가자들에게 뿌려 놓기만 하면 된다. 그중 한 명으로 선택된 사람이 우연히 리슈 비의 이복 언니였을 뿐이다.

원래대로라면 사자 우리의 책임을 물어 신랑에게 더 큰 처벌이 내려져야 했다. 하지만 진시나 교쿠엔은 그들의 예상보다 신중한 성격이어서, 가능한 한 일을 크게 키우지 않고 증거를 모으는 데에만 전념했다.

다급해진 신랑은 재빨리 이 나라를 벗어나려 했다. 그다음 날의 혼인 연회는 이미 예정된 일이었으므로 연회가 끝나면 바로 돌아가기로 했다. 지금 이 자리에 없는 이유도 아마 이미 떠나 버렸기 때문이리라.

이대로는 새신부가 타국으로 시집을 가 버리게 된다. 다급해진 일족이 택한 방법은 새신부가 죽은 척 위장하는 연극이었다. 이미 죽은 사촌 자매의 시체를 이용하면서까지 이들은 딸을 지키려 했다.

"도대체 왜 그렇게까지 한 거지?"

진시가 물었다.

"하하, 제 딸이 어떤 취급을 받았는지 알기나 하십니까?"

그렇게 대꾸한 것은 신부의 숙부였다. 죽은 사촌 자매의 아버지 말이다.

"그놈들은 우리 일족의 딸들을 노예로밖에 보지 않습니다. 첫날밤 그놈들이 제일 먼저 하는 일은 새신부에게 가축의 낙인을 찍는 일이지요."

결혼이란 항상 대등한 관계를 맺게 되는 건 아니다. 오히려 한쪽으로 무게 추가 기울어 있는 경우가 더 많다. 힘이 없으면 아양을 떨며 빌붙는 수밖에 없다. 이 집안은 지금껏 그런 식으로, 딸들을 산 제물로 바쳐 왔다.

"제 발 역시 그 남자가 원한 일이었어요. 동방에서 온 계집다운 모습을 보이라더군요. 아마 수집품 중의 하나로밖에 보지 않았을 거예요."

곡하는 여자 차림을 한 새신부가 자신의 작은 발을 쓰다듬으며 말했다. 시녀가 괴로운 표정으로 그 모습을 지켜보고 있었다. 신랑이 우선 원한 상대는 사촌 자매였고, 그 예비로서 이 새신부와 또 한 명의 시녀까지 전족을 시켰던 걸까.

진시의 얼굴은 무표정해졌다. 하지만 그 속 깊은 곳에서는 무언가가 끓어오르는 듯 보였다.

"저희는 무능합니다. 그래서 이런 방법밖에 선택할 수가 없었습니다. 제게 더 힘이 있었다면 딸아이를 화원에서 가장 커다랗게 피어난 장미로 만들어 줄 수 있었을까요?"

그것은 마찬가지로 서도에 있었으면서도 딸을 황후 자리까지 올려놓은 교쿠엔을 말하는 걸까.

"여제의 눈에 들었더라면 이런 변경 구석까지 쫓겨날 일도 없었을까요?"

진시는 슬픔에 찬 일족에게 등을 돌렸다. 그들이 저지른 일은 무거운 죄였다. 딸을 지키기 위해 한 일이라고는 하나, 다른 사람들을 희생시켰을지도 모르는 행동이었다.

"집안을 지킬 수 있었을까요?"

가벼운 처벌로 끝나진 않을 것이다.

하지만 그 부분에서 공과 사를 구분할 수 있을 정도로 진시가 완벽한 어른이 되었을지, 마오마오는 알 수가 없었다.

그러나 마오마오는 이 집안사람들과 다른 사고방식을 갖고 있었다.

"집안이란 꼭 지켜야만 하는 걸까요?"

마오마오는 나직이 중얼거리며 서로에게 몸을 기대고 있는, 전족을 한 두 여자에게 다가갔다.

저택 주인은 스스로를 무능하다고 했지만 그런 것치고는 한 가지 마음에 걸리는 부분이 있었다.

"하나 여쭈어 봐도 될까요?"

"……"

마오마오는 무언을 긍정으로 받아들였다.

"당신들 중 누군가가 향수를 주위에 건넬 때, 충치가 심하고 태도가 다소 고압적인 여성이 한 명 있었을 거라고 생각되는데요. 그분하고는 어떻게 친해지셨나요?"

마오마오의 질문에 시녀가 고개를 숙였다. 리슈 비의 이복 언니에게 향수를 건넨 당사자인 모양이었다. 신기한 일이었다. 처음 만나는 사람과 그렇게까지 친해질 만한 성격은 아닌 듯 보였는데 말이다.

"기억나지 않으시나요? 엉덩이가 풍만한 18, 9세쯤 되는 여성인데요."

"엉덩이 둘레가 3척 1촌이다."

어째서인지 라한이 끼어들었다. 눈으로 보고 구체적인 수치를 계산했던 모양이다. 마오마오는 말없이 곱슬머리 안경의 발가락을 꽉 밟아 주었다.

"말하는 게 좋을 거예요. 그게 여러분을 위한 일이기도 해요."

"…점술사가 가르쳐 줬어요."

"점술사?"

시녀가 고개를 끄덕였다.

"서도의 유행 중 하나예요. 인기 많은 점술사가 있어요."

처음에는 단순한 소문이라고 생각했다. 하지만 실제 점술사를 만나 보니 마치 자신들의 사정을 훤히 꿰뚫어 보고 있는 듯 말했기 때문에, 시녀는 점점 몰입하게 되었다고 한다.

"돌아가신 아가씨도 상담하셨어요."

"그런 사람한테 용케 별 얘길 다 했군요?"

밖에서 나불나불 떠들고 다닐 만한 이야기는 아니다. 책망할 생각은 없었으나, 그냥 순수한 의문으로 느껴지긴 했다.

그러자 시녀가 마을 쪽을 가리켰다.

"예배당에서 이야기를 하거든요."

교쿠엔의 저택에도 있던 이교異敎의 건축물. 그 안에는 개별적으로 대화를 나누는 공간이 있다고 한다. 점술사는 그 장소를 빌려 장사를 하고 있었다. 본래 이교의 승려가 이야기를 듣기 위해 사용하는 공간이라고 하지만, 오랫동안 보시를 하다 보면 밀회에 사용할 수 있도록 해 준다고 한다.

점이라는 핑계가 있으면, 아무리 이름을 숨긴다 해도 작정하고 캐낼 경우 상대가 누군지는 얼마든지 알아낼 수 있다. 그 허점을 파고든 방법이었다.

"향수를 받아 온 건 저예요. 우리를 부수라는 권유를 받았던 것도 저예요. 다 제가 원인이에요!"

시녀가 고개를 푹 숙였다. 점술사의 말을 받아들이지 않았다가 죽음을 선택하게 된 소녀를 이 이상 늘릴 수는 없다고 생각하고 행동에 옮겼다고 한다. 시녀는 열심히 호소했지만, 판단을 내릴 사람은 마오마오가 아니었다.

어떤 상대를 노릴지 역시 그 점술사 나부랭이가 가르쳐 주었다고 한다. 이름과 특징이 애매한 사람도 있는가 하면, 리슈 비의 이복 언니처럼 구체적으로 지정해서 가르쳐 준 사람도 있었다. 결국 시녀가 향수를 건넨 상대는 세 명 정도였다고 했다.

"죄가 있는 건 그 아이 한 명뿐이 아닙니다. 우리에 직접 조작을 한 건 납니다."

새신부의 숙부가 앞으로 나섰다. 숙부는 궁지에 몰려 있던 시녀를 발견하고 사정을 캐물었다고 한다. 하기야 시녀 혼자서 하기에는 너무 짐이 무거운 일이었다.

"그렇다면 이 자살 소동 자체를 생각한 건 나지. 조카딸의 묘를 파헤치면서까지…."

"아니야! 오히려 내가 써 달라고 했잖아, 형님!"

그런 대화를 보고 일족의 여자들은 하염없이 울기만 했다.

"그렇다면 이 소동은 점술사가 시킨 일이 아니라 너희가 직접 생각한 일이란 말이지?"

진시가 확인하듯 물었다.

"네. 어제오늘 일이었기에 점술사를 만나러 갈 틈은 없었습니다."

"그 점술사인지 뭔지를 이쪽에서 만날 방법은 없는가?"

진시의 눈은 가련한 일족의 너머를 바라보고 있었다. 그 너머를 응시하는 두 눈은 단순히 이 일족에게 벌을 내리는 일이 아니라, 그다음으로 이어 갈 방법을 생각하고 있었다.

마오마오는 말없이 그 남자의 등을 지켜보았다.

결국 점술사 나부랭이를 찾아내진 못했다. 하지만 예배당에 있던 이교 승려의 증언을 통해 어디 살고 있는지는 알아낼 수 있었다. 저승길에도 결국 필요한 건 노잣돈이라고, 보시를 좀 후하게 했더니 이교 승려는 쉽게 입을 열었다.

승려가 말한 그곳은 이미 텅 비어 있었으나 그 생활 양식을 통해 서방에서 온 자가 아닐까 하는 점만은 추측할 수 있었다.

약사의 혼잣말

4 화 : 귀로

진시가 그 일족에게 어떤 처분을 내릴지 마오마오는 모른다. 그 이후 교쿠엔과 둘이서 이런저런 이야기를 나눈 모양이지만, 그렇다고 얼굴에 표시를 낼 만한 일도 아니었다.

하다못해 최악의 사태가 벌어지지만은 않기를 바라는 수밖에 없다. 리슈 비의 근신은 풀렸지만 이복 언니의 처분은 또 다른 문제다.

서도 체재 엿새째, 출발을 내일로 앞둔 마오마오가 생각하는 일이란.

'관광 못 했잖아.'

그 한 가지였다.

냉정해 보이지만 마오마오는 계속 어두운 생각만 하는 건 성미에 맞지 않았다. 그래서 신나게 기분 전환이라도 하러 나가 볼까, 하고 생각하자마자 바로 돌아갈 준비를 하는 처지가 되

고 말았다. 마오마오는 지친 얼굴로 선인장 밭에 서 있었다. 도
성의 기후에서 키울 수 있을지는 모르겠지만 씨앗이나 작은 묘
목 정도는 얻어 가기로 했다.

마오마오 일행을 안타깝게 여긴 교쿠엔이 자신들을 위해 상
인을 불러 준 일은 감사하게 생각하고 있다.

그리하여 서도 체재는 끝이 났다.

"이게 뭐야?"

돌아오는 길, 마차 안에서 라한이 내민 무언가를 보고 마오
마오는 고개를 갸웃거렸다. 새 깃털이었는데 털 끄트머리가
갈라지고 검은색으로 물들어 있었다. 서방에서는 붓 대신 금
속으로 된 펜이나 물새의 깃털을 사용한다는 말을 들은 적이
있긴 했다.

"점술사 집에 있었던 물건이라는데."

마땅한 짐이라고는 무엇 하나 남아 있지 않은 가운데, 그 속
에서 건진 얼마 안 되는 증거품 중 하나라고 한다.

"왕제 전하는 이 물건이 왠지 마음에 걸리신다는데, 이유를
알겠어?"

"…너무 작은걸. 물새 깃털 같지는 않아."

회색의 그 깃털은 필기도구라고 하기에는 조금 작아서 쓰기
불편해 보였다. 아마 대용품으로 주위에 떨어져 있던 아무 깃

털이나 주워다 쓴 모양이었다.

"비둘기 아니야?"

"그럼 별로 신기한 물건은 아니겠군."

비둘기 고기는 쉽게 접할 수 있는 음식이다. 또한 경사스러운 일이 있을 때 비둘기를 날려 보내는 풍습도 있다. 뭔가 신기한 새라면 좋았겠지만, 맥 빠지는 대답에 라한은 김빠진 표정을 지었다.

마오마오는 창밖을 보며 멍하니 앉아 있었다.

"돌아가는 길에는 배를 탔댔지?"

"그래."

라한이 대답했다. 옆에는 붙임성 있는 미소를 지은 리쿠손도 앉아 있었다. 혼례 연회에도, 장례식에도 출석하지 않은 이 사내는 그 덕분에 관광을 할 수 있었는지 마오마오에게 비단 직물을 한 장 선물해 주었다. 일단 주는 거라 받긴 했지만, 어쩐지 능글맞다는 생각에 마오마오는 눈을 가늘게 떴다.

"대신 출석해 줬으면 좋았을 텐데."

마오마오가 불평 섞인 목소리로 중얼거리자,

"저는 그 저택과는 어울리지 않습니다."

하고 리쿠손은 얼핏 겸손한 듯한 말투로 말했다. 생글생글 웃고는 있으나 어디까지가 본심인지 알 수가 없다.

아둬와 리슈 비는 다른 마차에 타고 동행하기로 했다. 하기야 이 이상 서도에 더 있어 봤자 소용이 없었다. 아버지 우류는 자신도 리슈 비와 함께 돌아가겠다고 했지만 아둬 비가 거부했다. 15년 동안 방치해 놓았던 딸을 이제 와서 예뻐하는 척해 봤자 그저 겉치레로밖에 보이지 않으니 말이다.

"배를 여러 번 갈아타야 하지만 올 때에 비해 기간이 반밖에 걸리지 않을 거야. 요즘 계절에는 바람 방향도 좋으니까."

배는 마차와 다르게 빈번히 쉬어 갈 필요가 없는 만큼 빨리 갈 수 있다.

올 때는 강을 거슬러 오는 방향이었고 바람도 반대로 불었기 때문에 시간이 많이 들 수밖에 없었다. 하지만 돌아갈 때는 큰 강으로 이어지는 작은 강을 따라 내려가므로 배만 타고 있으면 도성까지 쉽게 도착할 수 있다.

진시와 바센은 아직 서도에 있다. 결국 미루게 된 일의 뒤처리를 하기 위해 체재를 연장할 수밖에 없었다.

마오마오도 사실은 남아 있어야 하는 입장이었지만….

"제 동생을 좀 빌려주시지 않겠습니까?"

라한이 진시에게 그런 요구를 했다고 한다.

자신이 그 자리에 있었다면 "동생은 무슨!"이나 "이상한 일에 끌어들이지 마!" 하고 화를 냈겠지만, 없는 사이에 정해져 버린 일이니 어쩔 수가 없다. 진시도 거절할 줄 알았더니 승낙해 줬고 말이다.

이러쿵저러쿵하다 보니 그 연회 때 사건을 아직 정면으로 마주하지 못하고 있었다. 마오마오 나름대로는 거북했으므로 고맙다면 고마운 일이긴 하지만.

'빨리 돌아가게 된 건 좋은데….'

이건 또 이것대로 불안하다. 라한 말고 아둬 쪽으로 옮기는 게 낫지 않을까 생각하며 마오마오는 보자기에 옷을 싸서 베개를 만들었다. 기껏 마차를 편안한 침상으로 열심히 만들어 놓았는데 다시 처음부터 새로 해야 할 판이다.

"수치심이란 걸 좀 가져 봐라, 동생아."

"그런 거 몰라."

라한과 리쿠손은 서로 얼굴을 마주 보았으나 알 바 아닌 일이다. 마오마오는 그대로 눈을 감았다.

마차로 이틀 정도를 달려 선착장에 도착했다. 살짝 불길했던 예감이 상당히 불길한 예감으로 바뀌었다.

상류는 강폭이 비교적 좁다. 배라기보다는 쪽배에 가까웠다. 심지어 한 척에 다 탈 수가 없어 짐 싣는 배까지 준비해 놓았다.

"이거 정말 괜찮은 거야?"

"일단은 신뢰할 수 있는 업자에게 부탁했다. 도난 걱정도 없을 테고."

"아니, 그런 의미가 아니고."

"그래, 알아. 아무 말도 하지 마라."

라한은 시선을 피하며 대꾸했다. 라한도 설마 이런 쪽배일 줄은 상상도 못 했던 모양이다.

"아하하하하, 이거 재미있는걸."

활기찬 목소리의 주인은 아둬였고, 다른 사람들은 쪽배에 간신히 매달려 있는 게 고작이었다. 사공의 말에 따르면 급류는 첫 1리 정도에 불과하다고 하지만, 그 전에 배가 뒤집힐까 걱정될 정도였다.

혼자 기운이 넘치는 아둬의 무릎에는 리슈 비가 머리를 베고 누워 있었다. 맨 처음 배가 크게 흔들린 순간 이 콩알만 한 심장의 소유자는 벌써 기절하고 말았다. 배에서 떨어지지 않도록 리슈 비의 몸은 끈으로 고정되어 있었다.

하지만 차라리 그편이 행운이었을지도 모른다.

"이, 이렇게… 흐, 흔들릴 줄이야…."

곱슬머리 안경은 얼굴이 새파래진 채 탁류에 위액을 콸콸 내뿜고 있었다.

그렇게 잘난 척하며 이래야 더 빨리 간다고 큰소리를 탕탕 치더니, 육로와 해로의 차이는 머릿속에서 완전히 쏙 빠져나가 있었던 모양이다.

"이쪽 쳐다보지 마. 방울 튀잖아."

"마오마오, 멀미약 좀…."

라한은 덜덜 떨리는 손을 내밀었지만 마오마오도 난감했다. 라한에게 이미 약은 줬지만, 그 약 마저 토해 버렸다. 추가로 줘 봤자 또 토할 게 뻔했다.

"라한 님, 저쪽에 작은 새가 보이는군요. 언제 봐도 참 아름다운 광경입니다."

'아니, 아까부터 계속 같은 풍경이잖아.'

아둬만큼 들뜨진 않았지만 리쿠손도 여유로워 보였다. 리쿠손은 명랑한 웃음을 지은 채 작은 새를 눈으로 좇고 있었다.

스이레이도 살짝 메스꺼워 보이긴 했지만 라한처럼 소란을 피우진 않았다.

호위들은 속이 안 좋은 눈치였으나, 아무래도 일하는 중이다 보니 꼴사나운 모습을 보이진 않았다.

마오마오는 마오마오대로 술뿐만 아니라 탈것에도 강해 멀미하는 일이 없다. 하지만 배에서 떨어졌다간 헤엄을 쳐서 나올 자신이 없기 때문에 얌전히 있을 뿐이다.

"이놈이고 저놈이고…."

라한이 원망스러운 표정을 짓는 일은 어느 의미에서는 귀중한 광경이었기 때문에 마오마오는 매우 재미있었다.

물줄기가 합류하여 강폭이 점점 넓어지자 일행은 다음 배로 갈아타게 되었다.

"혹시 멀미약 없나?"

창백한 얼굴로 통을 끌어안은 라한이 나타났다. 배가 커졌다고 라한의 멀미가 가라앉지는 않은 모양이었다. 토하는 빈도가 어느 정도 낮아지긴 했으니 그나마 다행이다.

장소는 자그마한 선실이었다. 이 배에는 선실이 두 개밖에 없지만 하나는 여자 방으로 쓰고 있다. 아무리 그래도 리슈 비와 아둬를 다른 사람들 사이에 끼워 새우잠을 자게 만들 수는 없으니 말이다.

그런 곳까지 미안한 표정으로 고개를 들이민 걸 보니 라한도 도저히 참을 수가 없었던 모양이다.

리슈 비는 깨어나긴 했지만 아직도 아둬의 무릎을 베고 누워 있었다. 뱃멀미를 하는 척하며 어리광을 부리고 있는 게 훤히 보였다.

"아까 토한 게 끝인데."

신경 써서 약을 챙겨 줬더니 또 토한 모양이다. 약효가 들 시간도 없다.

마차 이동까지 고려해서 멀미약을 미리 준비해 오긴 했는데, 설마하니 이렇게까지 쓰게 될 줄은 몰랐다.

쉬지 않고 이동하니 더 빨리 도착하긴 하겠지만 그 말은 즉, 이동 내내 흔들리며 가야 한다는 뜻이기도 하다. 마차는 괜찮았는데 설마 배가 문제일 줄이야.

'이해는 된다.'

마오마오는 배가 흔들리자 비스듬한 자세를 취했다.

"으아아아악!"

라한은 갑작스러운 흔들림에 소리를 지르며 통을 끌어안은
채 기둥에 매달렸다.

그리고 마오마오는 바로 몸을 반대로 젖혔다.

"왜 너는 멀미를 안 하는 거야?"

라한이 원망스러운 듯 말했다.

"술에도 안 취하니까 그런 것 아닐까?"

안색이 변하지 않는 마오마오를 라한이 원망스럽게 노려보았
다. 이 사내는 굳이 따지자면 술도 그리 세지 않은 편이다.

라한은 "이제 배는 두 번 다시 안 타!" 하고 잔뜩 지친 얼굴
로 투덜거렸지만, 도중에 쓸 만한 마차를 구하지 못한 탓에 계
속 배만 갈아탈 수밖에 없었다. 게다가 귀로는 아뒤 일행과도
함께해야 했다. 아뒤는 배 여행을 마음에 들어 했고, 리슈 비는
아뒤에게 어리광을 피울 구실을 얻었기에 새삼 마차로 돌아갈
이유가 없었다.

그러저러하는 사이 세 번째 선착장에 도달했다.

마오마오가 배를 갈아타기 위해 선착장에 내려섰을 때였다.

갑자기 쿵, 하고 커다란 소리가 났다.

무슨 일인가 싶어 돌아보니 선착장에 사람이 쓰러져 있었다. 선원이 의아한 표정을 지으며 쓰러진 사람을 일으켰다. 쓰러진 사람은 낡아 빠진 외투를 입은 사내였다.

'환자인가?'

마오마오는 멀찍이서 관찰했다. 골치 아픈 일에 말려들고 싶진 않지만 부상자나 환자를 방치할 만큼 냉혈한이 되지도 못했다.

"이봐, 형씨. 괜찮아?"

선원이 사내를 흔들며 물었다.

"괘, 괜찮스읍니드아…."

왠지 맥 빠지는 목소리가 들려왔다. 사내의 고개를 돌려 위를 보게 한 선원이 "윽…." 하고 신음했다.

원래는 아름다운 생김새를 지녔던 모양인지 뚜렷한 콧날과 버들가지 같은 눈썹이 엿보였다. 하지만 그 절반이 마마 흉터로 뒤덮여 있었다. 얼굴이 원이라 치면 마마 흉터와 깨끗한 피부가 대략 태극무늬를 그리고 있었다.

선원은 사내를 밀쳐 냈다. 사내가 비틀비틀 몸을 일으켰다.

"죄송합니드아. 배에 좀 태워 주시면 안 될까요?"

남자는 추한 얼굴로 웃었다. 내민 손에는 돈이 가득 찬 주머니가 들려 있었다. 아직 젊었다. 20대 중반쯤 되어 보이는 청년이었다.

"너, 이 자식! 이상한 병에 걸린 거 아냐?"

사내를 안아 일으켰던 선원은 사내에게 닿았던 부분을 문지르며 털어 대고 있었다.

사내는 여전히 웃으며 자신의 추한 얼굴을 만져 보았다.

"아하."

그리고 납득하며 고개를 끄덕이더니 쭈그려 앉았다. 쓰러질 때 떨어뜨린 모양인지, 발밑에 천이 떨어져 있었다. 사내는 천을 주워 들고 반으로 접어 삼각건으로 만든 뒤 그것으로 얼굴의 절반을 가렸다. 얼핏 보기에는 안대를 한 듯도 했다.

"나도 알아! 포창*이잖아, 그거!"

포창은 전신에 곪은 수포가 생기는 무시무시한 병이다. 전염병이며, 나라를 멸망시킬 수도 있는 병이라고들 한다. 전염성이 대단히 강하여 병에 걸린 사람의 기침이나 재채기만으로도 옮을 수 있다고 전해진다.

남자는 맥없는 웃음을 지으며 머리를 벅벅 긁었다.

"하하, 괜찮아요~ 이건 그냥 흉터라고요. 한 번 걸린 적이 있긴 한데, 지금은 이렇게 멀쩡하잖아요. 자, 보세요!"

"무슨 소리야! 아까도 쓰러져 있었잖아! 이쪽으로 오지 마!"

※포창 : 천연두.

"그냥 배가 고파서 쓰러진 것뿐이라고요~"

선원의 말에 주위 사람들은 모두 사내에게서 거리를 두었다.

마오마오는 눈을 가늘게 떴다. 환자가 아니라면 자신이 나설 일은 없을 듯했다.

"무슨 일이죠?"

리쿠손이 물었다. 다음 배에 짐을 싣고 있었던 듯했다. 여하간 성실한 인간이다. 앞으로는 가오슌 2호라고 불러야겠다.

"저 안대를 쓴 남자가 배를 타고 싶은 것 같은데, 선원은 못 태워 주겠다고 거절하고 있는 참이에요."

간단히 설명하자 리쿠손은 "흐응…." 하고 청년을 쳐다보았다. 마마 자국만 가리면 꽤 괜찮은 미남자로 보인다. 그리고 말투가 몹시 경박하다.

"무슨 문제라도 있나요? 무임 승선이라도 하려 했습니까?"

"돈은 있는 것 같은데 얼굴에 마마 자국이 있어서, 그것 때문에 선원이 병에 걸린 게 아닌지 의심하고 있어요. 어쨌거나 지금 있는 배는 우리가 전세를 냈으니 탈 수 없겠지만요."

리슈 비가 있는 이상 당연히 호위도 붙는다. 다른 손님과 합승을 할 수는 없다.

리쿠손이 눈을 가늘게 떴다.

"정말 병에 걸린 게 맞습니까?"

"으음…."

먼발치에서는 알아보기 힘들다. 하지만 마마 자국은 보여도 그 속에 고름은 없다. 아마 청년의 말이 사실인 듯했다. 병에 걸렸다 나은 후 꽤 긴 시간이 흐른 것으로 여겨진다.

그렇다면 마오마오가 왜 그 사실을 선원에게 가르쳐 주지 않는가.

'얽히면 귀찮아져.'

이유는 그 하나뿐이다.

하지만 사내는 배에 타는 일을 포기할 기색을 보이지 않았고, 선원에게 끈질기게 계속 애걸했다.

"제발 부탁입니다~ 한 번만 태워 주세요~ 진짜 너무한 거 아닌가요~"

"저리 가! 좀 떨어져, 그 흉터 옮잖아!"

"너무하다, 이건 차별이야! 난 보다시피 이렇게 멀쩡한데!"

보통 얼굴에 흉터가 있는 미남이라 하면 수심 어린 분위기를 띤다고들 하는데 그건 이 사람과는 전혀 상관없는 말인 듯했다. 사내는 선원의 투박한 다리에 매달려 떨어질 줄을 몰랐다.

주위 선원들은 동료를 구해 주고 싶지만 이상한 병이 옮는 건 무서운지 멀찍이서 지켜보고만 있었다.

이 사내를 어떻게든 해결하지 않으면 배가 출발하지 못한다.

마오마오의 표정을 읽었는지 리쿠손이 빙긋 웃었다.

"빨리 배를 타고 떠나고 싶은가 보군요."

"……."

네가 알아서 해결하라는 뜻인 모양이다.

마오마오는 귀찮은 듯, 콧물을 줄줄 흘리며 매달려 있는 안대의 사내와 몹시도 짜증이 난 듯한 선원의 앞으로 다가가 섰다.

"실례합니다."

"네?"

마오마오는 딱히 긍정이라고 하기도 힘든 대답을 듣고 콧물을 흘리는 남자의 삼각건을 벗겼다.

추한 마마 자국은 이미 생긴 지 몇 년 된 흉터라는 사실을 알 수 있었다. 마마 자국이 있는 쪽의 눈은 초점이 맞지 않는 듯했다. 좌우 눈동자 크기도 달랐다. 한쪽 눈은 실명했는지도 모른다.

"이 사람한테 병은 없네요. 흉터는 남아 있지만 다른 사람한테는 안 옮을 거예요."

적어도 포창만은 옮지 않을 것이다. 다른 무슨 병이 있는지는 모르겠지만.

"……."

선원은 진심으로 싫은 표정을 지으며 남자가 떨어뜨린 돈주머니를 손가락 끝으로 집어 들었다. 그리고 거꾸로 뒤집어 보니 딸그랑 소리를 내며 돈이 떨어졌다.

"어디까지 가려고?"

"도성에 가고 싶어! 도성, 도성!"

생전 처음 상경하는 촌뜨기 그 자체였다. 사내는 양손으로 주먹을 부르쥐고 마구 흔들어 댔다.

"그러면 더 다양한 약을 만들 수가 있어!"

"약?"

사내의 말에 마오마오가 반응했다.

"그래, 난 이래 봬도 대단한 사람이거든!"

사내는 그렇게 말하며 지저분한 외투 속에서 커다란 주머니를 하나 꺼냈다. 그 주둥이를 벌리니 독특한 냄새가 풍겼다.

마오마오는 그 속에서 도기 그릇 하나를 집어 들었다. 뚜껑을 여니 속에는 연고가 들어 있었다.

약효가 잘 들을지 어떨지는 모르겠지만 아주 정성껏 만든 약이었다. 약초가 빠짐없이 균일하게 갈려 있었고, 이겨서 뭉쳐 놓은 농도도 딱 좋았다. 약초의 조합은 말할 필요도 없고, 약을 이렇게 정성껏 만들었다는 말은 품질이 안정적이라는 뜻이다.

마오마오는 다시 한번 사내를 쳐다보았다.

남자는 헤실헤실 웃으며 눈앞의 선원에게 "이 약 어때~? 뱃멀미에 잘 듣는데~" 하고 약을 권하고 있었다. 하지만 선원은 당연히 그런 약 따위를 살 리가 없다.

"치사하게~ 좀 사 주면 어때서. 아, 약은 안 사도 되니까 배에는 태워 줄 거야? 배에는?"

"아니, 이 배는 이미 다른 손님이 전세를 냈으니까 다음 배에
타."

"응? 그래? 기다려야 돼?"

다소 떨떠름한 표정이긴 하지만 납득하긴 한 모양이었다. 사
내는 마오마오를 보며 씩 웃었다.

"고마워, 덕분에 살았어~ 보답으로 멀미약 줄게~"

마치 어린애 같은 말투였다. 아무래도 내면과 외면이 영 맞물
리지 않는다는 인상이다. 적어도 마오마오보다는 연상일 텐데.

"아니, 난 뱃멀미 안 하니까 필요 없는데."

"그렇구나~ 그거 유감이네."

남자가 약을 집어넣으려 하는데 등 뒤에서 "잠깐!!" 하는 큰
소리가 들렸다. 라한이 엄청난 기세로 배에서 내려오고 있었다.

"멀미약… 좀, 줘."

라한이 숨을 헐떡이며 말했다.

'용케 그 소릴 들었네.'

분명 꽤 멀리 떨어진 곳에서 축 늘어져 있었는데 말이다. 마
오마오는 그런 생각을 하며 다음 배에 탔다.

"정말 고마워. 병에 대해 설명해 주기만 한 게 아니라 이 배
에 태워 주기까지 하다니."

안대 쓴 사내는 자신의 이름을 코쿠요克用라고 말했다. 지저

분한 차림새에서 상상할 수 있듯 여행을 하는 중이라고 했다. 본인의 말에 따르면 의사라고 한다.

사내가 약을 잔뜩 갖고 있다는 말을 들은 라한은 먼저 나서서 같은 배에 타고 가자고 권했다. 배를 준비한 당사자가 라한이니 리슈 비 일행에게 위해를 끼치지만 않으면 문제가 되지 않는다. 단, 도성까지 함께 가는 게 아니라 이쪽 일행이 내리는 다음 선착장까지만 함께 간다는 약속이었다.

기묘한 사내는 무척 수다 떨기를 좋아하여, 약을 조제하며 자신의 신상 이야기를 늘어놓았다.

"응, 그러니까 간단히 말하자면 넌 저주받은 놈이니까 당장 나가라는 거야~ 진짜 너무하지~"

전혀 너무한 이야기로 들리지 않는다. 이야기 속에 사내의 어두운 감정은 전혀 배어 있지 않았다. 그냥 아줌마들의 우물가 토론 같은 느낌이었다.

아무리 그래도 신상을 알 수 없는 마마 자국 사내가 만든 약이 진짜 약효가 있을지 어떨지는 모르는 일이었기에 마오마오가 조제 과정을 지켜보았다. 멀미약에 딱히 이상한 무언가는 들어 있지 않았고, 약을 먹고 기분이 좋아진 라한은 자기 방으로 사내를 불러들였다. 마오마오는 의사라는 입장에서 하는 이야기를 들을 수 있지 않을까 하는 생각에 동석하고 있었다.

"요 몇 년 동안 한곳에만 머물러 있었는데 말이야, 글쎄 작년에 황해가 일어나서 마을이 피해를 입었거든~ 그랬더니 갑자기 동네 주술사가 저주라고 떠들어 대기 시작한 거야~"

코쿠요는 쫓겨났다고 한다. 의사와 주술사는 본래 서로 궁합이 나쁘다. 마오마오 생각에는 주술 따위 아무런 근거도 없는 것을 믿는 편이 바보 같다고 생각하지만 일반적인 상식으로는 그렇지 않다고 하니, 화가 나는 일이다.

그 경박한 말투와는 다르게 멀미약은 효과가 매우 좋았다. 몸에서 구토용 통을 떼어 놓지 않았던 라한이 대화에 끼어들 수 있을 정도였다. 크게 흔들리던 배의 진동이 좀 작아진 이유도 있겠지만 어쨌거나 라한은 몹시 만족한 듯했다.

"흠, 그래서 일을 구하러 도성에 가고 있단 말이지."

"네, 뭐, 그런 얘기가 되네요~"

라한은 "흐음." 하고 턱을 문질렀다. 뭔가 계산하고 있는 것 같았지만 마오마오는 팔꿈치로 라한을 쿡쿡 찔렀다.

'이상한 인간 좀 끌어들이지 마.'

수상쩍은 사내이긴 하지만 의사로서의 실력이 확실하다면 도성에서도 충분히 먹고살 수 있을 것이다. 물론 그 마마 자국은 감춰야겠지만.

게다가 아둬와 리슈 비와도 동행하고 있는 이상 모르는 사람을 옆에 두는 일은 별로 바람직하진 않다.

라한은 '나도 알아.' 하는 눈빛으로 마오마오를 쳐다보았다.

그리고 품에서 종이를 꺼내서 무어라 쓱쓱 적어 내려갔다.

"만일 무슨 일이 있으면 여기로 오도록 해. 어느 정도는 힘이 되어 줄 수 있을 테니까."

적혀 있는 것은 도성에 있는 라한의 집 주소였다.

코쿠요는 종이를 받아 들고 해맑은 웃음을 지었다.

"아하하하, 좋은 사람들을 만났네."

'딱히 선의로 그러는 건 아닌데.'

라한은 타산적인 성격이다. 이 사내에게 조금이라도 이용 가치가 있어 보였기에 자기 집 주소를 준 것이다.

"그런데 작년 황해는 어떻게 되었나요?"

의사로서의 지식이 어느 정도인지 미주알고주알 캐묻고 싶었지만 마오마오는 먼저 이 질문부터 했다.

"으음~ 나무뿌리를 캐 먹거나 어린애를 죽여야 할 정도는 아니었어. 하지만 어린애일수록 영양 부족으로 하나둘씩 쇠약해지곤 했지."

코쿠요는 조금 슬픈 표정으로 말했다. 영양실조 상태가 되면 병에 걸리기도 쉬워진다. 그것을 고치는 사람이 바로 의사인데 이 사내를 내쫓은 마을은 지금 어떻게 되었을까.

"올해 풍작이 든다면 별문제는 없겠지만~"

마오마오는 그렇게는 안 될 거라고 생각했고, 이 사내 역시 같은 의견인 듯했다.

"그때까지 마을 사람들이 다 함께 서로 힘을 모아 도우며 살면 좋을 텐데…."

서로 도우며 산다는 말은 듣기에는 좋다. 하지만 거기에는 조건이 있다. 상대를 도울 수 있을 만큼의 여유가 있어야 한다는 조건이다. 자기가 먹을 만큼은 확보해 놓고 나머지를 나눠 주는 것. 도움이란 대부분 그런 구조이며, 상대를 먹이려다 자신이 굶어서야 의미가 없다. 자기를 돌보지 않고 상대를 돕는 바보도 있긴 하지만 그건 대체로 이야기 속에나 나오는 성인군자다.

의사나 약사가 성인이나 그에 준하는 존재라고 생각한다면 그런 대접을 받을 수 있는 입장도 마련해 줘야 한다. 여유가 없으면 의료도 불가능하다. 옹색하게 살다가 본인이 병에 걸려 주위에 퍼뜨리기라도 했다가는 밑천도 못 건진다.

이 사내를 쫓아낸 마을도 새 의사를 원해 봤자 이미 늦었으리라.

무슨 일이 있어도 이미 엎지른 물은 주워 담을 수 없다.

"그럼 저는 이만~"

코쿠요는 받아 든 주소를 곱게 접어 품에 넣었다. 참고로 코쿠요는 뱃삯을 합승한 몫 정도밖에 내지 않았다. 호위들이 있는 다른 방에 함께 신세를 지고 있기 때문이다. 어떤 의미에서는 감시도 포함되어 있다고 할 수 있겠다.

'그러고 보니….'

마오마오는 코쿠요가 황해에 대해 이야기했던 일을 떠올렸다. 산더미 같은 문제들 중 라한이 짊어지고 있는 것이 하나 있었다.

"황해라고 하니까 생각났는데 어떻게 할 거야? 그 금발 미인이 제안했던 얘기 말이야."

서도의 연회에서 특사가 꺼냈던 이야기였다.

샤오에 곡물을 수출해 달라는 요청, 그리고 그것이 불가능하다면 자신의 망명을 도와 달라는 이야기.

"우리 쪽에 이득이 있나?"

전자는 단점이 너무 크고 후자는 단순히 귀찮은 일거리에 불과하다.

방에 마오마오와 라한밖에 없으니까 할 수 있는 이야기다. 이건 리쿠손에게도 말하지 않았을 것이다.

"너는 내가 아무 생각도 없이, 그냥 상대가 미인이라는 이유만으로 혼이 쏙 빠져서 고분고분 시키는 대로 할 사람인 것 같아?"

"아니었어?"

마오마오는 농담조로 대꾸했다.

툭하면 진시의 얼굴 타령만 하는 중증 얼굴 밝힘증 환자인데 말이다. 진시가 자신의 얼굴에 열등감을 느끼고 있다는 사실을 모르기 때문에 그런 소리를 함부로 늘어놓을 수 있을 테지.

"나한테도 몇 가지 생각이 있어."

"무슨 생각인데?"

"다음 선착장에 도착하면 이제 우리는 배 여행이 끝나지. 아 뒤 님 일행과 떨어져서 행동하게 될 텐데, 별문제 없겠지?"

뱃멀미가 지긋지긋해진 걸까, 아니면 이 때문에 일부러 마오 마오를 끌고 온 걸까.

"그럼 나는 아뒤 님이랑 같이 움직일래."

"아니, 아니. 잠깐만."

마오마오의 대답에 라한이 손을 내저으며 말렸다.

"이제부터 갈 곳은 분명 네 마음에도 쏙 들 거라고."

"뭐가 말이야?"

라한이 품에서 주판을 꺼내 튕기기 시작했다.

"너구리 굴 보고 피물 값부터 당겨서 쓰는 격이 될지도 모르 겠지만…."

그래도 시험해 볼 가치는 있다고 한다.

하지만….

"내 **아버지**가 계시는 곳이야."

라한은 '아버님'이 아니라 '아버지'라고 말했다.

5 화 : 서도 뒤처리

"그러니까 도성에 한번 오라는 말씀이시군요."

"그렇지."

교쿠엔의 물음에 진시가 대답했다. 장소는 교쿠엔의 저택 별채로, 연못에 면해 있는 만큼 시원한 구조의 건물이었다. 방에는 둘밖에 없었고 밖에서는 바센과 다른 호위들이 보초를 서고 있었다. 손에 딱히 무기라 할 만한 것도 들고 있지 않았고, 그저 흉금을 털어놓고 있을 뿐이었다.

진시는 참 번거롭다고 생각하며 말을 조심스럽게 골랐다. 지금의 입장을 생각해 보면 자신은 황제의 아우이고, 아무리 상대가 황후의 부친이라 해도 지위는 자신이 위였다. 하지만 환관 노릇을 하던 시절의 버릇 때문에 말투를 자꾸만 실수할 것 같은 기분이었다.

다른 사람들과 헤어져 서도에 남은 진시는 한 가지 일을 확실하게 정리하려 했다.

"그대가 생각한 바로 그대로다. 교쿠요 황후 일도 있으니 빨리 이름을 받는 게 좋겠지."

비가 황후로 승격하긴 했지만, 공식적인 자리에서 황후를 선보이는 일은 자꾸만 미뤄지고 있었다. 그 이유는 교쿠요 황후에게 서방의 피가 짙게 흐르고 있다는 점, 그리고 교쿠엔이 아직 이름을 받지 못했다는 사실이 거론되고 있었다. 전자는 어떻게 할 수 없는 문제지만 후자의 이유가 크다면 빨리 이름을 줘 버리는 게 낫다. 사실은 더 일찍 했어야 할 이야기였지만 워낙 다른 손님이 많았기에 모든 이가 다 돌아갈 때까지 계속 말을 꺼내지 못하고 있었다.

그 부분은 교쿠엔도 이미 알고 있을 터였다. 눈치 빠른 사람이라면 이미 진시가 그런 말을 하리라는 사실을 알아차렸을 테니 암묵적인 양해를 구한 거나 마찬가지다. 이번에 그 문제에 관해 우류도 뭐라고 한마디 하고 나설 줄 알았는데, 딸 문제 때문에 아무 말 못 하게 되어 버렸다.

아무리 피붙이라 해도 황제의 비인 리슈 비에게 악의를 갖고 행동한 일은 결코 용서받을 수 없다. 심지어 이번에는 노골적으로 증거를 은폐하려 하기까지 했으니 그 영향도 있다. 솔직히 교묘하게 괴롭힌 걸로 따지면 후궁에 있던 리슈 비의 시녀들이 한 수 위인데 말이다.

우류는 리슈 비의 이복 언니를 어지간히 응석받이로 키운 모양이다.

본래라면 처벌을 내려야 하지만 리슈 비가 원치 않았다. 따라서 이번에는 그냥 우 일족에 빚을 하나 지워 놓는 형태로 끝냈다.

이름을 부여받게 된다는 이야기에 교쿠엔은 한순간 기쁜 표정을 지었으나, 금세 눈썹을 축 늘어뜨렸다. 그것이 연기인지 아니면 진짜 표정인지는 알 수 없지만 고분고분 '알겠습니다' 하고 대답할 기색은 보이지 않았다.

그 이유를 알면서도 진시는 시치미 뚝 떼고 질문했다.

"뭐 곤란한 일이라도 있나?"

"아뇨, 그러면 제가 도성에 가야 한다는 말이 되니까요."

"그렇게 되지."

그렇다. 도성과 서도를 왕복하려면 아무리 서둘러도 한 달 이상이 걸린다. 서도를 다스리고 있는 교쿠엔이 자리를 비우는 건 쉬운 일이 아니다. 하지만 여기에 거절한다는 선택지는 존재하지 않는다는 사실을 교쿠엔 스스로도 잘 알고 있다.

교쿠엔에게는 아들이 있다. 교쿠요 황후와 나이 차이가 많이 나는 배다른 오라비다. 이쪽 남매는 우 일족과 달리 사이가 양호하다고 들었다.

"아들이 있습니다만, 아무 일 없다면 그냥 아들에게 맡겨 두고 가도 괜찮을 텐데 말이지요….”

'아무 일 없다면'. 그 부분이 문제다.

교쿠요 황후가 황후로 승격한 이유를 생각하면 그 답은 명확하다. 서쪽의 움직임을 주시하기 위해서다. 서도보다 더 서쪽으로 간 곳에 샤오가 있다. 이 나라 하나뿐이라면 괜찮다. 문제는 이 나라와 붙어 있는 북아련이다.

서쪽 방면의 강화를 위해 교쿠엔 일족과의 연결고리를 공고히 하는 것은 좋으나, 그 때문에 당주가 자리를 비우게 된다면 무슨 일이 생겼을 경우 불안해진다. 입장상 교쿠엔의 아들이 대신 도성에 갈 수도 없다. 이름을 받을 때는 무조건 당주가 직접 와야 한다고 정해져 있기 때문이다.

이미 곰팡이 핀 오래된 풍습이긴 하지만 그렇다고 소홀히 했다가는 트집을 잡는 인간도 생겨난다. 게다가 이 일을 게을리하면 추후 입장이 곤란해지는 건 교쿠요 황후다.

교쿠엔은 원래부터 서도 출신의 관리였다. 그럭저럭 괜찮은 지위를 갖고 있었으나, 결국은 변경의 시골뜨기라는 게 도성 관리들의 견해다. 하지만 이戌 일족이 몰락하고 나서 급격히 부상하기 시작한 집안이라는 사실은 부정할 수 없었기에, 그만큼 역풍도 더 심했다.

“미안하지만 그래도 와 줬으면 좋겠군.”

정말 미안하지만 그것 말고는 방법이 없다. 진시도 황제도 무리한 부탁이라는 사실은 잘 알고 있다. 진시와 황제가 꺼낸 말이 아니라, 도성의 고관들이 주장하는 내용이었다. 그중에는 후궁에 피붙이를 들여보낸 사람도 여럿 있다.

"벼락출세한 자에 대한 신고식이라고 생각하면 이쯤이야 새 발의 피겠지요."

말은 그렇게 했지만 교쿠엔의 표정에서는 여유가 느껴졌다. 필시 이 정도 괴롭힘 정도는 가볍게 튕겨 낼 기개가 없으면 정사에 한마디 참견하기란 어려울 것이다. 벼락출세한 인간들은 보통 배짱이 부족하다는 이야기가 있는데, 교쿠엔에 한해서는 그렇지도 않은 모양이었다.

"알겠습니다."

당연히 그렇게 대답할 줄 알고는 있었으나 진시는 안심했다. 하지만 그 말은 아직 끝나지 않았다.

"대신 제 조건을 들어주십시오."

"조건?"

"네. 제 아들에게 보좌를 붙여 주셨으면 합니다. 아직 세상 물정 모르는 녀석이라 이 나라 서쪽밖에 아는 것이 없습니다. 그러니 가능하면 중앙의 지식이 있는 자를 곁에 붙여 주고 싶습니다."

무리한 요구를 들어주는 대신 인재를 내놓으라는 말이다.

"흠, 그 정도라면야. 누구 마음에 드는 인물이라도 있습니까?"

그 말은 충분히 수긍할 수 있다. 앞으로 교쿠엔의 후계자가 될 인물이라면 중앙에 대해서도 알아 둘 필요가 있다. 최소한의 지식 정도는 쌓아 두게 하고 싶으리라.

"으음. 연회석에서 사자를 때려눕혔던 그 젊은이, 바센 님이라 했던가요? 평소와 분위기가 상당히 다르더군요."

"그자는…."

바센에게 눈독을 들였다면 곤란해진다. 그래 봬도 바센은 진시와 멀쩡하게 대화를 나눌 수 있고, 그 앞에서 긴장을 풀 수 있는 귀중한 인재다.

"아뇨, 그럴 생각은 없습니다. 마 일족의 사람을 제 아들놈 밑에 붙인다는, 그런 분수도 모르는 짓은 생각조차 하지 않았습니다."

진시의 반응을 보고 교쿠엔은 금세 부정했다.

마馬 일족, 그들은 이름을 받은 일족이면서도 대신 등의 높은 관직에는 오르지 않는다. 그저 황족을 모시는 역할로 존재한다. 또한 이름을 잇지 않은 자라면 모를까, 바센처럼 이름을 받은 경우에는 황족의 측근이라는 위치가 약속된다. 반대로 그 외의 존재 밑에 들어가는 일은 없다.

교쿠엔이 자신의 말을 부정한 이유는 자기 아들 밑에 바센을 붙여 달라는 말이 곧 자신의 집안과 황족을 동일시하는 말이기 때문이었다. 그것은 반역이라 해석해도 이상하지 않다.

"사자 앞에서 겁먹지 않고, 급소에 일격을 날릴 수 있는 자가 얼마나 있을까 하고 감탄했을 뿐입니다."

그냥 순수한 칭찬인 듯했다. 바센을 마냥 칭찬만 한다는 게 다소 기묘하게 느껴지긴 했지만, 그 말 자체는 진시도 동감이다. 평소에는 당황해서 허둥지둥하는 일이 많은 바센이지만 여차할 때는 묘하게 배짱 두둑한 모습을 보여 준다. 그리고 행동도 신속하다. 위기 상황에 처하면 처할수록 생각이 아니라 직감으로 움직이는 모양이다. 하지만 아직까지 그 직감이 벗어난 적은 없으니 그냥 칭찬해 줘도 좋을 것이다.

솔직히 막상 싸워 보면 진시와 바센의 실력은 거의 대등하다. 기술적으로는 진시가 우월하기 때문에 시합 형식으로 싸우면 진시가 승리하는 경우가 많다.

하지만 실전의 경우 진시는 바센에게 이길 자신이 없다. 이것이 아직 미숙한 바센이 진시 옆에 붙어 있는 이유였다.

"그 정도 능력을 지닌 호위가 옆에 있다면 정말 든든하겠습니다."

평소의 다소 맹한 모습을 본 적 없는 교쿠엔은 그야말로 입에 침이 마르도록 칭찬을 늘어놓고 있었다.

"그렇군, 바센에게 전해 두지."

진시는 그렇게만 말한 뒤 인재로 누구를 보내야 좋을지 생각에 잠겼다. 이렇게 진시에게 먼저 말을 꺼낸 걸 보니 교쿠엔도 내심 정해 둔 사람이 있을 터였다.

"…그렇다면 어떤 자가 좋겠는가?"

단도직입적으로 묻자 교쿠엔은 천천히 고개를 끄덕였다.

"실은, 도성에 계신 어떤 분께 부탁드리고 싶습니다."

"호오, 누구지?"

도성에 있는 지인일까, 아니면 교쿠요 황후의 연줄일까. 황후는 눈치가 빠른 사람이니 마음에 드는 인재를 찾아내서 보내는 일 정도는 얼마든지 할 수 있을 것이다.

교쿠엔은 싱긋 웃으며 생각지도 못했던 말을 내뱉었다.

"라칸 님께 소개를 좀 부탁드릴 수 있을까요?"

진시는 얼굴 근육이 굳어지는 걸 억지로 참아야만 했다.

교쿠엔과 헤어진 뒤, 진시는 준비되어 있던 손님방으로 돌아가 긴 의자에 아무렇게나 드러누웠다.

"이제 다 끝났군."

"네."

가오슌이 있었다면 시끄럽게 잔소리를 했겠지만 지금 옆에 있는 사람은 바센이다. 바센 또한 밖에서 몹시 긴장했는지 "후우." 하고 한숨을 내쉬었다.

도성에서도 어차피 숨 막히는 삶을 살아야 하지만 그래도 이쪽에 계속 있는 것보다는 낫다. 그나마 리슈 비 일행이 먼저 돌아간 만큼 마음이 좀 편해지긴 했다. 오산이었던 건 그 곱슬머리 안경이 약사 소녀를 오라비 특권이라는 형식으로 끌고 갔다는 점 정도일까.

그 부분에 대해서는, 한편으로는 안심하는 동시에 또 한편으로는 조급해지기도 했다. 하지만 지금 서둘러 봤자 어차피 자기보다 1척*은 작은 소녀의 손바닥 위에서 놀아나기만 할 게 뻔했다. 진시는 차라리 이 사태를 긍정적으로 받아들이는 편이 낫겠다고, 생각을 고쳐먹었다.

"과일 음료를 드릴까요?"

"그래."

바센이 어색한 손길로 과일 음료를 내올 준비를 했다. 진시는 방을 비운 동안의 침대 정리 정도는 맡겨 놓았지만, 그래도 자신이 방에 있는 동안에는 최대한 하인이 들어오지 못하게 한다. 교쿠엔의 저택에서 일하는 하인들을 신용하지 못하는 것은 아니지만, 과거에 여러 번 불쾌한 일을 겪은 적이 있는 진시는 가능한 한 외부인을 피했다. 교쿠요 황후를 통해 그 사실을 전해 들었는지, 하인들은 진시 쪽에서 부르지 않는 한 방에 들어오지 않았다.

※1척 : 약 30센티미터.

일단 독이 들었는지 확인하는 차원에서 밖에 있던 호위가 먼저 마시고, 그다음으로 바센도 맛을 보았다. 어디까지나 만일을 위한 일일 뿐 어차피 효과가 늦게 나타나는 약이라면 이런 행동은 다 소용이 없다. 그 점에 대해서는 교쿠엔을 신용하는 수밖에.

새콤한 과일 음료를 입에 머금은 진시는 멍하니 내일 일을 생각했다. 겨우 도성으로 돌아갈 수 있게 되었다. 올 때에 비하면 돌아가는 길은 훨씬 빠르다. 진시는 배 여행보다 육로를 통하는 편을 선호했지만 시간을 단축할 수 있다면 그쪽을 이용하지 않을 수 없었다.

빨리 돌아가고 싶은데 주위에서는 진시의 환심을 사기 위해 이야기를 길게 끌려고만 한다. 돌아가는 일정이 늦어진 데에는 연회 소동이나 장례식 출석 탓도 있었지만 그런 식의 사소한 문제도 은근히 한몫했다.

교쿠엔은 그 모든 일들을 꿰뚫어 보고 이야기를 나중으로 미뤘는지도 모른다. 서도에서는 교쿠엔의 이름을 꺼내기만 하면 자리를 뜨기 쉬워진다. 그냥 이렇게 말하기만 하면 된다.

"이따가 교쿠엔과 약속이 있어서."

그래도 딸이나 여동생을 데려와 술을 따르게 하거나, 또는 이국적인 분위기가 물씬 풍기는 미녀를 내놓는 자도 있었다. 그 여자들이 뿌리는 향수에는 혹시 미약 성분이 포함되어 있었던 게 아닐까. 그런 쪽으로 민감한 바센은 술도 마시지 않았는데 온몸이 붉어지곤 했다. 일종의 시금석으로 쓰기에 편리한 체질이었다.

하지만 젖형제이자 소꿉친구인 바센에 대해서는 진시 입장에서도 이래저래 고민이 되곤 했다. 얼마 전 아둬에게 매우 큰 오해를 살 만한 장면을 보인 적이 있었는데, 진시는 그때 바센도 어른이 되었다고 생각했지만 그건 역시 착각이다.

묘령의 여인들 앞에서 몹시 소심해지는 바센의 성격은 변하지 않았다. 마오마오 한 명에게만 아무렇지도 않게 대할 수 있는 이유는, 어떤 의미에서 마오마오는 부서지지 않을 거라고 생각하기 때문인지도 모른다. 아니, 독이라면 모를까 겉으로 보기에 체격은 작은 편이고 몸집도 가냘프니 힘을 주면 부서지기야 하겠지만 신기하게도 마오마오가 부서지는 모습은 상상할수가 없다. 독을 실컷 먹고는 소리 높여 웃음을 터뜨리고, 납치를 당해도 천연덕스러운 얼굴로 돌아오는 장면만 계속 봐서 그런지도 모르겠다.

여자로 보지 않기 때문이라고 생각할 수도 있겠지만 진시 입장에서는 복잡한 기분이었다. 부친인 가오슌은 지금 바센의 나이에 이미 자식이 셋 있었다. 아무리 여성 앞에서 지나치게 성실한 태도를 보이는 사내의 아들이라 해도 바센은 남다르다. 누나와 형은 이미 결혼했는데 말이다.

진시는 잔을 비운 뒤 바센을 바라보았다.

"너도 슬슬 결혼 압박을 받고 있지 않아?"

진시의 물음에 허를 찔렸는지 바센은 굳은 표정을 지었다. 겉과 속에 차이가 없다. 바센의 친어머니는 진시의 유모이기도 하므로, 어떤 성격을 지녔는지는 진시도 잘 알고 있다. 가오슌이 공처가를 자처할 정도의 성격을 지닌 모친이다.

바센은 얼굴이 새파래진 채 비지땀을 뻘뻘 흘렸다. 아무래도 어떤 일을 떠올리고 덜덜 떨고 있는 모양이었다.

"서, 선을 보라는 이야기는, 드, 듣긴 했습니다만….."

"그 정도면 상대도 아주 괜찮은 사람일 텐데."

진시는 표정 하나 바꾸지 않고 마음속으로만 히죽 웃었다. 최근 들어 자신에게만 계속 화살이 돌아오고 있었으니 가끔은 화살을 쏘는 입장이 되어 보고 싶기도 했다.

"초상화도 봤겠지?"

"네, 보기만 했습니다."

차라리 그게 현명한 방법일지도 모른다. 어차피 초상화를 본다 한들 얼마나 미화해서 그렸을지 알 수 없는 일이다. 사기를 치다시피 해서 선을 보게 한 다음 기정사실을 만들어 버리는 일도 충분히 고려할 수 있다. 여인 앞에서는 소심해지는 바센이지만 그래도 한 번 관계를 가지면 평생 책임져야 한다고 생각할 정도로, 금강석보다 딴딴한 머리의 소유자다.

바센은 눈살을 찌푸리고 복잡한 표정으로 고개를 숙인 채, 붕대가 감겨 있는 오른손만 물끄러미 내려다보고 있었다.

"…저는 아직 미숙합니다. 여인을 상대하는 일은 아직 멀지 않았나 싶습니다."

지나치게 패기 없는 말로 들리긴 했지만, 진시는 그 모습을 보고 놀렸던 일을 반성했다.

"아직 그 일이 신경 쓰이나?"

"……."

진시는 알고 있다. 바센이 여성을 어려워하는 데에는 바센의 모친과 누나가 관계되어 있다는 사실을. 그리고 진시 자신 또한 어떤 의미에서는 그 원인인 셈이었다.

바센의 모친은 줄곧 진시만 돌봤기 때문에 어린 바센은 두 살 위의 누나와 하녀의 보살핌을 받아야 했다. 어린아이가 떼를 쓰는 건 당연한 일이라 할 수 있겠지만 바센의 경우에는 상황이 조금 달랐다.

무인들 가운데에는 전투 중에 훈련한 것 이상의 힘을 발휘하는 사람이 간혹 있다. 노련해지면 상대의 움직임을 느리게 느끼고, 통증에도 둔해진다고 한다.

이는 본래 단련을 거듭하다 보면 얻게 되는 힘이지만 바센의 경우에는 그 힘이 철들 무렵부터 이미 있었다. 그것은 우연인지 아니면 몇 백 년 동안 이어져 온 무인의 가계이기 때문인지는 알 수 없다. 하지만 그것을 단적으로 말하자면 재능이라고 할 수밖에 없다.

어머니를 보고 싶다며 떼를 쓰는 바센의 분노는 누나와 하녀들을 향했다. 평소에는 잘 달래서 끝내곤 했는데, 그때만큼은 통 말을 듣지 않았다는 모양이다. 바센은 작은 단풍잎 같은 손으로 누나의 팔을 움켜쥐었다. 그리고 그대로 부러뜨려 버리고 말았다.

바센은 당시 여섯 살짜리 어린애였다. 당사자인 바센의 손가락도 하나 부러졌다. 지나치게 강한 힘은 그만큼 반동도 큰 법이다.

그 사건 이후로 바센은 누나나 형과 떨어져 따로 살게 되었다. 그리고 진시를 만난 것은 그 이후로 시간이 좀 흘렀을 때였다. 진시는 당시 바센을 무뚝뚝하고 붙임성 없는 녀석이라고 생각했다. 그도 그럴 게 진시는 바센의 어머니를 빼앗아 간 장본인이었으니 말이다. 바센이 진시와 함께 검술을 배우게 된 일은 어쩌면 추후의 측근 양성 겸, 바센에 대한 배려였는지도 모른다.

진시가 이 이야기를 듣게 된 건, 열 살이 갓 넘었을 무렵 시녀들과 유난히 거리를 두려 하는 바센을 진시가 놀리는 모습을 가오슌이 보았기 때문이다.

"여인은 너무 연약합니다. 제게는 아직 이릅니다."

이렇게 대꾸해 버리면 진시는 뭐라 할 말이 없다. 그래서 대신 빈 잔을 내밀고 과일 음료만 더 달라고 요구하는 수밖에 없었다.

약사의 혼잣말

6 화 : 라 일족 전편

'진짜 이래도 괜찮은 건가?'

마오마오는 차를 홀짝홀짝 마시며 생각했다. 익숙해진다는 건 참 무서운 일이다. 왜 무서운 일인가 하면, 위기감을 잃게 된다.

"보기에 따라서는 열렬한 환영이라고 생각할 수도 있겠지?"

라한도 차만 마셨다.

두 사람 앞에는 무뚝뚝한 표정의 사내가 한 명 앉아 있었다. 탁자를 사이에 두고, 팔짱을 낀 자세였다.

"형."

라한의 말을 있는 그대로 받아들이자면 눈앞의 사내는 라한의 친형이라는 이야기가 된다. 중키에 보통 체격, 얼굴은 적당히 준수한 정도지만 그게 전부인 사내다. 그러고 보니 라한은 괴짜 군사의 양자이긴 했지만 달리 형제자매가 없다는 말을 한 적은 없다. 완전한 착각이었다.

라한이 마오마오를 데려온 곳은 어떤 저택이었다. 선착장에서 그리 멀지 않고, 충분히 걸어서 갈 수 있는 거리였다. 리쿠손도 배에서 내렸지만 "상관없는 타인이 따라갈 일은 아닌 듯합니다."라면서 선착장에 있는 여관에 머물렀다. 차라리 아둬 일행을 따라 돌아가 버리는 게 낫지 않을까 싶었지만, 그럴 수도 없는 모양이다.

저 해맑고 명랑한 코쿠요는 그 이후 합승 마차를 타고 도성으로 간다고 했다. 인연이 있으면 또 만날 수도 있으리라.

저택은 마을 안이 아니라 홀로 오도카니 떨어진 곳에 있었다. 훌륭한 저택이었지만 주변은 결국 시골에 불과하다. 애당초 도성에서 고관 노릇을 하던 사내가 이런 곳까지 쫓겨났다면 그야말로 굴욕이었을 것이다.

'그런 곳에 이렇게 태평하게 찾아와도 되는 걸까?'

주위는 농촌 지대인 듯, 밭이 보였다. 그 너머에는 작은 집들이 드문드문 있었지만 촌락이라 하기에는 서로 거리가 너무 떨어져 있다. 밭에서는 거의 본 적 없는 작물들이 자라나고 있었다.

메꽃을 닮았으나, 메꽃은 열매가 시원찮기 때문에 거의 잡초나 마찬가지다. 그런데 그런 식물이 광대한 면적을 차지하고서 재배되고 있었다.

'도대체 저게 뭐지?'

일행은 그런 저택으로 향하던 길에 우연히 이 사내와 마주쳤다.

사내는 다급한 표정으로 라한과 마오마오를 근처에 있던 헛간으로 끌고 들어갔다. 그게 지금 있는 이 장소였다. 마침 주전자가 놓여 있었기에, 슬그머니 실례하여 차를 따랐다. 이상한 냄새는 나지 않았으니 별문제 없어 보였다. 차에서는 희한한 맛이 났다. 무언가를 배전焙煎한 듯했다. 헛간은 이 밭의 작업장으로 사용되고 있는 모양이었다. 농기구가 깔끔하게 정리 정돈되어 있는 모습에서는 주인의 착실한 성격이 잘 느껴졌다.

"뭐 하러 왔어!"

"뭐 하러 왔냐니, 동생이 찾아오는 데 무슨 문제라도 있어?"

사실은 금전 목적으로 찾아온 것이긴 하지만.

"아버지 있어? 얘기 좀 하고 싶어."

"아버지? 그 여우 눈깔 말하는 거야?!"

"아니, 우리 아버지 말이야. 아버님은 도성에 계시고."

"……."

라한의 형은 그 말을 듣고 입을 다물었다. 그리고 조용해졌나 싶더니 금세 문을 쾅 두들겼다.

"당장 돌아가! 들키기 전에!"

"너무하네. 동생이 오랜만에 보러 왔는데."

"넌 이미 남의 집 식구잖아!"

어딘가 김빠지는 대화였다. 마오마오는 주전자 뚜껑을 열고 내용물을 확인했다. 찻잎이 아니라 보리를 배전해서 끓인 차인 모양이었다. 이런 사용 방법도 있구나, 하고 마오마오는 감탄했다.

태평하게 차를 들이켜는 라한을 보고 형은 야단을 피우며 빨리 돌아가라고 재촉했다. 마오마오는 헛간 한구석에 놓여 있던 웬 덩굴을 들여다보았다. 바깥 밭에서 키우고 있는 그 작물과 같은 것인 듯했다. 누군가가 덩굴을 꺾어서 통 속에 담가 놓았다. 잘 보니 끄트머리에서 뿌리 같은 무언가가 작게 돋아나 있었다. 이렇게 해서 다시 밭에 심는 걸까.

잎은 아무리 봐도 메꽃을 닮았지만 전혀 다른 식물인 모양이다. 마오마오는 수납장 속을 뒤져 보았다. 무슨 밭인지 궁금했다. 통이나 수건밖에 보이지 않았으므로 창을 통해 밖을 내다보았다. 헛간 그림자에 가려져서 보이지 않았는데, 화분에서 나팔꽃 어린잎이 자라고 있었다.

'나팔꽃도 아닌 것 같은데 말이야.'

헛간 뒤에는 나팔꽃도 많이 있었다. 관상용일까, 아니면 생약으로 사용하는 식물일까. 나팔꽃의 씨앗은 견우자牽牛子라 하며 설사나 이뇨제로 사용된다. 하지만 동시에 독성도 강하기 때문에 취급에 매우 주의해야 한다.

마오마오가 창밖으로 고개를 내밀고 있는 모습을 보고 라한의 형이 창문을 쾅 닫았다.

"뭐 하는 거야!"

"나팔꽃이 자꾸 눈에 띄어서요."

"그보다 넌 누구야?!"

이제 와서 무슨 소리야.

"내 동생이야, 형."

"아무 상관도 없는 타인인데요."

"어느 쪽이야?!"

라한의 형이 두 주먹을 부르쥐고 외쳤다.

마오마오와 라한은 얼굴을 마주 보았다.

"…반응이 좋은데."

"그렇지? 아주 귀중하다니까, 이런 인재는. 이쪽에서 원하는 반응을 그림에 그린 듯이 보여 줘."

"무슨 영문 모를 소리들을 늘어놓고 있는 거야!"

라한의 형은 발까지 동동 굴렀다. 반응이 아주 훌륭하다.

라한은 주전자에서 차를 따라 내밀었다. 라한의 형은 그것을 단숨에 들이켰다가, 너무 뜨거웠는지 요란하게 찻잔을 집어 던졌다. 마오마오는 날아온 나무 찻잔을 받아 들었다.

"실로 훌륭한 반응인걸. 너무 전형적이라 신선할 정도야."

"그렇지? 있을 것 같으면서도 의외로 없다니까, 이런 사람."

"그어니까 너히들끼리만 아는 얘기 좀 그만하아고!"

혀를 덴 라한의 형이 말했다.

반응을 즐기는 건 이쯤 해 두고, 슬슬 본론으로 돌아갈 때다.

"그런데 왜 자꾸 저희를 쫓아내려 하시는 건가요? 친부모를 배반하고 비열한 여우 군사한테 붙은 인간이 미워서 견딜 수가 없다는 건 이해하겠는데요."

"그런 일은 없다, 동생아."

"상당히 있을 법한 일인데."

"형, 진짜 그래?"

라한은 자기 형에게 심각한 얼굴로 물었다. 자각이 없는 모양이다.

라한의 형은 라한의 말을 무시하고 마오마오 쪽을 돌아보았다.

"동생이라는 걸 보니 라칸의 딸인가 보지?"

마오마오는 엄청난 표정을 지었다. 움찔한 라한의 형이 어깨를 움츠렸다.

"마오마오, 형이 겁먹으니까 그런 표정 지으면 안 돼. 그러면 못써."

라한이 마치 어린애 타이르는 듯한 말투로 그렇게 말하니 짜증이 났다. 마오마오는 고개를 돌리고 차를 한 잔 더 마셨다.

라한의 형은 겁에 질렸던 표정에서 원래 얼굴로 돌아와 의자에 앉았다. 그리고 마음을 가라앉히려는 듯 심호흡을 했다. 무슨 말을 하려 하자 마오마오가 노려보았다. 라한의 형은 이마를 짚으며 조심스럽게 말을 고르듯 입을 열었다.

"일단 입장이야 어찌 됐든 상관없으니 빨리 여기서 나가는 편이 좋아. 만일 라한이 말한 그 입장이 맞는다면 더더욱 그렇고."

"형의 상태를 보아하니 보통 일이 아닌가 보네."

"다 알면서 시치미 떼지 말고 빨리 나가란 말이다."

하지만 자꾸 그런 반응을 보이니 반대로 더 궁금해지기만 한다. 라한의 안경이 번쩍였다.

"형, 도대체 무슨 일이 있었던 거야?"

"안 듣는 게 나을걸."

"그러니까, 그 이유를 들으면 얌전히 돌아가겠단 말이야."

"한번 알아 버리면 핑계도 못 댄다고."

'라한네 형님, 그건 역효과야.'

그렇게 공방전을 벌이는 사이 라한은 목적하는 정보를 거의 끌어내기 직전까지 와 있었다. 얼마 지나지 않아 전부 알아내게 되리라. 하지만 그 전에 다른 상황이 벌어졌다.

덜컹, 문이 열리는 소리가 났다. 그 너머에는 지팡이를 짚은 노인과 중년 여자, 그리고 시종들로 보이는 사람들 몇 명이 서 있었다.

"소란스럽다 했더니…."

중년 여자가 눈을 가늘게 뜨고 세 사람을 노려보았다. 라한의
형은 얼굴이 새파래졌다.

"오랜만이구나, 라한. 3년 만에 보는 거니?"

"오랜만에 뵙습니다. 할아버님, 어머님."

라한이 한 걸음 앞으로 나서서 깊이 고개를 숙였다.

'할아버님과 어머님이라.'

즉, 도성에서 쫓겨난 일가족이라는 말이 된다.

노인은 눈매가 험악하고 생김새가 무뚝뚝했으며 수염을 길게
기르고 있었다. 그야말로 완고해 보이는 영감님이었다.

중년 여자는 얼굴은 아름다웠으나 가늘게 뜬 그 눈은 어딘가
모르게 맹금류를 연상시켰다. 시ㅋ 일족의 여자를 닮았다는 느
낌도 들었다. 러우란의 어머니 말이다. 한마디로 왠지 모르게
무서웠다. 화려하게 치장했지만, 살짝 유행에 뒤처진 듯했고
손목에는 하얀 팔찌를 차고 있었다.

"형편없는 계집애를 데려왔구나. 하녀니?"

늘 그렇듯 무시당하는 데에도 익숙해졌다. 마오마오는 말없
이 고개만 숙였다.

"너무하시네요, 어머님. 제 동생입니다."

"라하압?!"

라한의 형이 말을 하려다 말고 저도 모르게 스스로 입을 틀어

막았다.

"동생···. 그렇다면 라칸의 딸이라는 말이냐?"

노인이 입을 열었다.

마오마오는 고개를 숙인 채 얼굴을 일그러뜨렸다.

하지만 라한의 모친 또한 마오마오 못지않게 얼굴을 찌푸렸다. 이를 빠득 가는 소리가 마오마오의 귀에까지 들렸다.

"그렇게 되지요."

라한의 형도 아주 험악한 표정으로 라한을 노려보고 있었다. 아까부터 계속 두 사람에게 사정을 말해 주지 않고 돌려보내려 했던 이유가 바로 이것이었던 모양이었다.

라한의 형은 라한과 마오마오를 자신의 할아버님과 어머님께 보이고 싶지 않았던 듯했다. 그것은 마오마오도 마찬가지였다. 웬만하면 만나지 않는 게 무난한 사람들이었다.

노인이 고개를 숙인 채 불분명한 소리를 냈다. 무슨 소리인가 했더니 웃고 있는 듯했다.

"하하하하, 어디서 듣고 왔지?"

"뭘 말입니까?"

라한이 고개를 갸웃거렸다.

'무슨 말을 하는 거지?'

마오마오도 천천히 고개를 들고 의아한 표정을 지었지만, 상대편에서는 알아차리지 못했다. 마오마오나 라한이나 둘 다 표정 변화가 별로 없기 때문일까, 노인은 개의치 않고 말을 이었다.

"라칸에게 붙을 생각이라면 포기하는 게 좋을 게야. 그놈은 완전히 얼이 빠져서 지금은 얌전히 유폐되어 있는 상태니 말이다. 매일같이 혼자서 무어라 중얼중얼 혼잣말을 하고 있으니 영 오싹해서 쳐다볼 수도 없어."

"유폐?"

마오마오와 라한은 얼굴을 마주 보았다.

라한의 형은 이마에 손을 짚고 커다랗게 한숨을 내쉬었다.

"할아버님, 도대체 무슨 말씀을 하고 계신 겁니까?"

"아직도 시치미를 뗄 생각이냐? 아무리 괴짜 양부라 해도 열흘이나 집에 돌아오지 않는 게 이상하다는 생각이 안 들더냐? 그래서 이렇게 찾아온 것일 텐데?"

왠지 잘 모르겠지만 귀찮은 일이 되어 가고 있었다. 그리고 이 노인, 즉 라한의 할아버지 이야기를 듣자하니 '그 아저씨'가 어떻게 된 영문인지 유폐되어 있는 모양이다. 믿을 수 없는 일이지만 말이다.

"저어, 열흘이고 뭐고 저와 마오마오는 벌써 한 달 이상 도성을 벗어나 있었습니다."

라한이 뒷목을 긁적이며 말했다.

"…정말이냐?"

노인이 천천히 마오마오 쪽으로 시선을 옮겼다.

마오마오는 짐 속에서 작은 상자를 꺼냈다. 그리고 상자를 열어 그 속에 든, 기묘한 식물을 심은 화분을 보여 주었다. 저택에서 나눠 받아, 작은 화분에 심어 가지고 온 선인장이었다.

"아직 이쪽에서는 유통되고 있지 않은 식물입니다."

그 외에도 설탕에 졸인 환산괴丸酸塊* 등이 있었으나 확실한 형태를 띤 물건을 보여 주는 편이 더 이해시키기 쉬울 터였다.

"그리고 모직물과 견직물도 있는데요."

한 번도 본 적 없는 식물과 대면한 라한의 할아버지와 어머니는 그것을 빤히 쳐다보았다. 너무나도 서방에서 들여온 물건 같은 품목들이었다.

"정말이냐?"

"거짓말을 할 필요가 있겠습니까? 선물로 여송연을 사 왔는데 혹시 필요하십니까?"

라한도 짐을 펼쳤다. 담뱃잎은 아무래도 수입품이 많기 때문에 도성에서는 고급품으로 취급되지만, 서도에서는 상당히 저렴한 가격으로 살 수 있었던 듯했다.

"".....""

라한의 할아버지와 어머니가 서로 얼굴을 마주 보았다. 그리

※환산괴 : 구즈베리.

고 할아버지가 손을 크게 들어 올렸다.

"잡아라."

뒤에 있던 시종들이 마오마오 일행에게로 다가왔다. 다소 얼간이 같은 상태로 두 사람은 사로잡히고 말았다.

"이게 도대체 어떻게 된 일이지, 나까지 가둘 줄이야. 가족이라고 생각했는데."

"배신자겠지."

"무례한 녀석."

라한은 그렇게 투덜거리며 의자에 앉았다. 갇혔다고는 하지만 장소는 극히 평범한 손님방으로 보였다. 가구는 오래됐지만 만듦새가 튼튼했고, 청소도 깔끔하게 잘되어 있었다. 마오마오는 심술궂은 시어머니처럼 손가락으로 선반이나 창틀을 훑어 먼지가 쌓여 있는지 확인해 보았다.

"그나저나…."

이해가 안 가는 점이 너무 많았다. 라한의 조부가 한 말이 사실이라면 '그 아저씨'는 현재 이 저택에 있으며 심지어 유폐된 상태라고 한다. 툭하면 경솔한 짓을 저지르곤 하는 아저씨지만 이렇게 쉽게 붙잡혔을 줄은 몰랐다.

"그 영감님이 한 말이 사실이야?"

마오마오가 묻자 라한은 곱슬머리를 벅벅 긁어 댔다.

"아니라고 딱 잘라 말할 수도 없어."

"그 아저씨가 잡혔다고?"

"…마오마오, 너한테는 아무 말 안 했지만….”

라한이 나직이 중얼거렸다.

"작년에 녹청관에서 사 왔던 기녀의 용태가 썩 좋지 않았어."

"그렇겠지."

원래부터 언제 죽어도 이상하지 않은 상태였다. 그런 기녀를 사 온 건 다름 아닌 괴짜 군사 본인이다.

"아버님이 이번 여행에 동행하지 않았던 이유도 사실 거기에 있었지."

리쿠손이 유난히 마오마오에게 괴짜 군사의 저택에 가 보라고 권했던 이유도 그것 때문이었던 모양이다.

마오마오는 창가에 몸을 기댔다. 창에는 나무로 창살이 쳐져 있어 빠져나갈 틈이 없었다. 창살 틈새로 밭일을 하는 농민들의 모습이 보였다. 도대체 뭘 저렇게 열심히 재배하고 있는 걸까.

"사람을 사람으로 생각하지 않던 아버님도 그 기녀가 온 뒤로 분위기가 많이 변했어. 솔직히 보는 내가 다 창피해질 정도였지."

"그랬군."

"매일 바둑과 장기를 뒀어. 바둑을 두는 빈도가 더 높았던 것 같아. 그래서 일하러 나가야 할 때는 주위를 더 곤란하게 만들었지. 기보를 들고 가서, 상대가 한 수를 둘 때마다 전령이 저택과 궁정을 왕복하면서 대신 돌을 놔 줘야 했을 정도야."

그것 참 번거로웠겠는걸, 하고 마오마오는 전령 역할을 했던 사람을 동정했다.

"전령이 바빴던 건 새해까지였고, 그 뒤로는 점점 한가해져 갔어."

"무슨 말을 하든지 간에 나하고는 상관없는 일이야."

괴짜 군사가 그런 기녀를 내버려 두고 납치를 당해서 이런 곳에 태평하게 끌려왔으리라고는 생각하기 힘들다.

수명이 다했다고밖에 말할 도리가 없다. 유곽에서 지내는 것보다는 그래도 더 오래 살았으리라.

마오마오가 동요하지 않는 이유는 아마 그런 생각을 이미 염두에 두고 있었기 때문이다. 남들이 보면 차갑다고 생각하겠지만 어쩔 수 없다. 의료에 종사하다 보면 사람의 죽음에 직면하는 일도 많아진다. 그런 일로 매번 울다 보면 다음 환자를 보러 갈 수가 없다.

'매번 눈물을 흘리는 사람도 있긴 하지만.'

익숙해지면 되는데 통 익숙해지지 못하고, 냉정한 태도도 취하지 못한 채 살아가고 있는 마오마오 자신의 양아버지를 말한다. 요령도 없고 바보 같은 사람이라고 생각하지만 마오마오는 그렇기 때문에 양아버지를 존경하고 있다.

"상관없다니, 그런 섭섭한 소리 하지 마. 그 기녀가 죽었다면 아무리 아버님이라 해도 도저히 견딜 수가 없었을 거야."

"그 빈틈을 노려서 이리로 끌고 왔다는 말이야?"

어처구니없기 짝이 없는 이야기다. 그래 봬도 고관인데, 자리를 비운 지 열흘이나 지났다면 양자인 라한뿐만 아니라 다른 사람들까지도 소란을 피울 게 분명하다.

마오마오가 그 부분을 묻자 이런 대답이 돌아왔다.

"낙적 때 일을 반달이나 쉬었는데 돌아와 봤더니 딱히 쌓인 일도 없던걸."

'일 좀 해.'

아니, 어쩌면 아예 필요 없는 존재가 아니었을까.

"무엇보다 그분 말고 다른 사람들은 모두 성실하게 일을 잘하고 있기 때문에 무슨 큰일이라도 터지지 않는 한 반년쯤 비워도 문제없이 잘 돌아갈 수 있어."

'황제는 어째서 그 인간을 해고하지 않는 거지?'

혹시 약점이라도 잡힌 건 아닌지 불안해졌다. 물론 라칸에게 그런 유능한 인재들을 찾아내는 특기가 있기 때문에 가능한 일이겠지만.

"생각보다 너무 허술한데? 궁정이라는 곳은 내 생각보다 훨씬 체계 없이 돌아가고 있는 곳이었어?"

"그 질문에는 '아버님이니까'라는 말 말고는 변명할 말이 없다."

마오마오는 깊은 한숨을 내쉬었다.

"할아버님과 어머님은 당주 자리를 돌려받기 위해 아버님을 가둬 놓았을 거야."

"난 잘 모르겠지만, 그 당주라는 자리는 어떻게 결정되는데?"

'그 아저씨'가 라한의 할아버지에게서 당주 자리를 빼앗았다는 사건도 사실 마오마오에게는 아직까지 그리 와 닿지 않는 일이었다. 건물이나 물건처럼 소유권이 명시된 문서라도 존재하는 걸까.

"이름을 가진 가문은 기본적으로 이름과 함께 하사받은 물건이 있어. 그 물건의 주인이 당주가 되는데, 궁정에 출사할 때 항상 소지해야 해. 출사라고는 해도 매일 가는 건 아니야. 특별한 때만 가는 거지. 평소에는 소중히 보관해 두곤 해. 당주를 교체할 경우에는 차기 당주와 함께 황제 폐하께 인사를 드리러 가는 관습이 있어. 당주 자리를 빼앗았다고는 해도 실제로 그런 절차는 다 밟았어."

"어떻게 절차를 밟게 만들었는데?"

라한 할아버지의 태도를 보아하니 그리 원만하게 당주 자리를 넘겨받진 않은 듯했다. 그 할아버지가 과연 고분고분 함께 인사하러 갔을까 싶다.

"간단해. 실각시켜 버리면 되거든. 아름다운 숫자와는 별로 인연이 없는 사람이었으니까, 할아버님은."

"실각시킬 근거를 네가 모았군?"

당시 몇 살이었는지를 묻는 건 눈치 없는 짓일까.

"할아버님이 저지른 짓은 솔직히 너무 쩨쩨한 수준이어서 처벌받은 건 기껏해야 당사자 한 명뿐이었지. 가문의 이름에 먹칠을 하게 된다고 상대편에서 협박을 해도, 아버님은 그런 부분을 신경 쓰시는 분이 아니고."

지금의 지위를 박탈당하고 죄인이 될 것인지, 아니면 당주 자리를 내놓을지. 라칸은 그 두 선택지 중 하나를 고르라고 강요했다고 한다. 심지어 그 일에 손자까지 가담해서는 숫자가 아름답지 않다는 둥, 조사할 내용이 재미있다는 둥의 이유로 그 아저씨한테 협력했으리라.

"네가 가족 취급을 못 받는 이유를 잘 알겠다."

"갑자기 무슨 소리야?"

심지어 본인에게는 자각이 없다. 역시 괴짜의 조카다.

"그런데 지금까지는 얌전히 이런 시골구석에 처박혀 살았던 것 아닌가? 왜 이제 와서 행동을 개시한 거지?"

"이유로는 몇 가지를 생각할 수가 있어."

라한이 손가락을 치켜들었다.

"하나, 이 나라의 공적 문서는 10년이 지나면 파기돼. 아니, 풍화된다고 해야 하나. 어지간히 중요한 사안이 아닌 이상 엄중히 보관되지 않아. 할아버님의 용돈벌이에 대한 증거도 그 기준으로 따져 보면 사소한 종잇조각에 불과해."

손가락을 또 하나 세웠다.

"둘, 아버님의 약점을 잡았을 수도 있지. 무슨 일이 있으면 그걸 방패로 협박하면 되니까. 물론 역린이겠지만."

라한은 치켜세운 두 개의 손가락으로 마오마오를 가리켰다. 마오마오는 불쾌한 듯 그 손가락을 쳐 냈다. 이번의 경우 그 역린이란 마오마오가 아니라 그 기녀일 터였다.

"이런 시골에 처박혀 살고 있는데 그런 정보를 어떻게 들었지?"

"잠깐, 얘기를 끝까지 들어."

라한은 세 번째 손가락을 세웠다.

"셋, 그런 정보를 일부러 가르쳐 준 누군가가 있었다."

'앗!'

지금까지도 짚이는 데가 여럿 있었다.

"이번에도 그런 일이었다는 말이야?"

이번에도. 리슈 비를 습격한 도적뿐만 아니라 서도의 점술사 이야기와 하얀 선녀 이야기까지 연상시키는 이야기였다. 방식이 비슷하다.

"글쎄다, 그냥 가능성의 이야기니까. 하지만 아주 아닐 거라고 말하기도 힘들지."

그건 그렇다. 확정하지 말고, 그냥 그런 경우도 있다고 생각해 두는 편이 좋다.

그렇다면 마오마오에게는 의아해지는 점이 한 가지 있었다.

"만일 같은 방면으로 관련된 이야기라면 신경 쓰이는 게 있어."

"뭐지?"

최근 들어 잇따라 벌어지는 수수께끼의 사건들에는 아무래도 바이냥냥의 그림자가 짙게 드리워져 있는 느낌이 들었다. 바이냥냥이 자꾸만 떠오르는 분위기의 일들이 곳곳에 산재하니 말이다. 하지만 마음에 걸리는 점이 있었다.

"동으로 서로 그 선녀를 떠올리게 만드는 이야기들이 포진해 있는데, 정말 본인이 직접 얽혀 있는 일인 것 같아?"

그렇다고 하기에는 행동이 너무 빠르다.

"당사자가 아니라 그 관계자들이 일을 벌이고 있다면 이해하기 쉽겠지만, 그렇다고 하기에는 정보가 너무 자세히 공유되고 있는데?"

"…그건 그래."

서도의 점술사 이야기를 듣자하니 확실히 방식이 어딘가 모르게 비슷한 느낌이 들었지만, 머나먼 동쪽 땅에 있는 리슈 비의 이복 언니에 대한 이야기는 도대체 어디서 들은 걸까. 만일 정보가 공유되고 있다면 어떤 수단을 이용했을까. 의문이 남는다.

"도성에서부터 온 동행자 중에 바이냥냥과 관계가 있는 자가 있다면 어떨까?"

그렇다면 어떤 인물이 서도에 갔는지 알아낼 수 있다.

"아니, 그럼 점술사는 어떻게 할 건데? 최소한 열흘 전에는 있었어야 하잖아."

"그러게 말이다. 무리가 있군."

라한이 신음했다.

"그나저나…."

마오마오는 밖을 내다보며 중얼거렸다.

"그나저나?"

라한이 물었다.

"아무리 그래도 밥은 주겠지?"

마오마오는 밭을 보며 말했다. 아직도 농부들이 열심히 일을 하고 있었다.

마오마오의 걱정은 기우로 끝났다.

식사는 그럭저럭 괜찮았고, 그리 질 나쁜 식재료가 사용되지도 않았다. 고기와 생선이 둘 다 나왔는데 생선은 조금 짰다. 내륙으로 들어갈수록 해산물을 소금에 절여 보존하는 경우가 많다. 궁정 요리에 사용되는 생선은 바다에서 갓 잡아서 상하기 전에 파발로 날라 오므로 염장하는 경우는 없다.

의외로 맛있었던 게 참깨 경단이었다. 속에는 참깨 소가 아니라 으깬 밤이나 콩 같은 게 들어 있었다. 끈끈하고 달콤한 걸 보니 꿀이나 물엿을 이용하여 매끄러운 식감을 낸 듯했다.

'아니, 고구마인가?'

마오마오는 수긍하면서 맛을 음미했다.

단것을 그리 좋아하지 않는 마오마오는 두 개만 먹고, 라한이 다섯 개를 먹었다.

"용케 그만큼이나 들어가네."

"그거 알아? 머리를 쓰면 단것이 당기는 법이야."

라한은 그렇게 말하며 한 개를 더 먹었다.

"이 저택 주인이 단걸 좋아하나?"

고구마는 비교적 드문 작물이다. 마오마오처럼 녹청관이나 후궁에 있던 사람이라면 모를까, 저잣거리에 흔히 나도는 품목은 아니었다. 다른 식재료 중에는 그렇게 신기한 종류가 없었는데 경단 소에만 이렇게 심혈을 기울인 이유가 뭘까.

"딱히 그런 건 아닌데. 다들 그렇게까지 좋아하진 않아. 싫어하지도 않지만."

"그렇구나."

마오마오는 식후 차를 마셨다. 이 차는 보리를 배전한 맛이 아니라 찻잎 맛이 났다.

"그런데 아까 나타난 사람들 중에 네 아버지는 없던데, 어떻게 된 거지?"

마오마오는 문득 궁금했던 것을 물었다.

"아버지…. 글쎄, 뭐 하고 계실까. 이번에는 아버지 만나러 온 건데."

손가락에 묻은 기름을 날름 핥아 먹으며 라한이 말했다. 그 동작이 여우 군사를 닮아 보였기에 마오마오는 싫다는 듯 얼굴을 찌푸렸다.

"그 아버지라는 사람도 이 일에 가담했어?"

"으음, 그건 아닐 것 같다. 아버님이 제시하신 건 할아버님이 당주 자리를 양도하는 일밖에 없었으니까. 하지만 소문은 제멋대로 퍼지는 법이라, 자존심 강한 할아버님이 도성에서 지내는 일을 견디지 못하게 되었을 뿐이야. 아버지는 남으려고 마음만 먹으면 남을 수 있었지만, 그냥 그러지 않기로 했을 뿐이고."

"어머님이라는 사람은 거기에 대해 불만이 있는 모양이던데."

그 말에 라한은 쓴웃음을 지었다.

"어머님은 할아버님이 고르신 분이거든. 게다가 아버님과는 사이가 아주 나빠."

오히려 사이가 좋은 게 이상할 거라고, 마오마오는 그 까다로워 보이는 여성을 떠올리며 조금 동정했다.

"하지만 같은 방 안에 넣어 두는 건 좀 그런데. 침소는 따로 마련해 주겠지?"

"같이 있어도 무슨 실수가 일어나진 않겠지만."

"그건 그러네."

서로 아무 말이나 늘어놓던 두 사람은 나란히 어처구니가 없다는 표정을 지었다.

"그런데 넌, 왕제하고는….”

"한숨 잘래.”

라한이 끝까지 말하지 못하도록 말을 가로막은 마오마오는 옆 침실로 향했다.

"잠깐, 그럼 난 어디서 자?"

"그쪽에 긴 의자 있잖아."

"연상을 공경하란 말이다.”

"연하를 귀여워해 주라고.”

라한은 불평하고 싶은 눈치였지만 마오마오는 무시하고, 일단 침대에 누워 상황을 정리해 보기로 했다.

그 괴짜 군사와 라한은 선대 당주 일가에게 충분한 생활비를 주고 있었다. 가사를 돌보는 하인들을 고용할 정도의 여유는 있지만, 고급스러운 가구를 새로 구입하고 사치스러운 식사를 할 수 있을 정도는 아닌 모양이다.

충분히 후한 대접이라는 생각이 들긴 하지만 도성에서 마음 껏 사치를 부리며 살았던 사람에게는 굴욕이나 다름없는 일일 터였다. 그 굴욕이 오랜 세월 부글부글 끓다가 드디어 폭발했다고 했을 때, 도화선에 불을 붙인 사람은 누구일까.

마오마오는 라한의 모친이 차고 있던 하얀 팔찌를 떠올렸다. 잘 보이진 않았으나 금줄을 닮은, 마치 뱀 같은 하얀 끈과 비슷한 느낌이었다. 착각이 아니라면 좋겠지만, 왠지 안 좋은 상상이 자꾸 들었다.

'정말 안 나타나는 데가 없네, 그 선녀.'

신출귀몰하며, 어디에나 발자취가 남겨져 있다. 정말로 선술을 써서 분신을 여러 개 만든 게 아닐까 생각될 정도였다.

빨리 누가 좀 잡아 줬으면 좋겠다고 생각하며 마오마오는 잠이 들었다.

정신을 차리고 보니 저녁이었다. 사람 소리와 말소리가 들려 마오마오는 눈을 떴다.

하품을 하며 침실을 나가니 라한 외에도 아까 그 완고해 보이는 영감님이 있었다. 영감님 한 명만 있었다면 몸통 박치기를 해서 도망칠 수 있을 듯했지만 뒤에 하인도 보였다.

노인은 잠에서 깬 마오마오를 보고 얼굴을 찌푸렸다. 머리가 뻗친 걸까, 눈곱이 낀 걸까. 아니면 뺨에 이불 자국이 남아 있는 게 마음에 안 드시는 걸까.

"가자."

어딜 가냐는 건지 묻기도 전에 노인은 방을 나섰다. 마오마오와 라한은 얼굴을 마주 보았다. 하지만 밖에 나가지 않으면 어차피 이 안에 계속 갇혀 있을 뿐이기에 둘은 그 뒤를 따라갔다.

"너는 정말로 라칸의 딸이 맞는 모양이구나."

"⋯⋯."

그 질문에 마오마오가 대답할 이유는 없었다. 하지만 좀 전에 마오마오가 잠들어 있는 동안 조사를 좀 한 모양이었다. 채네 시간도 안 되는 사이 도대체 어떻게 조사했을까.

"그놈은 정말로 아무짝에도 쓸모없는 놈이야. 이쪽에서 무슨짓을 해도 혼자 투덜투덜 뭐라고 중얼거리기만 하면서 무시하고, 제대로 얘기할 생각도 없는 눈치지. 하지만 네 이름 정도는 기억하고 있었다."

마오마오는 걸음을 우뚝 멈췄다. 왠지 이 이야기의 흐름에 따르면, 지금 끌려가는 그 장소에는 몹시도 싫은 인간이 있을 듯했다.

"가기 싫은 건 알겠지만 일단 따라가자. 여기서 떼를 써 봤자 상황이 진행되진 않으니까."

라한의 말에 마오마오는 할 수 없이 앞으로 나아갔다. 목적지는 저택 한구석에 있었다. 벽에 크고 둥그런 창이 나 있었고, 창에는 창살이 쳐져 있었다. 그 안으로 실내가 훤히 들여다보였고 지저분한 아저씨 한 명이 맨바닥 위에 주저앉아 있었다.

아저씨는 고개를 숙인 채였는데 그 턱에는 불결한 수염이 남아 있었다. 풀어헤친 머리는 귀찮다는 듯 뒤로 늘어뜨렸다. 주변에는 지저분한 밥그릇이 굴러다녔다. 옷이나 손가락에 밥풀이 묻어 있는 걸 보니 젓가락을 사용하지 않고 손으로 밥을 마구 집어 먹은 모양이었다.

"아버님!"

라한이 창살로 달려들었다. 명백히 상태가 이상한 사내를 보고 뭔가 짚이는 데가 있는 모양이었다.

확실히 이상하긴 했다. 중얼중얼 계속 입을 움직이는 걸 보니 마치 무언가에 중독된 듯했다. 라한도 그 생각을 했는지 노인을 돌아보았다.

"할아버님, 설마 아버님이 시키는 대로 안 한다고 아편을 피우게 하신 겁니까?"

"흥, 그런 건 내 알 바 아니다. 그보다 저 녀석에게서 빨리 가보가 있는 곳을 알아내도록 해."

노인은 거만하게 라한을 노려보았다.

"게다가 내가 저 녀석을 부른 게 아니야. 저 녀석이 부르기에 내가 도성으로 간 거지. 그랬더니 저 꼴이었다."

노인은 양손을 벌리고 말했다.

하긴, 아편의 증상과는 다른 것 같다고 마오마오는 생각했다.

"저택에는 하인조차 한 명도 없었고, 그냥 저 녀석 혼자 음침하게 무어라 중얼거리면서 바둑판 앞에 앉아 있었지."

주위에 아무도 없다는 이유로 이곳으로 데려왔다고 한다.

'…아무도 없어?'

마오마오는 그럴 리 없다는 생각에 라한을 쳐다보았다.

"빚이 감당이 안 돼서 결국 하인들을 몽땅 해고한 거야?"

"아니, 최소한의 수는 있었어. 식사와 청소, 그리고 환자 병간호에 필요하니까. 하지만….

라한이 덧붙였다.

"역시 예상대로였군."

누구를 말하고 있냐면 작년에 낙적해 왔던 기녀 얘기다. 하인은 없어도 그 여자는 있어야 했다. 여우눈 군사가 그 기녀를 방치하고 저택을 나올 일은 없을 테니 말이다. 이 아저씨가 여기서 이렇게 넋을 놓고 앉아 있다는 말은, 기녀가 죽었다는 사실을 의미한다.

마치 혼백이 쏙 빠져나간 듯한 모습이었다. 하지만 몸은 계속 움직이고 있어, 마치 눈에 보이지 않는 무언가와 대치하고 있는 듯 보이기도 했다.

이젠 이 세상 어디에도 없는 누군가가 그 앞에 앉아 있는 걸까.

"마오마오, 어떻게 해 볼 수 없겠어?"

라한이 말하자 괴짜 군사가 한순간 움찔 반응했으나, 금세 다시 중얼중얼 혼잣말을 하기 시작했다.

상당한 중증이다.

"너희는 명색이 저 집 자식들이라면서, 가보가 어디 있는지 전혀 모르는 게야?!"

"글쎄요, 아무리 그러셔도….."

"모르는데요."

라한도 마오마오도 고개를 가로저었다.

"그럼 이게 무엇인지는 아느냐?"

노인이 품에서 웬 종이 다발을 꺼냈다. 거기에는 무슨 숫자들이 가득 적혀 있었다.

"라칸이 갖고 있던 물건이다. 라한, 너는 이런 걸 보는 게 특기가 아니냐? 숨겨 놓은 장소 같은 게 적혀 있겠지!"

노인은 그게 무슨 암호라고 생각한 모양이었다. 라한은 종이를 받아 들고, 안 그래도 가느다란 눈을 더욱 가늘게 떴다. 마오마오도 함께 들여다보았다.

마오마오와 라한은 그것이 무엇인지 한눈에 알았다. 숫자가 두 개 늘어서 있고, 그것이 수십 장은 되었다.

거기에 노인이 원하는 내용이 적혀 있지 않다는 사실은 알았지만 지금 이 상황에서 그걸 가르쳐 줄 이유는 없다. 그보다 저녁 나간 아저씨를 어떻게든 정신 차리게 하고 싶은 마음이 더 컸다. 솔직히 엮이고 싶지는 않지만, 상황을 후딱 끝내 버리는 게 먼저다.

"이 저택에 바둑판이 있나요?"

"그런 게 지금 무슨 상관이야!"

"바둑판 있나요?"

마오마오가 표정 하나 바꾸지 않고 묻자 노인은 혀를 차더니 하인을 불렀다. 그리고 하인이 바둑판과 바둑돌을 가지고 왔다.

일동은 여우 군사가 있는 방 안으로 들어갔다. 괴짜는 눈앞에 바둑판이 놓이자 어깨를 움찔했다. 마오마오도 바둑판 앞에 앉았다. 마오마오가 검은 돌을 쥐고, 라한이 군사 앞에 흰 돌을 놓아 주었다.

마오마오는 아까 그 종이에 적혀 있던 숫자에 따라 검은 돌을 놓았다. 그러자 괴짜 군사는 흰 돌을 집어, 딱 소리를 내며 바둑판에 내려놓았다.

문제의 종이 다발은 기녀와 바둑을 둘 때 전령이 적어 둔 기록이었다. 꼼꼼하게도 숫자 두 개 외에, 상단 우측에 일련번호까지 적혀 있었다.

마오마오가 그대로 돌을 두자 괴짜 군사도 따라서 돌을 두었다.

마오마오는 바둑을 그리 잘하지 못한다. 하지만 초반에는 정석이라는 것이 존재하므로 두는 방법은 대략 정해져 있다. 따라서 마오마오는 괴짜 군사도 이전과 같은 수를 둘 거라 생각했다.

종이를 한 장 넘겨서 두고, 또 한 장 넘겨서 두다 보니 앞으로 세 장밖에 남지 않았다. 그 무렵 라한이 고개를 갸웃거렸다.

"악수惡手인데."

마오마오가 둔 수를 보고 한 말이었다. 마오마오는 틀림없이 종이에 적혀 있는 대로 두고 있었다.

"……."

괴짜 군사가 눈을 가늘게 뜨며 또다시 딱, 하고 돌을 놓았다.

"이 수라면 버리는 돌이 될 텐데, 왜 이렇게 놓았을까?"

마오마오는 잘 모르지만 라한은 그래도 바둑에 조예가 좀 있는 모양이었다. 어쨌거나 마오마오는 다음 수를 두었다.

그렇게 마지막 한 수까지 두어 나갔지만, 아직 중반에 불과한 듯했다.

"…이런 실수를 할 리가 없어."

외알 안경의 괴짜가 불쑥 중얼거렸다. 수염에 밥풀이 말라붙어 있었다. 마오마오는 가서 세수 좀 하고 오라고 말하고 싶었지만 꾹 참았다.

"나라면 이 부분을 절대 놓치지 않을 거라는 사실을 알고 있었을 텐데, 왜지?"

괴짜 군사는 들고 있던 하얀 돌을 내려놓으려 하지 않고 가만히 바둑판만 노려보았다.

잠시 침묵이 흐른 뒤 마오마오가 귀찮다는 듯 대꾸했다.

"평범한 수에 질려서 그런 게 아닐까요?"

바둑에 대해서는 잘 모른다. 하지만 이 국면에서 어떤 수를 두느냐에 대한 문제는 오랜 세월의 역사 속에서 만들어진다. 그렇게 되면 역시 마찬가지로 응수하는 게 기본이리라.

"하기야 이 국면에서 여기는 이렇게 하고, 이렇게 하면 또 그렇게 해서…."

외알 안경이 혼자 중얼거렸다. 하지만 들고 있던 흰 돌을 그냥 손가락으로 만지작거리기만 하다, 문득 무언가를 떠올린 듯 딱 소리를 내며 반상에 내려놓았다.

"그건…."

라한이 얼굴을 찌푸렸다. 그 수 또한 좋은 수는 아닌 모양이었다. 마오마오는 이 이상 어떻게 두어야 할지 알 수가 없었기 때문에, 검은 돌이 든 바둑돌 통을 괴짜 군사 쪽으로 내밀었다. 괴짜는 검은 돌을 집어 들고 바둑판 위에 탁 내려놓았다.

바둑을 잘 아는 라한은 팔짱을 낀 채 눈을 가늘게 뜨고 있었다. 처음에는 의아한 표정을 유지하고 있었으나, 어느 한 수를 경계로 무언가를 알아차렸는지 갑자기 눈을 커다랗게 떴다.

"이 녀석들! 태평하게 바둑이나 두고 있을 때가 아니다! 그보다 빨리…."

"조용히 하세요."

라한이 노인을 제지했다.

"지금 한창 가경에 접어들고 있으니까요."

라한은 심각한 표정으로 바둑판을 쳐다보고 있었다. 가경에 접어들고 있다고는 해도 바둑을 두는 사람은 괴짜 한 명뿐이다. 그러나 지금 괴짜의 마음속에서 검은 돌은 다른 인물이 두고 있을 터였다. 망령 같던 표정에 점점 혈색이 돌아오고 있었다.

바둑돌 놓는 딱딱 소리만이 울려 퍼졌다. 그러기를 얼마나 반복했을까.

괴짜의 움직임이 멎었다.

"이젠 마무리만 하면 돼."

이제 둘 것은 다 뒀다는 듯, 외알 안경은 손을 멈췄다. 그리고 가느다란 눈을 더 가늘게 떴다.

"이미 승패는 정해져 있어. 다섯 집 반 공제를 포함해서 흑이 한 집 반으로 승리야."

라한이 바둑판을 보더니 "정말이네." 하고 말했다. 역시 이런 계산은 빠르다.

괴짜 군사는 무릎을 세우고 그 위에 턱을 괴었다. 그리고 바둑돌을 만지작거리며 눈을 가늘게 떴다.

"쭉 궁금했어. 최후의 시합이 끝나기 전에 왜 자취를 감췄는지. 그렇게 지기 싫어하는 성격이니까, 끝나기 전까지는 계속 있을 거라고 생각했는데."

괴짜는 띄엄띄엄 말을 이었다.

"왜 그런 악수를 두었는지도 궁금했지. 잘못 둔 수가 분명하다고 생각했어. 그런 실수는 절대 안 할 사람이라고 생각했으니까."

들을 사람 없는 혼잣말은 이어지지 못했다. 노인이 가로막고 나섰기 때문이다.

"이 녀석, 라칸! 가보는 어디다 뒀느냐, 빨리 내놔!"

노인은 라한을 밀어젖히고 괴짜 군사 앞에 섰다. 괴짜는 의아한 듯 눈을 가늘게 뜨고 "시끄러운 바둑돌이군." 하고 중얼거린 뒤, "아아." 하고 손뼉을 쳤다.

"아버님이신가요?"

"뭐라고? 이놈, 이젠 부모 얼굴도 잊어버렸느냐!"

잊어버리고 뭐고 할 것도 없이 이 사내는 애당초 판별조차 하지 못할 터였다.

"부모? 아, 그러고 보니…."

괴짜는 엉뚱한 대꾸를 하더니 품에서 천 꾸러미 하나를 꺼냈다.

"보고가 늦었습니다만, 아내를 맞이했습니다."

천 꾸러미 속에는 머리카락 뭉치가 들어 있었다. 길이가 5치* 정도 되는 그것이 누구의 머리카락인지 마오마오는 알고 있었다.

　노인의 얼굴이 시뻘게졌다. 노인은 들고 있던 지팡이를 치켜
들고 괴짜 군사의 관자놀이를 향해 휘둘렀다.

　"아버님!"

　라한이 달려갔다. 마오마오는 품에서 손수건을 꺼냈다. 지팡
이는 괴짜의 관자놀이에서 미끄러져 뺨을 스치고 코에 맞았다.
머리에 직격하지는 않았지만 코피가 뚝뚝 떨어졌다.

　"네놈은 항상 그랬다! 내 말 따위는 귓등으로도 듣지 않고,
영문 모를 소리만을 늘어놓았지! 그렇게 계속 제멋대로 살더
니, 갑자기 그건 또 뭐야!"

　노인이 머리카락 다발을 가리키며 외쳤다.

　"또 애비를 바보로 여기는 거냐!"

　"그럴 리가 있겠습니까? 그래서 부른 겁니다."

　그 말은 사실일 거라고 마오마오는 생각했다. 궁중에서 하는
바보짓이라면 모를까, 이 노인 앞에서 헛짓거리를 하진 않았을
듯했다. 라한의 조부가 불려 갔다고 말했던 건 이 말인 모양이
다.

　하지만 그건 어디까지나 괴짜 군사 입장에서 본 시점이다. 세
상에는 아무리 부모 자식이라 해도 서로를 이해하지 못하는 경

※5치 : 약 15센티미터.

우가 있다. 이 노인과 괴짜 군사는 성격이 너무나 달라 보였다.

"그보다 가보, 가보를 내놔!"

영감님은 버럭 고함을 질렀다. 그리고 들고 있던 지팡이를 바꿔 쥐었다. 무슨 장치가 되어 있는 지팡이였는지 속에서 칼날이 튀어나왔다.

"내놓지 않으면 어떻게 될지 알고는 있는 게야?"

하지만 고개를 든 괴짜 군사는 그 칼날 끄트머리 말고 다른 무언가를 응시하고 있었다.

"마오마오? 네가 왜 여기 있니?"

괴짜는 그제야 마오마오가 곁에 있다는 사실을 알아차린 모양이었다. 아니, 알아차리지 못했으니 이렇게 얌전히 있었겠지. 그만큼 바둑에 집중했던가 보다.

"아빠 보러 왔구나!"

"아니야."

그보다 지금의 상황을 좀 염두에 둬 줬으면 좋겠다. 마오마오는 위험을 느끼고 재빨리 벽 쪽으로 자리를 옮겼다.

"좋아, 마오마오가 왔으니 오늘은 진수성찬을 차려야겠다!"

괴짜는 머리카락 다발을 꼭 쥐고 말했다. 그리고 그 손을 조심스레 마오마오에게 내밀었다.

"한마디만 해 주지 않겠니? 엄마한테…."

신묘한 표정으로 괴짜 군사가 마오마오를 바라보았다. 쾽한 얼굴과 지저분한 수염 때문에 갑자기 폭삭 늙어 보였다.

평소였다면 무시했을 말이지만 마오마오는 천천히 고개를 숙였다. 달리 할 말은 없었으나 그 정도는 해 뒤야 할 것 같았다.

"지금 나를 무시하는 게야?!"

노인이 벌컥 화를 내며 칼날이 달린 지팡이를 휘둘렀다. 제법 나이가 들긴 했지만 본래 무관이었던 만큼 보기보다 건강한 모양이었다. 그에 비해 이쪽은 무관이지만 항상 부하에게 일을 떠넘기기만 하는 허리 삐꼿한 군사, 주판알 튕기는 게 특기인 천생 문관, 그리고 보다시피 힘쓰는 일에 자신이 있을 리가 없는 마오마오다.

노인이 기다란 무기를 휘둘러 대니 이쪽은 그저 도망치기에만 바빴다. 힘없는 세 사람은 뿔뿔이 흩어졌다. 노인의 등 뒤에는 하인들이 있지만 도와주진 않았다. 어떻게든 도망쳐야겠다는 생각에 마오마오가 기둥 뒤에 숨어 있는데….

"위험하잖아요. 그러다 누구한테 맞으면 어쩌려고 그러십니까?"

차분하고 온화한 목소리가 들렸다.

시선을 돌리니 노인의 두 다리가 공중에 뜬 채 버둥대고 있었다. 왜 허공에서 그러고 있느냐면 노인의 양팔이 누군가의 투박한 손에 붙들려 있었기 때문이다. 노인을 붙잡고 있는 사람은 목에 수건을 두른 거무스름한 피부의 웬 사내였다. 복장만 봐서는 농부로밖에 보이지 않는데, 방 밖으로 보이던 농민일까. 키가 크고 어깨도 넓고 몸집이 건장하다. 하지만 눈빛은 무척이나 온화해 보였다.

"이 녀석! 뭐 하는 게야! 당장 놔라!"

"알았어요, 알았어. 그 지팡이 이리 주시면 놓아드리죠."

우락부락한 농부는 노인에게서 날붙이를 빼앗아 원래 지팡이로 되돌려 놓으며 "도대체 어느 틈에 이런 걸 만들었는지 원⋯." 하고 투덜거렸다. 하인들은 노인을 돕기는커녕 농민을 보고 안심하고 있었다.

'누구지?'

그 질문의 답은 바로 알 수 있었다.

"아버지, 오랜만에 뵙습니다."

라한이 고개를 숙였다.

"건강해 보이는구나. 좀 곤란한 상황에 처한 것 같긴 하다만. 거기 있는 아가씨는 내 조카딸일까?"

지팡이를 빼앗아 하인에게 던지듯 건넨 사내는 온화한 얼굴에 더욱 온화한 표정을 지었다. 생김새는 전혀 닮지 않았지만 분위기가 어딘가 모르게 낯익고 편안하게 느껴지는 사람이었다.

"거기 있는 자는 내 동생인가?"

괴짜 군사가 눈을 가늘게 떴다.

"이제 슬슬 구분하실 수 있어야 하는 것 아닙니까?"

라한의 아버지가 쓴웃음을 지었다. 노인은 아직도 아들에게 팔이 잡힌 채 버둥거리고 있었다.

"이 녀석아! 너를 위해 하는 일 아니냐! 가문을 되찾고 싶다는 생각 안 하느냐!"

"저는 딱히 별로 상관없습니다."

"정말 그래도 괜찮은 거냐, 이 나약한 놈!"

"그래! 당신은 항상 그 모양이야!"

어느샌가 와 있었는지 라한의 어머니가 외쳤다. 괴짜 군사와는 사이가 나쁘지만, 어쨌거나 시끄러운 소리가 나는 걸 듣고 쫓아온 모양이었다.

시끄러운 게 하나 더 늘어났다는 듯 라한의 아버지도 표정이 조금 어두워졌다.

"하지만 내가 집안을 물려받는다 한들 뭐 나아질 게 있나? 무능한 자가 집안의 꼭대기에 올라앉아 봤자 온 사방에 창피한 꼴만 자랑하게 될 뿐이지."

포기한 듯한 말투에 노인과 라한의 모친이 눈꼬리를 치켜세웠다.

"저 멍청한 놈에 비하면 훨씬 낫지!"

멍청한 놈이라며 손가락질당한 당사자는 마오마오만 쳐다보며 히죽히죽 웃고 있었다. 기분 나쁘기 짝이 없다.

"자기 아들이 불쌍하지도 않아? 집안을 잇게 해 주고 싶지도 않냐고!"

"라한도 내 아들이잖아."

여기서 말하는 아들이란 아까 만난 라한의 형을 말하는 듯했다. 이미 배신자 낙인이 찍힌 라한은 자기 자식으로 여기지도 않는 모양이다.

이 저택 하인들도 그렇게까지 충성심이 강하진 않은지, 방금 전까지는 노인의 명령에 복종했으나 라한의 아버지가 나타난 뒤로는 다들 뭐라 말할 수 없는 표정을 하고 있었다.

"애당초 이제 와서 당주 자리를 돌려받아서 뭘 어쩌겠다는 겁니까? 제가 형님 대리를 할 수는 없지 않습니까? 게다가….."

라한의 아버지가 말을 이었다.

"라칸 형님이 돌아오지 않는 일을 신경 쓰는 사람은 없을지 몰라도, 라한이 돌아오지 않는 걸 보고 의아하게 여길 사람은 있을 텐데요."

온화한 목소리로 내뱉은 그 말과 동시에 밖에서 하인이 뛰쳐들어왔다.

그리고.

"주인님! 리쿠손 님이라는 분이 이쪽으로 오고 계십니다."

그 말에 노인과 라한 모친의 얼굴이 얼어붙었다.

"…그, 그게 뭐 어쨌다는 것이냐! 그냥 내버려 둬!"

"하, 하지만 그 외에 무관으로 보이는 사내들을 데리고 오고 있어서…."

"그러고 보니 이 근처에 주둔지가 있었는데."

라한이 갑자기 떠오른 일인 듯 중얼거렸다. 참 가식적이라고 마오마오는 생각했다.

"네, 네 이놈, 설마 그 점까지 다 꿰뚫어 보고 여길 찾아온 게 야?"

"아뇨, 그럴 생각은 없었는데 결과적으로 그렇게 되어 버렸군 요."

라한의 태연한 말투에 울화통이 터졌는지, 노인은 주름진 손으로 벽을 두들겼다.

"이놈이고 저놈이고! 하나같이 모자란 놈들뿐이라니! 네놈들은 일족의 수치야!"

노인은 발까지 동동 굴렀다. 바닥이 무너질 듯한 소리가 났다.

"사람 얼굴 하나 제대로 구분 못 하는 얼뜨기가 장남에, 농민 흉내나 내고 다니는 놈이 둘째라니. 하나같이 심은 태가 문제였어! 정상적인 걸 하나 더 만들어 놨어야 했다! 그 아들놈들의 자식이란 것들도 문제야!"

노인의 악담은 계속 이어졌다. 그 말에 주위 사람들은 모두 눈을 내리깔았다. 라한의 모친도 내용이 내용인 만큼 입술만

비틀고 있었다.

"검 하나 멀쩡히 쥐지도 못하는 데다 궁형까지 당한 뤄먼도 그렇고, 내 주위에는 왜 쓸 만한 놈이 하나도 없는 게야!"

마오마오는 움찔했다. 그리고 기둥 뒤에서 튀어나와 바닥에 떨어져 있던 밥그릇을 주워 들었다. 괴짜 군사가 먹다 남긴 음식 찌꺼기가 그대로 남아 있었다.

그 밥그릇을 단단히 쥔 마오마오는 노인의 앞으로 다가가, 반쯤 썩어 있던 내용물을 노인에게 끼얹었다.

"뭐 하는 짓이냐?!"

노인이 격노하며 마오마오의 뺨을 손바닥으로 내리쳤다. 얼굴이 얼얼하게 달아올랐다.

"마오마오!"

괴짜 군사가 비틀거리는 마오마오에게 다가오려 했으나, 마오마오는 잽싸게 피했다. 노인의 손은 피할 수 없었지만, 이 정도는 별것 아니다.

"뭐 하는 짓이냐고요? 그냥 기분이 나빠서 한 짓인데요."

마오마오는 차분한 목소리로 말했다. 방식이 잘못되었다는 건 스스로도 알고 있으므로 얻어맞는 것까지는 참았다. 하지만 노인이 양아버지를 욕되게 하는 발언을 내뱉는 건 막고 싶었다.

"이 이상 제 아버지를 모욕하지 말아 주세요. 그만 입 다무시죠."

"뭘 잘났다고 큰소리야! 내가 누군지 알긴 하느냐!"

'누구긴 누구야.'

오히려 그걸 모르는 건 노인 본인이 아닐까.

"가보인지 뭔지 하는 물건이 없으면 자신감까지 잃어버리는 하찮은 영감님이겠죠."

마오마오는 웃으며 말했다. 입술이 찢어지긴 했지만 그 정도는 별일 아니다.

노인은 얼굴이 굳어지고, 라한의 모친은 창백해졌다.

"가문의 이름이나 당주 자리하고는 상관없이, 자기 스스로의 힘으로 자랑할 만한 무언가를 이룰 수 있나요?"

"이 말라깽이 꼬마 계집애가!"

질문의 대답이 아니라 욕설이 돌아온다는 건 긍정의 뜻이다. 이 노인이 그간 한 일이라고는 당주 자리를 차지하고 앉아 사소한 부정부패를 거듭 저지른 것뿐일 터였다. 막대한 뇌물까지 수수하지 않은 이유가 이성이 남아 있어서인지, 아니면 그릇이 작아서인지는 알 수 없다.

마오마오는 아직 이 노인에게 할 말이 남아 있었다. 하지만 두 사람 사이로 누군가가 끼어들었다.

"아가씨, 미안하지만 그쯤 하고 그만해 줘."

라한의 아버지가 다정한 목소리로 타일렀다. 조금 난처한 듯 눈썹이 여덟 팔八자로 축 처져 있었다.

"숙부님을 공경하는 마음은 이해하지만, 이분은 우리 아버지야."

조금 쓸쓸해 보이는 라한의 아버지의 얼굴을 보니 양부 뤄먼이 떠올랐다.

마오마오는 내뱉으려던 말을 꾹 눌러 참았다.

약사의 혼잣말

"도대체 어떻게 된 일인가 했습니다."

리쿠손이 크게 한숨을 내쉬며 말했다. 그 후 이 사내가 저택으로 쳐들어온 덕분에 노인과 라한의 모친은 다른 방에 격리되었다. 괴짜 군사의 꼬락서니가 너무나 처참했기에 굳이 설명하지 않아도 상황을 바로 판단한 모양이었다. 리쿠손 또한 이 군사가 발견한 유능한 인재 중 한 명이라는 사실은 명백했다.

"라칸 형님이 일찍 정신을 차렸다면 더 빨리 해결할 수 있었을 텐데, 미안하네."

다소 지친 목소리로 라한의 아버지가 말했다. 어쩐지 그리운 느낌이 든다 했더니 이 사내는 어딘가 모르게 양부 뤄먼을 닮았다. 생김새가 아니라 분위기가 비슷하다.

아무래도 라칸이 갇혀 있던 그 감옥 방에서 계속 이야기를 나눌 수는 없었기에 장소를 옮겼다. 현재 이 방 안에 있는 사람

은 라한의 아버지, 라한, 마오마오, 리쿠손, 그리고 괴짜 군사
였다. 그 외에도 리쿠손이 데려온 남자들이 몇 명 더 있었는데,
본래 비번인 사람들이었기에 마오마오는 내심 미안하다고 생
각했다.

리쿠손은 표면상 "상사를 모시러 왔습니다."라고만 말했으나
그 실상은 제압이나 다름없었다.

솔직히 마오마오는 괴짜 군사와 한방에 있고 싶지 않았으나
고집을 피울 상황이 아니었다. 하지만 정신을 차리고 보니 어
느새 옆에 앉아 자꾸 말을 걸어오는 건 몹시 짜증이 난다. 지금
은 정신이 허약해져 있으니 어쩔 수 없다고 생각하려 해 봤지
만 역시 무리였다.

"마오마오, 다음에 같이 옷을 맞추러 가자꾸나. 좋은 소재를
넉넉히 써서 짓고, 비녀도 만들자."

"……."

"그리고 예쁘게 치장하고 연극도 같이 보러 가자, 그러자."

"……."

"마오마오는 책을 좋아하지? 아, 그렇지. 읽기만 하는 게 아
니라 만들어 보는 건 어떨까?"

마오마오가 아무리 무시해도 계속 이 모양이다. 책을 만들자
는 부분에서는 하마터면 반응할 뻔했지만 꾹 참았다.

"형님, 이야기가 진행이 안 되니 잠시만 조용히 앉아 계시면

안 되겠습니까?"

동생인 라한의 아버지가 한마디 주의를 주긴 했지만 역시 약하다. 양자인 라한도 부하인 리쿠손도 세게 말할 수가 없다. 결과적으로 마오마오에게 시선이 집중됐다. 마오마오는 싫은 표정을 지었지만 달리 방법이 없으니 할 수 없다.

마오마오는 괴짜 군사 쪽을 돌아보았다.

"냄새 나요. 비 맞은 들개 같은 냄새가 난다고요."

그리고 코를 틀어쥐고 얼굴을 찌푸려 보였다.

괴짜 군사는 자기 소맷자락에 코를 들이밀고 킁킁 냄새를 맡아 보았다. 그리고 라한의 아버지를 쳐다보았다.

"목욕탕은 어디지?"

"이 방을 나가서 오른쪽으로 돌아 제일 끝에 있습니다. 바로 준비하지요."

"빨리 부탁해."

그러고는 방을 나가 버렸다.

"양치질도 잊지 마세요."

마오마오는 추가 공격을 잊지 않았다. 한 시간쯤 안 돌아왔으면 좋겠다.

"딸을 둔다는 건 쉬운 일이 아니겠어. 나라면 절대 회복하지 못할 거야."

라한의 아버지가 쓸쓸한 듯 말했다.

"보기만 해도 슬퍼집니다."

리쿠손이 차를 홀짝이며 덧붙였다.

"그나저나 생각보다 꽤 빨리 오셨군요. 조금 더 늦으실 줄 알 았습니다."

라한이 리쿠손에게 말했다. 리쿠손이 선착장에 숙소를 잡은 이상 마오마오 일행의 귀가가 늦어지면 수상하게 여기고 저택 으로 찾아오리라는 생각은 했다. 하지만 아직 헤어지고 나서 하루도 채 지나지 않았는데 행동이 굉장히 빠르다.

"가르쳐 주셨거든요."

리쿠손은 한 손으로 라한의 아버지를 가리키며 말했다.

"가르쳐 준 게 나라고 해야 하나, 솔직하지 못한 놈이 알리러 다녀왔다고 해야 하나."

라한의 아버지는 창밖을 내다보았다. 의욕 없는 얼굴로 녹색 덩굴을 나르고 있는 라한의 형이 보였다.

"농민 흉내나 내서 뭘 어쩌라는 거야, 하고 투덜거리면서도 곧잘 저렇게 일을 한다니까. 솔직하진 않지만 좋은 녀석이야."

"평범하지만 나쁜 사람으로는 보이지 않는군요."

"형은 착한 사람은 아니지만 나쁜 짓도 못 하거든."

"저어, 두 분 다 칭찬할 생각이 없어 보이시는데요."

리쿠손은 조금 슬픈 표정을 지으며 밖에서 농작업을 하고 있 는 라한의 형을 바라보았다.

"아버님은 아들을 위한 일, 손자를 위한 일이라고 말씀하시지만 사실은 아니야. 나는 물론이고 저 녀석도 정치에는 소질이 없어."

그을린 피부와 건장한 체격을 보면 무관으로서도 손색이 없지만, 결국 마지막으로 좌우하는 건 성격이라는 이야기다. 이 사내에게는 검과 창보다는 괭이가 더 잘 어울린다. 지금의 모습은 완전히 농부 그 자체다.

"그렇지요. 그런데 왜 이제 와서 이런 이야기가 나온 겁니까? 부정행위의 증거가 사라지기를 기다렸다면 더 빨리 행동할 수 있었을 텐데요."

라한이 고개를 갸웃거렸다. 옆에 리쿠손이 있는데 이런 이야기를 그리 쉽게 꺼내도 될까 싶었지만 별문제 없는 모양이다.

"글쎄. 라칸 형님이 형수님 문제로 아버님을 불러들였어. 거기까지는 좋았지. 아버님도 평소였다면 그냥 무시하고, 도성에 가시지도 않았을 거야. 문제는⋯."

라한의 아버지는 품에서 꼬여진 끈을 꺼냈다. 흙으로 더럽혀진 손으로 만진 탓에 시커멓게 때가 탔으나 원래는 하얀색이라는 사실을 알 수 있었다. 라한의 어머니가 팔에 차고 있던 장식품과 몹시 닮았다.

"⋯저거 이제 그만 좀 보고 싶다."

마오마오가 고개를 홱 돌렸다.

"저기, 아직 아무 말도 안 했는데?"

라한의 아버지가 곤혹스러운 표정을 지었다.

"대충 상상이 갑니다. 부인께서 무슨 점술사의 말에 현혹되셨 겠죠?"

"실은 그래."

"그래서 저 괴짜가 넋 놓고 있다는 이야기를 들었고요?"

"그건 잘 모르겠고, 그냥 주위에 사람이 없다는 얘기 정도."

양자 라한도, 측근 리쿠손도 서도로 가고 없다. 라칸이 오랫 동안 부재할 경우 특히 신경을 쓸 두 사람이 없다는 뜻이다. 마 오마오는 지긋지긋한 표정으로 탁자 위에 놓여 있던 것을 집어 들었다. 차에 곁들이는 간식이라며 하인이 내준 음식이었다. 말린 무를 납작하게 만든 듯한 무언가에 하얀 가루를 뿌려 놓 았다. 접시에 담겨 있으니 음식이 분명하다. 달콤하면서도, 씹 으니 끈끈한 식감이 느껴졌다. 질긴 줄기 같은 거치적거리는 무언가는 느껴지지 않았다.

'이것도 고구마인가?'

가공한 상태라면 그냥 먹는 일도 있다고는 하지만 대체로 쪄 서 으깨 먹는다. 이건 가열한 다음에 말린 걸까.

"맛있네요, 이거. 혹시 고구마 아닌가요?"

"아!"

마오마오가 말하자 라한은 갑자기 무언가를 떠올린 듯 몸을 내밀었다.

"아버지한테 볼일이 있었어. 그러고 보니 무슨 흥미로운 감자가 있다는 얘기가 들려서!"

"아, 감자, 감자 말이지. 있다. 이 고구마야."

라한의 아버지는 마오마오가 먹고 있던 것을 집어 들었다.

"혹시 시험해 볼 가치가 있다고 했던 게 이거 말하는 거였어?"

"응. 고구마를 쪄서 말린 음식이야. 설탕이나 꿀을 쓰지도 않았는데 밤이나 호박보다 훨씬 달지?"

그게 바로 여기 있다며 라한의 아버지는 창밖을 가리켰다. 무슨 밭인가 했더니 이 고구마를 재배하는 곳이었나 보다.

라한이 눈을 가늘게 뜨며 안경을 만지작거렸다.

"어느 정도나 재배하고 계시는 건가요?"

"으음⋯. 땅이 남아도는 건 아까우니까, 지금은 계속 넓혀 나가고 있긴 한데."

"⋯아무리 봐도 손이 부족하지는 않아 보이는데요."

"근처 사는 농민들이 도와주고 있어. 고구마는 남아돌 정도로 있거든."

현물 지급으로 재배하는 만큼 받아 갈 수 있으니 다들 열심히 일하는 모양이었다.

"앗! 라한 네 말대로 시장에는 아직 안 나갔다. 정식으로 내놓는다 해도 날것이 아니라 가공해서 내놓을 예정이고."

"그렇다면 문제없겠군요."

라한 부자의 대화를 듣고 마오마오는 고개를 갸웃거렸다. 혹시 고구마를 독과점하고 있는 걸까. 자신이 가공된 고구마밖에 본 적 없는 이유가 사실 라한에게 있는 걸까. 생고구마가 있었다면 마오마오는 이미 직접 재배를 시작했을 것이다.

"그나저나 참 아깝단 말이야. 고구마가 엄청나게 남아돌거든. 벌써 창고가 터져 나갈 지경이야. 돼지 먹이로 굉장히 호평이긴 하지만. 육질이 좋아진다면서."

그럼 농사를 안 지으면 되는 것 아닌가? 싶지만 그렇지도 않은 모양이다.

"1단*에 200관* 정도는 수확을 거둘 수가 있거든."

"200관?!"

"대충 따져 봐도 쌀의 네 배는 되는걸. 아버지가 연구를 하신 덕도 있겠지만, 그래도 대단하지 않아?"

라한이 덧붙였다.

마오마오는 몸을 내밀고 라한의 아버지를 쳐다보았다.

"이건 이 지방 특산물인가요?"

"아니. 예전에 신기한 나팔꽃이 있다기에 비싼 돈을 주고 모

※1단 : 약 991평방미터.
※200관 : 750킬로그램.

종을 사 온 적이 있거든. 남쪽에서 온 품종이었지. 그런데 이게 비슷하긴 해도 다른 꽃이었는지, 씨앗이 아니라 덩이뿌리가 자라는 거야. 심지어 어떻게 된 일인지 꽃이 영 피어나질 않아서 어떻게든 꽃을 피워 보고 싶어지지 뭐야."

라한의 아버지는 창밖을 내다보았다.

"그러다 보니 이쪽에 온 후로 밭이 저렇게 커졌어. 꽃은 가끔 조건이 채워졌을 때에 한해서만 피어난다는 사실을 알아내긴 했는데, 묘한 부산물이 생기고 말았어. 그게 바로 이거야."

그리고 말린 고구마를 집어 들어 보여 주었다. 흥미를 느끼고, 이번에는 그 덩이뿌리를 이런저런 방식으로 가공하는 데 빠졌다고 한다.

"나중에 조사해 봤더니 이건 고구마라는 이름의 뿌리식물인데, 밤보다 달고 메마른 땅에서도 잘 자라는 작물이라고 해. 아마 이 나라에서 재배하는 사람은 나 하나밖에 없지 않을까? 라한의 말대로 씨고구마는 밖으로 내보낸 적 없고."

그제야 마오마오는 라한이 왜 자기 친아버지를 찾아왔는지 이해할 수 있었다. 서도에서 샤오의 여성 특사가 했던 말이 떠올랐다. 식량 수출이냐, 아니면 망명이냐. 둘 중 하나를 선택해야 한다.

그리고 한 가지 더 있었다. 추후 일어날 가능성이 높은 황해에 대한 대책 말이다.

라한은 그 문제를 해결하는 데 아버지가 키우고 있는 이 고구마라는 작물을 이용하려 하는 모양이었다. 하지만 아무리 광대한 토지에서 재배하고 있다 해도, 국가 단위의 식량 문제를 해결하기에는 턱없이 부족하다. 씨고구마가 남아 있다 해도 그렇게 안심이 되진 않는다.

그러나 라한의 아버지가 그 의문에 대한 해답을 주었다.

"덩이뿌리로 번식하는 방법 외에도, 줄기만 이용해서 양을 늘리는 방법도 있어. 줄기를 옮겨 심을 수 있는 시기는 아직 늦지 않았을 거야."

"줄기라고요?"

식물은 씨앗이나 뿌리 말고도 번식할 수 있는 수단을 갖고 있다. 줄기를 잘라도 뿌리를 뻗기만 하면 충분히 옮겨 심을 수 있다.

라한은 너구리 굴 보고 피물 값이 어쩌고 했지만, 그걸로 원래 수확량의 열 배 정도는 노려 볼 수 있지 않을까. 아니, 그래도 부족하다. 하지만 덩이뿌리 종류는 쌀과 다르게 벌레가 꼬이지 않는다. 이것은 아주 큰 이점이다.

"아버지, 부탁드릴 말씀이 있습니다."

라한은 대략 마오마오가 상상했던 대로의 이야기를 늘어놓았다. 이 고구마를 수매하고 싶다, 그리고 씨고구마와 모종도 필요하다, 겸사겸사 재배 방법도 알려 줬으면 좋겠다는 그야말로 뻔뻔하기 짝이 없는 이야기였다.

제아무리 친아버지라도 너무 과한 요구 아닌가 싶었지만, 라한의 아버지는 그저 싱글싱글 웃기만 했다.

"그래, 그래라."

길게 생각하지도 않고 그 한마디로만 대꾸할 뿐이었다. 그리고 의자에 앉은 후 먹을 갈아서 재배 방법을 써 내려가기 시작했다.

어지간한 마오마오도 미간에 주름을 잡으며 라한의 아버지에게 물었다.

"정말 괜찮으시겠어요? 먼저 조건을 들어 놓지 않으면 나중에 값을 호되게 후려칠지도 모르는데요."

"무례한 발언이네."

"하하하하, 어차피 남아도는 작물이고 여기 농민들한테 줄 만큼만 남아 있으면 문제없어. 세금만 좀 면제해 주면 고맙겠다."

그 말에 마오마오의 주름은 더욱 깊어졌다. 라한을 쳐다보니 안경 안쪽의 눈이 히죽거리는 웃음을 띠고 있었다. 머릿속으로 주판알을 튕기고 있는 게 분명했다.

마오마오는 라한의 아버지가 들고 있던 붓을 빼앗았다.

"뭐 하려는 거니?"

마오마오는 종이에 가벼운 붓놀림으로 계약서 문장을 적어 나갔다.

"우선 고구마 수매 가격, 그리고 모종 값도 정해 두도록 해요. 그리고 재배 방법을 가르쳐 주신다면 그에 따른 비용도 포함해야죠."

"아니, 그 정도는 당연히 해야지."

물론 하리라는 사실은 알고 있다. 하지만 왠지 가만히 내버려 둘 수가 없었다. 이 사람은 분위기가 자신의 양아버지를 너무 닮았다.

라한은 떨떠름한 표정으로 마오마오가 정리한 글을 훑어보았다. 금액을 어떻게 해야 좋을지 다시 생각하고 있는 듯했다. 그때 덜컥 소리를 내며 진흙투성이가 된 사내가 들어왔다.

"아버지, 가져왔어."

"그래, 거기 놔둬라."

라한의 형이 방 안으로 들어와 통을 놓고 나갔다. 그 속에는 녹색 덩굴이 들어 있었다. 라한이 이 이야기를 꺼내리라는 사실을 미리 알고 있었던 걸까, 준비성이 좋다.

라한의 아버지는 통 속에 들어 있던 덩굴을 집어 들었다.

"맛있는 고구마를 수확하고 싶다면 덩굴이 너무 무성하게 자라지 않게끔 주의해야 해. 지나치게 길게 자란 덩굴은 뿌리를 뚝 잘라 버리면 된다."

그러면서 라한의 아버지는 마오마오에게 고구마 덩굴을 건넸다.

"남은 덩굴은 조림으로 만들어 먹을 수 있지. 맛이 꽤 괜찮은데 아버님이랑 다른 식구들한테서는 평이 별로 안 좋더라고."

그런 덩굴 따위를 어떻게 먹겠느냐며 펄쩍 뛰었다고 한다. 무슨 나무뿌리를 먹으라고 한 것도 아닌데 말이다.

하지만 메마른 땅에서도 잘 자라고, 줄기만으로도 번식시킬 수가 있고, 심지어 그 줄기를 먹을 수도 있다면 그야말로 기근을 대비해서 만들어진 작물이라 해도 과언이 아니다. 물론 지금부터 열심히 키워 봤자 수확량을 얼마나 기대할 수 있을지는 모르는 일이지만, 아까 나눴던 이야기를 떠올려 보면 어지간히 토질이 안 맞지 않는 이상 쌀보다는 많은 수확량을 거둘 수 있겠다.

라한이 그 특사의 제안을 받아들인 이유도 이해가 갔다.

"더 빨리 팔았으면 좋았을 것을…."

마오마오가 나직이 중얼거리자 라한 부자가 쓴웃음을 지었다. 라한이 이것을 시장에 내놓지 말라고 당부했던 건 분명 굵직한 장사로 이어지리라는 사실을 내다봤기 때문이리라.

"아버님이 별로 좋아하질 않으셔서 말이다. 농민 흉내는 그만 집어치우라고."

이렇게 밭을 잔뜩 늘려 놨으니 이제 와서 그만둘 수도 없을 텐데.

"게다가 새로운 작물을 대대적으로 판매하기 시작하면 세금

쪽에서도 이래저래 귀찮아지거든."

라한이 말했다. 하기야 무언가를 내다 팔려면 이런저런 세금을 물어야 한다. 쌀이나 보리 등 주식이 되는 작물은 총 수확량의 몇 할 정도를 세금으로 내야만 하는데, 이는 지방에 따라 세율이 다르다.

"이 근방에서 채소에 대한 세금은 시장에 내놓은 양만큼만 뜯어가거든."

"금방 썩는 건 세금으로 가져가도 소용없겠네요."

현물화 된 시점에서 세금을 낸다고 하면 이 고구마는 어느 쪽일까. 뿌리로 번식시킬 수 있다면 어느 정도는 보존이 가능할 것이다. 괜히 캔 것 그대로 대량 판매를 했다가는 어마어마한 세금 폭탄의 대상이 될 지도 모른다.

"어차피 많이 남았으니까 현물을 세금으로 뜯겨도 큰 문제는 없는데."

"아버지, 절세는 중요합니다."

오히려 뜯어 가는 쪽에서 도대체 무슨 소리냐며 마오마오는 라한을 쳐다보았다.

하지만 라한의 아버지는 이 시골 생활을 즐기고 있는 모양이다. 체격을 볼 때 군인이 된다면 제법 잘 해낼 것 같은데 말이다.

"즐거워 보이시네요, 지금의 삶이."

마오마오는 무심코 물었다.

라한의 아버지가 눈웃음을 지었다.

"즐겁지. 다른 식구들한테 미안하다는 생각이 들 정도로."

그리고 고구마 덩굴을 만지작거리며 말을 이었다.

"아버님과 어머님께는 죄송하지만, 난 라칸 형님께 감사하고 있어. 그렇지 않고서야 이렇게 신나고 즐겁게 밭일을 하며 살진 못했을 테니까."

"불똥 튄 사람들은 민폐라고 생각하겠지만요."

괴짜 군사는 당주였던 자신의 아버지와 차기 당주 감이었던 의붓 남동생을 쫓아내고 그 자리를 차지했다. 그리고 조카인 라한을 양자로 삼았다. 마오마오가 아는 바는 그 정도였지만, 아마 그게 사실일 것이다.

하지만 당사자인 라한의 아버지로서는 오히려 쫓겨난 게 행운이었던 모양이다.

"여긴 아주 좋은 곳이야. 농사를 지으면 지을수록 땅이 늘어나. 도성 안에서는 고작해야 화분이나 조금 키우는 게 전부였는데 말이지."

라한의 아버지는 중년임에도 불구하고 몹시도 상쾌한 웃음을 지어 보였다.

"만일 이걸로 굶주리는 사람들을 구할 수 있다면 얼마든지 가져가도 좋단다. 나라 전체를 고구마로 가득 채우자!"

생기가 넘치다 못해 팔팔한 모습이었다.

"할아버님은 반대하실 겁니다."

"그건 어쩔 수 없지. 아버님의 자존심은 10년이 지나도 꺾이지 않을 테니 말이야. 무얼, 지금까지 살아온 대로 똑같이 살면 돼. 아버님한테는 그냥 괴롭고 지루한 하루하루겠지만."

라한의 아버지의 표정은 묘하게 싸늘했다.

"할아버님은 아름답지 못한 숫자를 쌓아 두곤 하시니까요."

라한은 밭 크기와 고구마 모종을 얼마나 생산할 수 있을지를 계산했다. 잘린 줄기도 물에 담가 두면 며칠은 보존할 수 있다고 한다.

솔직히 지금 당장 재배를 시작한다 해도 올해 제대로 수확할 수 있다는 보장은 없다. 약 중에 만능약이 없듯이, 정책에도 완벽한 정책이란 없는 법이다. 그저 부정적인 면과 긍정적인 면을 비교해 보고 보다 이익이 큰 쪽을 선택할 뿐이다. 도대체 어떻게 되려나 생각하고 있는데 문이 쾅 열렸다.

"마~오마오! 목욕하고 왔단다!"

속옷 한 장만 달랑 걸친, 거의 알몸이나 다름없는 괴짜가 들어왔다. 아니, 변태라고 부르는 편이 낫겠다. 제대로 물기를 닦지도 않았는지 전신과 머리카락에서 물방울이 뚝뚝 떨어졌다.

마오마오는 어이가 없다는 표정으로 식은 차를 잔에 따르고, 품에서 작은 병을 꺼내 그 내용물 몇 방울을 섞었다. 그리고 그

잔을 속옷 한 장 차림의 변태 앞으로 스윽 내밀었다.

"마, 마오마오가! 내게 차를?!"

"드시죠."

변태는 감격에 찬 표정으로 눈물을 글썽이며 단숨에 벌컥벌컥 마셔 버렸다.

"……."

차를 다 마심과 동시에 변태는 휘청거리더니 바닥에 털썩 쓰러졌다.

"독을 탔구나!"

"그냥 주정이야."

술에 약하다는 점은 변함이 없다. 오히려 전보다 더 약해진 느낌이다.

마오마오는 이 이상 중년 남자의 알몸을 보고 싶지 않았기 때문에 침실에 있던 홑이불을 가져와 그 위로 덮어 주었다. 라한과 리쿠손이 어처구니없다는 표정으로 변태를 들어 긴 의자로 날랐다.

"우리 집은 아들밖에 없어서 정말 다행이야."

라한의 아버지가 쓴웃음을 지으며 말했다.

변태는 음냐음냐 입맛을 다시며 기분 나쁘게 웃고 있었다.

"…들자."

잠꼬대라도 하는지 입이 한심하게 헤벌어져 있었다.

"무슨 말씀을 하시는 걸까요?"

리쿠손이 귀를 기울였다.

"…만들자, 바둑…."

리쿠손이 얼굴을 찡그렸다.

"뭔지 모르겠는데, 바둑 책을 만들고 싶으신 모양입니다."

잘 이해가 안 된다는 표정이었다. 마오마오는 문득 탁자 위를 보았다. 아까의 그 대국을 라한이 기보로 만들어 두었다.

이 잠에 취한 변태와 기녀의 대국 기보는 아직도 잔뜩 남아 있는 모양이었다. 책 한 권 정도는 충분히 나올 수 있는 양이다.

'흐응….'

잠든 변태는 몹시도 후련한 표정을 짓고 있었다. 아직 좀 더 풀이 죽은 얼굴이나 하고 있을 줄 알았더니 그렇지도 않았다. 망령 같은 모습이 아니라, 그저 앞으로 돌진할 생각밖에 없는 괴짜가 거기에 있었다.

"보통 기녀를 사 온다는 건 첩으로 삼는다는 말을 뜻하지. 그 일을 할 때 부모의 허락을 받을 필요는 없어. 하물며 아버님과 할아버님 사이라면 더더욱 그럴 테고."

라한이 마오마오에게 말했다.

"그래서?"

"그래도 인사를 시키고 싶었던 게 아닐까? 지금까지 방치해 뒀던 할아버님까지 도성으로 불러서."

이 여자가 자신의 아내라고 확실하게 말하고 싶었던 게 아닐까.

"라칸 형님은 의외로 꽤 낭만주의자란 말이야."

"네, 네."

마오마오는 자신과 전혀 상관없는 일이라는 듯 의자에 앉았다. 그리고 통 속에 든 덩굴을 꺼내 한 입 깨물어 보았다.

"날로 먹으면 맛없는데."

마오마오는 뚱한 표정 그대로 덩굴을 다시 통 속에 집어넣었다.

약사의 혼잣말

8 화 : 리슈 비의 여행의 끝

"길었던 여행이 이제 곧 끝나는군."

아둬는 배의 갑판에 앉아 기분 좋게 바람을 쐬고 있었다.

"그러게요."

리슈는 난간을 꽉 붙잡고 있었다. 뱃멀미에는 많이 익숙해졌지만 느닷없이 흔들리는 건 무섭기 때문에 손을 놓질 못했다. 그런 리슈의 모습을 보고 아둬는 부드러운 미소를 지었다.

창피해진 리슈는 살짝 입술을 삐죽였다.

지금 갑판에 있는 사람은 이 두 사람 외에 시녀 한 명, 아둬가 '레이'라고 부르는 여성 한 명, 그리고 호위 둘이 전부였다.

레이는 일견 남성 같은 차림새를 하고 있지만 여성이라고 한다. 리슈는 처음 레이를 대할 때 당황해서 어쩔 줄 몰라 했으나, 한동안 함께 지내는 사이 그 사실을 알아차렸다. 아둬도 남장을 하고 지내기 때문에 이 둘이 나란히 서면 제법 그림이 된다. 둘 다 키가 크고 몸매가 늘씬하므로 멋지고도 아름다운 모습이었다. 그 모습을 보면 리슈는 저도 모르게 한숨이 나오곤 한다. 자꾸만 나오는 감탄 때문이기도 하지만, 그 늠름한 아름다움이 자신에게는 없다는 일에 대한 체념도 섞여 있었다.

리슈의 연령은 16세. 아직 성장기라고 주장하고 싶지만 키는 작년에 비해 덜 자랐고, 몸매도 이 이상 여성스러워지기는 어려울 듯했다. 한때는 우유를 마시면 여성스러워진다는 이야기를 듣고 마셔 보려 했지만 시도할 때마다 배탈이 나는 바람에 단념했다.

그래서 측간에 왔다 갔다 하던 사이 시녀들에게 들키고 말았다. 뒤에서 '불쌍한 비'라거나 '장식용 비'라는 명칭으로 불린다는 사실은 알고 있다. 솔직히 화도 나고 억울하지만 사실이니 어쩔 수가 없다. 전에는 그런 식으로 불린다는 사실조차 알지 못한 채 광대처럼 놀아나기만 했으니, 그에 비하면 훨씬 낫다.

"후궁에 돌아가도 괜찮겠니?"

아둬가 물었다. 자신에게 그렇게 물어볼 만한 표정을 짓고 있었을까. 이래서는 안 되겠다는 생각에 리슈는 최대한 입술로 호를 그렸다.

"괜찮아요."

지금은 얼마 안 되지만 아군이 있다. 시녀장 외에도 최근 들어 몇 명의 시녀가 자신을 신경 써 주기 시작했다. 빨래하러 오는 하녀와도 가끔 이야기를 나눌 수 있게 됐다. 예전 시녀장 같으면 비천한 자와는 말을 섞지 말라고 야단을 쳤겠지만, 그 시녀는 전에 리슈의 거울을 빼앗아 가려다가 혼쭐이 난 후로 얌전해졌다.

그 하녀가 좋아하는 책이 있는데 읽지 못하고 있다고 하여, 리슈는 다른 시녀들에게 비밀로 사본을 만들어 주었다. 사소한 비밀이었지만 자극이 별로 없는 후궁 안에서는 고작 그 정도의 일만으로도 가슴이 두근두근해지곤 했다.

아둬는 그런 리슈를 걱정스러운 얼굴로 바라보았다.

"본분을 다할 수 있겠어?"

"…괜찮아요."

본분을 다한다, 그것은 비로서의 소임을 말한다. 제의 등을 주관하는 일도 있지만 아둬가 말하는 건 그쪽이 아니다.

황제가 처소에 드나드는 일을 말한다.

지금까지 어리다는 이유로 황제는 동침을 명한 적이 없었다. 하지만 이젠 16세가 된다. 나이가 너무 어리다는 핑계는 이제 통하지 않는다. 따라서 이번 여행이 끝나면 황제와의 동침이 기다리고 있다.

"너는 우류 님의 딸이야. 이번 사건과는 상관이 없지. 그러니 밤의 귀인과의 혼담을 계속 진행해도 상관없어."

밤의 귀인, 그것은 예전에 후궁에서 진시라 자칭하던 환관을 말한다. 그러나 환관은 가짜 신분이었고 본래는 이름조차 입에 올려서는 안 되는 높으신 분이었다. 사람들은 '왕제 전하', '밤의 귀인'이라고 부른다.

그 말에 리슈는 고개를 가로저을 수밖에 없었다.

하기야 후궁에 있을 때는 계속 흠모하던 사람이긴 했다. 그림 두루마리 속에서 튀어나온 듯 아름다운 청년은 리슈에게도 다정한 미소를 지어 주곤 했다. 상급 비라는 입장 때문에 겉치레로 짓는 미소였을지도 모르지만, 리슈의 이름을 부르며 칭찬해 준 일은 정말 기뻤다.

아마 지금보다 훨씬 세상 물정 모르는 옛날이었다면 리슈는 기쁘게 승낙했을 것이다. 누구보다도 아름답고 늘 동경하던 사람이 자신의 남편이 될지도 모른다니, 정말 꿈같은 이야기였다.

하지만 리슈도 알고 있었다. 그 아름다운 청년이 보이는 미소는 아무에게나 다 보여 주는 웃음이리라는 사실을 말이다. 그것을 알아차린 건 벌써 1년도 더 된 일이다.

우연한 순간 보이는 왕제의 소탈한 웃음. 그것은 천녀의 미소가 아니라, 아주 평범한 청년의 얼굴이었다. 지금까지 한 번도 본 적 없는 그 표정을 본 리슈는 청년에게 자신이 전혀 특별한 존재가 아니라는 사실을 통감했다.

"아뇨, 제게는 너무나 과분한 이야기인걸요."

그 말을 들은 아둬가 히죽 웃었다.

"호오, 그러니까 황제의 상급 비라는 위치로 충분하다는 뜻인가?"

"앗! 그런 건 아니고요!"

리슈는 양손을 내저으며 부정했다. 황제의 비라는 위치 역시 리슈에게는 너무나 분에 넘치는 자리였다. 교쿠요 황후도, 리화 비도 리슈에게는 그야말로 구름 위의 존재나 다름없었기에 자신이 정말 연회석에서 나란히 앉아도 되는지 불안해 견딜 수가 없을 정도였다. 그래서 일부러 자신의 기분을 고양시키기 위해 리슈는 궁녀들에게 거만한 행동을 하곤 했다.

지금 생각해 보면 창피한 이야기다.

"호오, 그럼 어떻게 된 일일까?"

심술궂게 웃는 아둬를 보고 리슈는 살짝 뺨을 부풀렸다. 자주 이런 식으로 놀림을 당하곤 했지만, 아둬에게는 놀림을 받아도 기분이 나쁘지 않은 게 신기했다.

리슈는 밤의 귀인에게는 더 잘 어울리는 사람이 있다고 생각한다. 황제에게도 있듯이.

"……."

"왜 그러지? 반론의 여지도 없다는 뜻인가?"

리슈는 말없이 아둬를 마주 바라보았다.

눈을 가늘게 뜬 아둬는, 겉으로 보기에는 아름다운 청년처럼 생겼지만 여성이다. 옛날에는 현 황제의 유일한 비였던 사람이다.

이국적인 분위기가 흘러넘치는 붉은 머리와 녹색 눈동자의 교쿠요 황후, 지성이 가득한 분위기에 풍만한 몸매를 지닌 한 송이 장미 같은 리화 비. 둘 다 화원의 중심에 있기에는 전혀 부족함이 없는 꽃들이다.

하지만 리슈는 생각했다.

황제와 나란히 섰을 때 가장 잘 어울리는 사람은 과연 누구일까.

황제가 아직 동궁이었을 때의 일이 떠오른다. 아둬와 리슈가 차를 마실 때면 가끔 홀연히 나타나서는 다과를 집어 먹고, 리슈를 무릎에 앉혀 주기도 했다. 당시 아무것도 모르는 어린아이였던 리슈는 '수염 난 아저씨'라고 불렀다. 황제는 쓴웃음을 짓고, 아둬는 배꼽을 잡고 웃었다.

지금은 상상도 못 할 일이다.

리슈는 달콤한 간식을 먹으며 그 두 사람을 보고 '이런 게 부부라는 건가.' 하고 생각했다.

그 누구보다 잘 어울리는 한 쌍이라고, 지금도 생각한다.

그래서일까, 할 수 없다고 생각하면서도 도저히 포기할 수가 없다. 자신이 비가 된 시점에서 이미 알고 있었던 일인데도.

리슈는 스스로 아둬와 황제 두 사람 사이를 더욱 갈라놓는 또 하나의 걸림돌이 되려 하고 있었다.

딱히 그림 두루마리 속에 나오는 아름다운 연애 같은 걸 자신이 할 수 있을 거라는 생각은 해 본 적 없다. 그렇게 태어났으니 어쩔 수 없는 일이다.

하지만 너무나 좋아하고 따르는 아뒤가 이 일 때문에 자신을 싫어하게 될까 걱정이었다. 하기야 그렇게 따지자면, 애당초 리슈가 후궁에 들어가지 않았더라면 아뒤는 아직 상급 비 자리에 있었을 거라는 생각도 든다.

그렇다고 밤의 귀인과 혼인하고 싶은 것도 아니다.

결국 자신은 스스로가 무엇을 하고 싶은지도 모르는 채 그저 흘러가는 대로 살아왔을 뿐이다. 그림 두루마리나 소설 속에 나오는 '사랑'을 보기만 했을 뿐 그게 무엇인지도 모른다.

"슬슬 도성이 보이는군."

안개가 끼긴 했지만, 커다란 외벽으로 둘러싸인 성이 보였다.

"나는 먼저 방으로 돌아가야겠다. 짐 정리도 해야 하고."

아뒤는 최소한의 시녀밖에 두지 않고, 자신의 일은 스스로 하는 사람이다. 리슈의 눈에는 그것이 멋있어 보였다.

"저도요."

리슈도 그 뒤를 따라가려, 잡고 있던 난간을 놓았다.

"아얏!"

나무로 된 난간에 까슬까슬한 거스러미가 일어나 있었는지, 손바닥에 파편이 박혔다. 손가락으로 눌러 빼려 했으나 피만

날 뿐 나뭇조각은 나오지 않았다. 은근한 통증에 풀이 죽은 리슈는 문득 떠올렸다.

밤의 귀인이 데리고 다니는 종자는 리슈를 두 번 구해 주었다. 첫 번째는 도적에게서, 두 번째는 이국의 짐승에게서. 처음에는 도적들을 너무나 쉽게 해치우는 뒷모습을 보고 무서워서 얼굴도 쳐다보지 못했다. 사자의 습격을 받았을 때 처음으로 정면에서 얼굴을 보았다. 나이가 더 많을 줄 알았는데 채 다섯 살도 차이가 나지 않는 모양이었다. 마馬 일족 출신이라는 이야기는 들었다.

사자를 있는 힘껏 후려갈긴 탓인지 손에 부상을 입어, 치료를 받고 있었다. 처음에는 레이가 치료해 주려 했으나 마 일족 청년이 거절했다. 대신 약사 소녀가 알아차리고 억지로 치료를 했다.

표표한 태도의 약사 소녀 앞에서 청년은 불평하면서도 얌전히 상처 치료를 맡겼다. 사이가 좋은 걸까, 하고 생각하니 괜히 쓸쓸해졌다.

체재 중, 몇 번인가 감사 인사를 할까 망설였다. 결국 습격 당시 자신이 너무 엉엉 울어 볼썽사나운 얼굴을 보였다는 사실을 생각하니 창피해져서 단념하는 수밖에 없었다. 상대는 아무리 종자라고는 하지만 그래도 이름 있는 가문 사람이다. 리슈를 예의도 모르는 계집애라고 생각했을지도 모른다.

편지 정도는 보낼 걸 그랬나 싶었지만 그 또한 리슈 입장에서는 안 될 말이었다. 그러나 설령 편지를 썼다 하더라도 결국 보내진 못했으리라. 리슈는 그런 성격이니까.

기분이 한없이 무거워졌다.

손바닥에 박힌 나뭇조각을 바라보며 리슈는 방으로 돌아가기로 했다.

"그러면 한동안 이별이구나."

아뒤는 가볍게 말한 뒤 자신의 마차에 올라탔다. 선착장에서 배를 내려 바로 헤어질 예정이었으나, 리슈가 떼를 쓴 탓에 둘은 결국 도성까지 한 마차를 타고 오고 말았다.

사실은 궁정까지 같이 들어가고 싶었으나 그것은 포기했다. 아뒤라면 허락해 줬을지도 모르지만 종자들이 난색을 표할 게 뻔했다. 이 이상 아뒤에게 폐를 끼칠 수는 없었다.

마차 창으로 떠나는 아뒤를 배웅한 뒤 리슈는 후궁으로 돌아갔다. 요 한 달 반 동안 익숙지 않은 여정은 몹시 피곤했다. 날마다 마차와 배에 흔들려야 했고, 햇볕도 따가워 피부가 많이 탔다. 벌레도 많았고, 심지어 산적과 사자의 습격까지 받았다. 정말로 엄청난 수난이었다.

그러나 즐거웠던 것도 사실이다.

후궁으로 돌아가면 불편은 없으나 지루한 삶이 기다리고 있다. 시녀장을 오랜만에 다시 만나는 건 기쁘지만 동시에 자신을 싫어하는 시녀들과도 얼굴을 마주해야 한다. 그러나 시녀들이 없으면 리슈는 비로서의 체면을 유지할 수 없다.

리슈는 옆에 있는 시녀를 바라보았다. 사자 소동 이후 시녀는 쭉 겁먹은 태도로 리슈를 모셨다. 리슈를 소홀히 취급했던 이유가 이복 언니에게 명령을 받아서였는지, 아니면 부정한 관계에서 태어난 아이라는 소문을 믿었기 때문인지, 또는 그 둘 다인지는 모른다. 아무튼 이 시녀는 부친이 붙인 자이기 때문에 후궁으로 함께 돌아갈 일은 없으므로 리슈는 내심 안심하고 있었다.

마차가 궁정 문 안으로 들어가고, 마부는 통행증을 대신하는 증표를 내보였다.

그리고 바로 후궁으로 향하는 줄 알았다.

"무슨 일인가요?"

마차가 멈췄다. 후궁 문은 아직 멀었다. 리슈는 곁에 있던 시녀에게 물었다.

시녀는 의아한 표정을 지으며 마부석을 내다보았다. 그리고 거북한 얼굴을 하더니 리슈 쪽을 돌아보았다.

"설명을 드리겠다고 합니다."

그러자 마차 안으로 중년 여성들이 들어왔다. 후궁에서는 본 적 없는 얼굴들이었다. 차림새로 미루어 볼 때 궁정에서 일하는 관녀들인 듯했다.

"리슈 님."

한가운데의 관녀가 리슈 앞에 무릎을 꿇었다.

"말씀드리기 정말 송구하지만, 앞으로 한 달 동안 후궁 밖에서 지내셔야 합니다."

나이 든 관녀는 그렇게 말하며 천천히 고개를 들었다.

9 화 : 귀가

히힝, 하고 말이 울고 마차가 녹청관 앞에 멈췄다.

'긴 여행이었어.'

마오마오는 마차에서 내려 마부를 향해 고개를 숙였다. 마부는 마차에 실려 있던 짐들을 열심히 내렸다. 여정에 필요하여 진시에게 준비해 달라고 부탁했던 옷가지들은 그대로 다 받아 왔다. 그리고 서도의 특산물이나 신기한 약, 그리고 어마어마한 양의 고구마가 실려 있었다.

"…마오마오, 무슨 새로운 장사라도 시작할 생각이냐?"

시든 나뭇가지 같은 손에 곰방대를 쥔 할멈이 다가왔다.

"쌀을 보내 준 건 고맙지만 양을 좀 고려해 줬으면 좋겠다. 이 이상 더 창고에 들어가지도 않아."

할멈은 그렇게 말하며 바구니에 들어 있던 대량의 말린 고구마를 움켜쥐었다. 생고구마도 있긴 하지만 싹이 났으니 씨고구마로 쓸 예정이었다.

돌팔이 의관네 마을에서 벌어졌던 한바탕 소동 덕분에 마오마오는 쌀만큼은 팔아도 될 정도로 잔뜩 얻었는데, 그 제1탄이 이미 와 있었던 모양이다. 할멈에게는 편지로 소식을 미리 알리긴 했다.

"이건 뭐냐?"

하얀 가루가 뿌려져 있는 고구마를 본 할멈이 물었다.

마오마오는 할멈이 들고 있던 고구마를 빼앗아 들고 그것을 찢어서 입에 넣었다. 고구마이므로 매우 달콤하다. 마치 곶감처럼 달았다.

할멈 역시 마찬가지로 찢어서 입에 넣어 보았다. 그리고 눈을 가늘게 떴다.

"이건 살짝 굽는 게 낫겠구나. 나한테는 좀 딱딱하다."

그러고는 남자 하인을 불러 바구니째 들고 가게 했다.

"전부 다 준다고는 안 했는데."

"주고 나발이고 너랑 쵸우 둘이서는 어차피 다 못 먹잖냐. 내가 도와주는 거니까 오히려 고맙게 생각해야지."

역시 수전노 할멈은 다르다. 하지만 마오마오도 가만히 있을 수는 없었다.

"약방 집세 1년분을 빼더라도, 지난번에 그 쌀은 충분히 싸게 가져갔잖아?"

소위 말하는 선불금이다. 쌀값 대신 집세를 무료로 해 달라는 요건을 적어 놓았다. 거기서 아무 말도 하지 않았으니 당연히 할멈도 수긍했을 거라고 생각했다.

"그건 그거고, 이건 이거. 이건 너도 받은 것 아니냐. 이웃하고 나누면서 살아야지. 다들 나와 봐, 마오마오 왔다~! 선물을 갖고 왔으니까 나와서 좀 봐~!"

말로는 정말 못 당하는 할멈이다. 할멈의 목소리를 들은 기녀들이 와글와글 모여들었다. 일을 끝내고 한숨 자고 있던 참이었을 텐데, 하나같이 공짜라면 맥을 못 춘다.

"주근깨!"

쵸우가 힘차게 뛰쳐나왔다. 뒤에서 즈린도 대장 뒤를 졸졸 따라 나왔다. 그리고 그 뒤에는….

"야, 왜 이렇게 늦었어! 갑자기 나가 버렸나 했더니 두 달이나 안 들어올 줄은 몰랐단 말이야!"

마오마오도 몰랐다. 아니, 그보다 더 신경 쓰이는 건 쵸우 뒤에 있는 생물이었다.

"잠깐, 그 뒤에 있는 건 뭐야?"

"잊어버렸어? 즈린한테 너무하네."

"아니, 걔 말고. 그 뒤에."

마오마오가 가리킨 곳에는 얌전히 앉아 수염을 쫑긋쫑긋 움직이는 삼색고양이가 있었다.

"마오마오ㅌㅌ를 잊은 거야? 매정하네."

"아니, 안 잊어버렸어."

문제는 그 털 뭉치를 분명 돌팔이 의관네 고향에 놓고 왔을 텐데 왜 유곽에 있느냐는 점이다.

"얘가 왜 여기 있는 거야?"

그 질문에는 수전노 할멈이 답해 주었다.

"쌀 속에 섞여서 왔더라. 고양이만 돌려보낼 수도 없지 않냐. 게다가…."

할멈이 덧붙였다.

"창고에 때마침 쥐가 생겨서, 한동안 놔뒀으면 하는 마음도 있었지. 붙임성이 좋아서 손님들한테도 사근사근하게 굴고. 자꾸 반찬 훔쳐 먹는 버릇만 어떻게 좀 했으면 좋겠지만."

녹청관 할멈은 합리주의자다. 애완동물을 키우지는 않지만 도움이 되는 짐승이라면 아무 문제도 없다.

마오마오는 지긋지긋하다는 표정으로 삼색고양이를 쳐다보았다. 고양이는 눈을 가늘게 뜨고 하품이라도 하듯 "야옹~" 하고 울었다.

그때 시야 한구석에 비틀비틀 걸어오는 남자의 모습이 스쳤다.

"…도, 돌아온 건가?"

약방에서 나온 그 남자는 사젠이었다. 마오마오는 자신이 없는 사이 사젠에게 약방을 맡겨 놓았었다. 원래도 궁상맞게 생

긴 얼굴이었는데 그게 더 퀭해지고, 수염도 도로 덥수룩하게
나 있었다. 사젠은 마오마오에게 다가와서는 털썩 쓰러졌다.

"가게… 부탁한다."

그대로 기절해 버린 사젠을, 쵸우가 어딘가에서 주워 왔는지
모를 막대기로 쿡쿡 찔렀다. "하지 마라." 하고 할멈이 타이르
고는 남자 하인을 불러 사젠을 데려가게 했다.

"주근깨 네가 없는 사이에 감기가 유행했거든. 만들어 놓았던
약이 다 떨어진 뒤로도 다들 약 좀 달라고 난리를 피우며 쳐들
어와서 말이야."

그렇구나, 하고 마오마오는 고개를 끄덕였다. 계절이 바뀔
때면 항상 병에 걸리는 사람이 늘어나기 때문에 약을 넉넉히
조제해 두었는데도 부족했던 모양이다. 유곽에 의사의 진료를
받을 수 있는 사람은 얼마 되지 않는다. 기껏해야 약을 먹는 정
도밖에 할 수 없고, 그 약조차 먹지 못하는 사람도 많다.

"나쁜 놈도 있었어, 글쎄. 작년에는 공짜로 받았다면서 약을
훔쳐 가는 놈이 다 있었다고."

아버지의 몹쓸 버릇이다. 솔직히 손님도 아닌 자들이 손님이
랍시고 쫓아와 울면서 애원하면 약을 그냥 줘 버렸을 것이다.
그런 인간이 한 명 생기면 모든 사람들에게 다 무료로 나눠 줘
야만 한다. 녹청관 할멈이 알아차릴 때까지 가게 재고를 탈탈
털어 뿌리고 다녔을 게 뻔하다.

마오마오는 약방으로 들어갔다. 안에는 막자사발과 약연, 만들다 만 약과 의학서가 굴러다니고 있었다. 마오마오는 책을 집어 들고 책장을 훌훌 넘겨 보았다. 사젠이 지저분한 손으로 만졌는지 곳곳에 때가 묻어 있었다. 평소였다면 '깨끗이 좀 보라'고 야단을 쳤겠지만 잔뜩 지쳐서 쓰러진 사젠을 보니 뭐라 할 수도 없었다.

'내가 사람을 제대로 뽑은 건가?'

솜씨가 좋지는 않지만 그렇다고 하던 일을 중간에 내팽개치지도 않는다. 그 점이 가장 중요하다.

마오마오는 서랍을 열어 부족한 약을 하나하나 세어 나갔다. 그리고 지저분한 약방 마루를 치우기 시작했다.

방에는 습기가 가득했다. 서도에 갔던 사이 잔뜩 어질러졌던 약방을 청소하다 보니 시간이 지나 어느덧 계절은 여름의 초엽으로 접어들고 있었다. 밖에서는 그칠 기색도 없이 비가 내리고 있다. 하지만 그 또한 풍류가 느껴진다며, 우산을 쓰고 걷는 커다란 가게의 젊은 주인과 낯익은 유녀의 모습도 보였다. 옷이 젖는 건 싫겠지만 모처럼 찾아온 외출 기회를 놓칠 수는 없다. 기녀들의 행동반경은 매우 좁다. 기루는 새장, 기녀들은 그 안의 작은 새들이다.

"파리만 날리네."

메이메이가 밖을 걸어 다니는 기녀를 원망스러운 듯 쳐다보았다. 예쁜 입술에는 말린 고구마를 물고 있었다. 살짝 불에 구워 말랑하게 만들어서 먹으면 맛이 좋다. 설탕과 꿀을 넣어 만든 과자와는 또 다른 종류의 단맛이다.

"사젠이 고생 많았지."

유행병이 생길 줄 몰랐지만 마오마오의 여행 시기가 조금만 빗나갔더라면 사젠이 쓰러질 일도 없었을 것이다. 쓸데없는 곳에서 책임감이 강한 사젠은 잠잘 시간도 아껴 가며 약초를 달였다고 한다.

"언니, 한숨 자지 않아도 돼?"

어젯밤 분명 일을 했을 터였다. 일이 끝난 후의 목욕을 마쳤는지 머리카락이 아직 젖어 있었다.

잘 수 있을 때 자 두는 것 또한 기녀의 일이다. 고급 기녀인 메이메이 또한 기예를 갈고닦기 위한 연습 일정이 낮 시간에 들어 있다.

메이메이는 나른한 듯 고구마를 오물거리며, 눈을 가늘게 뜨고 마오마오를 쳐다보았다.

"있잖아, 어젯밤에 우리 어르신한테…."

"어르신?"

메이메이의 손님인 어르신이라 하면 세 명쯤 있다. 셋 다 장기나 바둑을 좋아하는 사람들이다. 한 명은 관리이고, 다른 두

명은 상인으로 기억하고 있다.

"자기 집에 가잔 소리를 들었어."

우리 집에 가자, 즉 집에 데리고 가겠다는 말이다. 그렇게 굳이 말로 표현했다면 단순한 동반 외출 이야기는 아니다.

"낙적?"

"…그렇지."

기녀에게 낙적은 결혼과 같은 말이다. 기루라는 새장에서 탈출할 수 있는 기회다.

하지만 메이메이의 표정은 떨떠름했다. 이유는 충분히 예상할 수 있었다. 마오마오는 메이메이의 남자 취향이 매우 엉망이라는 사실을 잘 알고 있다.

"손님이 몹쓸 놈이야?"

"그런 건 아니야."

"할멈이 반대해?"

"너무 적극적이라 문제야."

그럼 아무 문제없겠지만 말하자면 일생이 걸린 일이다 보니 메이메이도 그리 쉽게 결정할 수는 없는 모양이었다. 한번 정해지면 쉽게 돌이킬 수 없다.

메이메이는 아직 인기가 있는 기녀지만 그래도 그 인기가 언제까지 갈지는 모를 일이다. 기녀와 연령은 도저히 떼 놓을 수 없는 문제이며, 사실 메이메이는 이미 오래전에 은퇴했어도 좋을 나이였다.

"그쪽에서는 부인하고 이미 사별했지만, 아이가 있대."

"흐응."

마오마오는 무심코 관심 없다는 듯 반응하고 말았다. 그럴 생각은 없었으나 저도 모르게 그 괴짜 군사의 얼굴이 떠올랐다. 결국 마오마오는 주정이 든 음료를 마시고 잠든 군사가 눈을 뜨기 전에 재빨리 그 자리를 떴다. 라한도 고구마를 팔아 치우기 위해 후다닥 도성으로 돌아왔으므로 결국 남겨진 리쿠손만 꽝을 뽑은 셈이었다. 잠꼬대로 "책 만들자….." 하고 중얼거리던데, 어쩌면 지금쯤 그 작업을 하느라 일을 방치하고 있을지도 모른다.

메이메이는 아직도 그딴 인간을 마음에 품고 있을까. 이제 그자의 저택에, 지난번에 사 왔던 기녀는 없다. 그 사실을 알고는 있을까. 가르쳐 줘야 할까 싶었으나 괜한 짓을 했다가는 반대로 메이메이가 곤란해질 것 같아 그냥 입 다물고 있기로 했다.

"아이가 싫어하지 않을까?"

"그런 건 신경 쓸 일 아니잖아?"

"그런가?"

어째서인지 마오마오의 눈치를 살피는 눈빛이었다. 메이메이는 말린 고구마를 다 먹었는지 손수건으로 끈적끈적해진 손을 닦았다.

"그런데 그 개구쟁이는 어디 갔니?"

메이메이가 화제를 바꿨다.

"쵸우라면 난 몰라. 아마 우쿄나 사젠이 봐 주고 있겠지 뭐."

"그렇구나. 그림 좀 그려 달라고 부탁하고 싶었는데."

"춘화?"

메이메이는 웃으면서 마오마오의 뺨을 꼬집었다. 아차, 이런 농담은 바이링 언니한테나 통했지. 뒤늦은 후회가 몰려왔다.

"슬슬 다들 질릴 때가 됐다고 생각했는데, 의외로 오래 간단 말이야."

마오마오는 빨개진 볼을 문질렀다. 쵸우가 기녀나 남자 하인 들의 초상화를 그려서 팔고 다닐 수 있었던 건 다들 그저 신기 해하기 때문이라고만 여겼는데 말이다.

"…어머나, 그 애는 대단해. 이거 봐."

메이메이는 약방을 나가 창관 접수대 쪽으로 가서 부채를 가지고 왔다. 대나무살로 만든 부채였는데 거기에는 고급 종이가 발라져 있었고, 종이에는 공을 가지고 노는 고양이 그림이 그려져 있었다.

고양이 마오마오를 보고 그린 듯, 삼색고양이가 공을 가지고 노는 그 모습은 선을 몇 개 긋지도 않았는데 묘하게 생기가 넘쳤다.

그 사실을 아는지 모르는지 때마침 지나가던 고양이 마오마오가 꼬리를 빳빳이 세우고 "야옹." 하고 울었다.

"초상화 손님이 줄었나 싶더니 이번에는 이런 걸 그려 오지 뭐야. 기녀들 중에는 고양이 좋아하는 애들이 많잖아. 온종일 마오마오 옆에 딱 달라붙어 있는가 했더니 이런 걸 그리고 있었던 거야."

"……."

정말 빈틈없는 녀석이다. 심지어 이 부채, 살은 낡았는데 종이는 새것이다. 돌팔이 의관네 고향에서 보내 준 종이를 이용해서 새로 바른 모양이었다. 종이는 공짜로 받은 물건이고 부채는 낡은 것을 재활용했으니, 즉 원가는 공짜라는 말이다.

그나저나 아이들이란 원래 이렇게 성장이 빠른 법인지, 부채 그림을 보아하니 쵸우의 그림 실력은 상당히 향상된 듯했다. 전에는 보이는 그대로만 그렸는데 말이다.

"그러고 보니 그 애, 화가한테 그림을 배우는 것 같더라."

"…뭐야, 난 그런 얘기 처음 듣는데."

마오마오가 미간에 주름을 잡았다.

"네가 서쪽으로 긴 여행을 다녀왔으니까 그렇지. 큰 가게 손님이 데려왔어. 신진기예의 화가라나 뭐라나."

"아하."

흔히 있는 일이다. 부자가 도락으로 그림이나 도자기를 구매

하는 일은 드물지 않다. 그리고 그걸로 끝나지 않고, 자신이 좋아하는 작품을 만드는 예술가를 후원하기까지 한다. 돈이 남아도는 인간이니까 할 수 있는 고상한 취미다.

"하필이면 고르고 골라 죠카한테 소개해 줬지 뭐야."

"저런."

죠카는 녹청관의 세 아가씨들 중 한 명으로, 기녀이면서도 남자를 매우 싫어한다. 그나마 관리나 학생이라면 시가詩歌나 과거 시험 이야기를 화제 삼을 수 있지만 그림이라면 죠카의 관심사에서는 살짝 벗어난다.

"심지어 그 화가, 미인도를 그리는 게 특기라지 않니."

방금 전까지의 우울했던 표정은 다 어디로 갔는지, 메이메이는 손을 파닥파닥 흔들며 까르르 웃었다.

"죠카 언니, 화 많이 냈겠는데."

"그럼, 어마어마하게 화를 냈고말고. 그래서 그 분노를 못 견디고 시만 잔뜩 써 댔지. 문제는 멍청한 신입 기녀 한 명이 그 시를 똑같이 베껴서 손님에게 편지를 보내는 바람에 나중에 난리가 났다는 점이지만."

죠카는 시와 노래를 짓는 것이 특기다. 하지만 그렇게 분풀이로 쓴 시를 다룰 때는 주의가 필요하다. 얼핏 보기에는 아름다운 시구 같지만 실은 독을 하나 가득 머금고 있기 때문이다. 기분이 나쁠 때 손님을 재촉하는 편지를 쓰게 하면 안 된다. 그럴 경우에는 할멈이 끼어들어 편지를 검토한 다음에 보내곤 한다.

남자를 너무 좋아해서 큰일인 바이링도 문제지만, 그 정반대인 죠카 또한 문제다.

메이메이의 발밑에는 고양이 마오마오가 다가와서 간식을 조르는 듯 야옹야옹 울고 있었다. 메이메이는 고양이를 안아 올려서 무릎 위에 앉히고는 턱을 간질였다.

"그래서 어쩌다 쵸우가 그 화가한테 그림을 배우게 된 건데?"

"그게, 죠카가 빈정거림을 잔뜩 담은 편지를 꼭 보내고 싶었는지 쵸우한테 심부름을 시켰대."

화가를 데려왔던 큰 가게 손님은 무슨 일이 있어도 죠카의 초상화를 그리게 하고 싶었던 모양이었다. 그래서 화가로 하여금 그 자리에서 간단한 밑그림을 그리게 시키고, 나중에 자세히 고쳐 그리게 할 예정이었으나 단골도 아닌 사람이 자기 얼굴을 뚫어져라 쳐다보게 내버려 둘 만큼 죠카는 얌전한 성격이 아니다. 그래서 손님과의 사이를 병풍으로 가로막는, 무지막지한 짓을 저질렀다고 한다.

포기할 수 없었던 손님과 화가는 나중에 연락해 달라며 주소를 남기고 돌아갔다.

보통 편지를 보낼 때는 남자 하인을 대동한 여동이 편지를 가지고 심부름을 가곤 한다. 그러나 당연히 짜증과 비아냥이 가득한 편지를 여동에게 들려 보낼 수는 없는 노릇이어서, 죠카가 부른 것이 쵸우였다. 쵸우라면 할멈의 검문을 피해서 편지를 배달할 수 있다.

그러나 편지 심부름을 한 것까지는 좋은데, 그곳에 갔던 쵸우가 화가의 그림에 반하는 바람에 아예 눌러앉게 되었다고 한다.

"어쩌면 오늘도 거기 가 있을지도 모르겠네."

"그렇게 나가지 말라고 했는데….."

쵸우를 감시하는 입장 생각도 좀 해 줬으면 좋겠다. 쵸우는 현재 완전히 자유로운 입장이라고는 할 수 없는 몸이다. 혹시 무슨 일이 생겼을 때 도대체 어떻게 대처해야 할지, 이쪽이 곤란해진단 말이다.

그리고 그럴 때일수록 항상 문제가 일어나곤 한다.

"이봐, 마오마오."

우쿄가 부르는 소리가 들렸다.

마오마오는 자리에서 일어나, 배를 드러내며 먹이를 달라고 조르는 고양이 마오마오를 타 넘고 목소리가 들리는 쪽을 건너다보았다.

"왜 그래?"

우쿄는 다소 당황한 눈치였다.

"아니, 쵸우가 말이야."

"또 무슨 짓을 저질렀어?"

마오마오는 그럴 줄 알았다는 듯 얼굴을 찌푸렸다.

"그게, 일단 좀 와 주지 않겠어?"

우쿄가 마오마오의 손을 잡아끌었다.

"그 녀석 아는 사람이 지금 다 죽어 가고 있다니까 말이야."

라면서.

약사의 혼잣말

10화 : 상한 함병(餡餅)

마오마오가 끌려간 곳은 도성 중앙에 위치한 주택가였다. 도성은 기본적으로 북쪽으로 갈수록 치안이 좋아지기 때문에, 그 부근에는 중류 계급이 사는 집들이 늘어서 있다.

그중에 낡은 집 한 채가 있었다. 원래는 그럭저럭 훌륭한 집이었던 모양이지만 지붕에는 이 빠지고 때가 낀 기왓장이 보였고, 흙벽은 곳곳이 부서져 대나무 골조가 다 들여다보였다. 단순한 노후화라기보다는 집주인이 제대로 돌보질 않는 듯한 모습이었다.

"여기야, 여기."

우쿄가 허름한 집 문을 두드렸다.

"미안하지만 난 여기까지다. 빨리 돌아가지 않으면 할멈이 경을 칠 거야."

"응, 알았어."

마오마오는 살짝 고개를 갸웃하며 너저분한 집 안으로 들어갔다. 정말 바쁜 사내다.

"…뭐야, 이게?"

마오마오는 저도 모르게 중얼거렸다.

바깥만 봐서는 꼴이 말이 아닌 집이었으나 안에 들어가 보니 생각보다 깔끔했다. 하지만 놀라운 점은 그게 아니었다.

벽에 하얀 칠이 되어 있었다. 회반죽을 발라 굳힌 바탕 위에 그림이 그려져 있었다. 벽 한 면에 복숭아밭이 펼쳐져 있는 모습이었지만, 그 복숭아밭 속에서 복숭아를 깨물고 있는 사람은 세 명의 무인이 아니라 아름다운 아가씨였다. 그야말로 복숭아 같은 얼굴에 새까만 밤하늘 같은 머릿결, 하얀 이가 살짝 들여다보이는 그 입술은 앵두처럼 생기가 넘쳤다.

그야말로 도원향의 선녀나 다름없는 그림이었다.

'후원자가 있을 만하네.'

미인도가 특기라는 이야기는 들었으나 이렇게까지 훌륭한 그림을 그릴 수 있을 줄은 생각도 못 했다.

마오마오는 벽을 물끄러미 관찰했다. 그림물감이 칠해져 있는 표면에서는 독특한 광택이 났고, 마오마오가 잘 아는 회화와는 다소 종류가 달랐다.

도대체 뭐로 만들어진 물감인가 싶어 손가락으로 살짝 훑어 확인해 보려 하는데 허둥지둥 뛰어오는 발소리가 들렸다.

"야, 주근깨! 뭐 하는 거야! 빨리 좀 와서 봐 줘!"

새파란 얼굴을 한 쵸우가 달려왔다.

'아참, 그랬지.'

한 가지에 관심이 생기면 온 신경이 그리로 쏠려 버리는 건 마오마오의 나쁜 버릇이다. 마오마오는 쵸우에게 이끌려 집 안으로 들어갔다. 그곳은 거실 같았지만, 주위에는 안료로 보이는 색색의 가루들과 어째서인지 달걀 껍데기, 그리고 회반죽에 쓰일 것 같은 하얀 가루와 그것을 개기 위한 흙손들이 여기저기 널려 있었다.

방 중앙에는 긴 의자가 있었고, 거기에 남자 한 명이 누워 있었다. 그리고 그 옆에는 또 한 명의 남자가 서서 걱정스러운 듯 내려다보고 있었다. 누워 있는 남자는 수염이 덥수룩하고 체구도 비쩍 말랐으며, 안색은 새파랗다 못해 하얗게 보이기까지 했다. 손가락 끝만 염료가 지저분하게 묻어 있었다. 그 옆에 서 있는 남자는 차림새는 멀끔했으나 누워 있는 남자와 마찬가지로 너저분한 물감투성이였다.

"선생님 좀 봐 줘."

선생님이라는 걸 보니 이 남자가 신진기예 화가인 모양이었다. 긴 의자 옆에는 통이 놓여 있었고, 그 속에는 토사물이 가득했다.

마오마오는 남자를 진찰했다. 손발이 경련을 일으키고 있었다. 눈꺼풀을 들어 올리고 동공을 확인한 뒤 맥을 짚었다. 보아하니 식중독 종류인 듯했다.

"증상은 어땠어?"

"계속 토하고 설사를 했어."

"그리고 계속 괴로워했고, 추워하는 것 같아서 눕혀 뒀는데."

서 있던 남자가 쵸우의 말에 덧붙이듯 말했다.

"이 사람은 누구야?"

"선생님 동료야! 그보다 빨리 좀 어떻게 해 봐!"

아무리 채근해도 마오마오가 할 수 있는 일에는 한계가 있다. 어떤 독을 먹었는지 모르니 무엇을 처방해야 좋을지도 알 수가 없다.

하지만 남자가 구토와 설사를 반복했다면 몸에 확실히 부족한 것이 있다.

"쵸우, 소금하고 설탕 가져와. 이 집에 없으면 남의 집 가서 얻어라도 와."

마오마오가 품에서 돈주머니를 꺼내 쵸우에게 던졌다. 쵸우는 "알았어." 하고 대답하고는 집을 뛰쳐나갔다. 마비된 반신 때문에 달리기가 힘들긴 하지만, 이 정도 심부름은 다녀올 수 있다.

"부엌 좀 쓸게요."

마오마오는 동료라는 남자의 허락을 받은 뒤 안으로 들어갔다.

그리고 물동이를 들여다보고 그 속에 든 물에 문제가 없는지 확인했다. 사실은 끓인 물이 있으면 더 좋겠지만 그럴 시간은 없다.

"이거 생수인가요?"

"어제 물집에서 사 왔으니까 괜찮을 거야."

사 온 물이라면 문제없다. 아랫동네라면 모를까 이 주변에 질 나쁜 상품을 파는 장사꾼은 거의 없다. 그러니 생수를 마시고 배탈이 났을 가능성은 배제해도 좋을 것 같았다. 살짝 떠서 직접 맛을 보니 이상한 냄새나 맛은 나지 않았다.

집 외견은 초라했지만 물을 사 먹을 정도로는 여유가 있나 보다.

"어쩌다 이렇게 되었는지 설명을 좀 들을 수 있을까요?"

"아, 으응."

남자는 어쩔 줄 몰라 하면서도 마오마오에게 의자를 가져다주었다. 그래도 제법 배려심이 있는 인간인가 보다. 남자는 의자 대신 나무통 위에 앉았다.

그리고 띄엄띄엄 이야기를 시작했다.

"이 녀석은 상한 음식도 신경 안 쓰고 마구 먹는 나쁜 버릇이 있어. 아마 그게 원인인 것 같아."

역시 생각했던 대로 식중독이었나 보다.

"함병餡餠*이 있어서 가져다 먹었는데, 상한 것 같아서 우리는 바로 뱉어 냈지만 이 녀석은 구우면 먹을 수 있다면서 다 먹었어."

"우리?"

"아, 도령도 같이 있었거든."

남자는 쵸우를 '도령'이라고 부르는 모양이었다.

오래된 음식은 굽는다고 원래대로 돌아오지 않는다. 음식이 상했을 때 생겨난 독은 그대로 남아 있다. 함병에 생긴 곰팡이 역시, 곰팡이 자체를 제거한다 해도 독은 남는다. 하지만 그런 사실을 일일이 신경 쓰는 사람은 별로 없다. 약간의 독보다는 먹을 수 있을지 없을지를 더 따지는 법이다.

"나 참, 이제 어쩔 거야. 지금부터 작품을 만들어도 시간이 모자란다고."

남자는 벽에 걸려 있던 커다란 판자를 건드렸다.

판자에는 하얀 칠이 되어 있었고, 그 위로 어렴풋이 여자의 그림이 그려져 있었다. 이 위로 계속 색을 덧칠해 나갈 예정이었나 보다. 색이 선명해짐에 따라 여자의 그림도 마치 살아 있는 것처럼 보이게 되어 갈 게 분명했다.

"열흘 후까지 완성하겠다고 말해 놓고선."

※함병 : 소를 넣은 밀가루 부침.

234

'열흘 후?'

납기 기한이 정해져 있는 듯했다.

"나 왔어!"

쵸우가 돌아왔다.

마오마오는 쵸우가 가져온 소금과 설탕을 받아 들었다. 그리고 준비해 둔 물 속에 소금과 설탕을 부은 뒤, 휘저어 녹이고 나서 짐 속에서 솜을 꺼내 그것을 적셨다.

마오마오는 물기가 밴 솜으로 남자의 입술을 적셔서 빨아들이게 했다. 그렇게 계속해서 액체를 흘려 넣어 수분을 보충시켰다.

몸을 덥혀야 할지, 아니면 열을 방출시켜야 할지 고민스러웠다. 일단 지금 입고 있는 더러운 옷으로는 땀을 다 흡수할 수가 없다. 그래서 땀을 흡수하는 성질이 있는 면으로 된 옷을 가져오라고 해서 갈아입혔다.

긴 의자에 계속 누워 있기도 힘들 것이기에 제대로 된 침상을 마련하게 하고, 마오마오는 복통약을 준비했다.

그러는 사이 남자는 두 번 정도 더 토했으나 이젠 더 토할 것도 없는지 시큼한 위액 냄새만이 방 안을 가득 채웠다.

땀을 닦아 주면서 계속해서 수분을 보충시킨 덕분인지 저녁이 되자 상태는 많이 안정되고 경련도 잦아들었다.

그때쯤 되니 마오마오도, 쵸우도, 화가의 동료도 모두 잔뜩 지친 상태였다. 이 집에는 화구 외에는 아무것도 없었고, 침상 하나 마련하려 해도 이웃 사람들의 힘을 빌려야 한다. 이불은 완전히 떡이 지고 심지어 곰팡이까지 피어 있으니 도대체 평소에 어떤 생활을 하고 있는지 알 수가 없었다.

지친 마오마오와 쵸우는 의자에 기대어 앉아 있었다. 집주인이 누워 있던 긴 의자는 비어 있었으나 솔직히 깨끗하게 청소하지 않으면 앉고 싶어지는 상태가 아니었다.

"주근깨, 우리 선생님 살아날 수 있을까?"

쵸우가 걱정스럽게 물었다.

"아마도."

장담할 수는 없다. 딱히 이상한 부분이 없다면 의식을 회복할수 있으리라. 하지만 한동안은 꼼짝하지 말고 누워서 소화가잘되는 음식만 먹어야 한다.

미음을 쑤어 주고 싶어도 쌀조차 없으니 어디서 가져와야만한다. 게다가 쓸 만한 냄비도 없다.

"쌀하고 냄비는 내가 집에서 가져오지."

분위기를 파악한 남자가 밖으로 나갔다. 자기도 무척 지치고피곤할 텐데 말이다. 이 집 주인과 그렇게 친한 사이인 걸까.

"여기 집 주인은 도대체 평소에 뭘 먹고 지내는 거야?"

마오마오가 혼자 투덜거리자 쵸우가 대답했다.

"선생님은 항상 노점에서 뭘 사 먹거나, 아니면 이웃집에서 얻어다 먹었어. 오늘은 그게 함병이었던가 봐."

"그래서 이 꼬락서니가 됐군."

마오마오가 중얼거리자 쵸우의 얼굴이 보기 좋게 일그러졌다.

"왜 그래?"

"아니, 오늘 먹었던 게 생각나서. 나하고 아저씨도 선생님이랑 같이 함병을 먹었거든. 너무 맛이 없어서 금방 뱉어 버리긴 했지만, 처음부터 이상하다는 생각은 들었어."

뭐가 그렇게 이상했냐면, 그 선생님인지 뭔지 하는 사람이 탁자 위에 놓여 있던 함병을 보고 했다는 소리가 "이런 게 우리집에 있었던가?"라는 점이었다. 확실히 불안한 조짐이 보이고 있었는데도, 집주인은 심지어 자기 집에 와 있던 동료 남자와 쵸우에게도 함께 먹자고 권했다는 모양이다.

"뭐든지 있기만 하면 다 나눠 주려고 하는 건 고마운데, 먹어도 될지 어떨지 애매한 것들이 많단 말이야."

쵸우는 기가 막힌다는 표정이었다. 예술가 중에는 괴짜가 많다는 이야기를 듣긴 했는데 그 말이 진짜인 모양이었다.

마오마오는 팔걸이에 팔꿈치를 짚고 턱을 괴었다.

"그런 걸 용케 입에 댔네."

"그치만 아저씨도 먹자고 했고, 겉으로만 봐서는 맛있어 보였는걸."

아저씨란 아까 나간 동료를 말하는 모양이었다. 쵸우는 식탐

이 심해서 먹을 수 있는 것이라면 뭐든 다 먹고 보는 성격이다. 정말 좋은 집안 출신의 도련님이 맞긴 한지 의심스럽다.

"근데 아마 속 재료가 상했는지 엄청 쓴맛이 났어."

"…썼다고?"

"응. 너무 맛이 없어서 우웩, 하고 뱉었어. 아저씨도 뱉었고."

'맛은 썼는데, 겉으로 볼 때는 맛있어 보였다?'

마오마오는 팔짱을 끼고 생각에 잠겼다.

"시큼한 게 아니라 썼단 말이야?"

"썼어. 시큼하다는 생각은 안 들었어."

"그럼 그 속에서 이상한 냄새 같은 건 안 났어?"

"그랬다면 아예 먹질 않았을걸."

쵸우는 신발을 벗고 두 다리를 흔들고 있었다. 창을 열어 환기를 시키고 있지만 왠지 모르게 답답하고 더웠다. 밖이 슬슬 어두워지고 있었기에 마오마오는 근처에 굴러다니던 서방식 등[*]에 불을 붙였다. 등도 그렇고 물감도 그렇고, 이 선생이란 자는 먼 곳에서 건너온 물건들을 좋아하는 모양이다. 이 근처에서는 보기 드문 조명 기구인데 생선 기름을 이용해서 불을 켜기 때문에 사용하려면 이 지독한 냄새에 익숙해져야 한다. 최근 들어 고양이 마오마오가 자꾸 기름을 핥아먹으려 드는 탓

※ 서방식 등 : 램프.

에 난감한 노릇이다.

"속 재료에 실 같은 게 들어 있지 않았어? 끈적끈적했다거나."

"끈적끈적? 그러고 보니….'

짚이는 데가 있는 듯했다.

"물컹한 느낌이 든 것 같긴 해. 너무 써서 바로 뱉어 버리는 바람에 잘 모르겠지만. 아저씨가 썩었다면서 빨리 뱉으라고 야단이지 뭐야. 그리고 바로 입을 헹구고 그 물도 뱉었어."

마오마오는 이상하다는 느낌에 고개를 갸웃거렸다.

"그나저나 그런 걸 굽는다고 맛없는 게 맛있어지지는 않을 텐데 말이야. 혹시 선생님은 혓바닥에 병이 난 게 아닐까?"

쵸우는 어이가 없다는 표정으로 그 선생 나부랭이를 쳐다보았다.

'혀의 병이라….'

약간의 실마리가 잡히기 시작했다.

"그럼 네가 먹다 남긴 건 어쨌어?"

"버렸어. 바깥에 쓰레기통이 있어서 거기다 내다 버렸어. 선생님은 아깝다고 화를 냈지만 그래도 버린 걸 도로 주워 오진 않았어."

마오마오는 그 말을 듣자마자 서방식 등을 들고 집을 나갔다. 그리고 밖에 설치되어 있던 나무 상자를 찾아냈다.

역한 냄새가 풀풀 나는 상자 속에는 아직 음식물 쓰레기가 들어 있었다. 그리고 그 맨 위에 한 입씩 베어 문 함병이 두 개 놓여 있었다. 업자가 돼지 먹이용으로 가져가기 전이라 다행이었다.

"으악! 뭐 하는 거야! 더럽게!"

쓰레기통을 뒤지는 마오마오를 본 쵸우가 소리를 질렀다. 마오마오는 그런 쵸우는 본체만체하며 맨손으로 더러운 함병을 꺼내서 반으로 갈라 보았다. 다진 돼지고기와 여러 종류의 채소들이 뒤섞여 있었다. 마오마오는 속 재료들을 다 파헤쳐서 뭐가 들었는지 확인했다.

"…주근깨, 쓰레기 뒤지면서 웃지 마. 무서워 죽겠다."

정신을 차리고 보니 웃고 있었던 모양이다. 마오마오가 웃는다는 건, 즉 그런 쪽 일이라는 얘기다. 이 고양감은 뭘 어떻게 해도 억누를 수가 없다.

"그 선생인지 뭔지는 이걸 구워서 먹었다고 했지?"

"응. 분명 맛을 아예 모르는 게 분명해. 이렇게 쓴 걸 맛있다면서 우적우적 잘도 먹지 뭐야."

즉 그런 쪽 일인가, 하고 마오마오는 확인했다.

"네가 말하는 그 아저씨라는 인간은 오늘 뭘 하러 왔어?"

"…아마 선생님을 말리러 온 게 아닐까? 선생님은 이 일이 끝나면 바로 여행을 떠날 거라고 했거든."

쵸우는 조금 아쉬운 듯 고개를 숙였다.

"여행?"

"옛날에 서쪽에서 그림 공부를 한 적이 있었대. 그때 봤던 미인을 도저히 잊을 수가 없어서, 지금도 여자 그림만 계속 그린다고 했어."

'서쪽?'

확실히 서방식 등 하며 그림물감 하며 이국 정취가 느껴지는 물건들이 많다.

"아저씨도 몇 십 년 전에 봤던 그 사람이 지금 그대로 있을 리가 없다고 말렸지만, 선생님은 무슨 일이 있어도 꼭 다시 만나고 싶다는 거야."

세월의 힘은 무섭다. 그 어떤 미녀라도 노화는 막을 도리가 없다. 진주 같은 눈물을 흘리던 미녀가 비쩍 마른 나뭇가지 같은 수전노 노파가 되어 버린 것처럼. 늙지 않는 존재라면 아마 선녀나 요괴, 둘 중 하나가 아닐까.

"뭐, 뭐 하는 거야?!"

마치 자기 이야기를 하는 줄 알았다는 것처럼 쌀과 냄비를 든 남자가 돌아왔다. 어지간히도 다급했는지 남자는 냄비를 떨어뜨리면서까지 뛰어왔다.

어둠 속에서 음식물 쓰레기를 뒤지는 마오마오의 모습은 괴기스럽게 보일 수밖에 없었다. 심지어 소름이 끼칠 정도로 히죽거리고 있다. 마오마오 스스로도 이상하다고 생각하지만 그만둘 수가 없었다.

마오마오는 양손에 음식물 쓰레기를 든 채 남자를 향해 웃었다.

그리고 쿄우를 쳐다보았다.

"쿄우, 넌 그만 가 봐라. 슬슬 녹청관 남자 하인이 데리러 올 때가 됐으니까."

여러모로 신경 써 주고 있는 우쿄라면 어두워진 후 또다시 데리러 와 줄 거라고 충분히 예상할 수 있었다. 우쿄가 바쁘다면 다른 누군가에게 부탁했으리라.

"갑자기 왜? 난 아직 안 갈 거야."

"너 지쳤잖아. 최소한 누가 데리러 올 때까지만이라도 한숨 자."

"…주근깨 너야말로 손 좀 씻어."

딱히 반론은 없다. 졸리긴 졸린 모양이다. 쿄우는 하품을 하며 집 안으로 들어갔다.

"뭘 하고 있었던 거야?"

남자가 일정한 간격을 둔 채 마오마오를 쳐다보고 있었다. 아니, 그 양손에 들린 음식물 쓰레기를 보고 있었다.

"손 씻고 나서 이야기 좀 할 수 있을까요?"

마오마오는 쓰레기를 내려놓고 우물 쪽으로 걸어갔다.

마오마오와 남자는 부엌 의자에 앉았다. 옆방에서는 쵸우와 선생이 자고 있다. 둘이 깨지 않도록 목소리를 낮춰 남자가 물었다.

"하고 싶은 얘기라는 게 뭔데?"

남자가 물었다.

"독버섯에 대해서 잘 아세요?"

"…그건 또 뜬금없이 무슨 소리야?"

남자의 시선이 마오마오를 비껴갔다.

이상하다고 여겨진 점이 몇 가지 있었다. 상한 음식이라 하면 보통 시큼한 맛을 연상한다. 분명 음식이 썩어서 쓴맛을 낼 수 있을지도 모르지만 그냥 쓴맛이 난다는 이유로 '상했다'고 단언할 수 있을까.

뱉을 정도로 쓴맛이 났다면 왜 선생은 멀쩡했을까.

그리고 애당초 함병 자체가 어디서 난 음식일까.

"그거 아세요? 버섯 중에는 날것일 때는 쓴맛을 내지만 가열하면 그 쓴맛이 사라지는 녀석이 있어요. 심지어 독이 있는 버섯이라 요즘 계절에는 자주 식중독을 일으키곤 하죠."

이 버섯은 식용 버섯으로 착각당하는 일이 많으며 표면이 살짝 미끈거리는 게 특징이다. 쵸우의 증언과도 일치하고, 실제로 버려진 함병 속에는 그 비슷하게 생긴 버섯이 들어 있었다.

노점에서 사 온 음식이라면 이미 난리가 났을 버섯이다. 어쩌

면 큰 소동이 벌어졌을 수도 있지만, 우선 한 입 먹어 보고 맛
이 이상한 걸 느낀 뒤 그 음식을 끝까지 다 먹는 사람은 없다.

이웃집에서 얻어 온 음식이라면 누군가가 복통으로 쓰러졌
다는 이야기가 들려왔으리라. 만일 그런 일이 있었다면 누군가
가 이 집에도 알려 주러 왔을 것이다.

양쪽 모두 가능성이 낮다.

"누가 가져온 함병인가요?"

마오마오는 벽 이곳저곳에 그려져 있는 미녀 그림들을 바라
보았다. 하나같이 아름다운 선녀들이었다. 각각의 그림에 원본
이 되는 사람이 실재하는지, 하나같이 개성이 엿보였다.

지금 매달려 있는 일은 마감이 얼마 남지 않았다. 그것이 끝
나면 선생은 서쪽으로 여행을 간다고 했다. 그리고 이 남자는
그것을 말리고 싶어 한다.

동료라고는 하지만 이 남자에게서 소위 말하는 예술가 냄새
는 별로 나지 않았다.

"무슨 말을 하고 싶은 거야? 그냥 식중독이잖아."

"네, 식중독이죠. 버섯이 원인인 식중독 말이에요."

함병은 상하지 않았다. 그냥 처음부터 독이 들어 있었을 뿐이
다.

"왜 독을 넣었나요? 쵸우까지 끌어들여서, 어디까지나 사고
일 뿐인 척 위장하면서."

"무, 무슨 소리야?"

"살의는 손톱만큼도 느껴지지 않는데요."

"……."

"오히려 죽게 내버려 두고 싶지 않았던 것 아닌가요?"

마오마오는 선생을 쳐다보았다. 덩달아 남자도 선생을 돌아보았다.

잠시 침묵이 흐른 뒤 남자가 눈을 감았다. 그리고 깊은 한숨을 내쉬었다.

"…생각보다 강한 독이었어."

남자는 정직한 성격이었다. 그것은 죄를 인정하는 발언이라고 여겨도 좋았다.

"도령까지 끌어들인 건 실수였지만, 덕분에 그 녀석이 살아났다면 잘된 일이야."

정곡을 찔리면 오히려 화를 내는 성격이라면 어쩌나 싶었지만 남자는 차분했고, 그 목소리에도 굳이 따지자면 선생에 대한 걱정이 담겨 있었다. 얼굴에는 안도와 함께 후회의 빛이 떠올랐다.

"그런 표정을 지을 거면서 독은 왜 넣었나요?"

"저 녀석이 가 버릴까 봐 그랬어. 서쪽으로 간다고 하는데, 왠지 한번 가면 돌아오지 않을 것 같아서 말이야."

"아예 이주할 생각이던가요?"

"그래. 불씨에 다시 불이 붙은 모양이더라고."

남자는 의자에서 일어나 옆방으로 향했다. 그리고 늘어선 그림들을 사랑스럽다는 시선으로 바라보며, 더욱 안쪽에 있는 방으로 이동했다. 그곳 역시 벽 하나 가득 미인도로 뒤덮여 있었다.

"여기 있는 그림들은 전부 훌륭하군요."

마오마오는 벽의 그림들을 보고 눈을 가늘게 떴다. 이 가운데 자신이 아는 어느 아름다운 인물이 섞여 있다 해도 위화감 없이 잘 녹아들었으리라는, 전혀 아무 상관없는 생각이 떠올랐다. 지금은 궁중에서 한창 일에 쫓기고 있을 테지만 말이다.

"자기 옆에 놔두고 싶어 하는 상인이 있을 정도니, 의뢰받은 그림을 완성하면 꽤 두둑한 보수를 받을 수도 있겠네요."

"완성하지 못했으니 다른 곳으로 가질 못하고 있는 거지."

"서방으로 가겠다는 이야기를 했나요?"

"여행을 떠난다는 이야기만. 나한테도 거짓말을 했을 정도야. 그렇지 않고서야 반년 전부터 서쪽으로 여행 떠날 채비를 하고 있을 리가 없어."

남자가 하려던 일은 화가를 식중독에 걸리게 만들어, 그림 납기를 늦추는 일이었다. 마오마오는 반강제적으로 서도에 끌려갔지만 그보다 더욱 서쪽으로 간다면 다양한 수속을 밟아야 한다. 국경을 통과하기 위한 신분증명서도 있어야 하고, 동행해 줄 대상隊商도 찾아야 한다. 늦어 버리면 모든 것을 처음부터 다시 해야 한다.

남자의 목적은 화가의 서방 여행 자체를 백지화시키는 일이었다.

"아, 정말 최악이야. 진짜 죽어 버리는 줄 알았다."

남자는 자기 머리를 부둥켜안으며 "제발 죽지 마⋯." 하고 중얼거렸다. 진심으로 걱정이 되는 모양이었다.

"더 얌전한 독은 없었나요?"

독을 두고 얌전하다고 표현하는 것도 우습긴 하다고 마오마오는 생각했다.

"저 녀석의 위장은 강철보다 튼튼하거든."

뭐든지 굽기만 하면 먹을 수 있다는 사고방식으로 인해 탄생한 철의 위장인 모양이다. 그러니 어지간한 맹독이 아니면 안 먹힐 거라고 남자는 생각했던가 보다.

어쨌든 그래서 남자는 화가가 식중독에 걸린 것처럼 보이게 하기 위해 일부러 쵸우까지 이용했다. 제삼자에게 상한 함병이라고 인식시키고 나서, 화가를 배탈 나게 만들면 당연히 단순한 식중독이라고밖에 생각하지 않을 테니 말이다.

마오마오는 어이가 없었다.

"그럼 얘기를 하면 되잖아요?"

"얘기는 벌써 몇 번을 했지. 저 녀석은 애당초 처음에는 아무 말도 없이 떠나려고 했어."

결국 서쪽으로 가기 위한 수속이 잘 풀리지 않아 남자에게 부탁했다고 한다. 그리고 영구적으로 거주할 생각이 있다는 사실도 말하지 않았다는 모양이다.

이 남자는 예술가라기보다는 원래 화가 선생의 작업을 돕는 보조에 불과했다. 그림물감을 조합하고, 화구 사 오는 심부름을 하고, 그림을 사 줄 상인을 찾는 등의 일을 했다고 한다.

"그냥 조수나 다름없는 입장이라서 저 녀석이 없으면 나는 아무것도 못 해."

"그랬군요."

선생은 확실히 재능 있는 화가지만 인간으로서는 무언가가 결핍된 데가 있다. 그런 인간을 혼자 내버려 뒀다가는 얼마 지나지 않아 길바닥에 쓰러져 죽고 만다.

이렇게 보조해 주는 사람의 존재는 매우 중요하다.

"하지만 상인들과 이야기를 나눌 일이 많으니까 여러 가지를 알게 되더라고."

서쪽에서 이상한 움직임이 느껴진다는 소문, 그것은 아직 징후의 단계에 불과하다. 하지만 이것이 진짜라면 지금은 가만히 있는 편이 낫다.

"그랬더니, 그렇다면 지금 안 가면 큰일이라는 소리를 늘어놓기 시작하는 거야."

서쪽으로 갈 마음은 변함이 없었고 선생은 준비를 착착 진행시켜 나갔다. 이미 대상과의 대면도 마쳤고 남자가 나설 일은 더 이상 없었다.

　어두운 방 안에는 새하얀 천을 씌워 놓은 커다란 판자가 한 장 있었다.

　"그 녀석도 이제 더는 갈 일 없을 거라고 포기하고 있었는데, 이런 미녀를 만나는 바람에 다시 불이 붙어 버렸지 뭐야."

　남자가 천을 벗겼다.

　"이건…."

　마오마오가 눈을 커다랗게 떴다.

　"서쪽에서 본 선녀라는 게 이런 여자였다더군. 이 여자하고는 다른 사람이지만, 너무 꼭 닮은 탓에 다시 생각이 나 버렸잖아. 그도 그렇겠지. 이런 색채를 한 번 보면 잊을 수가 없을 테니."

　'여기서 이렇게 나오긴가?'

　마오마오는 식은땀을 흘렸다.

　"샤오에서 만난 무녀라고 했던 것 같은데."

　판자에는 하얀 머리카락에 붉은 눈동자를 지닌 젊은 여성이 그려져 있었다.

11화 : 춤추는 물의 요정

'난 대체 왜 이런 짓을 하고 있는 걸까?'

마오마오는 입을 삐죽거리며 천 보따리를 준비했다. 약초를 운반할 때 사용할 물건이었다. 마오마오도 약초 전부를 스스로 재배하거나 어디서 채집해 오는 건 아니다. 떡은 떡집에 맡기랬다고, 전문적으로 약초를 다루는 업자에게 맡길 때도 있다. 마오마오는 의욕 없이 녹청관 현관을 청소하고 있던 사젠을 찾아냈다. 사젠은 마오마오가 돌아온 뒤 며칠 동안은 앓아누웠으나, 혈색이 돌아오자마자 바로 할멈에게 끌려가 부려 먹혔다. 약사로서의 일은 한가할 때 배우고 있다.

"저녁때까지 돌아올 테니까 가게 좀 봐 줘. 근처 마을에 다녀와야 해서."

마오마오는 창으로 몸을 내밀고 사젠에게 말했다. 사젠은 눈썹을 움찔하더니 빗자루 손잡이 위에 턱을 얹었다.

"진짜? 그냥 가게만 보면 되는 건가?"

마오마오에게 호되게 야단을 맞아 가며 일을 배웠기에 그 정도 눈치는 생긴 모양이었다. 하지만 장기간 가게 보는 일은 아직 싫은 듯했다.

"천장에 매달아서 말려 놓은 약초, 다 마른 것만 골라서 빻아 가지고 가루로 만들어 놔. 보관은 늘 하던 대로 하면 돼."

"알았다, 알았어."

사젠은 들고 있던 빗자루를 벽 한구석에 세워 놓았다. 그리고 대충 걸쳐 입은 옷깃 속으로 손을 집어넣어 배를 벅벅 긁었다. 마오마오는 그 모습을 의심스러운 듯 바라보았다. 손톱 사이에 때가 껴 있는 게 보였다.

"손 좀 닦아."

"알았다고."

"손톱 속까지 깨끗이!"

기억력이 나쁘지는 않지만 위생 면에서 조금 더 신경을 써 줬으면 좋겠다. 손님들 중에서는 그런 부분을 트집 잡는 사람도 많다.

그 점을 단단히 일러두어야 한다.

'지금 시간이라면 합승을 탈 수 있으려나?'

개인적으로 마차를 타려면 비싸다. 하지만 근처 마을에 갈 경우, 어차피 도성으로 식량을 운반하기 위해 하루에 몇 번씩 마차가 다니고 있다. 돌아가는 길에는 짐이 없으므로 합승 마차로 기능하기도 한다. 승차감은 최악이고 시간도 오래 걸리지만 저렴하니 다른 방도가 없다.

"주근깨, 어디 나가?"

고르게 다 난 앞니를 내보이며 쵸우가 물었다. 옆에서는 즈린이 부하답게 딱 붙어 있었다.

마오마오는 노골적으로 싫은 표정을 지으며, 자길 따라오려 하는 아이들을 밀어내고 약방을 나섰다.

"야, 어디 가는 거야? 시장 가? 장 보러 갈 거면 나도 데리고 가~"

쵸우가 현관을 굴러다니던 고양이 마오마오를 안아 올려서는 같이 가, 같이 가, 하고 고양이 앞발로 마오마오를 쿡쿡 찔렀다. 고양이는 귀찮다는 듯 "냐아~" 하고만 울었다.

"숲에 가는 거야. 별로 재미도 없는 시골구석이야."

"숲! 나 숲 가고 싶어! 가고 싶어, 가고 싶어, 가고 싶어!"

쵸우는 고양이 앞발로 계속해서 마오마오를 퍽퍽 때렸다. 이쯤 되니 고양이도 짜증이 났는지 뒷발을 버둥거리며 쵸우에게서 빠져나와 도망쳤다.

쵸우는 맨바닥에 드러누워 떼를 썼다. 마오마오는 열 살쯤 되면 이제 이런 생떼는 쓰지 않아야 한다고 생각하지만, 아무래도 응석받이 도련님으로 자란 탓인가 보다. 다른 곳에서는 묘하게 조숙한 모습을 보이는데 말이다. 마오마오는 머리를 부둥켜안았다.

즈린까지 대장 쵸우를 따라하려는 통에 마오마오는 강제로 옷깃을 붙잡고 일으켜 세웠다.

"할멈한테 이른다."

마오마오가 협박하자 즈린은 직립 부동 자세가 되어 고개만 끄덕끄덕 위아래로 흔들었다. 그냥 쵸우의 흉내를 내고 싶었을 뿐, 본심은 아니었던 모양이다.

"왜들 난리야?"

나른한 얼굴로 할멈이 나타났다. 즈린이 움찔 반응했다.

"약초를 받으러 가야 하는데, 이 녀석을 데려가 봤자 거치적거리기만 한단 말이야."

마오마오는 바닥을 데굴데굴 구르는 쵸우를 가리키며 말했다.

할멈은 실눈을 뜨고 쵸우를 쳐다보았다. 그리고 어이가 없다는 듯 한숨을 내쉬더니 마오마오에게 말했다.

"데려가 줘라."

"뭐?"

도대체 왜, 하고 마오마오는 불만스러운 표정을 지었다. 할멈은 철저한 합리주의자이기 때문에 거치적거리는 꼬맹이를 일하는 데 데려가라는 소리를 할 이유는 없다고 생각했는데.

"어, 진짜? 나 따라가도 돼, 할머니?"

만세, 하고 쵸우가 벌떡 일어나 팔짝팔짝 뛰어올랐다.

즈린도 쵸우를 따라 팔짝팔짝 뛰었으나 금세 할멈이 머리를 꾹 눌러 버렸다.

"넌 안 된다."

그 말에 즈린은 실망해서 고개를 푹 숙였다. 이러니저러니 해도 특별 취급을 받는 쵸우와는 달리 즈린은 여동이다. 즈린을 함께 내보내 준다면 다른 여동들의 모범이 되지 못한다. 물론 사실은 언니를 따라 덤으로 들어온 입장이긴 하지만, 앞으로 스스로 돈벌이를 할 힘을 얻지 못한다면 즈린 역시 이대로 기녀가 될 게 뻔하다. 풀이 죽은 즈린을 보고 쵸우가 어깨를 토닥토닥 두드려 주었다.

"선물 꼭 사 올게."

"그건 누구 돈으로 사는데?"

마오마오가 잽싸게 물었다.

"밖에 나가고 싶으면 조금만 참아. 내가 꼭 낙적시켜 줄 테니까."

"?!"

그런 말은 어디서 배워 왔는지 알 수가 없다. 참고로 그런 말을 늘어놓는 손님들은 대부분 멀쩡한 인간이 아니다. 신이 나서 소란을 피우는 두 아이들을 내버려 두고 할멈이 마오마오를 쿡쿡 찔렀다.

"도대체 왜 데려가라는 거야?"

마오마오가 반감을 품은 채 물었다.

할멈이 목깃 속으로 손을 집어넣고 쇄골을 긁었다.

"네가 지난번에 오랫동안 나가 있을 때, 쵸우가 어땠는지 알기나 하냐?"

그런 건 알 바 아니다. 어차피 평소랑 다름없이 난리를 피우고 다녔겠지. 남자 하인 우두머리인 우쿄를 잘 따르기도 하니, 마오마오가 없는 동안에도 알아서 잘 지냈을 것이다.

"저 녀석도 나름대로 풀이 죽어 있었어. 어쨌거나 지금도 부모 없이 혼자 이곳에서 살고 있는 형편이니, 네가 없다는 것만으로도 굉장히 불안했을 게야."

"뚜쟁이한테서 어린애들을 마구 사들이는 귀신같은 할멈의 말로는 도무지 들리질 않는데."

마오마오는 비아냥거리듯 말했다. 마오마오는 양아버지 뤄먼이 거둬들여 주기 전까지 아무리 울어도 방에 혼자 갇힌 채 방치되어 있었다고 한다. 울어 봤자 소용없다는 사실을 깨달은 갓난아기 마오마오는 얼마 지나지 않아 울음을 그쳤다는 모양이다. 마오마오의 표정에 변화가 별로 없는 원인은 거기에 있을지도 모른다.

딱히 그걸 가지고 원망하지는 않는다. 애당초 기억도 안 난다. 마오마오를 낳은 여자는 일하러 나가야만 했고, 젖을 먹여 준 바이링도 자기 할 일이 있었다. 녹청관이 기울어 가던 시절이었으니 마오마오는 화풀이의 대상이었다고 할 수도 있겠다.

목 졸라 죽여 버리지 않은 것만으로도 감사해야 할 입장이라고, 마오마오는 생각한다.

할멈은 양손을 소매 속에 집어넣었다.

"뚜쟁이한테 팔려 온 건 할 수 없지. 부모 죄니까. 나하고는 상관없어. 하지만 일할 때도 게으르고 아무짝에도 쓸모없는 비렁뱅이로 자라나게 되면 여기에도 있지 못하게 될 게야. 그런 일이 벌어지지 않도록 똑바로 교육해 주는 것만 해도 친절한 일 아니냐?"

"쵸우는?"

"그 녀석을 어떻게 할지는 네게 달린 일이지. 난 그냥 어디가서 죽지 않도록 지켜보기만 할 뿐이야. 돈 받은 만큼은 키워 줘야지."

그건 그렇다. 도대체 얼마나 무지막지하게 갈취한 걸까. 마오마오는 속으로 욕설을 내뱉었다.

"그리고 마차는 따로 준비해 놨다. 합승보다는 빠를 테니 고맙게 생각해."

"갑자기 왜 그렇게 후하게 베풀어 주는데? 마차 삯은 안 낼 거야."

"말린 고구마 값이다."

할멈은 그 말만 남기고 남자 하인들이 있는 방 쪽으로 걸어 갔다.

마오마오는 고개를 갸웃거리며 할멈의 뒷모습을 바라보았다.

'데려가기 싫은데.'

마오마오가 이제부터 갈 곳은 어젯밤 남자에게서 들은 장소 였다.

그 후 남자는 마오마오에게 그 하얀 머리 소녀에 대해 자신이 아는 바를 가르쳐 주었다.

쵸우의 선생, 그 화가 나부랭이가 백발에 붉은 눈의 미녀를 보았다는 장소. 과거에 화가가 같은 특징을 가진 미녀를 샤오 에서 보았다는 이야기도 신경이 쓰였지만 일단은 뒤로 미루기 로 했다.

화가가 염료를 채집하러 간 마을에서 그 소녀를 본 건 벌써 반년도 더 된 일이라고 한다. 그 모습은 그야말로 선녀 그 자체 였단다.

"물 위에서 춤을 추고 있었다는 거야."

그런 신비로운 모습을 본 화가는 자신이 꿈을 꾸고 있다고 생각했다는 모양이다. 왜냐하면 술에 취해 비칠비칠 걷다가 연 못 근처에 도달했을 때의 일이기 때문이었다. 화가는 그날 밤 염료를 채집하고 나니 시간이 너무 늦어 마을에 묵었다고 했 다.

그 후 정신을 차리고 보니 아침이 되어 있었고, 화가는 근처 헛간에서 자고 있었다는 이야기였다.

화가는 그것을 단순한 꿈이라고 생각할 수가 없었고, 덩달아 과거에 보았던 미녀가 떠올랐다. 그리고 남자에게 그런 이야기를 털어놓은 직후 서쪽으로 이주하겠다는 얼토당토않은 말을 늘어놓았다고 한다.

화가가 염료를 구하러 갔다는 그 마을은 마오마오도 약을 사러 여러 번 갔던 장소였다. 핑계를 대고 외출하는 데에는 그런 이유가 있었다.

마오마오는 좋아서 어쩔 줄 모르는 쵸우를 실눈으로 노려보며 한숨을 내쉬었다.

덜컹덜컹 마차에 흔들리기를 한 시간, 도착한 곳은 숲 근처에 있는 마을이었다. 강가 마을이라 그런지 돌팔이 의관네 고향 마을과 비슷한 분위기가 풍겼다. 주로 재배하는 것은 쌀과 채소로, 모내기가 갓 끝난 무논은 하늘이 비쳐 마치 커다란 거울처럼 보였다.

"우와아!"

마차에서 몸을 내민 쵸우가 밖을 내다보았다. 둘이 탄 것은 귀인이 타는 훌륭한 마차는 아니었다. 덮개도 없고, 그냥 비가 내릴 때를 대비한 도롱이가 놓여 있을 뿐이었다.

"이 녀석, 쵸우. 밖으로 너무 많이 내밀면 안 돼. 떨어져도 난 모른다."

마부 자리에 앉아 있던 우쿄가 말했다. 마차를 준비해 주겠다던 할멈이 글쎄 마부로 우쿄까지 딸려 보낸 게 아닌가.

'도대체 무슨 일이야?'

마오마오는 수상쩍다는 표정으로 우쿄를 쳐다보았다. 물론 눈치 빠른 남자 하인을 붙여 준 것에 딱히 불만은 없다. 마오마오는 뭔가 마음에 걸리는 것을 느끼며 경치를 구경했다.

확실히 이 시기의 무논 풍경은 그야말로 압권이다. 지금은 비가 내릴 기색도 없고 하늘도 새파랗다. 하늘과 땅이 온통 새파란 색으로 가득한 세계에서는 불가사의한 느낌마저 들었다.

"야, 주근깨. 저게 뭐야?"

쵸우가 마오마오의 소매를 잡아끌며 물었다. 뭘 가리키나 했더니 두 개의 모래 산에 막대기가 꽂혀 있고, 그 둘을 잇는 듯 새끼줄이 묶인 채 늘어뜨려져 있었다. 무논 옆을 흐르는 강을 따라 자리 잡은 풍경이었다.

"글쎄, 금줄 아냐?"

마오마오도 잘은 모르지만 무슨 주술의 일종이 아닐까 싶었다. 삿된 존재가 들어오지 못하도록 경계를 만들어 놓은 게 아닐까.

새끼줄의 모양이 다소 특이한 건 이 지방의 민속 신앙이 섞여 있어서 그런 듯했다.

'어어?'

마오마오는 몸을 내밀었다. 전에 봤던 금줄과 모양이 많이 다른 느낌이 들었다. 전에는 더 간소한 형태였던 걸로 기억하는데, 올해는 묘하게 살짝 뒤틀려 있고 거기에 하얀 종잇조각 같은 것도 끼워져 있다. 형태로 따지면 전보다 훨씬 세련된 모습으로 바뀐 것 같긴 한데, 저런 풍습이 그리 쉽게 모양을 바꿀 수 있을까?

"다 왔다."

우쿄가 말했다.

마오마오는 마차에서 내려 숲을 바라보았다.

"나는 마을 안에서 대충 어슬렁거릴 생각인데, 쵸우는 어떻게 할래?"

우쿄는 마을에 딱 하나 있는 밥집을 가리키며 말했다. 시골에서 빚은 술 정도는 팔고 있으리라.

"으음…."

흘끔흘끔 마오마오와 우쿄를 번갈아 쳐다보던 쵸우는 마오마오 쪽으로 바짝 붙었다. 우쿄가 키득 웃더니,

"그럼 나는 한잔하고 있으마."

하고 가게 쪽으로 걸어갔다.

쵸우는 어째서인지 마오마오의 옷자락을 붙잡고 있었다. 허

리띠가 풀릴 것 같았기에 마오마오는 자기 옷을 잡고 있던 쵸우의 손을 잡아끌고 촌장 집 쪽으로 걸어갔다.

"……."

"아무것도 없는 마을이네."

확실히 아무것도 없는 건 사실이지만 그렇다고 굳이 입 밖으로 내어 말할 필요도 없었기에, 마오마오는 쵸우의 머리를 가볍게 쥐어박았다. 그리고 마을 가장 안쪽에 있는 집으로 향했다. 누추한 집의 처마 밑에는 말린 채소가 매달려 있었다. 보존 식량으로 쓰기 위해 말려 놓았겠지만 요즘 같은 계절에는 조심하지 않으면 금세 곰팡이가 필 것이다. 말린 채소 옆에는 아까 그 금줄을 짧게 줄여 놓은 길이의 새끼줄이 걸려 있었다.

마오마오가 이 마을에 오는 건 한 3년 만인 듯했다. 후궁 봉공 기간 때문에 시간이 꽤 많이 흘렀는데, 촌장은 아직 자신의 얼굴을 기억하고 있을까.

"안녕하세요."

문을 똑똑 두드리자 쵸우도 마오마오를 따라 쾅쾅 두드렸다. 요 녀석, 하고 마오마오가 화를 내며 쵸우의 머리를 꽉 누르고 있는데 안에서 젊은 여자가 나왔다.

"누구신가요?"

이런 시골에서는 좀처럼 보기 힘든 아름다운 여자였고, 간소하지만 만듦새가 튼튼해 보이는 옷을 입고 있었다.

"촌장님을 뵈러 왔어요. 약사 뤼면의 제자라고 하면 아실 거예요."

마오마오는 자기 이름이 아니라 양부의 이름을 댔다. 마오마오가 스스로 약사라고 말하면 믿어 주지 않는 사람들이 많기 때문이다. 나이를 조금 더 먹으면 이제 그럴 일도 없을 테고, 굳이 자신이 약사라고 우길 이유도 없었으므로 그냥 상대가 이해하기 쉬운 말을 쓰면 그만이다.

여자는 집 안에서 장년 남자를 한 명 불러 왔다. 마오마오의 기억이 옳다면 이 남자는 촌장의 아들이다. 아들도 마오마오를 기억하고 있는지 "아아…." 하고 고개를 끄덕였다.

"아버지는 작년에 감기가 악화돼서 그만…."

죽고 말았다고 한다.

"그랬군요."

단순한 감기도 그냥 무시할 수는 없다. 만만히 봤다가는 금세 더쳐서 폐렴이 되는 수가 있다.

그러고 보니 그 죽었다는 촌장은 약 종류를 아예 입에도 대지 않았다. 술 마시고 한숨 푹 자면 무슨 병이든 다 낫는다고 우기는 호쾌한 성격이었기에, 약방 손님이었던 적은 없지만 마오마오로서는 그렇게 싫진 않았던 사람이었다.

"의사한테 가서 진료 좀 받으라고 그렇게 말했는데 말이야. 뭐, 어쩔 수 없지. 아니, 우울한 얘기는 그만하자고. 숲에 들어

가겠다는 말이지?"

"네."

마오마오는 늘 지불하는 액수를 새 촌장에게 건넸다. 그러자 촌장은 고개를 가로저었다.

"돈은 됐어. 그나저나 빨리 들어가지 않으면 해가 질 거다."

"…그렇게 말씀해 주신다면 정말 감사하죠."

도대체 무슨 바람이 불었는지 모를 일이다. 마오마오가 돈을 품속에 도로 집어넣으려 하자 쵸우가 손을 내밀었다.

"주근깨! 그걸로 사탕 사 줘! 사탕!"

"너는 네가 번 돈 있잖아."

마오마오는 돈을 품속에 단단히 챙긴 뒤 숲속으로 향했다.

"요즘 같은 계절에는 뱀이 나오니까 조심해야 한다."

"그 정도는 알고 있어요. 좋은 재료가 되거든요."

"아니, 그런 뜻이 아니야."

촌장은 마오마오의 말을 부정하더니 처마 밑에 매달아 놓았던 금줄을 잡아서 보여 주었다.

잘 보니 한쪽 끝이 점점 가늘어져 가는 데 반해 다른 한 쪽은 굵고, 끄트머리가 살짝 갈라져 있었다. 마치 뱀 같은 모양이었다.

마오마오는 그 형태를 본 기억이 났다.

"뱀을 죽이면 마을 사람한테 습격당할 수도 있어."

"…그게 무슨 말이에요?"

뱀을 보면 꼬치구이라고만 생각하는 마오마오의 사상과는 도저히 부합될 수 없는 일이었다.

전에는 뱀을 몇 마리 잡아 가든 아무도 신경 안 썼고, 오히려 해로운 생물을 퇴치해 줘서 고맙다고 했을 정도였는데 말이다.

새 촌장도 쓴웃음을 지었다.

"아버지 유언 때문이야. 실은 돌아가시기 직전에 정신이 굉장히 쇠약해져서 주술사를 불렀거든."

'의사를 부르라고.'

주술사는 괴로움을 누그러뜨리는 향을 주고, 그 대신 자신의 가르침을 마을에 퍼뜨리라고 지시했다고 한다.

그 때문에 이상하게 생긴 새끼줄이 유행하고 있었구나, 하고 마오마오는 납득했다.

"원래 이 근방에서는 뱀신을 모시는 신앙도 있었으니까, 그렇게 된 거지."

촌장은 쓴웃음을 지었다. 원래 있었던 신앙이니 어쩔 수 없다는 표정이었으나, 마오마오는 묘하게 뭔가가 마음에 걸렸다.

"그럼 독사는 어떻게 해요?"

살무사 종류는 농사일의 적이다. 밭을 갈다가 물리기라도 했다간 큰일 난다.

촌장은 쓴웃음을 지으며 귓속말을 했다.

"그래서 들키지 않도록 잡아 죽이고 있지. 신앙심이 깊은 사람도 있긴 하지만, 그건 어쩔 수 없는 일이니까."

촌장에게도 체면이라는 게 있으니 어쩔 수 없을 것이다. 아마도 촌장의 부인으로 여겨지는 젊은 여자가 이쪽을 노려보았다.

자기 남편이 웬 여자와 비밀 이야기를 나누는 모습을 코앞에서 보는 건 썩 기분 좋은 일이 아닐 테니 말이다.

허락을 받았으니 이제 볼일은 없다. 재빨리 물러나야 한다.

"자, 그만 가자."

"응."

"앗, 한 가지 더 말할 게 있다."

촌장이 두 사람을 붙잡았다.

"뱀 말고 새도 안 된다더군. 뭐, 활도 없으니 잡을 방법도 없겠지만."

"이래저래 까다로운 주술사로군요. 그럼 닭도 못 잡는 것 아닌가요?"

"하늘을 나는 새만 안 잡으면 된다던데."

정말 영문을 모르겠다는 생각에 마오마오는 양팔을 벌리고 어깨만 으쓱했다.

그리고 마오마오는 쵸우를 데리고 재빨리 숲속으로 들어가기로 했다.

"주근깨, 아직 안 끝났어?"

그루터기에 걸터앉은 쵸우가 두 다리를 달랑달랑 흔들며 말했다.

'이래서 데려오기 싫었던 건데.'

어린애는 질리기 쉽다. 데려온 건 좋지만 짐이 될 게 뻔했다. 할멈이 쵸우를 데려가라고 한 건 남자 하인들의 일을 방해하는 못된 꼬마놈을 치워 버리기 위해서임이 분명하다. 쓸쓸해하기는 무슨.

마오마오는 조잘거리는 쵸우를 무시하고 나무뿌리에 난 풀을 베고 있었다. 어린 싹 부분만 쓰고 싶지만 선별하는 건 나중 일이다. 때마침 진기한 약초가 나 있어서 안 벨 수가 없었다.

"야아~ 주근깨애~"

"시끄러워. 네가 따라오겠다고 했잖아."

마오마오는 자루에 약초를 쑤셔 넣으며 말했다.

쵸우는 다리 사이에 양손을 짚으며 불만스러운 듯 마오마오를 쳐다보았다.

"나 피곤하단 말이야."

그리 긴 거리를 걷진 않았지만, 풀이나 낙엽 때문에 걷기가 불편했다. 몸에 마비가 남아 있는 쵸우가 지치기 쉬운 길이라는 사실은 충분히 알 수 있었다. 이건 어쩔 수 없는 일이다. 하지만 그렇다고 응석을 받아 줄 마오마오가 아니었다. 이런 곳

에서 응석을 받아 줬다가는 나중에 다 그 대가가 돌아오게 되어
있다.

"그럼 거기서 기다려. 나는 더 깊은 데로 들어가 봐야 하니까."

"뭐?"

쵸우가 입을 딱 벌린 채, 하고 싶은 말이 많은 표정으로 마오
마오를 쳐다보았다.

"나 떼어 놓고 갈 거야?!"

"피곤하다면서?"

"우쿄는 업어 준단 말이야."

"미안한데 무거워서 난 못 업어. 그럼 이따 보자."

마오마오는 혼자서 성큼성큼 걸어갔다.

쵸우는 끙끙거리며 얼굴을 찡그렸으나 결국 그루터기에서
일어났다. 할멈 말대로 외로움을 많이 타는 일면도 있다. 유곽
에서는 대부분 남자 하인이나 여동과 함께 있는 경우가 많다.
숲속은 커다란 나무들 때문에 어두컴컴하고, 때때로 부스럭거
리는 소리도 난다. 구구구 우는 소리가 들리는 걸 보니 비둘기
가 있는 모양이다.

"갈래! 같이 갈 거니까 혼자 가지 마!"

쵸우는 다리를 질질 끌며 마오마오의 뒤를 따라왔다. 마오마
오는 차가운 눈빛으로 쵸우를 쳐다보며 깊은 숲속으로 들어갔
다.

숲에는 다양한 나무들이 자라고 있었다. 활엽수림이 넓으니 가을에도 많은 열매를 맺을 터였다. 침엽수림이라면 목재로 쓰기에 적합할 테지만, 이 나라에 그런 숲이나 삼림이 있는 곳은 대부분 북부 쪽이다.

마오마오는 때때로 나무딸기를 발견해서 따 먹곤 했다. 쵸우도 덩달아 따 먹은 건 좋았지만 입 주변이 끈적끈적 벌겋게 물들었다. 마오마오는 귀찮아하면서도 닦아 주었다. 소매로 문질렀다가는 옷에 물이 들어 지워지지 않기 때문이다. 그럴 때마다 쵸우가 기분 나쁘게 웃곤 했다.

"이거 시큼하네."

"이제 막 열매가 맺혔으니까."

그러면서도 나무딸기를 따 먹는 손은 멈추지 않았다.

"주근깨! 이 버섯 먹을 수 있어?"

쵸우가 고목에 돋아난 작은 버섯을 찾아내서 물었다.

"먹을 수 있는 거 맞아?"

"안타깝게도 맛은 없어. 독도 없지만."

다시 말해 마오마오로서는 전혀 흥미가 느껴지지 않는 존재라는 뜻이다. 쵸우가 아쉬운 듯 어깨를 축 늘어뜨렸다.

그런 식으로 느긋하게 걸어가면서도, 본래 목적을 잊지는 않았다.

중간에 영지버섯을 발견하여 기뻐하며 걸어가다 보니 늪이 보였다. 늪 한구석에는 부들이 나 있었다. 부들의 꽃가루는 포황蒲黃이라고 하는데, 이는 지혈제나 이뇨제로 사용된다.

늪 한가운데에는 섬이 있다. 숲과 늪의 경계에는 마치 울타리처럼 금줄이 쳐져 있었다. 옛날부터 물가는 이계로 통하는 입구라고들 했다. 이곳의 작은 섬에도 그 때문인지 작은 사당이 세워져 있었다. 그곳에는 늪 주인이 사는데, 그 정체는 큰 뱀의 화신이라는 이야기를 들은 적이 있다.

그리고 그것을 관리하기 위해 늪 기슭에 작은 오두막이 하나 있었다.

두 사람은 오두막으로 향했다.

오두막은 높은 축대 위에 세워져 있었다. 비가 많이 오면 늪 수위가 이 오두막까지 올라오는 모양이지만, 최근 들어 늪은 점점 축소되는 경향을 보이고 있는 듯했다. 오두막 기둥에는 어디까지 물이 올라왔는지 그 흔적이 남아 있었다. 원래는 이 오두막이 세워져 있는 위치까지도 늪이었다는 말을 들은 적이 있다. 그래서인지 발밑이 푹푹 꺼져서 걷기가 힘들었다. 징검돌이 배치되어 있었으므로 두 사람은 그 위를 걸어갔다.

오두막 옆에는 더 작은 오두막이 또 있었다. 안에서 구구구 새 우는 소리가 들려왔다. 비둘기인 듯했다. 식용으로 사육하고 있는 걸까. 촌장의 말을 믿는다면 잡아먹어서는 안 되는 존재일 테니 애완용일지도 모른다.

쵸우는 흥미롭다는 표정으로 수위의 흔적을 관찰하고 있었다. 마오마오는 오두막에 설치된 계단으로 올라가 안을 들여다보았다. 마오마오의 시선을 느꼈는지 안에서 털북숭이 영감님 한 명이 나왔다. 심부름하러 온 적이 몇 번 있었으므로 상대방도 마오마오를 기억하고 있었다.

"요 몇 년 고개를 안 내밀기에 시집이라도 간 줄 알았다."

"유감이지만 아직 멀었어."

"그런 것치고는 커다란 애를 달고 왔군."

영감님 막말은 여전하다고 마오마오는 생각했다. 노인은 양부 뤄먼의 오래된 지인이며, 옛날에는 도성에서 의사 노릇을 했다고 한다. 실력은 좋지만 성격이 괴팍하고 사람을 싫어해서 현재는 일을 그만두고 이런 시골 벽지에서 은거하고 있다.

요즘은 약초를 캐며 사당을 꼼꼼히 관리하고 산다고 하는데, 사실 그리 대단한 일은 아니다. 늪에는 배가 없으니 사당에 가 본 적도 없다고 한다.

"자, 필요한 게 있으면 다 가져가거라. 있는 것 안에서 가져가야겠지만."

영감님은 낡아빠진 긴 탁자 위에 벽에 걸어 말려 놓았던 약초들을 늘어놓았다. 요즘 계절에는 없는 약초나 진기한 약초는 이 영감님한테 사는 편이 빠르다. 부들 잎으로 짠 멍석 위에 포황도 놓여 있었다. 마오마오는 오두막 안으로 들어가 약초들의 값어치를 매겨 보았다.

영감님이 "어이쿠야." 하고 중얼거리며 의자에 앉자 몸이 앞으로 굽어졌다. 이 영감님은 나이가 뭐먼보다 열 살 이상 많다고 들었다. 만나지 못한 3년 동안 노화가 더 진행되는 건 당연한 일이다.

하지만 약초는 꼼꼼하게 잘 건조시켜 놓았고, 품질도 나쁘지 않았다. 게다가 늙은 몸으로 양도 제법 넉넉하게 모아 놓았다고 마오마오는 생각했다.

"노망나지 않은 걸 보고 안심하긴 했는데, 용케 이만큼이나 모아 놨네."

"노처녀가 입까지 험하구먼."

"입이 험한 건 영감님이나 나나 똑같지 뭘."

영감님이 마오마오에게 내뱉는 소리를 듣고 쵸우가 웃었다. 마오마오는 실눈을 뜨고 쵸우를 노려보며 필요한 약초를 천 보따리 위에 올려놓았다.

"무얼, 요새 도와주는 사람이 와서 그렇지."

"도와주는 사람? 마을 애들이야? 참 착실하네."

마오마오는 일부러 그러는 것처럼 쵸우를 쳐다보았다. 쵸우는 '뭐, 왜?' 하는 표정으로 입을 삐죽였다.

"아니, 얼마 전에 도성에 갔다가 주워 온 놈이야. 제법 솜씨가 괜찮은 녀석인데, 저런. 자기 얘기를 하는 줄 알았나….""

노인이 그렇게 말하자마자 계단 밟는 소리가 들려왔다.

"영감니임~ 시킨 대로 따 왔어~ 어? 손님 왔어?"

어디서 많이 들은 적 있는, 한없이 명랑한 목소리였다.

커다란 천 자루를 걸머지고 들어온 사람은 천으로 안대를 한 젊은 남자였다.

'목소리가 귀에 익더라니.'

오두막에 나타난 것은 도성에서 일자리를 찾고 있어야 할, 얼굴에 포창 자국이 남아 있는 사내였다.

"아니~ 그래서 말이야, 이렇게 음침한 얼굴을 가진 의사 따위는 필요 없다면서~"

코쿠요라는 사내는 전혀 아무렇지도 않은 듯한 말투로 자신의 불운 이야기를 늘어놓았다.

수다스러운 이 사내는 마오마오를 알아보자마자 주저리주저리 떠들어 대기 시작했다. 영감님은 "아는 사이냐?" 하고 묻고, 쵸우는 "넌 참 이상한 형씨들이랑 많이 알고 지낸다." 하고 어이없어했다.

간단히 말하자면 도성에 도착한 코쿠요는 의사가 되기 위해 진료소들을 돌아다녔다고 한다. 그리고 그럴 때마다 안대를 하고 다니는 이유에 대한 질문을 들었고, 코쿠요는 바보 같을 정도로 솔직하게 흉터 자국을 보여 주었다. 지식이 없는 의사들은 병이 옮는다면서 두 번 다시 오지 말라고 코쿠요를 쫓아냈다. 지식이 있는 의사는 전염되지 않는다는 사실을 알고는 있지만 의사라는 것도 결국 손님을 받는 장사라, 안대를 한 수상한 남자를 함부로 고용할 이유가 없다.

그런 가운데 주문을 받은 약초를 배달하기 위해 늙은 몸을 채찍질하며 도성에 왔던 이 영감님이 보고 거둬 왔다고 한다. 때마침 진료소에서 쫓겨나던 그때 딱 마주쳤다는 모양이다.

영감님은 사람을 싫어하지만 실력은 확실한 의사다. 여기저기 돌아다니기도 힘든 연령이었으므로 마침 쓸 만한 조수가 필요하던 참이었다. 시험 삼아 의사로서의 지식을 조금 물어봤더니 생각했던 것 이상으로 멀쩡한 대답이 돌아왔기에 이리로 데려왔다고 한다. 이런 시골구석이라면 도성만큼 안대 사내를 보고 소란을 피울 사람도 없을 테고, 촌장에게는 잘 설명을 해 뒀다는 모양이다.

"하하하, 세상 살기 참 힘들어. 아무튼 밥은 먹고 살 수 있게 됐으니 이젠 문제없지만~"

코쿠요는 이런 상태이고, 영감님은 잔심부름꾼이 생겼으니 아무튼 양쪽 다 불만은 없는 듯했다.

'이럴 줄 알았으면 차라리 우리 가게로 부를 걸 그랬네.'

마오마오는 좀 아까운 기분이 들었으나 너무 늦은 일이다. 만일 데려왔다 해도 양부 뤄먼만큼이나 녹청관 할멈에게 부려 먹혔을 테니, 차라리 코쿠요에게는 이쪽이 더 나을지도 모른다. 그리고 겨우 자신감을 갖기 시작한 사젠이 또 기가 죽으면 곤란하다.

코쿠요는 새로 캐 온 약초를 늘어놓았다.

"갓 따 와서 신선해~"

싱긋 웃는 청년을 쵸우가 밑에서 올려다보았다. 그리고 얼빠진 다람쥐 같은 얼굴을 코쿠요에게 들이밀며 손을 뻗었다.

"형, 그 안대 속 어떻게 돼 있어?"

"앗, 볼래?"

징그러울 거야, 하고 미리 말한 뒤 코쿠요는 안대를 벗었다. 쵸우는 "우와~" 하고 무례하기 짝이 없는 소리를 지르며 코쿠요의 어깨를 툭툭 두드렸다.

"형, 아깝다. 원래는 잘생겼는데, 그럼 손님 받는 장사는 못 하겠네."

"그러게 말이야~ 붙임성은 제법 있는 편이라고 생각하는데~"

"우리 가게 여자들한테 인기 많을 것 같은 얼굴인데, 아깝네."

'우리 가게 여자들이라니….'

마오마오는 태평한 두 사람을 내버려 두고 약초의 값을 계속 따져 나갔다. 그러다 한 번도 본 적 없는 커다란 이파리를 보고 눈을 가늘게 떴다.

"이건 뭐야?"

"향연香煙 잎이야."

코쿠요가 쵸우와 어울려 놀아 주며 말했다.

향연. 즉, 연초* 잎이라는 뜻이다. 녹청관 할멈이나 기녀들은 곰방대를 애용하지만 의외로 서민들 사이에는 그리 보급되어 있지 않다. 전에 마오마오가 부서진 곰방대를 수리해서 원래 주인에게 돌려주려 한 적이 있었는데, 그 역시 그만큼 귀한 물건이라고 생각했기 때문이다.

담뱃잎은 기호품이다. 수전노 같은 녹청관 할멈이 뻐끔뻐끔 피워 대는 이유는 중독성이 있어서다. 기녀들도 할멈이 피우지 않았다면 피울 일 없었으리라. 지나치게 많이 피우면 몸에 좋지 않다고 양아버지 뤄먼도 말했다. 마오마오가 아는 한 담뱃잎은 주로 수입품을 사용한다. 말려서 빻은 모습밖에 본 적 없으므로 본래 모습의 잎을 보고는 알아보지 못했다.

"재배 자체는 그리 어렵지 않지."

영감님이 옆에서 끼어들었다.

"그렇구나⋯."

마오마오는 흥미롭다는 표정으로 담뱃잎을 관찰했다. 이걸 마당에서 키우면 괜찮은 장사가 될 수도 있을 듯했다. 하지만 그리 쉽게 씨앗을 나눠 줄까.

※연초 : 담배.

기껏해야 잎을 좀 얻어 갈 수 있을 정도겠지만, 이걸 싸게 들여와서 기녀들에게 담배 피우는 습관을 더욱 깊게 들이는 것도 썩 바람직한 일은 아닌 듯했다.

그래도 일단 물어는 봤다.

"이거 얼마에 팔아 줄 거야?"

"이건 비매품이다."

영감님은 담뱃잎을 집어 든 후 여러 장 겹쳐 처마에 매달았다.

'자가 소비용인가?'

하지만 이 집에 흡연 도구 같은 건 없어 보였고, 담배를 피우는 모습도 본 적 없다.

마오마오의 의문에 대답이라도 하듯 영감님은 바닥에 놓여 있던 항아리를 들어 긴 탁자 위에 올려놓았다.

"할아버지, 이거 냄새 너무 지독해!"

쵸우가 보란 듯이 코를 틀어쥐었다. 하지만 그러면서도 항아리 속을 들여다보았다.

"설마 마시는 건 아니겠지?"

속에는 갈색 액체가 들어 있었다.

"실수로라도 마시면 안 돼. 그러면 죽는다. 담뱃잎을 절여 둔 거니까."

"우웩, 그런 걸 왜 만들었는데?"

쵸우가 바닥에 놓여 있던 나무 상자 위에 앉으며 물었다.

"뱀 쫓는 데 써야지."

마오마오가 손뼉을 쳤다.

담뱃잎은 먹으면 독이 된다. 그리고 그 독이 벌레에도 효과가 있다는 사실은 알고 있었다. 그런데 뱀에도 통한다는 사실을 마오마오는 이번에 처음 알았다. 벌레라면 몰라도 뱀은 오히려 잡아 모으기만 했기에, 뱀을 쫓는 일 따위는 염두에도 둔 적 없었으니 말이다.

"뱀을 죽이지 말라니 웃기지도 않는 소리야. 큰일이 터지고 나면 뒤처리가 힘드니 미리미리 신경을 써야지. 채소 수확할 때 물리기라도 했다간 문제고, 우리 집에서는 비둘기도 키우고 있다고."

영감님이 내뱉듯 말하는 동안 코쿠요는 싱글싱글 웃으며 차 준비를 했다. 찬장에서 찐빵이 나오는 모습을 보고 쵸우의 눈이 빛났다.

"애당초 벌써 몇 십 년은 저 사당 따위 아무도 신경 쓰지 않았는데, 이제 와서 뱀신님의 심부름꾼이 나타났다느니 뭐라느니 떠드는 것도 어처구니가 없어. 이제 와서 저 섬으로 건너가려 해도 다리는 이미 다 못쓰게 돼 버렸다고."

"아하하하, 주술사 같은 거 진짜 웃기지도 않아~"

개인적인 원한이 있는지 코쿠요도 명랑한 목소리로 동의했다.

마오마오로서는 다소 의아하게 여겨지는 부분이 있었다. 아무리 전 촌장의 유언이라고는 해도, 뱀을 잡는 일을 그렇게까지 싫어하는 마을 사람이 정말 있을까 싶은 기분이었다. 이곳에 원래 뱀신을 모시는 신앙이 있었기 때문일까.

"그 주술사, 그렇게 설득력 있는 사람이었어?"

지나가는 말처럼 묻자 영감님은 코웃음이라도 치고 싶다는 듯한 표정을 지었다.

"하하, 글쎄다. 신앙심 깊은 녀석들은 뭐가 둔갑해서 나타났다고 생각하던데."

"둔갑?"

여우라면 모를까 뱀이 둔갑을 한다니.

'둔갑하는 건 여우 하나만으로도 충분한데 말이야.'

마오마오가 고개를 갸웃거리고 있는데 코쿠요가 오두막 창을 열었다. 늪과 사당이 보였다.

영감님은 밖을 내다보더니 덥수룩한 수염을 쓰다듬었다.

"나는 직접 본 적은 없지만, 사람들 얘기를 듣자하니 그 주술사는…."

늪의 수면 위로 떠올라 춤을 추며 사당으로 향했다고 한다.

'그건….'

"이곳 주인의 심부름꾼이라면서 말이야."

라는 이야기였다.

'너무 수상한데….'

수상쩍긴 하지만 그 말이 진짜라면 화가가 보았다는 하얀 여자도 환상은 아니라는 뜻이 된다.

"그건 혹시 백발에 빨간 눈을 가진 젊은 여자였대?"

"…아니야. 젊은 여자이긴 했지만 그렇게까지 눈에 띄는 용모였다는 이야기는 못 들었다."

쵸우는 눈을 반짝반짝 빛냈다.

"신기하다~ 도대체 물 위를 어떻게 걸어갔을까?"

"그건 수면에 닿은 발이 가라앉기 전에 다음 발을 수면에 딛고, 또 가라앉기 전에 다음 한 걸음을 떼면 돼."

코쿠요가 악의 없는 거짓말을 했다.

"우와~!!"

속지 말라며 마오마오는 쵸우의 머리를 툭 치고 실눈으로 코쿠요를 노려보았다. 무해하기만 한 줄 알았더니 이런 일면도 있는 모양이었다.

"설마 진짜 그런 일이 가능하겠어?"

"그럴 리가 없다…고 나도 생각하고 싶긴 하지만."

영감님이 덥수룩한 수염을 쓸어내리며 밖을 내다보았다. 다소 복잡한 표정이었다.

"내가 젊었을 때 그런 모습을 실제로 본 적이 있어서 말이다."

"수면을 걸으면서 춤추는 모습을?"

마오마오가 고개를 갸웃거리며 물었다. 쵸우도 그 흉내를 내고, 덩달아 어째서인지 코쿠요까지 같은 자세를 취했다.

"음. 내가 마을을 떠나기 전 일인데, 원래 뱀신을 모시는 건 무녀의 역할이었지."

영감님네 집안은 본래 촌장의 먼 친척이었다고 한다. 그리고 무녀 또한 그 혈통이었다.

그러나 영감님은 방금 전, 몇 십 년이나 사당이 방치된 상태라고 말했다. 어찌 된 일이냐면.

"후궁의 궁녀 사냥 때문에 젊은 여자들이 마을에서 몽땅 사라졌거든."

고개를 끄덕이는 수밖에 없다.

그래서 대를 이어 구전으로 내려오던 의식이 사라지는 바람에 사당은 방치되어 버렸다고 한다. 때마침 그때, 바로 전 촌장으로 바뀌기도 했고 말이다.

신앙심이 별로 없었던 예전 촌장이 사당을 그냥 방치해 놓는 바람에 관리는 아무도 하지 않게 되었다. 다리는 부식되어 무너져 내렸다. 그리고 지금은 형태만이라도 남겨 놓아야 한다면서 마을로 돌아온 영감님이 관리인으로서 이 오두막에 눌러 살게 되었다.

"봉공을 마친 예전 무녀는 마을로 안 돌아왔어?"

"하하, 애당초 심지가 굳은 아가씨였으니 말이다. 굳이 이런 시골구석으로 돌아올 필요 없지."

'그건 그랬겠다.'

후궁에서 사이좋게 지내던 샤오란이 떠올랐다. 입을 줄이기 위해 부모가 팔아 버린 아이. 샤오란 또한 그 현실을 잘 알고 있었고, 돌아가 봤자 자신이 있을 곳은 없다면서 후궁의 봉공 기간을 마치고 난 뒤 일할 곳을 스스로 열심히 찾고 있었다. 원래 머리가 좋은 아이니까 예전의 삶보다는 훨씬 나은 곳을 얼마든지 찾을 수 있으리라. 후궁은 그런 의미에서도 여자들의 출세 공간이라고 할 수 있었다.

"전 촌장은 죽기 전에 그 일에 대해 몹시 한탄했었지. 그렇게 안타까워할 거였으면 의사의 진료를 받았어야지 말이야."

"하하하, 웃겨~ 그런 사람 진짜 있지~"

코쿠요가 뭐가 그렇게 웃긴지 너무 웃어 대는 통에 영감님이 코쿠요의 머리를 쿡 찔렀다.

마오마오는 밖을 내다보았다.

"배도 없는데, 그럼 요즘은 저길 건너가려면 어떻게 해야 해? 그래도 사당 상태를 확인은 해 봐야 할 것 아니야."

마오마오가 묻자 영감님은 긴 탁자에 원을 그렸다.

"배를 타면 배 주인이 화를 낼 테고, 낚시 역시 하는 장소가 정해져 있어. 낚아 봤자 미꾸라지밖에 없고, 낚시라기보다는 덫을 놓는 것에 더 가깝지. 그래서 그냥 방치되어 있는 거야.

궁금하면 가 봐도 돼. 단 배는 안 된다."

"그게 무슨 소리야?"

배를 안 타면 도대체 섬에는 어떻게 건너가란 말인가. 수면 위를 걸어가기라도 하란 소린가.

"신성한 장소에 맨입으로 들어가려 하다니, 그럼 안 되지."

실없는 소리를 잘도 나불댄다.

"그럼 코쿠요, 네가 데려가 줘라. 늪 건너편이라면 여기보다 섬도 더 잘 보일 테지. 겸사겸사 밭에서 풀도 좀 베고 오고."

"엥~ 너무 힘든데~"

코쿠요는 투덜거리면서도 풀 벨 낫을 챙겼다.

"향연 잎은 그 밭에서 키우고 있지. 잎은 안 되지만 씨앗이 익었으면 어느 정도는 따 가도 좋아. 풀 벤 대금은 그걸로 치러 주마."

"……."

마오마오는 빈틈없는 영감님을 노려보며 낫을 집어 들었다.

세 사람은 늪을 따라 빙 돌아 늪 뒤편으로 향했다. 연꽃을 닮은 이파리가 군데군데 수면 위로 떠 있었다. 포창 자국을 무서워하던 쵸우도 쓸데없이 높은 적응력을 야무지게 발휘하여 지금은 코쿠요를 매우 잘 따르고 있다. 어느샌가 코쿠요의 목마까지 타고 있었지만, 남자 하인들과 다르게 살짝 비틀비틀하는 것이 위태로워 보였다. 한쪽 눈이 보이지 않아 균형 감각이 떨어지기 때문인지도 모른다.

"봐, 저기야."

코쿠요가 가리키는 쪽에 확실히 섬 뒤쪽으로 이어지는 다리가 걸려 있었다. 하지만 다 썩어서 발 디딜 곳이 거의 보이지 않았다. 마오마오는 의심 가득한 눈빛으로 다리를 쳐다보았다. 기초 부분도 심하게 썩어, 그 위로 덮여 있는 나무판자를 건너가기는 어려울 듯했다.

마오마오와 같은 생각을 했는지 코쿠요가 어딘가에서 판자를 가져왔다.

"아이쿠, 휴우."

그리고 썩은 다리 기둥 위로 걸쳐 놓았다.

"괜찮은 거야?"

마오마오는 불안을 느끼며 코쿠요를 쳐다보았다.

"하하하, 괜찮아. 생각보다는 안 무너진다니까~"

코쿠요는 판자 위에 올라서서 펄쩍 뛰어올랐다. 하지만….

"아앗…."

맥 빠지는 소리와 함께 코쿠요는 늪에 빠지고 말았다.

"뭐 하는 거야, 형."

쵸우가 손을 뻗어 떨어진 코쿠요를 끌어당겼다. 하지만 코쿠요의 몸은 점점 더 늪 속으로 빠져 들어가기만 했다. 일동 사이로 긴장감이 흘렀다.

"바… 바닥 없는 늪 같은데?"

싱글싱글 웃으며 코쿠요가 고개를 갸웃거렸다.

"""……""".

한순간 침묵이 흐른 직후 전원이 갑자기 당황했다. 하지만 당황하면 당황할수록 코쿠요의 몸은 더욱 깊이 빠지기만 했다. 목까지 잠겼을 무렵 마오마오가 숲에서 튼튼해 보이는 덩굴을 찾아 와, 그걸로 끌어당긴 덕분에 무사히 탈출시킬 수 있었다.

"간 떨어지는 줄 알았잖아, 형."

"하하하, 미안, 미안."

코쿠요는 진흙투성이가 된 손으로 머리를 벅벅 긁었다. 덕분에 깨끗했던 머리까지 덩달아 더러워지고 말았다.

마오마오는 밭 근처에 고여 있던 농업용수를 통에 길어서 가져왔다. 그리고 귀찮은 마음에 머리에서부터 끼얹어 주자 코쿠요는 마치 개처럼 머리를 좌우로 마구 흔들어 댔다.

"그러고 보니 아이들이 자주 행방불명되는 것도 이 늪 근처라고 영감님이 그러셨지."

"으악…."

쵸우는 당황한 표정을 지었다. 늪 바닥에 몇 명이 가라앉아 있을지 모를 노릇이다.

마오마오는 낡아 빠진 다리를 바라보았다.

"진짜로 그냥 방치해 뒀나 보네."

"다리 관리에도 돈이 드니까. 뭐라더라, 진흙 성분 때문에 보통 나무보다 훨씬 썩기가 쉽대."

바다 없는 늪까지는 아니더라도 코쿠요의 키보다는 깊은 늪이다. 다리 기둥을 매번 교체하기도 힘들 것이다. 다리 기둥은 늪에서 한참 나온 곳에 세워져 있었다. 원래는 그 위치까지 늪이 펼쳐져 있었으리라.

섬의 사당 주위로는 잡초가 무성했다. 색이 화려한 것을 보니 꽃 같았지만 여기서는 잘 보이지 않는다. 그러나 이 근처에서는 흔히 보기 힘든 색이었다. 하늘 위로 새가 자주 날아다니곤 하니, 꽃씨가 똥에 섞여 날아왔는지도 모른다.

"자, 그럼 풀베기나 시작해 볼까."

아직 진흙이 여기저기 묻어 있는 채 코쿠요가 말했다. 어느샌가 머리에는 밀짚모자까지 쓰고 있었다. 밭이 온통 잡초투성이여서 마오마오는 불평하고 싶었지만 쵸우가 먼저 "으악…." 하고 어깨를 축 늘어뜨리는 바람에 아무 말도 할 수가 없었다.

마오마오는 향연 씨앗을 찾으며 풀을 뽑았다. 하지만 씨는 전혀 맺혀 있지 않았다.

'이 영감탱이가….'

나중에 씨앗을 단단히 뜯어내야겠다고 생각하며 마오마오는 거친 콧김을 내뿜었다.

코쿠요가 콧노래를 부르며 풀을 베기 시작했으므로 마오마오도 할 수 없이 일을 거들었다. 쵸우는 처음부터 일을 할 생각이 없었는지 조약돌을 주워 지면에 그림을 그리고 있었다.

두 사람은 한참 동안 풀베기에 열중했다.

늪지대이기 때문인지 습도가 높았다. 흙이 질척질척해서 영양분은 높아 보였지만 그만큼 식물의 뿌리도 썩기 쉬운 듯했다. 그 점을 고려해서인지 밭의 흙에는 버석버석한 모래가 섞여 있었다. 그래서 풀을 뽑기 쉬우니 그나마 다행이다.

"그거 알아?"

콧노래를 그친 코쿠요가 혼잣말이라도 중얼거리듯 말을 걸었다.

"뭘?"

"이 마을에 있던 무녀라는 사람 말이야~"

그런 걸 알 리가 없다. 마오마오는 고개를 가로저었다.

"영감님이 얘기해 주셨는데~ 뱀신님을 진정시키는 역할을 하는 무녀가 있었다고 해. 그런데 그게 원래는 노예 소녀였다나 봐."

"……."

코쿠요는 마오마오에게만 들릴 만큼 작은 소리로 이야기를 이어 갔다. 쵸우는 아무것도 모른 채 계속 그림만 그리고 있었다.

"여긴 원래 강이 범람하기 쉬운 지역이었대. 치수를 제대로 할 수 있게 되기까지는 매년 논밭에 강물이 넘치고 집이 홍수로 가라앉았다는 모양이야."

그런 옛날에는 손 쓸 도리 없는 자연재해를 진정시키기 위해 한다는 일이라고 해 봐야 아무 의미도 없는 짓인 경우가 많다.

"인신 공양을 하기 위해 노예를 사 오곤 했대. 물론 그건 금전적으로 여유가 있을 때의 일이고, 그렇지 못할 때는 마을 처녀 중 누군가를 뽑아서 했다는 것 같아~"

무녀라는 건 그냥 이름뿐이고, 사실은 산 제물이었다.

"하지만 말이야."

어느 날 신통력을 지닌 무녀가 나타났다. 그 무녀는 마을 사람들 앞에서 춤을 추며 수면을 건너는 모습을 보여 주었다.

'영감님, 이 자식한테는 꽤 많은 얘길 해 줬나 보네.'

마오마오는 하나같이 처음 듣는 이야기들이었다. 무녀의 가계와 약간의 혈연이 있다고 하니, 그래서 영감님도 그런 이야기를 어느 정도 알고 있었던 듯했다. 동시에 촌장의 먼 친척이기도 하다고 하니 묘한 느낌이었다.

"그러니까 무녀로서의 힘이 없으면 언제 산 제물로 바쳐질지 모른다는 얘기였어~"

신인지 주인인지 모르지만 산 제물이 되는 입장에서는 정말 억울하기 짝이 없는 이야기다.

"그래서 이젠 산 제물이 되지 않아도 되겠구나 생각했는데, 이번에는 후궁으로 팔려 가는 신세가 된 거야~"

결국 늪의 주인이 아니라 나라의 주인에게로 보내진 셈이다.

'이러니 두 번 다시 돌아오기 싫지.'

영감님이 말한, 그 무녀가 돌아오지 않은 이유도 충분히 이해가 간다. 오히려 원한을 품는다 해도 이상하지 않다.

마오마오는 멍하니 수면을 바라보았다. 늪 표면은 출렁거리고 있었으나, 아까 떨어진 코쿠요를 보아하니 그 속은 상당히 질척질척한 모양이었다. 마오마오는 무심코 떨어져 있던 봉을 주워 수면에 꽂아 보았다. 한 번 꽂히니 잘 빠지지 않았다.

"이젠 늪이라기보다는 거의 진흙탕이나 다름없어. 치수가 잘 된 덕분에 흘러 들어오던 물이 분산된 것이겠지만, 늪이 점점 작아지고 있기 때문인지도 몰라."

쪼그리고 앉아 있던 마오마오는 자리에서 일어났다.

"…늪이 작아지기 시작한 게 언제쯤인지 알아?"

"나도 거기까지는 몰라~ 영감님한테 물어보면 되지 않을까?"

마오마오는 턱을 쓰다듬으며 열심히 진흙을 휘저었다. 쵸우도 어느샌가 곁에 와서 마오마오를 따라 같이 휘젓기 시작했다.

"뭐 물건이라도 떨어뜨렸어?"

"아니."

지금은 비가 많이 내리는 계절이다. 이래 봬도 수위가 제법

올라와 있는 편일 것이다. 즉, 비가 오지 않는 계절에는 더욱
질척질척한 상태일 게 분명하다.

"?!"

"왜 그래, 주근깨?"

벌떡 일어난 마오마오를 쵸우가 올려다보았다.

마오마오는 쵸우를 무시하고 뛰어갔다.

"야, 주근깨!"

"어라~? 왜 그래애~?"

부르는 소리도 듣지 않고, 마오마오는 건너편에 있는 영감님
네 오두막으로 달려갔다.

다른 두 사람과 이야기를 나누기보다는 지금 떠오른 것을 빨
리 증명하고 싶어서 견딜 수가 없었다.

달려가는 마오마오의 얼굴에는 자연스럽게 히죽거리는 웃음
이 떠올라 있었다.

"갑자기 왜 그러는 거야?"

불평하면서도 결국 둘 다 따라왔다. 중간에 쵸우가 뛰지 못하
게 되었는지 코쿠요에게 업혀 오고 있었다.

마오마오는 계단을 올라 오두막 문을 두들겼다.

"향연 씨 좀 줘."

영감님을 보자마자 마오마오는 대뜸 그렇게 말했다.

영감님은 후루룩후루룩 국수를 먹고 있었다. 반은 수염을 먹고 있다시피 한 상태였다.

"갑자기 무슨 소린가 했더니. 아직 씨가 안 맺혔으니까 포기해라."

그러고는 입 안에 든 국수를 쩝쩝 씹어 댔다.

아마 그런 식으로 반응할 거라 예상했기에, 마오마오는 생각해 둔 바가 있었다.

"그 주술사의 정체를 알아냈다고 하면?"

귓가에 속삭이는 듯 작은 목소리로 마오마오가 말하자, 영감님은 불쾌하게 쩝쩝 씹는 소리를 그치고 젓가락을 내려놓았다.

"봐라, 코쿠요. 넌 그 도령이랑 좀 놀아 주고 있어."

영감님은 선반에서 공을 꺼내 코쿠요에게 던졌다. 코쿠요는 그것을 잡으려다 놓쳤다. 공이 오두막 밖으로 굴러가자 코쿠요가 쫓아가고, 쵸우도 그 뒤를 따랐다.

둘을 다 내보낸 영감님은 마오마오에게 앉으라며 의자를 권했다. 마오마오는 의자에 앉아 창밖의 늪을 내다보았다.

"그 주술사가 나타난 시기라는 게 수량이 줄어들기 시작한 시기와 일치하지 않아?"

화가가 백발에 빨간 눈을 지닌 여자를 봤다는 건 반년 이상 지난 일이다. 그 전후의 일이라 해도, 어쨌거나 비가 많이 내리지 않는 계절이다. 수량이 줄어들면 늪의 진흙탕 부분도 커진다.

"그래, 맞다."

"전에 무녀가 춤을 췄던 것도 그 시기 아니었어?"

"그게 도대체 무슨 상관이 있다는 거지?"

마오마오는 물동이에 손가락을 넣어 적신 뒤 탁자 위에 지도를 그렸다. 타원형의 늪 형태 안에 섬과 다리가 떠올랐다. 알아보기 힘들었는지 영감님이 마오마오에게 조용히 종이와 붓을 건넸다. 까끌까끌하고 조악한 종이였지만 어쨌든 보기는 편했다. 마오마오는 종이에 지도를 그려 나갔다.

마오마오는 그중에서, 섬에서 가장 가까운 늪가를 가리켰다. 반대로 강에서 물이 흘러 들어오는 위치와는 가장 멀었다.

"이 부근에서 기우제인지 뭔지를 지냈다고 했지?"

"그랬지."

마침 이 오두막에서도 가까워 창으로 보이는 위치다.

"그 무녀인지 주술사인지는 뱀신님의 가호를 받아 수면 위를 걷는다고 했지. 그걸 나도 할 수 있다면?"

영감님은 눈을 가늘게 떴다. 뭔가 하고 싶은 말이 있는 듯한 표정이었다.

"바보 같은 소리도 좀 쉬엄쉬엄 해라. 이렇게 말하긴 뭣하지만 뱀신님 마음에 들 정도로 용모가 뛰어난 것도 아닌데."

"영감님 같은 사람은 딱히 깊은 신앙심을 가지고 숭배하고 있는 것 같지도 않은데 뭘."

마오마오와 노인의 눈이 마주쳤다. 마오마오는 일부러 그러는 것처럼 씩 웃으며 도발하는 듯 눈을 가늘게 떴다.

마오마오의 예상이 옳다면 이 노인은 뭔가를 알고 있을 테지만, 입을 다물고 있다. 그런 마오마오의 생각을 읽기라도 한 듯 노인이 입을 열었다.

"뤄먼이 그렇게 억측만 가지고 아무 말이나 늘어놓으라고 가르치더냐?"

"그 억측을 증명하기 위해 늪을 조사하고 싶다는 말이야."

영감님은 마오마오를 노려보았지만, 금세 따라오라는 듯 자리에서 일어났다.

"나도 이런 얘기 할 처지는 못 되지만 그래도 세상에는 분위기라는 게 있지 않으냐? 이럴 때는 선녀나 무녀라는 게 실재한다고 생각해 버리면 그만인 것을."

영감님은 내뱉듯 투덜거리고는 밖에서 공놀이를 하던 두 사람을 불렀다.

"뭐 저녁거리 될 만한 것 좀 사 오너라."

그러고는 코쿠요에게 돈을 쥐여 주었다. 공놀이만으로는 시간이 부족하겠다고 판단한 모양이었다.

"꼬마야, 이 녀석은 툭하면 바가지를 쓰곤 하니까 미안하지만 네가 같이 좀 가 줘야겠다."

"응, 나한테 맡겨."

쵸우는 그렇게 말하며 코쿠요를 따라갔다. 두 사람이 시야에서 사라질 때까지 영감님과 마오마오는 움직이지 않았다.

"그럼 가자."

영감님이 데려간 장소는 늪에서 울타리가 쳐진 곳이었다. 수면에는 개구리밥이 자라고 있었다. 낚시를 하고 싶어도 마땅히 앉을 만한 장소가 없으니, 이런 곳을 일부러 찾아올 사람은 없을 터였다.

마오마오는 질척질척한 지면을 보며 얼굴을 찌푸린 뒤, 신발을 벗고 치맛자락을 걷어 올린 다음 그 속을 걸어갔다. 영감님도 마찬가지로 바짓자락을 걷고서 걸어오고 있었다.

물은 탁하고 걸쭉했다.

"그 무녀는 여기서부터 섬까지 걸어갔다. 그걸 네가 할 수 있다면 뭐든 다 말해 주마."

그리고 노인은 협박이라도 하듯 낮은 목소리로 말했다.

"무녀라고 불리기 전, 그때까지 처녀들은 산 제물이 되어 이늪에 가라앉았지. 추를 달고 산 채로 바닥 없는 늪에 던져졌다더군. 발버둥 치며 질러 대는 단말마의 비명 소리에 내 증조할머니는 귀를 틀어막은 적이 있다고 했어. 그때와 똑같은 일이 안 벌어진다곤 장담 못 하지."

아무리 풍습이라고는 하지만 그 모습을 지켜봤던 마을 사람들에게는 몹시도 끔찍한 광경이었으리라. 그리고 자신들이 저지른 일을 참회하고, 용서를 구한다는 무의미한 짓을 했다.

늪 주위에는 돌기둥이 세워져 있었다. 비슷한 크기의 돌을 여러 개 쌓고, 제일 위에는 커다란 돌을 얹어 기둥으로 만들었다. 그것이 묘비 대신이었는지도 모른다.

"자, 그럼 이제 어떻게 그 늪을 건넜을까?"

마오마오는 오두막에서 밧줄을 챙기고, 그와 함께 얇은 판자도 들고 왔다.

"좀 써도 되지?"

"맘대로 해라."

"그럼 해 볼게."

마오마오는 얇은 판자에 구멍 세 개를 냈다. 그리고 거기에 끈을 꿰어, 볼품없는 모양의 나막신을 만들어 나갔다.

'논에서 신는 나막신이 있었으면 좋았을 텐데.'

모내기할 때 사용하는 나막신이 아쉬웠으나 지금은 사치스러운 소리를 할 때가 아니었다.

노인은 고개를 갸웃거렸으나 어쨌든 참견은 하지 않았다.

마오마오는 옷자락을 걷어 올려 바닥에 닿지 않도록 한 뒤, 밧줄을 몸에 둘둘 감아 반대편 돌기둥에 묶었다.

그리고….

"지금 뭘 하는 게야?"

"뭐긴, 증명하려는 거지."

마오마오는 늪에 발을 들였다. 들였다기보다는 걷어찼다는 쪽에 가까웠다. 충격으로 발이 튀어 올랐다.

"?!"

노인이 놀랄 틈도 없이 마오마오는 다음 발을 내밀었다. 마찬 가지로 걷어차듯 힘차게. 그러기를 여러 번 반복하며, 마오마 오는 늪 위를 나아갔다.

마오마오는 분명히 수면을 걷고 있었다. 코쿠요가 말했던 것 과는 조금 다르지만 발이 가라앉기 전에 다음 발을 내밀고, 또 가라앉기 전에 다음 발을 내미는 건 같았다. 그런 식으로 늪지 대 위를 밟으며 걸어갔다.

"이러면 어때? 수면 위를 걷고 있는데."

마오마오가 히죽 웃으며 자신만만하게 말했다.

노인은 멍한 표정으로 수염을 만지작거리고 있었다.

"…이거 놀랍군. 하지만…."

무슨 생각을 했는지 영감님은 근처에 떨어져 있던 긴 막대기 를 주워 가지고 왔다. 그리고 무슨 일인지 늪에 발을 집어넣고 막대기로 쑤셨다. 그러자 무언가 딱딱한 소리가 났다.

"그런 짓 안 해도, 이 늪에는 이 녀석과 똑같은 돌기둥이 있 지."

라고 말하며 커다란 돌기둥을 두드렸다.

"응?"

마오마오는 넋 나간 대꾸와 함께 걸음을 멈췄다. 결과적으로 발이 푹푹 빠져 들어가는 바람에, 영감님이 밧줄을 끌어당겨 주지 않았으면 큰일 날 뻔했다.

"그래서 결국 그건 뭐였지?"

진흙범벅이 된 마오마오를 끌어올린 뒤 한숨 돌리고 나서 영감님이 물었다.

마오마오는 임시로 대충 만들었던 나막신을 벗고 지친 얼굴로 늪을 돌아보았다.

"액체라고도, 고체라고도 할 수 없는 상태의 무언가에는 어떤 성질이 있거든."

녹말가루가 있으면 아마 더 설명하기 쉬울 것이다. 그것을 일정 비율의 물에 녹이면 손으로 움켜쥘 수 있는 상태가 된다. 대신 금세 손가락 사이로 흘러내려 버리지만 말이다.

이 늪지대에는 그 물에 녹인 녹말가루와 똑같은 성질이 있었다. 마오마오가 영감님에게 무녀들이 춤을 추었다던 계절이 언제였는지를 물은 이유도 그 때문이고, 마오마오가 어설프게 나막신 비슷한 것을 만들어 신었던 건 물의 양이 다소 많다고 느껴졌던 까닭이다.

마오마오는 당연히 늪이 작아짐에 따라 진흙과 물의 비율이 달라져, 그 위를 걸어갈 수 있다는 사실을 알아차린 산 제물이 생겨났다고만 생각했는데.

"이런 장치가 있는 건 반칙 아냐?"

"늪에 묻혀 있던 돌기둥은 죽은 산 제물들의 묘비다."

묘비는 건조한 계절에도 튀어나오지 않는 곳에 묻혀 있었다. 개수로 십수 개는 된다. 그것은 희생자들의 수를 가리킨다.

"옛날에 다음 산 제물을 바치기로 결정되었을 때, 촌장 아들이 산 제물 처녀에게 그 묘석의 존재를 가르쳐 준 적이 있었지."

그리하여 '늪의 주인'이라는 존재를 거꾸로 이용해, 처녀는 무녀를 자칭하게 되었다고 한다.

"벌써 50년은 더 된 일이지만."

이건 바로 직전 촌장도 몰랐던 모양이다. 마을 사람들의 눈치로 미루어 볼 때, 그 사실을 지금 알고 있는 사람은 이 영감님 한 명뿐이 아닐까.

마오마오는 영감님을 노려보았다.

처음부터 이 영감님은 다 알고 있었으면서도 아무 말 하지 않았다는 얘기가 된다. 뭔가 켕기는 데가 있지 않고서야 굳이 숨길 이유가 없다.

"주술사는 하얀 머리 여자였어?"

마오마오는 다시 한번 물었다.

하지만 노인은 그 물음에 고개를 가로저었다.

"그런 사람이 온 적은 없다. 다만⋯."

영감님은 띄엄띄엄 이야기를 시작했다. 우연히 도성에서 옛날 후궁에 갔다는 전직 무녀를 만났던 이야기, 그리고 그 무녀에게는 벌써 손녀가 있다는 이야기.

전직 무녀는 물었다. 지금 뱀신님은 어떻게 되었느냐고.

무녀는 사라졌지만 그 후 치수 공사에 의해 강과 늪은 범람을 멈추었다. 뱀신님은 미신이 되고, 사당은 폐허가 되고, 아무도 찾아가지 않게 되었다.

"그때 거짓말이라도 좋으니 사당은 멀쩡하게 존재하고, 뱀신님 덕분에 아직도 수해를 입지 않고 잘 지낸다고 말할 것을 그랬어."

전직 무녀는 도저히 믿을 수 없다는 표정을 지었다. 지금까지 무녀들이 산 제물로서 늪에 바쳐져 온 일이 전부 무의미한 짓이었다며, 자신들의 행동을 부정하는 노인의 말은 전직 무녀를 미치게 했다.

"얼마 지나지 않아 그 무녀는 손녀를 데리고 이 마을을 찾아와서, 새로운 뱀신님을 모시고 있다고 말했지. 그리고 손녀에게 늪을 건너도록 시켰다."

'새로운 뱀신님⋯.'

하얀 금줄, 뱀 신령, 그리고 화가가 보았던 백발 미녀.

마오마오는 떨어져 있던 막대기를 주워 늪 속에 집어넣었다.

그리고 묘비의 위치를 찾으며 섬으로 건너갔다.

하기야 마오마오가 이용한 방법보다는 이편이 훨씬 확실하다. 발만 헛디디지 않으면 무사히 도착할 수 있다.

마오마오는 팔짝 뛰어 섬에 올라섰다. 낡고 황폐해진 사당, 무성한 잡초, 그리고.

붉고 얇은 꽃잎이 바람에 흩날리고 있었다. 이 꽃의 수명은 짧고, 금세 시든 후 동그란 씨앗을 남긴다.

일부러 심은 건지, 아니면 우연히 무언가에 붙어서 씨앗이 날아와 떨어졌는지는 모른다. 하지만 그 식물은 이곳에 있어서는 안 되는 존재였다.

"양귀비인가?"

영감님의 목소리로 미루어 볼 때, 영감님 역시 이곳에 양귀비가 있다는 사실을 이제야 알았다는 걸 알 수 있었다. 늪을 건너는 방법을 알고는 있어도 이곳에 직접 온 건 처음인 모양이었다.

"한 가지 더 물어봐도 돼?"

"뭘 더? 이제 내가 아는 얘기는 다 했다."

"영감님은 이 늪 속에 묘비가 있는지 어떻게 알았어?"

영감님이 웃었다.

"무녀의 혈족이란 다시 말해 노비의 자식이라는 뜻이지. 그리고 마을의 유력자들이 그 노비에게 손을 대는 일도 드물진 않아."

전직 무녀에게 묘비의 존재를 알려 준 사람은 촌장의 아들이라고 했다. 즉, 촌장이 노비를 통해 낳게 한 자식이 바로 이 영감님이라는 말이다.

"어떤 노비는 촌장이 데리고 놀다 질리자 다른 마을 사람에게 넘겨줘 버렸고, 그러다 결국 기근이 든 해에 산 제물로 늪에 바쳐지고 말았지."

묘비가 있다면 당연히 그 묘비를 세운 사람도 있어야만 한다. 바윗돌을 잘라 여러 겹을 겹쳐 쌓아서 몇 년에 걸쳐 만든 묘비. 묘비를 만들기 위해서는 기존에 만들어져 있던 묘비를 밟고 돌을 날라야 한다.

"이 섬 바로 앞에 있는 것이 마지막 묘비다. 덕분에 **내 여동생**은 늪에 가라앉는 신세를 면했고."

하지만 결국은 후궁에 끌려가고 말았다. 영감님의 여동생이라고는 해도 촌장의 딸이 아니라, 아마 노비를 넘겨받은 그 마을 사람의 자식이었으리라.

십수 년 만에 돌아와 보니 어머니를 죽이고 자신의 인생을 가지고 논 마을 사람들은 토지신도, 그 희생양이 된 무녀도 전부 잊어버렸다.

마오마오는 건너편 늪가에 있는 담뱃잎을 바라보았다.

"혹시 저건 그 전직 무녀에게 받은 거야?"

"그래, 양귀비 씨앗은 안 받았지만 말이다. 저걸 대가로 부탁을 두 가지 받아 가지고 왔지."

"그것도 얘기해 줄 거야?"

"그래, 이젠 때가 됐어. 지금은 아직 수위가 어느 정도 되니까 괜찮지만, 가을이 되면 묘비가 전부 고개를 내밀고 말 거야. 작년까지는 간신히 얼버무렸지만 올해는 이제 어렵겠지."

주술사의 사기 행각도 폭로될 것이다.

"그래도 입 다물고 있어 달라는 게 첫 번째 부탁이었다."

마을 사람들에게 뱀을 죽이지 말고, 새를 죽이지 말라고 지시했던 건 사소한 복수였으리라. 이 영감님도 자기 나름대로의 생각이 있어서 그냥 못 본 척했음이 분명하다.

"또 하나는…."

영감님은 높은 단 위에 있는 오두막을 바라보았다.

"비둘기장을 자유롭게 사용할 수 있게 해 달라는 이야기였지."

"비둘기장? 그건 또 왜?"

마오마오는 고개를 갸웃거렸다.

그러고 보니 마을 안에서도 비둘기 울음소리가 자주 들렸다. 평소에는 밖에 풀어 놓고 키우는 듯했다.

'하늘을 나는 새를 죽이지 말라고 했지.'

뱀에 대한 금기에 겸사겸사 덧붙인 듯한 계율이 떠올랐다.

그리고….

마오마오는 다시 묘비를 밟으며 오두막 쪽으로 돌아갔다. 발밑이 미끌미끌한 탓에 몇 번이고 자빠질 뻔하며, 오두막을 지나 비둘기장으로 걸음을 서둘렀다.

비둘기장 근처에서는 특유의 코를 찌르는 지독한 냄새가 났다. 그 안에는 검은색에 녹색이 살짝 섞여 있는 빛깔의 깃털을 지닌 비둘기들이 몇 십 마리쯤 있었다. 마오마오가 갑자기 들어오는 바람에 비둘기들은 놀라서 날개를 퍼덕거렸다. 하지만 마오마오가 신경 쓸 바는 아니었다. 마오마오는 비둘기를 붙잡았다가 집어 던지기를 반복했다.

"요 녀석, 비둘기 괴롭히면 못쓴다."

영감님이 살짝 노기를 머금은 목소리로 말했다. 식용이라기보다는 취미로 키우고 있는 모양이었지만, 지금은 그런 걸 생각할 상황이 아니었다.

마오마오는 찾던 비둘기를 발견하고, 등을 덥석 움켜쥐어서 뒤집어 보았다. 그리고 발목에 붙어 있던 무언가를 떼어 냈다.

꼬여 있는 하얀 끈이었다. 곳곳에 얼룩이 있는 걸 보니 비둘기가 밖에 나간 사이 더럽혀졌다는 사실을 추측할 수 있었다.

마오마오는 비둘기장 밖으로 나와 꼬여 있던 끈을 풀었다. 한 장의 천이었던 그것에는 그야말로 뱀이 대충 휘갈겨 그린 듯한 문양이 자수로 놓여 있었다.

'어디서 본 적 있는데.'

예전에 헌 옷 가게에서 찾아냈던 불쥐의 가죽옷에 놓여 있던 자수와 비슷했다.

그리고 아는 사람이 보면 그것이 단순한 문양이 아니라는 사실은 금세 알아낼 수 있다. 서방의 문자를 바탕으로 만든 암호였다.

마오마오는 서도의 점술사를 떠올렸다. 그 집에서 붓 대신 사용하던 물건이 바로 비둘기 깃털이었다.

줄곧 신기하게 생각하던 일이었다. 온 나라가 바이냥냥으로 여겨지는 존재에 휘둘리고 있다. 하지만 그 소녀가 온 나라 안을 다 헤집고 돌아다니는 일이 정말 가능하긴 할까. 백피증 환자는 신비로운 풍모를 지니고 있지만 그렇다고 진짜로 신선들이 쓰는 선술을 사용할 수 있는 건 아니다. 오히려 피부가 햇빛에 약하고, 빛을 흡수하는 성질이 있기 때문에 밝은 장소에서는 마음대로 걸어 다닐 수도 없다.

그래서 바이냥냥 자신이 돌아다니는 게 아니라 그 동료들이 대신 움직이는 게 아닐까 추측할 수 있었다. 하지만 거기서 문제가 되는 건 정보였다.

사자를 우리에서 풀어 주려 해도, 리슈 비의 이복 언니에게 접촉하려 해도, 단기간에 서도와 도성 사이에서 정보를 교환할 필요가 있다. 도성에서 서도에 가려면 아무리 빠른 말을 이어 탄다 해도 열흘 이상은 걸린다. 돌아오는 길에 배를 타는 방법

역시 마찬가지다.

그 정보 교환을 도대체 어떻게 했는가 했더니, 바로 이 비둘기였다.

"영감님, 이 비둘기장에 찾아온 게 그 전직 무녀였어?"

"손녀지. 도술에 사용한다면서 비둘기를 몇 마리 데려갔어."

"비둘기가 점점 줄어들고 있지 않아?"

"풀어 주면 알아서 금방 이 비둘기장으로 돌아오는 습성이 있으니 아무 문제없지. 짐승이나 사람에게 사냥당하지만 않는다면."

즉, 비둘기의 습성을 이용하여 전달 수단으로 활용했다는 뜻이다.

마오마오는 눈을 감았다. 어떻게 하면 좋을까, 잠시 생각하다가 노인을 쳐다보았다. 상황에 따라서는 전직 무녀와 그 손녀에게도 피해가 간다. 아마 이 무녀 소동에도 바이냥냥이 관련되어 있을 것이다.

마오마오는 혀를 찼다.

"영감님, 협조해 줄 생각 없어?"

"갑자기 그건 또 뭔 소리냐?"

마오마오에게도 약간이나마 양심이라는 것이 있다. 이대로 영감님에게 아무 말 하지 않고 진시에게 보고할 수도 있지만, 그러고 싶지는 않았다.

어디까지 선을 그을 수가 있을까, 상대가 어디까지 양보해
줄까. 그런 부분을 가늠해 보면서 마오마오는 거래 내용을 말
했다.

1 2 화 ⋮ 리슈 비의 수난

「황호黄湖라는 마을에 바이냥냥을 찾을 단서가 있습니다.」

마오마오에게서 그런 내용의 편지가 날아온 것은 진시가 서쪽에서 온 사자와 비공식적인 만남을 가진 다음 날의 일이었다.

딱 좋은 시기에 왔다고 해야 할지, 아니면 나쁘다고 해야 할지 머리를 부둥켜안고 싶은 심경이었다.

서쪽에서 온 사자란, 작년에도 왔던 샤오의 특사들 중 한 명이었다. 쌍둥이처럼 닮은 두 여자들 중 한 명으로 이름은 아이린愛凛이라고 한다. 또 한 명은 아이라始良라고 하여 이름이 조금 헷갈린다. 예전에는 아이라가 빨간 머리 장식, 아이린이 파란 머리 장식을 달았는데, 이번에는 파란 옷을 입고 왔다. 공식적인 방문이 아니었으므로 눈에 띄는 드레스가 아니라 리국에서 쉽게 볼 수 있는 곡거심의를 입고 있었다.

솔직히 그리 가까이서 만나고 싶은 인물은 아니었다. 예전에 이 특사들이 본 진시의 모습은 여성의 차림을 하고 있었고, 나중에 달의 요정이라는 창피한 이름까지 붙었던 상태이니 말이다.

진시는 그렇지 않아도 바쁜 몸이다. 이런 시기에 무슨 할 말이 있는 걸까, 누구의 주선인가 했더니 바로 라한이었다. 서도에 있는 동안 무언가를 하는 듯했으나 이 사내라면 딱히 이상한 짓은 하지 않을 거라는 생각에 그냥 방치해 두고 있었다. 신뢰라기보다는, 그 성격을 잘 이해하고 있었기 때문이었다. 잘은 모르지만 숫자를 놓고 아름답다느니 아름답지 않다느니 하는 기준으로 매사를 판단하는 사람이니 소위 말해 아름답지 않은 행동은 할 리가 없다.

이야기의 절반은 진시도 예측했던 내용이었고 나머지 절반은 의외였지만 전혀 납득이 안 가는 이야기는 아니었다. 그 두 부분에 대해서는 이미 라한도 들었는지 이렇다 할 반응을 보이진 않았다.

식량 수출인가, 아니면 망명 허락인가. 골치 아픈 이야기였다.

수출 문제에 대해서는 이미 라한에게서 고구마라는 식물에 대한 이야기를 들었다. 황폐해진 토지에서도 잘 자라고, 쌀의 몇 배나 되는 양을 수확할 수 있다고 한다. 도성에 돌아오자마자 이런 이야기를 가져오다니, 역시 그 일족은 얕볼 수가 없다.

덕분에 진시는 돌아오자마자 반달 동안 잠잘 시간도 없이 바삐 일해야만 했다. 쌓여 있던 일을 정리하는 것만으로도 허리가 휠 지경인데 그 위에 일이 더 얹어지고 말았다. 후궁 건도 아직 완전히 인수인계를 끝내지 못했는데 골치 아픈 안건이 또 생겼다.

황해 대책, 샤오로 곡물 수출. 그 두 가지를 표면적인 이유로 댄다 한들 관리들은 수긍하지 않을 것이다. 특히 황해 문제에 대해서는 지금까지 진시가 열심히 해 온 일들만으로 충분하다는 인식들을 갖고 있었다. 그들에게 유비무환이라는 생각은 자신의 몸에 직접 일어날 일이라는 사실을 전제로 갖고 있어야 성립된다. 기우 때문에 지금 하는 일을 더 늘리고 싶지는 않을 터였다.

할 수 없이 진시는 명목을 바꾸기로 했다. 시 일족의 반란 때 사로잡은 죄인들의 노역으로서 밭을 경작시키기로 한 것이다. 그러면 새로운 밭을 개간하는 데 트집을 잡을 사람은 없을 것이다. 그리고 자북주에는 매우 넓은 땅이 있다. 시 일족의 속박이 풀린 이상 예전처럼 간섭하는 일은 그리 어렵지 않다. 죄인들 중에 본래 농민이었던 사람이 많은 덕도 크다. 그 생활은 시 일족에게 고용되기 전으로 돌아가거나, 아니면 그보다 조금 더 힘들어지는 정도다.

그리고 진시가 스스로 하는 대신 다른 사람을 앞세우기로 했다. 그것은 시 일족이 사라지고 나서 대신 자북주를 다스리게 된 고관이었다. 이 관리는 본래 고향이 자북주였으며 산전수전 다 겪고 고생고생해서 출세한 지방관 출신으로, 과거에 있었던 황해를 직접 경험했다. 앞으로의 대책으로서 고구마를 재배하면 굶주리지 않을 수 있다는 사실을 설명했더니 그 관리도 승낙해 주었다.

부족한 인원은 자북주에서 채웠다. 자기 밭을 가질 수 없는, 농가의 셋째 이하 자식들은 얼마든지 있다. 여제가 했던 후궁의 궁녀 사냥이 공공사업이라면 이 또한 마찬가지이다.

진시가 생각할 수 있는 한계는 여기까지였다. 진시는 우優는 될 수 있어도 수秀에는 못 미친다. 아직까지 부족한 점은 있지만 그 사소한 부분은 앞세운 자에게 맡기면 된다. 압박감은 심하겠지만 일임하는 수밖에 없다.

남에게 전부 맡겨 버리는 건 미안하지만 진시에게는 달리 할 일이 또 있었다. 과로는 늘 있는 일이지만 그래도 자신이 갖고 있는 일의 범위는 확실히 파악하고 있다.

진시에게는 아직 몇 안 되지만 그래도 신뢰할 수 있는 부하가 있다. 진시는 그 각각에게 적재적소의 역할을 맡기고 있었다. 이번 편지의 경우 도대체 어떻게 해야 좋을까, 하고 진시는 생각하며 조용히 잔을 들었다. 잔은 이미 텅 비어 있었고, 그것을 알아차린 눈 밝은 시녀 스이렌이 "어머나." 하고 말하며 과일주를 따라 주었다.

진시는 그것을 보다가 문득 마오마오에게서 온 편지를 보여 주었다.

"지금 한가한 자가 있던가?"

"네, 때마침 돌아온 자가 몇 명 있습니다."

"적당한 자로 대충 골라 줘."

"글쎄요⋯."

뺨을 손바닥으로 감싸며 스이렌은 생각에 잠기는 듯한 동작을 취했다.

"새로 들어온 자가 꽤 흥미로우니 시험해 볼까요?"

"⋯정말 괜찮은 건가?"

진시는 의아한 표정으로 스이렌을 쳐다보았다. 스이렌은 명랑하게 웃기만 했다.

"지금까지 제가 틀린 적이 있었던가요?"

자신만만한 대답에 진시는 쓴웃음을 짓는 수밖에 없었다. 마오마오조차 이기지 못하는 이 시녀는 원래 황태후 밑에서 일하던 사람이었다. 고작 열 살쯤 되는 나이에 지금의 주상을 회임했던 황태후를, 복마전 같은 후궁에서 지켜 냈던 사람이다.

진시는 이렇게 자신에게 스이렌을 붙여 준 건 황태후 나름대로의 배려였다고 믿고 있다.

"믿어 주시지 않는다면, 꼭꼭 숨겨 놓았던 이야기를 알려 드리도록 하죠."

그렇게 말하며 스이렌은 진시의 귓가에 무어라 속삭였다. 진시는 그 내용에 움찔 반응했다.

"그게 정말이야?"

"네. 마침 벌을 준 일이 있어서, 그 덕분에 알게 되었답니다."

내용으로 따지자면 이번 일과는 전혀 상관없다. 하지만 진시에게는 유익한 정보였다. 그나저나 벌도 줬단 말인가.

뭐가 뭔지에 대해서는 여기서 굳이 밝히지 않는다.

"도련님도 가끔은 이기고 싶지 않으세요?"

그렇게 말하며 나이에 비해 귀여운 동작을 취하는가 싶더니 스이렌은 금세 원래의 유능한 시녀 자세로 돌아갔다.

"그럼 준비하겠습니다."

스이렌은 천천히 고개를 숙이고 나서 발소리를 내지 않고 물러났다.

이 일은 이제 스이렌에게 맡겼다. 진시는 다른 일에 몰두해야 할 차례다.

자, 서쪽 특사 아이린은 또 한 가지 추가적인 문제를 가지고 왔다. 그것은 라한도 처음 듣는 이야기였는지 표정이 엉망이었다.

진시 역시 듣기 싫다면서 귀를 틀어막고 싶어지는 이야기였기에, 웃음을 유지할 수가 없었다.

그것은 바이냥냥에 관한 문제였다.

그래서 이번에도 유곽의 약방에 갈 수가 없게 되었다.

○ ● ○

"바이냥냥을 잡았다."

늦 마을 사건 이틀 후, 마오마오는 그런 보고를 받았다. 편지를 보내서 도착하기까지의 시간을 생각하면 하루도 채 지나지 않아 결과가 나온 모양이었다.

보고하러 온 사람은 바센이었다. 녹청관 현관에서 수상하게 우물쭈물하고 있는 것을 우쿄가 발견해서 데리고 왔다. 오늘은 바이링 언니가 일이 있어서 자리를 비웠다고 말해 줬더니 노골적으로 안심했다.

약방은 너무 비좁았기에 할멈에게 방을 따로 준비해 달라고 부탁했다. 녹청관에는 밀담할 때 쓰기 좋은 방이 많아 편리하지만, 쵸우에게 들키지 않아야 한다는 전제가 필요하다. 호기심이 왕성한 악동 녀석은 자꾸만 대화에 끼어들고 싶어 하기 때문에 우쿄가 데려가 주었다.

마오마오는 끓여 온 차를 한 모금 마셨다.

"그렇군요."

"반응이 너무 담백한데."

"아뇨, 꽤 놀라고 있는데요."

바센은 아직 마오마오의 표정을 읽어 내지 못하는 모양이었다. 진시나 가오슌이라면 미간에 주름이 잡혀 있는 모습을 보고 알아차릴 텐데 말이다.

비둘기를 이용하여 정보를 교환한다는 사실을 거꾸로 이용하기만 하면 결국 판세는 완전히 이쪽으로 기울 수밖에 없다. 비둘기 다리에 묶여 있던 편지를 읽거나, 편지를 가지러 온 사람을 잡으면 뭔가를 알아낼 수 있으리라 생각했는데 일이 이렇게 쉽게 풀린 건 오히려 뜻밖이었다.

무엇보다 다른 곳에서 협조자가 생긴 게 다행이었다.

마오마오는 뱀신 사당의 영감님에게 협조를 구했다. 영감님은 사기꾼 같은 짓을 저지르고 있는 동생과 손녀를 걱정하고 있었고, 그들이 조금이나마 바이냥냥과 관계가 있다는 사실도 알고 있었다. 이대로 그냥 입 다물고 내버려 뒀다가는 동생과 손녀가 처벌을 받게 된다. 그래서 배신하라고 꼬드겼다. 소위 말하는 협박인 셈이다.

"비둘기장을 감시하고 있다가 편지 가지러 온 놈을 뒤쫓아 가 봤더니 어떤 관리의 별저別邸가 나오더군."

영감님의 동생과 손녀에게 얼굴을 보여 주었더니 낯이 익다는 답변이 돌아왔다. 그래서 그와 동시에 그 관리와 교우 관계가 있는 다른 관리들과도 대질을 시켜 보았다. 결과적으로 그 중 한 명이 바이냥냥을 숨겨 주고 있었다는 사실이 밝혀졌다.

"좀 허탈할 정도네요. 그나저나 도대체 그렇게까지 해서 감춰
줘야 할 이유가 뭐였을까요?"

"그 관리들은 대마를 즐겨 피우고 있었지. 아편 비슷한 종류
의 찌꺼기도 남아 있었다던걸."

"아하…."

마오마오는 납득했다. 의존성 높은 마약을 한번 피우기 시작
한 자는 그것을 손에 넣기 위해서라면 무슨 짓이든 다 한다. 약
을 끊기 위해서는 어마어마한 각오가 필요하다.

"위험한 약에 손을 대지 말라는 교훈이로군요."

"네가 할 소리는 아닐 텐데?"

바센의 의문에 찬 표정을 무시하고, 마오마오는 금세 오늘은
또 무슨 약을 만들어 볼까 하는 쪽으로 생각을 돌렸다. 바센도
마오마오에게 이 이야기를 전달하러 왔을 뿐일 테니 더는 볼
일이 없을 터였다. 오른손 상처는 이제 다 나았는지 붕대도 푼
상태였다. 바센이 직접 오기보다는, 오히려 편지나 다른 심부
름꾼을 보내도 상관없었을 거라는 생각이 들었다. 기녀에게 겁
을 잔뜩 먹고 있는 주제에 굳이 직접 올 필요도 없었을 텐데 말
이다.

하지만 바센은 이야기가 끝났는데도 일어나려 하지 않았다.
입을 우물거리며 마오마오 쪽을 흘끔흘끔 쳐다보기만 할 뿐이
었다.

"…왜 그러시죠?"

"아니, 그…."

무슨 일일까, 하고 생각하긴 했지만 깊이 캐묻고 싶진 않았다. 어차피 귀찮은 일일 게 뻔하고, 무엇보다 진시가 얽혀 있는 문제라면 더욱 알고 싶지 않다.

서도에서 헤어진 이후 마오마오는 진시를 만난 적이 없다. 바이냥냥 일로 편지를 보냈을 뿐이었고, 돌아온 답장 역시 매우 사무적이었다.

'아무 일 없었던 걸로 해 줬으면 좋겠다.'

그게 가장 평화로운 방법이라고 마오마오는 생각한다. 하지만 평화를 바라면 바랄수록 세상일은 더 꼬이는 법이다.

바셴은 우물쭈물하기를 그만두고 단호하게 고개를 들었다. 그리고 뭔가 결심한 듯한 눈빛으로 마오마오를 바라보며 입을 열었다.

"질문이 있는데, 여성의 경우 월경이 오지 않으면 아이를 임신했다고 봐도 좋은가?"

"……."

갑자기 무슨 소리를 하려나 했더니, 이 인간이. 마오마오가 흰 눈을 뜨고 쳐다보자 바셴이 입술을 이리저리 뒤틀다 점점 얼굴을 붉혔다. 순진하기 짝이 없는 그 반응에 오히려 마오마오가 더 난감해질 지경이었다.

방금 여자가 임신했다는 이야기를 했는데, 혹시 어디 사는 나쁜 여자에게 걸려 속고 있는 건 아닌가 하는 생각이 들었다.

'불가능한 것도 아니지.'

살짝 나사가 빠져 있는 사내다. 주는 술을 받아먹다가 하룻밤의 실수를 범하는 인간은 얼마든지 많다. 바센의 직함이라면 술을 먹이고 싶어 하는 여자들도 매우 많을 것이다.

이건 놀리면 안 되는 이야기 같다고 마오마오는 생각했다.

"…바센 님, 설령 속아 넘어갔다 해도 끝까지 책임을 져야 남자라고 할 수 있습니다."

바센은 의아한 표정으로 마오마오를 쳐다보았다.

"정말 자신의 아이가 맞다면 책임을 지셔야 합니다. 하지만 그렇다고 상대가 속이려 하는 것도…."

"잠깐만 기다려. 지금 무슨 얘길 하는 거야?"

"바센 님이 어떤 여자를 임신시킨 것 아닌가요?"

"아니야!"

바센은 바닥을 주먹으로 쾅 내리쳤다. 마오마오가 저도 모르게 붕 떠오를 정도로 엄청난 진동이었다. 오른손으로 내리쳤기에, 혹시 또 상처를 입으면 어쩌나 걱정이 된다.

"그럼 왜 그런 걸 물으시죠?"

"그, 그건…."

바센은 또다시 입을 우물거렸다. 그러고는 주위를 두리번거리더니 마오마오의 귓가에 속삭였다.

"리슈 비전하 일이다."

"⋯⋯."

마오마오는 바센을 응시했다.

'아니, 설마⋯.'

하기야 그때 두 사람에게서는 묘한 분위기가 느껴졌다. 리슈 비도 바센도, 각자 자신의 입장을 생각하지 않는다면 그리 싫지는 않은 듯한 느낌이었다.

'아니, 잠깐. 도대체 언제?'

그럴 여유가 있긴 있었던가. 물론 24시간 내내 두 사람을 감시하고 있었던 것도 아니니 완전히 부정할 수도 없다. 하지만 그런 눈치는 없었던 것 같은데, 하고 마오마오는 생각을 바꿨다.

그런저런 생각을 하는 동안에도 마오마오는 마오마오 나름대로 혼란에 빠져 있었던 모양이다. 약서랍을 뒤져, 약이 든 봉투를 꺼내 바센 앞에 내려놓으며 이렇게 말했으니 말이다.

"비교적 해가 없는 낙태약입니다."

기녀들에게 파는 품질의 물건이다.

"힘 조절을 할 수 있을지 어떨지 자신이 없는데, 한 대 때려도 되겠습니까?"

바센이 드물게도 정중한 말투로 말하는 걸 보니 오히려 정말 화가 난 모양이었다. 이 사내의 무지막지한 힘으로 얻어맞으면 마오마오 따위는 뼈도 못 추릴 게 뻔하다. 마오마오는 가만히 약을 제자리에 돌려 놓았다.

바센은 어흠, 하고 헛기침을 하고는 수치와 분노로 시뻘게진 얼굴을 진정시키기 위해 다 식은 차를 마셨다.

"그게, 그분이 그렇다는 이야기 말인데."

고유명사를 입에 담는 일을 피하려는지 바센은 매우 애매한 말투로 이야기를 시작했다.

"어떤 장소를 장기간 떠나 계시는 바람에, 그곳에 들어가기 전과 똑같은 일을 해야만 한다고 한다."

어떤 장소란 후궁을 가리키는 말이리라.

"아하, 그렇게 된 일이었군요."

마오마오는 무릎을 탁 쳤다. 후궁에 들어가기 위해서는 몇 가지 조건이 있다. 남자가 환관이 되어야만 하듯, 여자 역시 반드시 해야 하는 일이 있다. 남자만큼 어려운 일은 아니다. 하지만 후궁에 들어가기 전에 임신을 하고 있는 상태만은 피해야만 한다. 따라서 후궁에 들어갈 때는 월경이 왔다는 사실이 확인되어야만 입궁이 가능하다.

예외적으로 잠시 귀가가 허락되는 때도 있지만, 그것은 대부분 결혼을 앞두고 인사를 하러 가는 경우다. 그때는 상대의 이름도 기록되므로, 설령 임신을 했다 해도 그쪽에서 해결할 수 있으며 대부분 아이가 태어나기 전에 후궁 일을 그만두게 된다.

두 달 가까이 후궁을 떠나 있었고, 심지어 입장도 상급 비이다 보니 리슈 비는 입궁 전에 밟았던 절차를 다시 한번 밟아야 하게 된 모양이었다.

그러나 서도에서 돌아온 지 벌써 한 달 이상의 시간이 지났다.

"월경이 늦어지고 있다는 말씀이신가요?"

바센이 거북한 표정으로 고개를 끄덕였다.

"리슈 비전하의 경우 원래 나이가 어려 불안정하셨고, 긴 여행의 피로를 생각하면 다소 늦어지더라도 문제는 없을 거라고 생각합니다."

하지만 그것은 어디까지나 건강 면의 이야기다. 바센이 이렇게 리슈 비의 사적인 일을 알고 있는 걸 보니 다른 문제가 또 있다는 말이 된다.

아무리 그래도 황제의 상급 비인데, 후궁 밖의 일로 임신의 징후를 보일 경우 도대체 어떻게 될까. 그리고 이번에 리슈 비가 밖에 나간 이유란 게 왕제인 진시에게 하사될지 말지를 정하기 위해서였다. 바센이 알고 있다면 당연히 진시의 귀에도 들어갔으리라.

'정말 운이 없는 사람이군.'

당사자에게는 아무 문제도 없는 만큼 마오마오는 그저 동정하는 수밖에 없었다. 그렇지 않아도 주위에서 무시만 당하며 살아왔는데, 느닷없이 나온 진시와의 혼담 때문에 타인의 적대적인 시선을 피할 수가 없게 되었으니 말이다.

하지만 임신 이전에, 리슈 비는 우선 그 이전의 과정을 거치지 않았으니 아예 얘기가 되질 않는다. 황제와의 초야도 아직 치르지 않았다.

그렇다면 이 사내가 무슨 말을 하고 싶은 건지 마오마오는 대략 알 듯한 기분이 들었다.

"혹시 리슈 비전하가 결백하다는 사실을 증명하면 되는 건가요?"

마오마오의 말에 바셴은 노골적으로 환한 표정을 지었다.

"해 주겠단 말이야?"

"네. 하지만 그러면 제가 다시 한번 궁정에 들어가야만 합니다. 의관이라면 몰라도 일개 약사를 들여보내 줄지 어떨지…."

"그 부분은 괜찮다. 이미 의관장에게 말을 해 놓았으니. 게다가 뤄먼 님도 같이 계셔 주실 테고."

이야기가 빠르다. 사후 승낙을 받기 위해 찾아온 모양이었다. 양아버지 뤄먼이 나서는 이유는 돌팔이 의관만으로는 통 미덥지 못하지만, 그렇다고 남자 의관을 끌어들이는 데에는 저항이 느껴지기 때문일까. 아무튼 때마침 적절한 인재라는 점은 분명하다.

마오마오는 오랜만에 아버지를 만날 수 있다는 생각에 가슴
이 두근거렸다. 리슈 비에게는 미안하지만 마오마오에게는 기
쁜 소식이었다.

벌써부터 들뜬 마오마오 쪽은 개의치도 않고, 바센은 여전히
심각한 표정만 짓고 있었다.

그 점을 더 캐물어야 했을지도 모르겠지만 마오마오는 그때
깊이 생각하지 않았다.

다음 날 궁정에서 사자가 왔다. 평소와 다름없이 약방은 사젠
에게 맡겼다.

"빨리 돌아와야 해."

무슨 애완견도 아니고, 항상 왜 이러는지 모르겠다. 장 구경
하고 오라고 쵸우를 미리 우쿄와 함께 내보내 놔서 정말 다행
이었다. 아무리 그래도 궁정에 데려갈 수는 없었기에, 녹청관
할멈에게 이야기를 해 놓았던 것이다.

쵸우가 없는 대신 고양이 마오마오가 자꾸 따라오려 했지만
목덜미를 붙잡아 사젠의 머리 위에 올려놓았다. "덥잖아." 하고
투덜거렸지만 그리 싫지도 않은 듯, 사젠은 고양이의 하얀 배
털 촉감을 만끽하고 있었다.

궁정에 출사할 때는 제대로 된 복장을 갖추라며 늘 새 옷을
받았기에 득 보는 기분이다. 한 번 입었다고 도로 빼앗아 가는

옷도 아니었기에 항상 이 이후에는 헌 옷 가게에 팔거나, 기녀들 사이에 경매를 붙인다. 늘 받는 의복에 더해 이번에는 하얀 겉옷도 한 벌 준비되어 있었다. 의관복 대신인 모양이었지만, 이 계절에 옷을 여러 겹 겹쳐 입는 건 너무 덥다.

이렇게 마오마오가 불려 가게 된 걸 보니 오늘 시점에서도 아직 월경이 시작되지 않은 모양이었다. 일단 혈액 순환을 촉진하는 온경탕溫經湯을 준비해 놓았다. 그 외에도 여러 가지 약이 있지만 비교적 부작용이 적은 쪽으로 골랐다. 물론 마오마오보다 훨씬 경험이 풍부한 뤄먼이 준비하지 않았을 리가 없지만, 환관인 뤄먼보다 일단은 같은 성별인 마오마오가 가져가는 편이 더 마음 편히 복용할 수 있으리라는 배려였다.

마차는 궁정 안으로 들어가 후궁 앞에 멈췄다. 예전에 황태후인 안시에게 불려 갔던 궁과 비교적 가까운 곳이었다.

마오마오는 더위를 참으며 하얀 겉옷을 걸치고 마차에서 내렸다.

황태후궁과 황후궁의 한가운데에 있는, 비교적 조그마한 궁이었다. 옛날에 지금 후궁이 생기기 전 비들이 사는 공간으로서 지어진 곳인 듯했다. 작년에 방문했던, 선제가 살았다는 건물은 이미 오래전에 해체되었다. 그래서 주위 경치가 다소 살풍경해 보였다.

궁 앞에는 온화한 표정의 의관이 서 있었다. 손에는 지팡이를 짚고 있다.

"왔구나."

의관, 즉 뤄먼은 한쪽 다리를 조심하며 마오마오에게 다가왔다. 편지를 주고받긴 했지만 얼굴을 직접 마주 보는 건 거의 반년 만의 일이었다.

뤄먼 외에도 의관으로 보이는 남자가 두 명 더 있었다. 의관이기 때문일까, 아니면 리슈 비를 배려하기 위해서일까, 두 사람 다 몸집이 작고 위압감이 별로 없는 노인들이었다.

"들어오시지요."

이들을 맞이하러 나온 사람은 후궁에서 리슈 비의 시녀였던 여자들 중 한 명이었다. 낯은 익지만 이름은 모른다. 하지만 상대방 쪽에서는 마오마오의 얼굴을 기억하고 있었는지 작게 혀를 차는 소리가 들렸다.

늘 있는 일이지만 아직까지도 태도가 불량하다. 오히려 더 악화된 것 같은 느낌이다.

"이쪽으로 오십시오."

시녀는 일행을 데리고 갔지만, 묘하게 길을 빙 둘러 가는 기분이었다. 우선 2층으로 올라갔다가, 거기서 3층으로 갔다가, 또 거기서 가장 안쪽에 있는 방으로 들어가나 했더니 "죄송합니다. 방을 옮겼다는 사실을 깜박 잊었습니다."라고 뻔뻔하게 말하는 게 아닌가.

'우릴 그렇게 괴롭히고 싶은 건가?'

같이 있는 의관 세 사람은 모두 영감님이며 온화한 얼굴들을 하고 있으니 만만하게 보는지도 모른다.

결국 마오마오 일행이 안내받아 간 곳은 궁 1층의 가장 안쪽 방이었고, 지극히 평범한 비들의 방이라는 인상이 느껴졌다. 물론 평범하다고는 해도 기준이 비의 방이기 때문에, 일반인은 평생 돈을 벌어도 살 수 없는 장식품들이 가득했다.

천개가 달린 침대에 리슈 비가 누워 있고, 옆에서는 낯익은 시녀장이 거북한 표정으로 서 있었다. 아무리 노인이라고는 해도 남자인 의관을 보고 한순간 경계하는 자세를 취했다가, 그 뒤에 따라 들어오는 마오마오를 보고 다소 안심한 듯 보였으나 결국 다른 의미에서 또다시 경계하는 느낌이었다.

"저희만으로는 문제가 있다고 여겨져, 대신할 자를 데리고 왔습니다."

뤄먼은 그렇게만 설명한 뒤 마오마오에게 눈짓을 했다.

리슈 비는 회임 의심을 받고 있다. 설령 그렇지 않더라도, 상급 비이면서 황제 이외의 누군가와 무슨 일이 있었을 경우 그 목숨은 없다고 보는 편이 좋을 터였다.

'그런 일은 불가능하겠지만 말이지.'

우선 리슈 비만큼 앞뒤가 똑같은 사람이 무슨 비밀을 유지할 수 있을 리가 없다. 만일 그런 일이 있었다면 마오마오는 말할 것도 없고, 무엇보다 내내 함께 행동하던 아둬가 먼저 알아차렸으리라. 물론 반드시 그렇다고는 할 수 없지만.

그런 연유로 겁에 질려 어쩔 줄 몰라 하는 비 앞에 선 마오마오는 두 손을 들고 손가락을 꿈틀꿈틀 움직였다.

가장 손쉽고 빠른 길. 그것은 리슈 비가 성 경험이 없는 처녀라는 사실을 알아내는 일이다. 마오마오 같은 유곽 출신은 그 방법을 얼마든지 알고 있다.

"후딱 끝내 버리지요. 그러는 게 편하실 겁니다."

"앗, 잠깐…. 시, 싫어, 아아앗!"

"괜찮습니다. 침대 나뭇결이라도 세다 보면 금방 끝날 테니까요."

"뭐? 앗, 아아?!"

리슈 비는 손을 뻗어 시녀장에게 도움을 요청했으나 마오마오가 침대 장막을 쳐 가로막아 버렸다. 아버지를 포함한 노의관들은 모두 배려해 주려는지 방 한구석에 서서 등을 돌리고 있었다.

한동안 방 안에는 리슈 비의 소리가 되지 못한 소리가 울려 퍼졌다.

"더 말할 필요도 없이 결백합니다."

마오마오는 천연덕스러운 표정을 지으며 수건으로 손을 닦았다. 침대에는 힘이 다 빠져 축 늘어진 리슈 비가 누워 있었고,

그 옆에서 시녀장이 어쩔 줄 몰라 하고 있었다. 동성이니 별문제 없을 테고, 교쿠요 황후가 회임했을 때 아이가 거꾸로 들었는지를 판단할 때와 비슷할 거라고 생각했는데 분만 경험이 있는 여성과 처녀를 똑같이 취급해서는 안 되는 모양이었다. 전에 대욕탕에서 전신 제모를 했을 때보다 훨씬 더 피로가 격심한 일이다.

"마오마오, 살살 좀 하려무나."

이제 와서 말해 봤자 늦은 소리지만 뤄먼이 말했다. 뒤에 있던 노의관 두 사람도 민망한 표정을 짓고 있었다.

일이 끝났으니 이젠 천천히 보고서를 쓰기만 하면 되겠지, 하고 생각한 그 순간이었다.

"실례합니다."

여자 목소리가 들렸다.

문이 열리고 리슈 비에게 딸린 시녀 세 사람이 들어왔다. 그 중심에 있는 인물은 예전에 진시에게서 주의를 받았던 전 시녀장이었다. 여전히 심술궂은 표정을 짓고 있었는데 오늘은 유난히도 더 심술궂어 보이는 얼굴이었다.

"무슨 볼일이시죠?"

현 시녀장이 물었다. 입장으로 따지자면 이쪽이 위일 테지만, 지금의 시녀장은 본래 독 시식 담당 출신이다. 전 시녀장을 보고 위축되는 것도 그리 놀라운 일은 아니다.

전 시녀장은 그런 현 시녀장을 무시했다. 그리고 노의관들과 마오마오 쪽을 돌아보았다.

"비전하의 결백이 증명되었나요?"

"네, 지금 막 조사를 마친 참입니다."

뤄먼이 대답했다. 전 시녀장은 마오마오 쪽으로 시선을 돌렸다.

"하지만 거기 있는 그 여자가 조사한 것 아닌가요? 본래 비전하와 알고 지내던 자에게 일을 맡기면 문제가 되지 않을까요?"

마치 마오마오가 리슈 비를 감싸기 위해 일부러 거짓말을 하고 있다는 듯한 말투였다. 그 태도에는 솔직히 화가 치밀었다.

"그럼 같이 조사해 보지 그래요? 그리고 조산사를 한 명 더 붙이면 금방 알 수 있을 텐데요."

마오마오의 발언에 리슈 비와 현 시녀장이 얼굴을 찡그렸다. 이 이상 더 창피한 일을 당했다가는 화병으로 죽고 말 거라고, 표정에 쓰여 있었다.

하지만 전 시녀장은 다소 거만하게 고개를 가로저었다. 전보다 훨씬 더 당당하고 뻔뻔한 자세였다. 예전에는 그래도 이렇게 대놓고 무시하는 태도는 아니었는데 말이다.

그 이유는 전 시녀장의 손에 들려 있었다.

"저도 솔직히 이러고 싶지는 않습니다. 하지만 이런 걸 발견해 버렸기에, 도저히 가만히 있어서는 안 되겠다는 생각에 이

곳을 찾아오게 되었습니다."

전 시녀장은 들고 있던 종이를 탁자 위에 올려놓았다. 유난히 구깃구깃한 게 시선을 끌었다.

"설마 이런 걸 비전하께서 쓰셨을 줄이야…."

그러고는 마치 여봐란 듯이 탁자 위로 비틀비틀 쓰러졌다.

그 종이에 적혀 있는 내용을 보고 마오마오는 미간에 주름을 잡았다.

"주상 전하 이외의 누군가에게 연서를 보내시리라고는 정말…."

거기에는 귀여운 글씨로, 보기만 해도 새콤달콤한 기분이 드는 문장이 적혀 있었다.

'어쩐지 길을 빙 돌아간다 싶더라니.'

맨 처음 리슈 비의 방을 찾아올 때, 시녀가 마치 괴롭히기라도 하는 듯 엉뚱한 방으로 안내한 이유가 이제야 이해가 갔다. 시간을 벌려는 의도였던 모양이다.

전 시녀장은 방 밖에 관리를 불러 놓았다. 리슈 비의 부정한 행위가 들통 나면 비를 모시는 시녀들 역시 피해를 입게 된다. 그런데 왜 이런 짓을 저질렀을까.

무엇보다 저 연서인지 뭔지를 정말 리슈 비가 직접 썼는지가 마음에 걸렸으나 이미 필적 감정이 끝나고 비의 필체라는 사실

330

이 확인되었다.

비에게 진위를 물을 틈도 없이 마오마오 일행은 궁에서 쫓겨났다.

전 시녀장은 사실 마오마오가 조사하기 전에 먼저 도착하고 싶었던 모양이지만, 그건 시간을 벌 수 없었던 탓에 실패했다. 그래서 강경 수단을 동원했던가 보다.

쫓겨난 마오마오 일행은 우선 궁정의 의국으로 돌아갔다.

마오마오는 본래 외부인이고, 뤄먼과 다른 두 의관도 그리 기가 센 성격은 아니다. 이게 끝이라고 하니 고분고분 물러나는 수밖에 없었다.

우선 보고서 비슷한 무언가라도 써 두기로 했다. 마오마오의 증언은 신뢰할 수 없다고 전 시녀장은 말했으나, 믿고 안 믿고를 결정하는 사람은 그 인간이 아니다. 최소한 여기 있는 노의관들은 리슈 비의 반응을 보고 마오마오의 판단이 틀림없다고 여기고 있는 듯했다.

"그나저나 그 방식은 너무 노골적이던데."

노의관 1이 입을 열었다. 홀쭉하고 껑충하니 키가 커, 마치 고목을 연상케 하는 체구를 지닌 인물이었다.

"그래. 보는 사람이 다 민망해서 견딜 수가 있어야지."

노의관 2가 대꾸했다. 이쪽은 퉁퉁한 손가락을 가진, 둥글둥글한 체형의 소유자다.

뤄먼은 나이로만 따져 보면 이 둘과 그리 큰 차이가 나지 않지만 어쨌거나 신입이기에 차를 준비했다. 마오마오가 도우려 하자 뤄먼은 "보고서나 빨리 써 두렴." 하고 의자에 눌러 앉혔다.

"옛날부터 그런 패들이 후궁에 많긴 했지만, 지금도 건재하다고 생각하니 너무 싫어서 소름이 끼칠 정도야."

"그러게나 말이야. 여자들이 다 나쁘다는 건 아닌데 아무래도 한곳에 모여 있으면 공기가 탁해질 수밖에 없어. 궁정도 그 점에서는 마찬가지지."

두 의관의 대화를 듣고 있던 마오마오가 고개를 갸웃거렸다.

"두 분 다 환관은 아니시죠?"

마치 후궁에 있었던 적이 있는 듯한 말투였다.

"아, 후궁에 있긴 했지만 거세를 당하진 않았어. 당하기 전에 도망쳤거든."

"옛날엔 의관은 환관이 아니어도 후궁에 들어갈 수 있었으니까. 대신 매번 이상한 약을 강제로 먹어야만 했지만."

'아하….'

마오마오는 떠올렸다. 후궁에서 가장 큰 추문이라 하면 수십 년 전 일어났던 사건이 있다. 의관이 후궁 궁녀에게 손을 대서 아이를 임신하게 만든 일 말이다. 당시 선제가 저지른 일을 후궁 의관에게 강제로 누명 씌웠던 그 일은, 의관이 태어난 아이와 함께 추방당함으로써 해결되는 형태로 마무리되었다.

그러고 보니 지금은 후궁에 의관이라고는 돌팔이 한 명뿐이지만 당시에는 그 몇 배나 되는 규모를 자랑했다고 한다. 굳이 환관이 될 필요가 없다면 그 외에도 의관이 몇 명 더 있는 건 당연한 일이었으리라.

"덕분에 도망이 늦었던 나는 이 꼴이 되고 말았지만."

뤄먼이 쟁반에 찻잔을 올려서 가지고 왔다.

"먼은 너무 태평한 게 문제야."

"그러게. 덕분에 우리는 살았지만."

노의관 둘은 즐거운 듯 웃었으나 뤄먼은 난처한 표정을 짓는 수밖에 없었다. 호칭도 그렇고, 옛날부터 친하게 지내던 사이인가 보다.

"아가씨는 먼의 수양딸이라고 했지? 그러면 그건가? 그 괴짜…."

그 순간 마오마오의 얼굴이 붉으락푸르락 일그러짐을 넘어 뒤틀리는 모습을 보고 뚱뚱한 의관은 입을 다물었다.

"음, 이 나이대 아가씨들한테는 흔히 있는 일이지. 그렇게 싫어하는 사람 얘기는 그냥 하지 말자고."

분위기를 파악한 말라깽이 의관이 대충 이야기를 마무리 지었다. 역시 연륜이라고나 해야 할까, 눈치가 빨라 정말 다행이었다.

"아무튼 원래 하던 이야기로 돌아가서 그런 패거리는 옛날부터 많았어."

"암, 그럼. 혼란한 시대였지."

아직 여제가 통치하던 시절, 여자들은 서로를 밀어내기 바빴다. 관리들도 계속 실력주의로 뽑았으니, 후궁 또한 그 이질적인 공간 속에 궁정의 축소도를 구현한 셈이었다.

"간첩도 많았다나 봐."

"간첩?"

비들끼리도 마찬가지로 경쟁이 심했는지, 하녀를 시켜 내정을 몰래 알아보고 오게 만들곤 했다고 한다.

"가끔 시녀들도 배신하는 경우가 있었고 말이지."

현 상황에 불만이 있는 시녀를 꼬드겨, 자신의 수하로 삼는 일도 있었다. 때로는 부모의 힘을 빌리기도 하고, 또 상대방 부모의 약점을 잡기도 하는 등 후궁 내의 서열은 정신없이 뒤집혔다.

"특히 지금 황태후께서 회임을 하셨을 때는 대단했지. 질투에 미친 비들이 사람 한 명을 죽이려고 온갖 일들을 다 저질러 댔으니."

"그래, 맞아. 여제에게 보호를 받기 전까지 어떻게 살아남았는지 신기할 정도야."

"그건 엄청난 시녀가 한 명 붙어 있었던 덕분이야. 얼마나 유능했는지, 자객까지 회유할 정도였다잖아."

'무슨 소설도 아니고….'

마오마오는 어이없는 기분으로 차를 마셨다.

"참 오랜만에 봤어, 그렇게 불쾌해지는 풍경."

그 말을 들은 마오마오는 한 가지 의문을 느끼고, 그것을 이야기했다.

"이야기를 듣다 보니 리슈 비전하를 실각시키려 하는 건, 다른 비전하들의 사주라는 말씀으로 들리는데요?"

"아닌가? 그렇지 않고서야 자기가 모시는 분을 저렇게까지 함정에 빠뜨릴 리 없을 텐데."

듣고 보니 그런 것 같기도 했다. 지금까지는 비 개인을 괴롭히는 영역에서 벗어나지 않았다. 하지만 이번에는 다르다. 명백히 실각을 노린 행동이었다.

그렇게 되면 시녀들도 후궁에서 쫓겨나 일자리를 잃게 될 테고, 여차하면 비와 똑같이 처벌을 받을지도 모른다.

"하지만 아무리 그렇다 해도 너무 얄팍한 생각 아닌가요?"

마오마오의 의문에 노의관 두 사람은 얼굴을 마주 보며 웃었다.

"먼이 키운 아이라면 너도 꽤 똑똑한 축이겠지. 하지만 세상에는 너처럼 매사를 똘똘하게 판단할 줄 아는 사람이 많지 않아."

말라깽이 의관이 마오마오를 타이르듯 말했다.

"그런 사람도 있다는 건 아는데요."

하지만 아무리 그래도 도가 지나치다.

"그런 사람들은 말이다, 자신의 장래보다 고집이 앞서고 마는 거야. 처음에는 상대가 마음에 들지 않는다는 이유로 사소한 시비를 걸지. 그리고 그랬다가 반격을 받으면 더욱 화가 나게 되고."

"하지만 자기 입장을 생각해 보면 아무래도 움츠러들 수밖에 없지 않을까요? 상급 비를 상대로 일개 시녀가 주제넘은 행동을 하는 건⋯."

마오마오가 반론했다.

"응, 그래서 그런 거야. 어렵사리 억눌렀던 그 감정을 부추겨 주는 누군가가 있다면, 인간은 생각보다 쉽게 홀랑 넘어가게 되어 있어."

간첩은 그렇게 간단히 만들어진다.

"하하하하, 자넨 참 그런 얘기 좋아해. 전에도 그랬잖아, 그 소문의 하얀 선녀님을 보고 타국에서 보낸 첩자랬나, 뭐랬나."

뚱보 의관은 찐빵을 베어 물며 웃었다. 뤄먼은 온화한 미소를 지으며 차를 마셨지만, 그 눈빛 깊은 곳에서는 리슈 비에 대한 동정심이 엿보였다.

"무얼, 아가씨가 제대로 서류를 써서 제출해 주기만 하면 그 어린 비전하도 별문제 없을 테지."

그런 뤄먼의 걱정을 씻어 주려는 듯 뚱보 의관이 말했다.

"하지만 연서가 있어서….

뤄먼의 걱정은 끝나지 않았다.

"무얼, 그 나이대 아가씨들한테는 자주 있는 일이지. 망상에 잠겨 연서를 쓴다 한들 무슨 문제겠어. 하지만 세상 그렇게 창피한 일도 없을 테고, 아무래도 입장 때문에 문제가 되겠지. 주상께 보낼 편지를 연습한 거라고 말하면 문제도 없을 게야. 설령 썼다 한들 대체 누구한테 보낼 수 있겠나? 비전하들이 쓰는 편지는 전부 검열되는데."

"그건 그렇지만요….

마오마오는 왠지 유난히 자신만만하던 전 시녀장의 모습이 자꾸 마음에 걸렸다.

"그런데 마오마오."

"왜?"

뤄먼은 조마조마한 표정으로 밖을 내다보고 있었다.

"매번 간식 시간이라면서 이곳을 찾아오곤 하는 사람이 있는데, 정말 여기 있어도 되겠니?"

마오마오는 그 말을 듣자마자 자기 몫의 차를 훌쩍 다 마셔 버렸다.

의국 밖에서 기묘한 아저씨 목소리의 콧노래가 들려오고 있었다. 마오마오는 재빨리 짐을 챙기고, 입구 반대편 창을 열었다.

"그럼 먼저 가 보겠습니다."

"말괄량이네."

말은 그렇게 하면서도 노의관 두 사람은 마오마오를 말리려 하지도 않고, 이제 곧 찾아올 태풍을 피할 준비를 하고 있었다.

마오마오가 밖으로 나감과 동시에 문을 쾅 열어젖히는 소리가 들렸다.

"숙부님~! 계단고鷄蛋糕* 가져왔어! 같이 먹자!"

간식 이름을 말한 인물은 외알 안경의 괴짜가 분명했기에, 마오마오는 그 이상 의국에 앉아 있을 이유가 없었다.

'그나저나….'

정말 이걸로 리슈 비 문제가 해결되긴 한 걸까 하는 불안이 남는다. 더 큰 문제로 발전하지 않는다면 다행인데 말이다.

그리고 마오마오의 나쁜 예감은 항상 현실이 되곤 한다.

※계단고 : 카스텔라.

며칠 후, 사젠이 불온한 소식을 가지고 왔다. 어쩔 줄 몰라 하는 표정으로 약방에 고개를 들이밀고는 할 이야기가 있다고 하기에, 무슨 일인가 했더니 리슈 비에 대한 화제였다.

"후궁의 비가 다른 남자와 밀통을 했을 경우, 처형 받게 되는 거야?"

대뜸 그런 말부터 하기에 마오마오는 "뭐어?" 하고 저도 모르게 상대를 깔보는 듯 목소리를 높이고 말았다. 그 반응에 사젠은 울컥 화가 치밀었는지 약방 마룻바닥에 털썩 주저앉았다.

"그래서 어떻다는 거야? 난 세상 물정 모르는 인간이니까 좀 가르쳐 달라고."

안광으로 찌르는 듯한 눈이었다. 마오마오는 자신의 태도가 무례했다고 생각을 고쳐먹었다. 이 남자는 본래 시 일족을 모시던 하인이다. 일족 자체에 충성심이 있는 것 같지는 않지만,

러우란에게는 그래도 어느 정도 애착이 있었던 모양이다.

"부정을 저질렀다면 처형도 감당해야 하지 않겠어? 궁녀라면 몰라도 비라면서. 도대체 무슨 일이야? 그런 질문을 다 하고."

사젠은 입을 삐죽이며 시선을 돌렸다.

"시장에서 소문을 들었어. 황제가 또 다른 일족의 숙청을 시작했다고."

"혹시 그거, 우 일족 이야기야?"

"몰라. 하지만 아직 열여섯 살밖에 안 된 상급 비가 저지른 일이라는 얘긴 들었어."

"……."

마오마오는 머리를 부여잡고 싶어졌다. 심지어 이렇게 사젠의 귀에까지 들어온 이야기라면 도성에서는 누구나 다 알고 있는 화제라는 말이 된다. 마오마오는 분명히 서류를 제출하여 리슈 비가 결백하다는 사실을 증명했다. 전 시녀장이 무슨 소리를 지껄이더라도 별로 대단한 일이 벌어지진 않으리라고 생각하려 했는데.

평소였다면 진시에게 편지를 보내고 그 대응을 기다렸겠지만 지금은 그럴 여유도 없다.

"엇, 이봐!"

"약방 좀 봐 줘."

"또?!"

마오마오는 다급히 도성 북측으로 향했다. 궁정이 있는 그곳은 고급 주택가이기도 했다. 그 한 구획에는 황제의 별궁이 있고, 전 상급 비였던 아둬가 사는 곳도 있었다.

"아둬 님 계신가요?"

문지기에게 말해 보긴 했지만 그리 쉽게 들여보내 줄 리가 없다.

"면회 허가는 받으셨습니까?"

보잘것없는 차림새의 일개 약사에게도 문지기가 그렇게 정중히 물어봐 주는 건 그나마 예전에 왔던 마오마오의 얼굴을 기억하고 있었기 때문이리라. 하지만 그렇다고 함부로 들여보내 줄수도 없다.

"안 받았어요. 하지만 아둬 님을 꼭 만나고 싶어요."

"…아무래도 규칙이라는 게 있어서요. 그리 쉽게 들여보내 드릴 수는 없습니다."

미안한 표정을 짓는 문지기의 빈틈을 노려 강행 돌파를 할 수도 없었다. 그래 봤자 어차피 금세 제압당할 게 뻔하니 말이다.

"말씀 좀 전해드릴 수 없으세요?"

"…안타깝게도 지금 안 계십니다."

마오마오는 쓰디쓴 벌레를 씹은 표정을 지었다. 하지만 이대로 그냥 돌아가 봤자 아무 소용도 없다.

'스이레이는 있지 않을까?'

그 생각이 머리를 스쳤으나 마오마오는 금세 부정했다. 스이레이는 이곳에 본래 있어서는 안 되는 존재로 취급당하고 있다. 마오마오가 직접 만나러 갈 수도 없고, 만나 봤자 스이레이에게 아둬를 불러낼 권한도 없을 터였다.

"그럼 기다려도 될까요?"

마오마오는 그렇게 물은 뒤, 아둬의 귀가를 기다리기로 했다.

그 후 한 시간쯤 지났을 무렵, 마차가 별궁으로 돌아왔다.

나무 그늘에 앉아서 기다리고 있던 마오마오에게 아까 그 문지기가 다가와 친절하게 알려 주었다. 다급히 벌떡 일어나 허둥지둥 뛰어가 보니 마차 창으로 아둬가 고개를 내밀고 있었다.

"뜻밖이군. 더 냉정한 성격일 줄 알았는데."

남장미인이 차분한 표정으로 말했다.

"저도 그런 줄 알았습니다."

몇 년 전의 마오마오였다면 이렇게 아둬를 찾아오는 일도 없었으리라. 궁정에도 자정 작용은 존재하고, 황제가 리슈 비를 특히 신경 쓰고 있으니 별로 큰일은 나지 않으리라 생각했을 터였다.

하지만 지금 머릿속에는 숙청당한 시 일족의 아가씨가 겹쳐 보이고 있었다. 조금 감정적인 태도가 된 건 그 때문인지도 모른다.

"안에서 천천히 이야기하자. 이런 염천 아래에서 기다렸다면 목도 마를 테니."

"감사합니다."

마오마오는 깊이 고개를 숙인 뒤 별궁 안으로 들어갔다.

"벌써 시정에 소문이 돌고 있다니, 너무 빠른데."

아둬가 다리를 꼬고 팔짱을 꼈다. 거만해 보이는 자세지만 아둬가 하면 묘하게 잘 어울려, 그리 불쾌한 느낌이 들지 않았다.

방에는 차를 준비해 준 시녀가 있었으나 어느샌가 사라지고 없었다. 스이레이가 들어오려나 했는데 그렇지도 않았다.

마오마오는 조심스럽게 물었다.

"말씀하시는 걸 보니, 소문이 사실인가 보군요?"

"…지금은 다른 궁으로 옮겨져서 연금된 상태야."

죄인 취급까지는 받지 않았지만 그래도 갇혀 있다는 사실은 변함이 없다.

"리슈 비전하와는 이야기를 나누셨나요?"

"그래."

리슈 비는 연서를 쓴 적이 없다고 한다. 하지만 적힌 문장은 리슈 비가 직접 쓴 게 맞다고 했다.

그 말에 마오마오는 고개를 갸웃거렸다.

"모순된 말 아닌가요?"

"그렇지 않아. 그건 그냥 소설을 베껴 적은 글일 뿐이라더군."

'그랬구나.'

궁녀들이 좋아하는 소설 중에는 연애 소설이 많다. 그 글을 한 토막만 떼어 내어 베껴 적는다면 연서로 보일 수도 있을 것이다.

"리슈 비도 크게 충격을 받은 모양이야. 최근 들어 친해진 궁녀를 위해서 필사해 준 글이라는데 말이지."

"……."

마오마오는 슬며시 눈을 내리깔았다.

리슈 비에게도 조금이나마 아군이 늘어났다고 생각했었다.

글을 읽지 못하는 궁녀라면 지위가 매우 낮은 하녀일 것이다. 리슈 비는 어설프게나마 자기 나름대로 최선을 다해 친해지고자 필사를 했을 것이다. 그저 베껴 쓰기만 하면 되는 작업인 것 같지만, 의외로 품이 많이 드는 일이다. 물론 무상으로 해 준 일일 테니, 그만큼 친한 누군가가 생긴 게 기뻤던 모양이다.

'즉, 배신당했다는 말이겠지.'

어쩌면 상대는 애당초 그럴 목적으로 접근했을 수도 있다. 어쨌거나 참 음험한 방식이다.

"그럼 그 필사한 원본 소설을 제출하면…."

"그게, 후궁에서 나도는 서적들은 전부 검열이 이루어지고 있지. 그래서 항상 예비로 한 권씩은 보관해 두고 있는데, 그중에 이것과 같은 문장이 담겨 있는 책은 없었다더군."

"검열이 되지 않은 책이란 말인가요?"

"음. 검열의 눈을 피해 몰래 들여왔을 테지."

그런 게 들어왔다면 문제다. 하지만 마음에 걸리는 일이 있었다.

"리슈 비전하에게 책을 필사하게 만든 궁녀는 어디 있죠? 게다가 글을 읽지 못하는 자라면 검열의 눈을 피한 책을 손에 넣는 게 불가능하리라고 여겨지는데요."

"그 궁녀가 이제 없다면?"

때마침 리슈 비가 여행을 떠났을 무렵 백 명 정도의 궁녀들이 봉공 기간을 마치고 후궁을 나갔다. 그중 한 명이라고 한다.

"후궁을 나간 후에는요?"

"당연히 그 뒤를 쫓았지. 하지만 찾을 수가 없더군. 본래 비에게 딸린 자가 아니라, 잔심부름을 부탁하는 사이 대화를 나누게 된 사이라고 하니 말이야. 찾아내 봤자 상대가 시치미를 떼면 그만이고. 애당초 봉공 기간이 얼마 안 남은 사람을 일부러 들여보냈는지도 모르지."

계획적인 범행이라면 그 궁녀 혼자서 저지르기는 어려운 일이다. 마오마오는 하나하나 정보를 정리해 보았다. 무엇보다 일개 잡일 하는 하녀가 상급 비와 대화를 나눴다면 거기에 제일 먼저 트집을 잡을 사람은 바로 전 시녀장이다. 그걸 입 다물고 지켜봤다는 것 자체가 수상쩍다.

리슈 비의 친필로 쓴 연서를 날조하기 위해, 봉공 기간이 얼마 남지 않은 궁녀를 접근시킨다.

궁녀는 검열을 피한 서적을 들고 비를 찾아가 필사를 부탁한다.

상식적으로 생각할 때 그런 서적을 손에 넣을 수 있는 궁녀가 글을 읽지 못하는 하급 궁녀일 리가 없다.

"…누군가 다른 사람이 하녀를 시켜서 리슈 비전하에게 필사를 부탁하게 만들었다고 여겨지는데요, 아둬 님의 생각은 어떠시죠?"

마오마오는 자신의 억측만으로 판단하는 일을 좋아하지 않는다. 그래서 아둬에게 확인차 물었다.

"나도 같은 의견이다."

아둬는 마오마오의 추측에 동의해 주었다. 그리고 한 가지 더 덧붙였다.

"리슈 비의 시녀가 그 필사한 편지를 리슈 비의 방에서 봤다고 주장한 모양인데, 그 편지가 다른 장소에서 발견됐어. 심지어 후궁 밖에서."

"…다른 남자분께 보냈다는 말씀이시지요?"

그나마 본인 방에 있었다면 황제에게 보낼 편지였다고 얼버무리면 된다. 하지만 다른 남자에게 보냈다면 부정한 행위 취급을 받더라도 어쩔 수가 없다.

"음. 이게 큰 문제가 되는 바람에 지금 연금되어 있다. 상대는 어린 시절부터 비와 여러 번 얼굴을 마주한 적 있는 고용인의 아들이고. 본인은 부정하고 있지만 그놈의 집에서 편지가 발견되었다더군."

본인이 부정한다 해도 편지가 발견되었다면 유죄로 간주된다. 전 시녀장의 주장에 따르면 출가 후 돌아와 다시 입궁할 때 둘 사이에 무슨 일이 생겼을 수 있었다고 한다. 그러니 꼭 조사해 달라고, 콧김을 거칠게 내뿜으며 말했다는 모양이다.

리슈 비를 완전히 배반한 셈이었다.

'아니, 설마 그럴 리가. 게다가….'

"도대체 어떻게 보냈단 말인가요? 보통 친정에 보내는 편지도 어느 정도는 검열이 들어갈 텐데요."

그래서 예전에 목간을 약품에 담가, 그것을 암호로 삼는 방식이 이용된 적 있었다. 교쿠요 황후도 친정에 보내는 편지에 다양한 정보를 숨겨 두었으나, 거기에는 전부 완곡한 암호가 사용되었다.

"그 집에서 나온 편지는 아주 작게 접혀 있었다고 해. 친정에 보내는 짐 속에 숨겨 넣으면, 그 아들이 맨 처음 짐을 받아서 재빨리 빼냈다는 말이지."

불가능한 일은 아니다. 하지만 왠지 위화감이 느껴진다.

머리가 뒤죽박죽 혼란에 빠지는 건 갖고 있는 정보가 온통 아뒤에게서 들은 이야기뿐이기 때문일지도 모른다. 마오마오는 실제 당사자에게서 이야기를 들어 보고 싶은 생각이 들었다.

"누군가, 리슈 비전하… 아니, 그 아들이라는 사람이라도 직접 만나 볼 수 없을까요?"

마침 그때였다.

문을 두드리는 소리가 나고, 하인이 조심스럽게 얼굴을 내밀었다.

"왜 그러지?"

아뒤가 묻자 하인은 곤란한 표정으로 마오마오를 쳐다보았다.

"바센 님이라는 분께서 마오마오 님을 찾아오셨습니다."

그야말로 일부러 노린 듯한 등장이었다.

들어온 바센은 아뒤에게는 인사를 하는 둥 마는 둥 하고 마오마오를 끌고 나갔다.

"도대체 무슨 일이시죠?"

마오마오는 일단 물었다. 바센은 마차도 없이 말을 타고 찾아왔다. 이렇게 마오마오를 뒤에 앉히고 달려가는 모습은 거리에서는 상당히 눈에 띈다. 마오마오는 머리에 천을 뒤집어써서 얼굴을 가렸다.

"리슈 비전하 이야기는 들었지?"

"네."

"그럼 알지 않겠어? 어떻게든 무죄를 증명할 방법은 없나?"

바센이 무슨 말을 하려는지는 이해가 됐다. 하지만 한 가지 마음에 걸리는 일이 있었다.

"나는 면회가 불가능해. 그래서 대신할 사람을 세우라더군."

부정한 행위를 저질렀다는 이유로 연금을 당했다면 당연히 남자와의 면회는 어려울 터였다.

마오마오로서는 마침 잘된 상황이긴 했지만, 조금 신경 쓰이는 부분이 있었다. 그래서 마오마오는 이 저돌맹진猪突猛進하는 사내에게 살짝 심술궂은 말을 던져 보기로 했다.

"그것은 진시 님의 명령인가요?"

"…내 판단이다."

"그렇군요."

아무래도 마음에 걸린다고 마오마오는 생각했다. 하지만 말 위에서 상대의 기분을 상하게 하는 건 위험했으므로 지금은 입 다물고 있기로 했다.

리슈 비는 얼마 전 또다시 다른 곳으로 이동했다. 전에는 그나마 비 취급을 받았는지 후궁에 비교적 가까운 궁이었던 데 반해, 이번에는 서측으로 옮겨져 있었다. 궁이라기보다는 탑에 가까운 건물이었다. 사원의 탑과 비슷하게 생겼지만 규모는 상당히 크다. 육각형 건물에는 여러 겹의 지붕이 씌워져 있었다. 색채는 수수하지만 그 때문에 더욱 중후한 느낌이 든다. 주위를 둘러싼 울타리 같은 거목들 역시 그런 인상을 더해 주었다.

건물로서는 웅장하지만, 비의 거처라고 하기에는 다소 검소한 느낌이 들었다.

무엇보다 입구에서 건장한 남자들이 감시를 하고 있었다.

"여제가 다스리던 시절, 여제를 거역한 유력자들은 이곳으로 끌려왔지. 불치병에 걸렸기 때문에 최신 의료 기술로 치료한다는 명목으로 말이야. 선제의 형님 되시는 분들도 돌림병에 걸리셨을 때 이리로 끌려왔다더군. 그리고 모두 이 안에서 숨을 거두었지."

'복잡한 과거가 있는 장소였군.'

마오마오는 한마디 내뱉고 싶은 것을 꾹 참았다. 그런 일화를 들으니 중후하던 분위기가 확 달라져, 그냥 음침한 감옥으로 바뀌고 말았다.

'이건 황제의 칙명인가?'

황제는 황제 나름대로 리슈 비를 신경 써 주고 있다고 생각했다.

"증거만 뒤집으면 여기서 나갈 수 있을 거야."

즉, 리슈 비의 이야기를 듣고 진실을 파헤치라는 말인 듯했다.

이 점에서는 마오마오와도 의견이 일치한다.

하지만 한 가지 확실하게 확인해 둬야만 하는 일이 있었다.

마오마오는 머리에 뒤집어쓰고 있던 천을 벗고 바센을 똑바로 쳐다보았다.

"저는 바센 님이 말씀하시는 대로 행동하겠습니다. 이런 저라도, 리슈 비전하가 받으시는 처사는 너무하다고 생각합니다."

마오마오에게도 정이라는 것이 조금이나마 존재한다. 리슈 비에 대해서는, 처음에는 그저 얄미운 공주님이라고 생각했지만 너무나 불행한 그 팔자를 몇 번이나 목격하고 나니 아무래도 동정심을 느끼지 않을 수가 없었다.

마오마오가 어느 정도 리슈 비의 역성을 들어주는 건 별문제가 없다. 후궁에 있을 때라면 교쿠요 황후 앞에서 너무 대놓고 참견할 수는 없었겠지만 지금은 다르다.

하지만 바센은 어떨까.

"하지만 이건 진시 님의 명령이 아니라 바센 님의 독단이신 거죠?"

"그래."

"그런 일을 꼭 하셔야 하는 이유가 있나요?"

마오마오의 질문은 아주 당연한 말이었다. 지나치게 당연한 나머지 마음에 걸렸는데도 차마 물을 수가 없을 정도였다.

"결백한 비전하가 붙잡혀 계신데 구출하려 하는 건 당연한 일 아닌가?"

"비전하가 결백하시다는 사실을 어떻게 아시죠?"

마오마오는 딱 잘라 물었다.

리슈 비와 바센이 만난 건 지난번 여행이 처음이었을 것이다. 어쩌면 원유회 때 봤을 수도 있겠지만 두 사람이 이야기를 나눈 적은 없다.

여행하는 도중에는 거의 얼굴도 마주치지 않았다. 서로 얼굴을 마주 본 것도 사자의 습격을 받았을 때 한 번뿐이다. 당사자끼리는 이야기를 나눈 적도 없어, 바센이 마오마오에게 리슈 비에 대해 물었을 정도였다.

그런 상대를, 명령도 받지 않았는데 구하기 위해 제멋대로 행동하는 이유가 도대체 뭘까.

'제발 좀 안 했으면 좋겠다, 그런 거.'

세상에는 '첫눈에 반한다'는, 실로 귀찮기 짝이 없는 짓거리를 하는 사람들이 있다. 성격과 입장 차 등과는 상관없이 소위 말해 생김새만으로, 그것도 직관에 가까운 형태로 사랑에 빠지는 행위를 말한다.

마오마오는 단언할 수 있다. 그야말로 바센은 지금 현재, 주위에 온통 민폐만 끼치는 그 감정에 휘둘려 행동하는 중이다. 평소의 바센이라면 다소 감정적인 성격이긴 할지언정 자신이 진시의 종자라는 사실을 똑바로 인식하고 행동할 것이다. 독단적인 판단으로 리슈 비의 무죄를 주장하는 일은 본인의 입장에서 너무나 멀리 떨어져 있는 행동이다.

마오마오는 그런 전제하에 충고했다.

"설령 결백하다 하더라도 비전하가 돌아가실 곳은 후궁입니다."

"…알고 있다."

결코 손 닿을 수 없는 곳에 있는 머나먼 절벽 위의 꽃. 그것을 바라보기만 하는 걸로 끝낼 수 있을까.

"…그럼 다행이지만요."

하고 싶은 말은 아직 많이 남아 있었으나, 그냥 이 정도로만 해 두기로 했다. 마오마오도 그런 화제에 굳이 고개를 들이밀고 싶지는 않았다.

기루 손님 중에도 가끔 그런 사람이 있다. 기녀에게 첫눈에 반하는 바람에 그간 저축해 놓았던 돈을 탈탈 털어 바지런히 드나드는 사람. 돈 떨어지는 날이 인연도 끊어지는 날이라는 사실을 모르는 남자는 쌀쌀맞아진 기녀를 매도하고 욕설을 퍼붓거나, 또는 분노하여 죽이려 들기도 한다. 잠자리를 피로 물들인 채 웃는 남자의 모습은 몹시도 소름이 끼쳤다.

손님을 상대하느라 잠도 제대로 자지 못하고 눈 밑에 생긴 그늘을 화장으로 감춘 모습에 반했다면 그 마음을 쭉 관철해야 하는 것 아닌가. 그 본질을 꿰뚫어 보지도 못하고 상대를 부정하기만 할 거라면 그렇게 쉽게 반한 쪽이 오히려 잘못이다.

그런 바보 같은 짓은 제발 하지 말아 달라고 생각하며 마오마오는 바셴을 쳐다보았다.

"알고 있다."

바셴은 마치 스스로에게 하는 말인 것처럼 반추하듯 무겁게 중얼거렸다.

차가운 시선으로 바셴을 쳐다보며 마오마오는 감옥으로 향했다.

"기분은 좀 어떠신가요?"

좋을 리가 없겠지, 하고 생각하며 마오마오는 리슈 비를 바라보았다. 허락을 받고 탑 안에 들어간 두 사람은 시간이 적혀 있는 목간을 건네받았다. 다음 종이 울릴 때까지만이라면 이야기를 나눠도 좋다면서 탑에 들어가는 일을 허락해 준 것이다.

탑 안은 재미있는 구조로 이루어져 있었다. 바깥쪽을 빙글빙글 도는 형태로 계단과 복도가 있고, 안쪽이 방이었다. 리슈 비의 방은 대략 3층쯤 되는 위치에 있었다. 더 높은 곳에 있을 줄 알았더니 그렇지도 않은 모양이었다.

안색이 창백한 리슈 비가 고개를 끄덕였다. 옆에는 시녀장 한 명만이 붙어 있었고, 방은 두 칸을 터서 하나로 만든 간소한 공간이었다. 그 외에 시녀로 보이는 자는 아무도 없었다.

죄인을 가두는 방이라 하기에는 훌륭한 곳이었지만 이곳에 갇힌 유력자들은 매우 굴욕을 느꼈으리라.

'이 방에서 몇 명이 미쳐서 죽었을까.'

그런 말을 입 밖에 냈다가는 리슈 비의 얼굴에서 더욱 핏기가 사라지겠지만 말이다.

"달의 길은 왔나요?"

"네, 겨우."

리슈 비는 조금 부끄러운 듯 살짝 고개를 숙이며 말했다. 그렇다고 해서 몸 상태가 나아진 건 아니다. 하지만 마오마오의 진단이 수상하다고 시비를 거는 자들 때문에 또 새로운 사람이 진찰하러 오는 것보다는 나을 것이다. 적어도 임신 가능성은 없으니 말이다.

"편지를 갖고 있었다는 남자와는 어떤 관계이신가요?"

"편지가 아니에요, 그냥 필사한 글일 뿐이죠."

힘없는 말이긴 했지만 그것은 상대 남자를 부정하는 말로 받아들일 수 있었다.

"고용인의 아들이고, 어린 시절 몇 번 도움을 받았을 뿐이에요. 출가했다가 돌아온 후 저택에서 얼굴을 한 번 본 게 끝이고요. 성실한 사람이라는 말은 유모에게서 들었어요."

거짓말로는 들리지 않는다. 마오마오도 리슈 비가 진실을 말하고 있을 거라고 생각했다.

"편지 같은 건 보낸 적도 없습니다. 무엇보다 짐을 보낸 건, 주상께서 선물을 주시면서 가족에게도 보내라고 말씀하셨기 때문이고요. 저 스스로 나서서 집에 무언가를 보낸 적은 없어요. 편지를 보낸 것도 유모를 통해 아버님의 연락이 왔을 때뿐이에요."

웃긴 일이지만 지금 상황 덕분에 리슈 비는 평소보다 훨씬 말이 많아졌다. 하지만 마오마오와 눈이 마주치면 금세 고개를 돌린다. 그것은 늘 있는 일이었기에 마오마오도 신경 쓰지 않았다.

"편지는 짐 속에 섞여 나갔다고 하던데, 그런 일이 가능한가요?"

"무어라 말씀드리기 힘듭니다."

그 질문에는 리슈 비 대신 시녀장이 대답했다.

"리슈 님께서 친정댁으로 보내시는 물건은 대부분 주상께서 하사하신 물건입니다. 따라서 후궁에서 수속을 밟은 뒤에는 집안사람이 직접 물건을 가지러 오게 되어 있습니다."

집안사람 중 반드시 누가 가지러 온다고 명확히 지정되어 있지는 않다. 하지만 그 고용인의 아들이 가지러 올 때도 간혹 있다고 한다.

완전히 긍정할 수는 없으나 부정할 수도 없다. 전 시녀장이 리슈 비를 함정에 빠뜨리려 한다면 그 정도는 미리 조사해 두었다 해도 이상하지 않다.

"그 전 시녀장이 짐을 보낸 흔적은 없나요?"

리슈 비와 현 시녀장은 고개를 가로저었다.

"적어도 제가 그 필사본을 쓴 이후에는 아무것도 보내지 않았을 거예요."

그 거만한 전 시녀장이 아무것도 보내지 않았다면 주위의 다른 시녀들도 아무것도 보낼 수가 없다. 그런 건 전부 기록에 남기 때문에 후궁에서 조사해 보면 바로 안다.

그렇다면 리슈 비의 필사본은 어떻게 나갔을까.

"짐에 섞어 보냈다고 한다면, 어떤 형태로 섞어 넣었을까요?"

포장용 종이로 쓰기에는 무리가 있다. 그렇다면 짐을 보호하는 완충재로 이용했을까?

"가늘게 꼬아서 끈으로 만들었다고 하더군요. 제가 봤던 편지도 심하게 구겨져 있었고, 종이가 몹시 너덜너덜해져 있었습니다."

"그랬군요."

그랬다면 숨기기도 쉬웠으리라. 설령 다른 사람이 받는다 해도 내용물과 다르게 끈의 경우 소홀히 다루게 된다. 버리거나 치우거나 했을 때 슬쩍 줍는 일은 매우 쉽다. 반대로 말해 리슈 비의 친정 사람이라면 아무나 다 할 수 있는 일이다.

"뭔가, 그 필사본을 만드셨을 때 전후로 이상한 일이 벌어진 적은 없나요?"

비와 시녀장은 서로 얼굴을 마주 보았다. 있었던 것 같기도 하고, 없었던 것 같기도 한지 고개만 갸웃거리고 있다. 바로 떠올리기 힘든 모양이었다.

거의 범인 확정이라고 생각하긴 하지만, 가령 그 전 시녀장이 범인이라고 치자. 하지만 단독으로 행동하긴 어려우니 후궁 밖에 공범이 있다는 말이 된다. 그 공범과는 어떻게 연락을 취했을까.

'일단 그건 나중에 생각하자.'

시간이 없으니 달리 묻고 싶은 바를 우선해서 물어야 한다.

"그럼 한 가지만 더 여쭙겠습니다."

마오마오는 품에서 종이와 휴대용 필기도구를 꺼냈다.

"그 하녀에게 부탁받아서 베껴 쓰셨다는 소설, 그 내용을 기억나는 한 써 주실 수 있으시겠습니까?"

그렇게 물으며 마오마오는 먹을 갈기 시작했다.

○ ● ○

"리슈 님, 차 한 잔 어떠세요?"

시녀장 카난이 벌써 몇 번째인지 모를 차 권유를 했다. 리슈는 고개를 가로저었다. 달리 할 일은 없지만 이 이상 차를 더 마시면 배 속이 출렁거릴 지경이었다.

이 방에 있는 시녀는 카난 한 명뿐이었다. 한 명이면 충분하긴 하지만, 그 외에 다른 시녀를 데리고 오지 말라는 말도 따로 듣진 못했다.

즉, 리슈를 따라와 준 시녀 자체가 카난뿐이라는 사실을 가리키고 있다.

최근 들어 다른 시녀들과도 조금 친해졌다고 생각했던 건 리슈의 착각이었던 모양이다. 무엇보다 글을 읽지 못한다며 소설 한 권을 통째로 필사해 달라는 하녀의 부탁을 들어준 바람에 리슈는 현재 죄인 취급을 받고 있었다.

울고 싶다. 하지만 울어 봤자 옆에 있는 카난만 곤란하게 만들 뿐이다.

이렇다 할 오락거리도 없고, 창도 없어 시간을 때우기도 힘들었다. 할 일이라고는 잠을 자거나 식사를 하거나 둘 중 하나다. 빛이 거의 들어오지 않기 때문에 낮에도 불을 켜야 할 필요가 있었고, 어두컴컴한 방 안에 있자니 기분이 더욱 우울해지기만 했다.

면회를 와 준 사람은 아까의 그 후궁 궁녀였던 약사, 그리고 아버지 우류가 딱 한 번. 아뒤의 방문 직후 자신이 이 탑에 끌려와 갇혔으니, 한동안 아뒤는 오지 않을 것이다. 아버지는 리

슈에게 "정말 그런 짓 안 한 거냐?" 하고 확인하러 왔을 뿐이었
다.

리슈는 그 질문에 "네." 하고 힘없이 대답하는 수밖에 없었다.

이 아버지가 자신의 친아버지라는 사실은 아까 그 약사가 증
명해 주었다. 하지만 현실에서는 희곡처럼 금세 모든 응어리가
쉽게 풀려 버릴 수 없다.

아버지가 자신이 친딸이라는 사실을 안다 한들 달라지는 건
아무것도 없다. 아버지에겐 다른 아들딸이 있다. 어머니를 미
워했다면 이제 와서 리슈가 친딸이라는 걸 인지했다 해도 태도
가 크게 바뀌진 않을 것이다.

알고 있던 사실이지만, 막상 현실로 닥치니 슬퍼지고 만다.

"리슈 님, 이쪽은 치워 두겠습니다."

카난이 다기를 정리해서 들고 방을 나갔다. 이곳에는 물을 쓸
수 있는 장소가 없기 때문에 설거지를 하려면 아래층으로 가지
고 내려가야 한다. 시녀장은 위아래를 오르내릴 수 있지만 리
슈가 움직일 수 있는 범위는 같은 층 안뿐이었다. 아래로 내려
가려면 계단에서 감시하고 있는 자들의 허락을 받아야만 한다.

리슈는 한숨을 내쉬며 탁자 위에 엎드렸다. 건물이 낡아서인
지 바닥이 삐걱거리는 소리가 들렸다. 위층으로 올라갈수록 관
리가 잘되지 않는 듯했기에, 때로 천장이 무너지지 않을지 걱
정이 되곤 했다.

이 탑에는 리슈 외에 또 갇힌 사람이 있는 듯했다. 계단은 탑 바깥쪽을 도는 방향으로 나 있었으므로 위층으로 올라가려면 아래층 방 앞을 지나가야만 한다. 하루에 몇 번 정도, 리슈 일행 이외의 누군가가 위층으로 올라가곤 했다. 시녀장에게 물어보니 식사나 갈아입을 옷을 가지고 가는 사람이라고 했다. 리슈와 비슷한 처지인 사람이 있는 듯했다.

누군지 물을 수도 없고, 답을 듣는다 해도 어쩌면 차라리 모르는 게 나았을 수도 있다는 생각이 들지도 모른다.

달리 할 일도 없었기에 일단 잠이나 잘까 한 순간, 위에서 무슨 소리가 들렸다.

리슈는 움찔 놀라 천장을 올려다보았다. 낡은 건물이니 쥐가 있는 건 놀랍지 않다. 하지만 어두컴컴한 방 안에 혼자 남겨져 있으니 마음이 불안했다. 무서워진 리슈는 방 밖으로 나가 볼까 생각했다.

콩콩콩, 하는 그 소리는 쥐라고 하기에는 좀 이상한 발소리였다. 무섭지만 묘하게 신경이 쓰였다. 소리가 나는 건 옆방 천장 같았기에, 리슈는 침대에서 일어나 웃옷을 꺼내 머리에서부터 뒤집어쓰고 옆방을 들여다보았다.

"쥐, 쥐 맞지? 쥐라면 찍찍 하고 울란 말이야."

리슈는 얼빠진 협박을 했다. 옛날 리슈가 자신이 시녀들로부터 바보 취급을 받고 있다는 사실도 알아차리지 못했을 무렵,

찾아오는 하녀에게 툭하면 거만한 태도를 취하곤 했는데 그때 자신이 자주 어린애 같은 협박을 했던 일이 문득 떠올랐다. 상대는 자신보다 아랫사람이며 상하의 차이를 확실히 보여 주지 않으면 위엄을 유지할 수 없다던 시녀들의 말을 곧이곧대로 받아들였던 결과였다. 하녀가 자신을 싫어하는 것도 당연한 일이다. 아무것도 하지 못하는 주제에 허세만 부리며 협박했으니 말이다.

콩콩거리는 소리가 사라졌다. 리슈는 안심하고 한숨을 내쉬었으나 그 순간 덜컹, 하는 커다란 소리가 들렸다. 그리고 빠직빠직 뭔가가 부러지는 소리가 울려 퍼지는 바람에 리슈는 깜짝 놀라서 저도 모르게 엉덩방아를 찧고 말았다.

그리고….

"저기, 거기 누구 있어?"

천장에서 목소리가 들렸다.

"이런 얘기 본 적 없어?"

마오마오는 책방 주인 아저씨에게 리슈 비가 써 준 글을 보였다. 시간이 없었기에 대략적인 줄거리와 특히 인상적이었던 부분만 써 달라고 부탁했다. 리슈 비는 안타깝게도 제목을 기억하지 못했다. 하녀에게 부탁받은 부분만을 필사했기에, 전체적인 내용도 대충대충 읽었을 뿐이라고 했다.

마오마오가 할 수 있는 일은 얼마 되지 않는다. 리슈 비가 쓴 글이 연서가 아니라 단순한 필사본이라는 사실을 증명하기 위해 우선 원본을 찾는 일이 꼭 필요했다. 리슈 비에게 물어보니 인쇄물이 아니라 손으로 쓴 글을 옮겨 적었다고 한다. 하지만 장정이 아름다웠다고 하니, 상품으로서 나돌고 있되 발행 자체를 소량만 한 물건이라고 여겨졌다.

"으음, 흔한 연애 소설 같아 보이는데 나는 워낙 그런 쪽에 관심이 없어서."

"책방에 들여 놓은 책이라면 그래도 팔랑팔랑 넘겨 보면서 확인은 할 거 아냐?"

"요샌 책이 워낙 많아져서 말이다. 나이를 먹어서 눈도 나빠졌고."

책방 아저씨는 하품만 했다. 이미 대부분의 일은 아들에게 맡기고 거의 은퇴하다시피 한, 영감님이나 다름없는 사람이다. 마오마오를 빨리 내보내고 낮잠이나 계속 자고 싶은 모양이었다.

확실히 내용만 봐서는 흔한 연애 소설로 보였다. 하지만 정치적인 의미도 담겨 있기 때문에 어쨌거나 후궁 검열에는 걸리는 수밖에 없었다. 가문끼리 적대하고 있는 한 쌍의 남녀가 서로에게 첫눈에 반해, 이런저런 일들을 겪은 끝에 사랑을 이루지 못하고 슬픈 결말을 맞는 이야기였으니 말이다.

갑갑해진 마오마오는 이마를 짚었다. 도성에는 이곳 외에도 책방이 두 군데 있지만 둘 다 이곳보다 규모가 작다. 다른 동네 책방까지 돌아봐야 할지도 모른다.

그런 가운데 등에 커다란 짐을 짊어진 남자가 가게 안으로 들어왔다.

"어서 옵쇼."

남자는 마오마오를 향해 말했다. 가게 주인의 아들이었다.

"그래, 어서 와라."

"아버지, 뭐 하는 거야? 또 손님 부탁을 귀찮아하고 있었던 건 아니지?"

짐을 내리며 아들이 의심스러운 눈으로 아버지를 쳐다보았다. 눈치 빠른 아들이었다.

"혹시 이런 책 아냐면서 물어보지 뭐냐. 아무리 나라도 책이란 책을 다 읽어 본 것도 아닌데 말이다."

"어디 봐."

아들이 종이를 받아 들고 눈을 가늘게 뜬 채 훑어보았다.

"이건…."

아들은 쪼그리고 앉아 방금 들고 온 짐을 뒤졌다. 그러고는 한 권의 책을 꺼내 들었다. 표지에는 젊은 남녀의 그림이 그려져 있었는데, 왠지 모르게 위화감이 느껴지는 그림이었다.

마오마오는 그 책을 건네받자마자 바로 읽기 시작했다.

그냥 팔랑팔랑 넘겨 보기만 해도 리슈 비가 써 준 줄거리와 거의 비슷하다는 사실을 알 수 있었다. 그리고 마오마오의 손은 어떤 대목에서 멈췄다.

"이거…."

리슈 비가 기억을 되짚으며 써 준 글과 매우 유사한 부분이 있었다. 유사하긴 하지만 세부적인 느낌은 다르고, 표현도 달랐다. 그러나 의미로 따지자면 거의 똑같다고 할 수 있었다.

"좀 이상한 문장이 있지? 서쪽에서 유행하는 연극을 번역한 책이거든."

"연극? 번역?"

"그래. 드문드문 묘사에 위화감이 느껴지지? 서쪽 사는 높은 사람들이 어떤 풍경을 보고 있는지 알 수가 없으니, 번역하면서 이쪽의 규칙이나 이름으로 고쳤거든. 그리고 필사할 때마다 필사하는 사람이 자기 취향대로 계속 바꾸고."

그 말을 들은 마오마오는 비가 써 준 문장을 다시 훑어보았다. 한 곳에 등장인물의 이름이 적혀 있었는데 그 이름이 영 마음에 걸렸었다. 어쩐지 영 익숙지 않은 이름이다 했더니, 서양인의 이름을 그 발음에 끼워 맞춘 한자로 옮겨서 그랬던가 보다.

마오마오는 팔랑팔랑 책장을 넘겨 보며 그 낯선 이름을 찾아보았다. 하지만 나오지 않았다. 그러나 그 앞뒤로 비슷한 문장이 있는 부분을 발견했다. 거기에는 지극히 일반적인 이름이 쓰여 있었다.

"흐응, 그럼 이건 이 책보다 먼저 만들어진 필사본을 옮겨 적은 글인가 보네. 이것도 꽤 오래된 책이라고 생각했는데."

"이 필사본을 손에 넣으려면 어떻게 해야 할까요?"

"이건 사본 가게에서 사 온 책이야. 지금은 우리도 인쇄 쪽에 손을 대고 있으니까 아마 또 사러 갔다간 문전박대를 당하겠지만 말이야. 그래도 이건 작년 여름쯤에 손에 넣었다는 얘기를 들은 것 같은데."

즉, 리슈 비는 그 이전에 나돌던 책을 베껴 썼을 가능성이 높다.

문득 마오마오의 움직임이 멎었다. 작년 그 즈음, 후궁에서 무슨 일이 있었던가.

"…대상."

"응? 왜 그러지?"

"혼잣말을 많이 하네, 애는."

책방 주인과 그 아들이 마오마오를 넌지시 들여다보았다. 하지만 마오마오는 그쪽을 신경 쓸 상황이 아니었다.

'대상이라면 서쪽에서 들어온 번역본을 충분히 손에 넣을 수 있겠지.'

무엇보다 짐의 내용물이 꼼꼼하게 검열되지 않는다는 점은, 그 후 일어난 낙태약 소동을 통해 이미 검증된 바다. 책 한두 권 정도를 입수하는 일은 식은 죽 먹기일 테고 무엇보다 상급 비의 시녀들은 우선적으로 물건을 구매할 수 있다.

"즉, 우연히 대상이 가져온 책을 발견하고 사들여서 그걸 이용해 함정을 팠다? 그럼 그 글은 어떻게? 누구 내통한 자가 있나?"

"무슨 소리를 하는지 도통 모르겠네. 이상한 애구나."

"아버지, 그런 소린 실례야."

두 사람의 이야기에는 신경도 쓰지 않고 마오마오는 생각에 잠겼다. 하지만 이대로는 영 석연치가 않았다.

"이거 주세요."

마오마오는 아들에게서 받은 책을 가게 주인 앞에 내밀었다.

"은 열 개."

상황을 대충 파악한 주인이 바가지를 씌웠다.

"너무 비싸잖아! 무슨 그림 두루마리도 아니고. 종이 질도 나쁘고 오자도 많아. 사본 가게에서 하룻밤 안에 후딱 만들어 낸 상품이잖아?"

마오마오도 부르는 대로 값을 치를 만큼 만만한 성격이 아니다.

"저기, 아버지. 그건 파는 물건이 아니야. 인쇄물을 만들 원본이라고."

아들이 마오마오와 가게 주인 사이에 끼어들었다.

"은 두 개! 그게 타당한 가격 아냐?"

"아홉 개 반."

"아니, 비매품이라니까."

그런 협상 끝에 결국 마오마오는 반시간 후, 은 여섯 개로 책을 손에 넣고 나서 떨떠름한 표정의 아들에게서 달갑잖은 시선을 받으며 가게를 나왔다.

○●○

오늘도 쓸데없이 잠만 자고 밥만 먹으며 시간을 보내게 될 하루가 막 시작되려 하고 있었다.

"리슈 님, 오늘은 이 옷을 입어 보시는 게 어떠세요?"

시녀장 카난이 파란 옷을 보여 주었다. 리슈가 좋아하는 옷들 중 하나였지만, 리슈는 너무 우울했기에 즐겁게 옷이나 고를 기분이 아니었다.

"그럼 그걸로."

새 옷을 가지고 오라고 하기도 귀찮았다. 파란 옷으로 갈아 입고 나니 카난이 아침 식사 준비를 했다. 물을 쓸 수 있는 곳은 리슈가 있는 탑 아래층이지만, 식사는 다른 장소에서 만들어 온다. 카난은 서둘러 다녀오는 모양이었으나 결국은 언제나 다 식은 탕을 먹을 수밖에 없었다.

"그럼 잠시 다녀오겠습니다."

카난이 방을 나가자 계단을 내려가는 소리가 들렸다. 리슈는 그때까지 할 일이 없다. 하지만 요 며칠 동안에는 그 시간도 지루하지 않았다.

"리슈, 있어?"

옆방에서 목소리가 들렸다.

리슈는 베개를 들고 방을 이동하여 옷장 옆에 기대어 앉았다. 그리고 베개를 끌어안은 채 천장을 올려다보았다. 천장에는 기묘한 대롱이 꽂혀 있었다. 노후화된 이 탑은 바닥이나 천장 곳곳이 부식되어 있었다. 많은 이가 드나드는 복도나 계단이라면 몰라도 방 한 칸 한 칸을 전부 꼼꼼하게 확인할 여유는 없었던 모양이었다.

"있어, 소테이素貞."

리슈가 대답하자 천장에서 희미한 냄새가 풍겼다. 달콤한 듯, 씁쓸한 듯 독특한 그 향기는 처음에는 위화감이 느껴졌으나 점점 편안해져 갔다. 위층 주인이 풍기는 향인 모양이었다.

리슈와 마찬가지로, 어쩔 수 없는 사정에 의해 위층에 갇혀 있는 소녀가 있었다. 스스로의 이름을 소테이라 밝힌 그 소녀는 며칠 전 처음으로 리슈에게 말을 걸었다. 목소리는 청초하게 들렸지만, 다 부서진 바닥에 납작 엎드려 부식된 천장을 부수고 거기에 대롱을 꽂아 넣기까지 한 인물이다. 리슈보다 훨씬 대담한 성격이었다.

느닷없이 천장에서 목소리가 들리는 바람에 리슈는 처음에는 깜짝 놀라 그만 제자리에 주저앉고 말았다. 하지만 천장에서 들려온 목소리의 주인이 쥐나 유령이 아니라 또래 소녀라는 사실을 알고 나니, 생각보다 쉽게 서로 마음을 터놓을 수가 있었다.

무엇보다 리슈에게는 한가한 시간이 너무 많았다. 리슈는 저도 모르게 자신의 이름을 밝히고 말았으나 상대에게서는 이렇다 할 반응이 돌아오지 않았다. 상대가 자신에 대해 모른다는 사실을 안 리슈는 안심했다.

"오늘 식사는 뭐가 나올까?"

"어제는 잡탕죽이었으니까 오늘은 담백한 닭고기랑 계란이 좋을 것 같아. 관자는 안 나왔으면 좋겠어."

신기하게도 달리 할 일이 없으니 음식이 오락거리가 되었다.

"해산물 못 먹는다고 했지? 맛있는데."

"먹을 수 있는 것도 있지만, 왠지 꺼림직해서 안 먹고 싶어."

얼굴을 마주 보지 않는 대화라 그런지 신기하게도 말문이 막히질 않았다.

소테이가 무슨 이유 때문에 갇혔는지 리슈는 묻지 않았다. 하지만 리슈가 애매하게 함정에 빠져 갇히게 되었다는 사실을 전하자 소테이는 자신도 비슷한 이유라고만 말해 주었다.

"여긴 정말 아무것도 없네. 심심해 죽을 것 같아."

"그러게. 별것 아닌 발소리에도 민감해지고."

"나도 그래. 누구 발소린지 알아볼 수 있으니까, 나도 모르게 밥 가져오는 소리에 반응하게 되더라고."

"먹보구나."

키득키득 웃는 소리가 울려 퍼졌다.

"소테이는 참 귀가 밝네. 내 목소리가 들려서 말을 건 거지?"

아무리 노후화된 바닥과 천장이라고는 하지만 그 밑에서 들려오는 소리를 알아들을 정도라면 귀가 보통 좋은 게 아니다. 위에서 아래로 울려 내려오는 소리조차 리슈에게는 제대로 들리지 않았으니 말이다.

"응, 제법 좋은 편이야. 지금은 밑에서 누가 올라오고 있나 봐."

리슈도 귀를 기울여 보았다. 확실한 발소리가 들렸다. 카난인 줄 알았더니 발소리는 그냥 지나쳐, 위로 올라갔다.

"잠깐만 기다려."

소테이는 잠시 자리를 벗어났다가, 달그락거리는 소리를 내며 돌아왔다.

"앗, 뜨거워! 오늘은… 안타깝네. 해산물 죽이야."

"으아아, 건더기는 뭐가 들었어?"

"말린 새우인 것 같아. 그리고 화퇴火腿*가 조금 들었어."

"못 먹을 정도는 아니겠다."

별로 좋아하는 음식은 아니지만, 먹지 않으면 굶주리게 된다. 지금 리슈가 떼를 써 봤자 곤란해지는 건 카난뿐이다.

그나저나 카난이 왜 이렇게 안 오지, 하고 리슈는 의아해했다. 아침 식사를 가지러 간 지 시간이 꽤 지났고 무엇보다 소테

※화퇴 : 햄.

이 몫은 벌써 도달했는데 말이다. 요 며칠 동안 쭉 느껴 온 일이었지만, 카난이 돌아오면 소테이와의 대화는 거기서 끝나기 때문에 그리 신경 쓰지 않았더랬다.

천장의 대롱을 통해 달그락달그락 소테이가 식사하는 소리가 들려왔다. 소테이의 방에는 시녀다운 시녀도 없다고 했다. 죽이 뜨겁다니, 굉장히 서둘러 갖다준 걸까.

"리슈, 혹시 알아?"

"뭘?"

"이 위층에 대해서."

리슈가 있는 곳은 이 탑의 3층이고, 한 층 위는 소테이가 있는 4층이다. 외부에서 볼 때 이 탑은 10층 이상의 높이를 지닌 건물이다.

"4층 위로는 벌써 몇 십 년이나 사용하지 않아서 여기보다 훨씬 더 낡고 황폐하대. 그래서 밑으로는 감시자가 지키고 있어서 내려갈 수가 없지만, 위로 올라가는 건 간단해."

"그렇구나."

"응. 위로는 어차피 올라가 봤자 도망 못 가니까."

탑 바깥으로는 창이 나 있다. 하지만 창을 부수고 밖으로 나가려 해도 너무 높아서 불가능하다. 줄사다리 같은 걸 걸쳐서 밖으로 나가는 방법은 적어도 리슈에게는 어렵고, 그럴 생각도 없었다. 그렇게 눈에 띄는 방식으로 도망쳐 봤자 탑 바깥에도 감시자가 있으니 결국 금세 들킬 것이다.

그리고 도망쳐 봤자 리슈를 숨겨 줄 사람도 없다.

아뒤 님이 와 주지 않을까 싶어 줄곧 기다리고 있었지만, 아직 이 탑에는 오지 않았다. 지난번 면회 이후로 열흘도 채 지나지 않았으니 왜 안 오느냐고 칭얼대는 건 너무 성급한 일이다.

그 약사에게서도, 또 아버지에게서도 아무 연락이 없다.

물론 아직 이른 것 아니냐고 할 수도 있겠지만 리슈의 마음은 하루하루 조급해져 가고 있었다. 이렇게 소테이와 대화를 나누지 못했더라면 더욱 안달을 내고 있었으리라.

"있잖아, 맨 꼭대기 층에 가 보지 않을래?"

그때 이런 말이 날아왔으니 리슈는 동요하지 않을 수 없었다.

"응? 맨 꼭대기 층?"

"3층과 4층 사이의 감시는 하루에 세 번 교대해. 그때 기존의 감시자가 다음 감시자를 부르러 갔다가 이쪽으로 돌아올 때까지는 감시 자리가 비게 되지. 물론 아래층 감시자와는 교대 시간을 다르게 잡았으니 내려갈 수는 없지만. 내 경우에는 아무 때나 갈 수 있어. 4층 위로는 아무도 없거든."

올라가기만 할 거라면 아무 문제없다는 뜻이었다.

"어때? 이 높이에서는 도성 전체를 다 내려다볼 수도 있지 않을까?"

"……."

위에서 들려오는 소테이의 말과 함께 달콤한지 씁쓸한지 모를 향기가 풍겼다. 직접 보고 싶다는 생각도 들었지만, 아직 한 걸음을 내디딜 수가 없었다.

"시녀가 있는걸. 내가 사라지면 바로 들킬 거야."

"그 시녀한테도 나에 대해서는 비밀로 하고 있지? 그 이유는 뭐야?"

왜 숨겼냐고 묻는다면 대답하기가 곤란하다. 하지만 천장에서 들려오는 목소리라는 이야기를 설명하기가 어려웠고, 소테이와 대화하는 일을 카난이 반대하면 어쩌지 하는 생각도 들었다.

"내 얘기를 어디다 일러바칠까 봐? 리슈를 혼자 놔두고 탑 밖을 드나드는 시녀잖아."

소테이의 말에 등골이 오싹함을 느꼈지만, 리슈는 부정할 수가 없었다.

현재 리슈 곁에는 시녀장 카난 한 명밖에 없는 상황이라, 카난이 하루 온종일 리슈 옆에 붙어 있을 수는 없다는 사실은 잘 알고 있다. 하지만 지금 이 시간, 어쩌면 카난은 리슈를 내버려두고 느긋하게 놀러 다니고 있는 건 아닐까. 문득 그런 생각이 머리를 스치는 바람에 리슈는 다급히 고개를 가로저으며 부정했다.

"그렇지 않아."

"그래. 그렇겠지. 리슈를 일부러 혼자만 남겨 놓는 나쁜 시녀는 아닐 거야."

소테이도 리슈를 배려하려는지 방금 전 자신의 말과는 반대되는 내용의 맞장구를 쳤다.

"하지만 난 리슈가 높은 곳에서 볼 수 있는 풍경을 꼭 봤으면 좋겠어. 그러니까 마음이 내키면 언제든지 말해. 시녀에게는 반나절 정도 휴가를 줘도 별문제 없을 것 아니야? 그리고 감시자가 자리를 벗어나는 건…."

리슈는 고개를 숙인 채 그 시간을 들었다. 그러고 나서 소테이는 식기를 치우러 갔다. 카난에게 들키지 않도록, 소테이가 천장에서 대롱도 뽑아내 주었다.

"리슈 님, 늦어서 죄송합니다."

발소리와 함께 카난이 방으로 들어왔다. 땀을 약간 흘린 얼굴이었으나 어느샌가 옷이 바뀌어 있고, 허리띠도 다른 것을 두르고 있었다.

리슈는 탁자 위에 차려진 아침 식사를 먹기 시작했다. 수저를 들고, 별로 좋아하지 않는 해산물 죽을 떠서 입에 넣어 보았다.

죽은 완전히 식어 있었고, 풀처럼 끈적끈적한 식감이 입 안에 퍼졌다. 그저 끈끈하기만 할 뿐 아무 맛도 나지 않았다.

15화 ⁝ 추문 후편

"이해가 안 돼."

마오마오는 큰돈을 내고 사 온 책을 보고 그런 평가밖에 내릴 수가 없었다. 어쩌면 자신이 재미있는 부분을 빠뜨린 게 아닐까 하는 생각에, 본전을 뽑기 위해 두 번을 다시 읽어 보았다. 그래도 도통 알 수가 없어서 전부 베껴 썼다.

그 결과가 이거였다.

"이해가 안 돼."

이쯤 되면 이건 재미가 있다 없다의 문제가 아니라 감수성의 차이가 아닐까, 하고 마오마오는 생각했다. 녹청관 기녀들에게 보여 주었더니 너도나도 달라면서 앞 다퉈 빼앗아 가서는 눈을 빛내며 읽어 대니 말이다. 내용에 오자가 많다거나, 누가 봐도 오역인 부분이 있다거나 하는 부분을 감안하고서라도 상당히 매력적인 내용이었던 듯했다.

서로 적대하는 가문의 딸과 아들이 연회에서 처음 만나게 된다. 그리고 서로에게 첫눈에 반하는 것까지는 좋은데, 남자가 여자의 가문 사람들과 말다툼을 벌이다 그만 상대방을 죽이고 만다. 그 사건이 방아쇠가 되어 가문끼리의 대립은 더욱 격화되지만, 정작 당사자 두 사람은 사랑의 불꽃을 활활 불태우며 혼인까지 하게 된다.

번역이 어색한 탓도 있으나 주역인 두 사람이 젊은 치기에 휘말려 행동하는 모습을, 마오마오는 도무지 이해할 수가 없었다. 마지막에 서로 엇갈려 죽음에 이르는 주인공 두 사람을 보고 마오마오는 더 계획적으로 서로 보고와 연락 및 의논을 철저히 했어야 하지 않나 하는 생각을 했다.

소설을 읽은 기녀들에게 물어보니,

"그~ 러~ 니~ 까~ 그만큼 정열적인 사랑이었다는 뜻이야!"

하고 주먹을 부르쥐고 열변을 토하는 사람도 있고,

"있잖아, 비극이란 건 그런 운명의 엇갈림이 존재하기 때문에 빛날 수 있단 말이야!"

하고 마오마오의 어깨를 잡고 흔들어 대는 사람도 있었다.

도저히 이해가 안 된다.

리슈 비는 이 책을 베껴 썼다고 하던데, 혹시 읽으면서 어느 정도 이 책에 영향을 받은 게 아닐까.

마오마오는 이미 이 글에 대해 진시에게도 보고를 끝냈다. 지금 자신이 가지고 있는 건 하룻밤 꼬박 들여 직접 필사한 책이었다. 삽화는 없지만 대충 끈으로 묶었더니 책으로 안 보일 것도 없다. 하지만 쵸우의 도움을 받은 탓에 끈이 예쁘게 묶이지 못해, 묘하게 손맛이 느껴지는 장정이 되고 말았다.

"내가 삽화 그려 주겠다고 했잖아."

"다음에 부탁할 테니까, 지금은 그것보다 종이 좀 반듯하게 잘라 줘."

그런 대화를 주고받으며 아무리 기다려 봐도 리슈 비 이야기는 진전되지가 않았다. 아니, 그뿐만 아니라 다른 쪽 역시 큰 진전이 없었다.

하지만 라한에게서는 연락이 왔다.

"조만간 서쪽과의 회합이 있는데, 너도 참가할 생각 있어?"

하는 이야기였다. 서쪽이란 지난번 금발 여자 특사와의 회담을 말하는 모양이었다. 무역이냐, 망명이냐. 상당히 대담한 선택지 두 가지를 제시한 책략가다.

이미 한 번 대화를 나눠 보았으나 결론이 나지 않았다고 한다. 거기에 마오마오가 끼어 봤자 정치에나 장사에나 문외한인 마오마오는 한마디도 못 알아들을 게 뻔하다. 그냥 꿔다 놓은 보릿자루처럼 앉아 있으라는 뜻인가.

그래서 그 제안은 거절했다. 또 어디서 소문을 듣고 그 괴짜 군사가 쫓아올지도 모른다. 하기야 최근 들어서는 바둑 책을

만들겠다며 잔뜩 의욕이 넘쳐서는 여기저기 뛰어다니고 있다는
듯했다. 그러면서 틈틈이 의국을 어지럽히며 숨을 돌리고 있다
던가.

'일 좀 해라.'

그 인간은 오히려 평소 일터에 고개를 안 내미는 편이 이래
저래 더 나을 수도 있겠다는 생각이 들었지만, 적어도 마오마
오 입장에서는 집무실에 틀어박혀 안 나와야 안심이 되니 제발
그래 줬으면 좋겠다.

때때로 습격당하는 의관들이 가엾긴 했다.

"요샌 뭐, 일이라고 할 만한 것도 없고."

마오마오는 크게 한숨을 내쉬었다. 평소에 많이 사용하는 약
들의 재고를 만들어 두고는 있지만, 특이한 약이나 새로운 조
제법 같은 걸 시도할 기회가 상당히 줄었다. 본업 이외의 일 때
문에 불려 가는 일이 잦아진 탓에 약방도 자주 비우고, 그 때문
에 평상시 일이 매우 더뎌졌다. 사젠을 가르치면서 약을 조제
하는 것도 이유 중 하나다.

가끔은 특이한 약을 시험해 보고 싶다. 진기한 약을 조제해
서 그 효능을 조사해 보고 싶다. 서도에서 사 온 약 종류를 조
금씩 시험해 보고는 있지만, 더 신기하고 재미있는 약이 어디
없을까 하고 마오마오는 고민에 빠졌다.

선반 위에는 작은 화분 세 개가 놓여 있었다. 그중 하나에만

새끼손가락 한 마디 정도쯤 되는 크기의 녹색 싹이 났다. 선인장 씨앗을 심은 것이다. 건조한 지역에서 자라는 식물이기 때문에 물은 자주 주지 않는다. 이것이 성장하면 다양한 용도로 사용할 수 있겠지만, 그때까지 몇 년이 걸릴지를 생각하면 정신이 아득해졌다.

'어디 길바닥에 복어 간이라도 떨어져 있지 않으려나.'

그런 쓸데없는 생각을 하며 화분을 들여다보고 있는데 덜컹거리며 문 열리는 소리가 났다. 누가 왔나 싶어 뒤를 돌아본 순간 방문자의 발밑으로 무언가가 툭 떨어졌다. 천에 싸여 있는 그것은 무슨 나뭇가지처럼 보였다. 마오마오는 살며시 손을 뻗으며 눈을 번뜩 빛냈다.

그것은 사슴뿔이었다. 심지어 단순한 사슴뿔이 아니다. 뿔갈이를 할 때 떨어져 나간, 말라비틀어진 나뭇가지 같은 헌 뿔이 아니라 아직 부드럽고 솜털도 남아 있으며 1척* 정도 되는 길이를 자랑하는 물건이었다. 그것이 무엇이냐,

"녹용!"

새로 갓 난 사슴뿔이다. 신선함이 생명이며, 이른 봄에 채취하는 물건이고 특히 그 끄트머리는 상대녹용上台鹿茸이라 불리는 고급품이다. 이 녹용은 끄트머리 부분까지 확실히 붙어 있었

※1척 : 약 30센티미터.

다. 길게 자라 있긴 하지만 솜털 모양과 부드러운 정도를 볼 때 아직 약효가 남아 있는 듯했다.

마오마오는 눈을 반짝거렸다. 게다가 입에서는 침까지 줄줄 흐르고 있었다. 상인이 가끔 팔러 오는 녹용은 대부분 분말이며, "최고급품이야!" 하고 주장하는 것치고는 끄트머리 부분 외의 다른 부분도 섞어 넣어서 양을 불렸다는 사실은 금방 알수 있었다. 하지만 약효는 실제로 있고, 유곽을 찾아오는 고급 손님들 중에는 기녀를 만나기 전에 먼저 녹용을 원하는 사람도 끊이질 않는다. 왜냐하면 남자들에게 기운을 불어넣어 주는 약이기 때문이다.

이만큼 있으면 얼마 정도의 약을 만들 수가 있을까.

'우선 뜨거운 물부터 준비해야지. 벌레도 죽이고, 피를 굳히고…'

그런 생각을 하며 황홀한 표정으로 녹용을 쓰다듬고 있는데 옆에서 커다란 손이 쑥 뻗어 와, 녹용을 천으로 싼 후 마오마오에게서 빼앗아 갔다.

'방해하지 마!'

마오마오가 불쾌감을 노골적으로 드러내며 고개를 들자, 오랜만에 보는 얼굴이 그곳에 있었다. 얼핏 보기에는 천녀와도 같은 부드러운 미소를 짓고 있으나 오른뺨에 나 있는 한 줄의 상처는 상대가 일반적인 미인이 아니라는 사실을 가리키고 있었다.

"오랜만에 뵙습니다, 진시 님."

서도에서 먼저 돌아온 후 두 달 정도 못 만난 것 같다. 편지는 주고받았지만 어디까지나 업무적인 연락이었을 뿐이었고, 유곽에는 항상 심부름꾼이나 바센 둘 중 한 명이 오곤 했다.

최근 들어 찌는 듯한 더위가 이어진 탓인지 전체적인 윤곽이 다소 뾰족해진 느낌이다. 살이 좀 빠졌는지도 모른다.

"수면은 제대로 취하고 계신가요?"

이 고귀하신 분은 생김새와는 다르게 고생이 많은 신세여서, 지나친 노동으로 인해 언제나 휘청거리고 다닌다는 인상이 강하다.

"얼굴을 보자마자 하는 소리가 그건가? 그리고 그 뻗은 손은 뭐지?"

진시는 어이가 없다는 말투로 그렇게 말하며 마오마오의 손을 쳐다보았다. 마오마오의 손가락 끝은 녹용을 절대 놓치지 않겠다는 듯, 포장 천을 야무지게 잡아당기고 있었다.

"주시는 줄 알았습니다."

"그럴 생각으로 가져오긴 했는데."

"그럼 주세요."

"왠지 주기 싫어졌다."

그런 잔인한…. 마오마오는 양손으로 천을 잡아당겼다. 진시는 마치 놀리기라도 하는 듯 녹용을 머리 위로 올렸다. 마오마오는 팔짝팔짝 뛰었으나 신장 차이가 근 1척* 가까이 나니 닿을 수가 없다.

'이 자식이!'

그렇게 생각하면서도 마오마오는 조금 안심했다. 지금까지와 다름없는 공방전이었기 때문이다.

하지만….

팔짝 뛴 몸이 휘청 기울어졌다. 한순간 천장이 보였으나, 그것을 가로막듯 진시의 얼굴이 나타났다. 아까 그 부드러운 미소와는 전혀 다른, 마치 예리한 날붙이 같은 눈빛이 마오마오를 향해 쏟아져 들어왔다.

자신이 높이 뛰어올랐을 때 진시가 발을 거는 바람에 자빠졌고, 그것을 진시가 받아 안음으로써 지금의 상황에 이르게 된 듯했다.

"…진시 님, 녹용 주세요."

하지만 결국 입 밖으로 튀어나온 건 이 말이었다. 오히려 이렇게 말하지 않으면 마오마오가 아니다.

"내 얘기를 먼저 들어 주면 생각해 보마."

"'생각해 보겠다'가 아니라 '주겠다'로 변경 부탁드려요."

※1척 : 약 30센티미터.

눈앞의 이 사람이 '생각해 보겠다'고 하는 말은 너무 애매해서 무섭다. 언제 파기될지 모르는 약속보다는 단언을 원했다.

"…줄 테니까 얘기를 좀 제대로 들어."

"듣기만 하는 거라면요."

"……."

진시는 불만스러운 듯 눈을 가늘게 떴다. 하지만 부정은 하지 않는 걸 보니, 그래도 일단 승낙한 모양이라고 마오마오는 제멋대로 판단했다.

"그리고 이것 좀 놔주시면 안 될까요?"

"거절한다."

그건 안 되는 모양이다. 마오마오는 진시의 무릎 위에 등을 기댄 채 누운 상태로 이야기를 듣는 꼴이 되고 말았다. 도움을 청하고 싶어도 문도 창문도 꽁꽁 닫혀 있다. 설령 열려 있다 한들 녹청관 주민들은 그냥 히죽히죽 웃으며 구경만 할 테니 아무 의미 없는 짓이리라.

'쵸우 안 오려나?'

보통 이런 장면을 박살내 주곤 하는 사랑스러운 악동은 오늘 하필 외출하고 없다. 그림 선생에게서 소묘라는 것을 배우고 있다고 한다. 데려다줬다가 데리고 오는 일은 우쿄나 사젠 둘 중 시간이 나는 사람이 하고 있다. 녹청관 할멈이 그것을 허락해 준 걸 보니 쵸우의 그림을 장래 써먹을 수 있겠다고 확신한 모양이었다.

진시는 마오마오의 얼굴을 빤히 바라보며 본론으로 들어갔다. 금방이라도 물어뜯을 듯한, 짐승 같은 시선이었다.

"지난번 이야기, 받아들일 마음이 좀 생겼나?"

지난번 이야기라고 해도 딱히 구체적으로 들은 바는 없었다. 하지만 무엇을 가리키는지 모를 만큼 우둔하지는 않다.

서도에서의 연회날 밤, 진시는 마오마오를 데려온 진짜 이유를 밝혔다. 그것은 직접적으로 말하지는 않았으나 구혼이라 받아들여도 지장 없을 말이었다.

이야기 속에서 흔히 다뤄지는 방식과 다르게, 현실의 결혼에서는 연애가 필수적인 요소는 아니다. 권력자는 권력 싸움의 도구를 얻기 위해, 일반 서민들이라 해도 생활을 꾸려 나가기 위해, 농민들은 노동력을 얻기 위해 결혼을 한다. 거기에 존재하는 건 이해의 일치이거나 한쪽의 취향일 뿐, 쌍방의 마음이 서로 맞아 결혼하는 일은 별로 없다. 그러니 상대가 어지간히 싫지 않은 이상 웬만하면 받아들여야 할 일이다.

'취향 특이하다니까.'

아름다운 아가씨들이라면 얼마든지 있다. 커다란 모란이나 장미들이 가득한 가운데 굳이 잡초인 괭이밥을 고를 필요는 없다. 마오마오 외에도 마침 괜찮은 결혼 상대는 또 있으니까.

'리슈 비라든가.'

지금은 부정을 저지른 죄로 연금되어 있으나 결백하다는 사실이 밝혀지기만 하면 별문제는 없다. 리슈 비를 음해하는 사람도 있겠지만, 진시는 그런 말 따위 어차피 믿지 않을 것이다.

하지만 지금 여기서 또다시 리슈 비를 추천해 봤자 지난번 상황만 되풀이하게 될 뿐이다. 또 목을 졸릴지도 모른다. 무엇보다 이번에는 아예 숨통이 끊길 수도 있다.

"내가 그렇게 싫은가?"

진시는 들개처럼 사납고 맹렬하던 눈빛에서, 이번에는 강아지처럼 매달리는 표정으로 바뀌었다. 좋은가, 싫은가. 세상에는 그렇게 정확히 흑백을 나누고 싶어 하는 사람이 있다. 왜 회색 선택지는 주지 않는 걸까.

"싫어하는 건 아닙니다."

오히려 좋게 여기고 있는지도 모른다. 첫 만남부터 생각해 보면 그래도 이 사람을 상당히 긍정적으로 볼 수 있게 되었다.

애매한 대답에 진시는 입을 삐죽 내밀었다. 딱 잘라 좋아한다고 말해 주면 만족하겠지만, 솔직히 마오마오는 그런 말을 쉽게 할 수 있을 만큼의 감정에 도달하지 못한 상태다. 하지만 어느 정도의 호의가 없는 건 아니었으므로 최선을 다해 장점을 찾아보았다.

"동충하초를 주셔서 정말 감사했습니다."

"…그게 다인가?"

"우황은 큰 도움이 되었습니다."

"…그 외에는?"

"녹용을 갖고 싶습니다."

진시는 등 뒤로 돌려 감추고 있던 천 꾸러미를 들어 올렸다. 마오마오는 거기에 손을 뻗었으나, 배꼽 부분을 진시가 꾹 누르고 있는 탓에 몸을 일으킬 수가 없어 손이 닿지 않는다.

분한 마음에 두 다리를 파닥거리니 이번에는 발목을 붙잡혔다. 도대체 무슨 짓을 하려나 생각하고 있는데 진시가 발목을 잡은 손의 새끼손가락 끝으로 발바닥을 살짝 쓸어내렸다.

"?!"

마오마오는 몸을 뒤틀며 목젖 깊은 곳에서 웃음소리를 냈다. 옛날부터 해 온 실험 때문에 통증에는 둔감해졌다. 언니들의 교육 때문인지 색정에 관해서도 불감증이 되어 있었다. 하지만 그런 마오마오에게도 약점이 있다. 발바닥, 그리고 등. 그 부분을 손가락으로 살짝 쓸어내리기만 해도 도저히 참을 수가 없다.

"지, 진시, 님. 그건, 비겁, 하잖아요."

"비겁하다고? 도대체 무슨 소리지?"

진시는 그렇게 물으며 또 손가락을 스윽 훑었다.

도대체 어떻게 된 일일까. 이건 언제 들켰을까. 진시가 어떻게 자신의 약점을 알고 있는 걸까.

"더, 더러우니까 그만 놔주세요."

"난 별로 신경 안 쓰인다."

천연덕스러운 표정을 짓는 게 얄미웠다. 도대체 누구한테서 마오마오의 약점을 들었을까. 이 약점을 알고 있는 사람은 녹청관 할멈이나 바이링, 그리고….

여유작작한 초로의 시녀를 떠올린 마오마오는 눈을 부릅떴다. 한 번은 깃털 빗자루로 간지럼을 당하는 벌을 받은 적이 있었다. 물론 스이렌은 그냥 장난이었을 뿐이었기에 금방 끝내주었고, 마오마오도 꾹 참았으므로 약점이라는 사실을 들켰다고 생각하진 않았다.

그 정도 가지고 알아내다니, 스이렌은 정말 무시무시하다.

마오마오는 이를 빠득빠득 갈며, 계속 간지럼을 당하면서 몸을 뒤틀었다. 목소리가 흘러 나가지 않도록, 입술을 마치 꿰맨 듯 꽉 다물고는 있었지만 소리를 완전히 다 막을 수는 없었다.

긴 손가락이 마오마오의 발바닥 한가운데를 쓸어내리듯 간질였다. 몸이 움찔 반응하자 이번에는 반대쪽 발의 뒤꿈치를 스쳤다. 간질이는 부분이 익숙해지기 전에 진시의 손이 계속 다음 장소로 이동해, 발바닥뿐만 아니라 발가락 끝, 발등, 복사뼈, 그리고 장딴지까지 옮겨 갔다.

진시는 여유로운 미소를 지으며 마오마오를 내려다보았다. 꾹 참으려 해도 생선처럼 팔딱팔딱 반응할 수밖에 없는 마오마오의 모습을 즐기고 있는 듯했다. 활처럼 흰 발등을 장난기 어린 손으로 계속 쓸어내렸다.

지난번 일의 앙갚음을 이런 식으로 당할 줄은 상상도 못 했다. 결국 참지 못하게 된 마오마오는 소리를 내어 웃음을 터뜨리고 말았다. 팔다리를 버둥거리고 몸을 비비 꼬다가 책상을 걷어찼고, 책상 위에 있던 책이 떨어졌다. 마오마오가 베껴 쓴 소설이었다. 자기도 좀 지나쳤다고 생각했는지 진시가 마오마오를 놓아주었다.

마오마오는 호흡을 가다듬었다. 흐트러진 옷깃을 정리하고 눈가에 배어난 눈물을 닦았다. 진시는 그것을 보고 마른침을 꿀꺽 삼키더니, 무어라 형언하기 힘든 표정으로 시선을 돌렸다. 그 시선 너머에는 문제의 소설이 있었다. 진시는 책을 집어 들었다.

"진시 님도 읽어 보셨나요?"

"그래."

"어떻게 생각하셨죠?"

진시는 쓴웃음을 짓고 있었다. 역시나 마오마오와 비슷한 감상을 품은 듯했다. 진시 또한 고귀한 혈통을 지닌 사람이 연애에 눈이 멀어 행동한다는 게 무엇을 의미하는지 잘 알고 있다. 그렇지 않고서야 후궁 같은 장소에서 몇 년씩 계속 일하는 건 불가능하다.

"글쎄, 다른 방식도 있었을 텐데 말이야."

"그런 말씀을 하셨다가는 온 세상의 여자들에게 부정당하실 겁니다."

"너는 포함 안 되잖아?"

치기 어리고 성급한 행동이었기 때문에 더욱 정열적으로 보이고, 슬픈 결말을 맺었기 때문에 더욱 아름다운 사랑의 비극이 될 수 있었다고 한다.

주인공 소녀의 연령은 작중에서 13세라고 나와 있지만, 서방의 번역이라는 사실을 감안하면 이쪽 나이로는 14, 5세쯤 된다고 볼 수 있다. 그래도 아직 한참이나 어리다. 그렇기 때문에 더욱 감정에 휘말려 행동했다고 생각한다면, 통째로 말도 안 되는 이야기라고 할 수도 없다.

마오마오는 그 나이쯤에는 이미 유곽의 닳고 닳은 사고방식에 익숙해져 있었기 때문에 그런 식의 행동을 하는 건 무리일 것이다. 진시 역시 이미 후궁에 들어가 있을 무렵이다.

어떤 의미에서는 둘 다 비슷한 환경에서 감수성 강한 시기를 보냈다고 할 수도 있겠다.

"다른 환경에서 자랐다면 이런 행동을 할 수도 있었을까?"

진시는 마치 마음의 소리가 흘러나온 듯 말했다.

그 말은 부정할 수 없다. 하지만 어디까지나 가능성 중 하나일 뿐이다.

마오마오는 그 말에 대답하는 대신 중얼거렸다.

"저는 적이 되고 싶지 않습니다."

진시는 곁눈질로 마오마오를 흘끔 쳐다보았다. '누구의 적?'
이라고 쓰여 있는 듯한 표정이었다.

"교쿠요 황후 전하의 적 말입니다."

그 말이 무슨 뜻인지 진시는 알아들을까. 알아듣지 못한다 한
들 뭐 상관은 없다고 마오마오는 생각했다. 아무리 진시라 해
도 모르는 일은 있으니까.

"그건⋯."

진시가 마오마오에게 무언가 물으려 할 때였다. 밖에서 말이
히힝거리는 소리가 들려왔다.

격렬한 발소리와 함께 "진카 님!" 하고 거칠게 부르는 소리가
들렸다. 진카란 예전에 진시가 쓰던 가명으로, 이곳에 올 때는
그 이름을 쓰는 일이 많은 모양이었다.

무슨 일인가 싶어, 진시는 미간을 좁히며 문을 열었다. 다급
히 뛰어 들어온 사내는 진시나 바셴이 자주 데리고 다니는 종
자들 중 한 명이었다.

"실례하겠습니다."

진시 앞으로 온 남자는 한차례 무릎을 꿇은 뒤 더욱 가까이
다가왔다. 마오마오에게는 들려주기 곤란한 이야기라도 있는
지 슬며시 이쪽을 쳐다보았다.

"하얀 꽃 문제입니다."

"그렇다면 이자가 들어도 문제는 없다."

무슨 은어일까, 하고 고개를 갸웃거리고 있는데 종자가 본론을 꺼냈다.

"리슈 비전하가 탑 안의 자기 방을 빠져나가 최상층으로 올라갔습니다."

종자는 쓰디쓴 표정을 지었다.

○ ● ○

시간을 조금 거슬러 올라간다.

달콤쌉쌀한 향기가 풍겼다. 방 한구석, 옷장 앞. 리슈 비는 홑이불에 돌돌 감긴 채 그 자리에 앉아 있었다.

"요즘 들어 이상한 냄새가 나지 않나요?"

카난의 물음에 리슈는 고개를 가로저었다. 천장의 대롱은 쏙 들어가고 없었다. 방금 전까지 대화를 나누던 소테이는 카난의 발소리가 들림과 동시에 이야기를 끝냈다.

카난은 부서진 천장을 보고 수리업자를 부르자고 했지만 리슈가 거부했다. 모르는 사람이 이 방 안에 들어오는 건 싫다, 어차피 다른 곳도 다 낡아 빠졌으니 크게 다를 바 없다고 주장

했더니 카난은 포기해 주었다.

"리슈 님, 식사 준비가 다 되었습니다."

달그락달그락 식기 소리가 울려 퍼졌다. 하지만 탁자 위에
놓인 것은 다 식은 죽이나 탕이다. 가끔 반찬 수까지 적을 때가
있다. 처음에는 그런 음식이라도 기대감을 갖곤 했으나 지금은
아무래도 상관없었다. 카난이 지켜보고 있기 때문에 할 수 없
이 입에 대긴 했지만 반 정도를 먹는 것조차 힘겹게 느껴지곤
했다. 하루 온종일 방 안에만 틀어박혀 있고, 후궁에 있을 때보
다도 덜 움직이는 게 원인일지도 모른다.

"그렇게 방 한구석에만 계시지 말고, 더 밝은 곳으로 나와 보
시는 건 어떠세요?"

이곳에 밝은 장소 따윈 없다. 하지만 리슈가 있는 방보다는
그 옆방이 복도 쪽으로 장식창이 나 있는 만큼 조금 나은 정도
다. 복도를 나가, 계단에서 계단까지의 거리를 걸어 다녀 봤자
움직일 수 있는 범위는 뻔하다.

리슈는 비틀비틀 일어섰다.

권태감이 지독했다. 힘겹게 의자에 주저앉아, 굳기 시작한 풀
같은 상태가 된 죽에 수저를 넣었다. 오늘은 흰죽이었고, 소금
간이 되어 있긴 하지만 싱거웠다. 흑초를 끼얹으려 했으나 그
것도 없었다.

"죄송합니다. 깜박 잊었나 봐요."

깊이 고개를 숙이는 카난은 정말로 송구스러워 보이긴 했지만, 입고 있는 옷은 방을 나가기 전과 달랐다. 식사를 가지러 갈 때마다 옷이 달라진다는 사실을 알아차린 건 이곳에 온 지 며칠이 지난 후의 일이었던가. 카난은 리슈에게 들키지 않기 위해서인지 비슷한 무늬나 모양의 옷을 입고 오곤 했다.

조금씩 불신이 커져 갔다.

리슈가 이곳에 있는 이유는 책의 필사본을 만들어 어느 하녀에게 주었기 때문이다. 그 하녀를 배후에서 사주한 자는 전 시녀장이 분명하다. 둘 다, 리슈가 자신을 위해 열심히 일해 준다고 믿었던 인물들이다.

본래 카난은 다른 시녀들과 함께 리슈를 무시했던 존재다. 예전에 원유회에서 독살 사건이 일어난 이후 마음을 고쳐먹었다고 했다. 확실히 그 이후로는 마치 자기 일처럼 리슈를 세심하게 돌봐 주었다. 그게 너무나 기뻤기에, 리슈는 억지를 부려 카난을 독 시식 담당에서 시녀장으로 바꿔 주었다.

하지만 그게 정말 리슈를 위해 한 일이었을까?

시녀장이 되었다 한들 카난의 권한은 그리 대단하지 않았다. 다른 시녀들에게 무시당하는 일도 많다. 그래도 열심히 노력해 준다고 생각했다.

정말 그랬을까?

뒤에서는 다른 시녀들과 하나가 되어 리슈를 비웃고 있었던 게 아닐까? 자기 일처럼 고민 상담을 들어 주는 척하면서, 그것을 화제 삼아 조소하고 있었던 건 아닐까?

그럴 리가 없다. 만일 그랬다면 이런 탑까지 따라와 주지는 않았을 테니 말이다.

최선을 다해 부정해 보려 했지만 그 생각은 머릿속을 계속 침식해 들어왔다. 리슈는 고개를 가로젓는 대신 수저를 입으로 가져갔다.

딱딱한 무언가가 와그작 씹혔다.

리슈는 손수건에 입 속에 든 것을 뱉어 보았다. 피가 섞인 밥알들 속에 새끼손가락 끄트머리만 한 돌이 섞여 있었다.

"리슈 님!"

카난이 당황한 표정으로 리슈의 얼굴을 쳐다보았다. 밥에 모래가 우연히 들어갈 수는 있다. 하지만 모래알이라고 하기에는 너무 컸다.

리슈는 초점이 맞지 않는 눈빛으로, 죽을 계속 수저로 휘저어 보았다.

둘, 셋, 넷.

죽 그릇 속에는 절대 우연이라고 설명할 수 없을 정도로 많은 돌이 들어 있었다.

"바로 새 음식으로 가져올게요!"

다급히 죽 그릇을 가져가려 하는 카난을 리슈가 제지했다.

"…필요 없어."

애당초 식욕도 없었다. 이 이상 다 식어 맛도 없는 죽을 먹고 싶지는 않았다.

"리슈 님."

"필요 없어, 필요 없어, 필요 없다고!"

리슈는 고개를 마구 가로저으며 탁자 위의 식사를 밀쳐 냈다. 죽 그릇과 접시가 바닥에 떨어져 쨍그랑 깨지고, 반찬과 탕 국물이 여기저기 튀었다.

리슈는 머리를 마구 헝클어뜨리며 코를 훌쩍였다. 도저히 멈추지 않는 눈물이 계속 흘러나왔다.

"왜! 도대체 왜 항상 나한테만 이러는 거야!"

아버지에게는 미움받고, 이복 언니에게서는 괴롭힘을 당하고, 정치의 도구로 이용당하며 두 번이나 후궁에 들어가야 했다. 싫었지만 꾹 참았다. 얌전히 시키는 대로 하다 보면 언젠가는 아버지가 잘해 줄지도 모른다고 생각했다. 그 바람은 자신이 부정한 관계에서 태어난 아이라는 소문을 들은 이후 희망을 잃었지만, 알고 보니 사실은 친부녀지간이었다고 한다.

그럼에도 불구하고 아버지의 태도는 달라지지 않았다. 그래, 마음에 들지 않았던 거다. 자신이 분가의 혈통이기 때문에, 어머니가 지닌 본가의 혈통이 싫은 거다.

그러니 심술궂은 시녀들만을 보내 주는 게 분명하다. 어쩌면 지금까지 자신이 위험한 일들을 겪었던 이유도 다 아버지가 사주해서가 아니었을까.

분에 넘치는 상급 비 자리에 앉는 바람에 다른 비들과 비교당해 온 리슈는 움츠리고 살거나 허세를 부리거나 둘 중 하나를 택하는 수밖에 없었다. 원유회 때도 아버지는 자신에게 말조차 걸어 주지 않았다.

필요 없는 자식이라면 애당초 낳지 않았으면 될 것을.

아니면 혹시, 일부러 어정쩡하게 방치해 두고 리슈가 괴로워하는 모습을 보면서 즐기고 있는 걸까.

아버지도, 이복 언니도, 시녀들도, 그 하녀도, 카난도, 모두, 모두가, 모두가….

정신을 차리고 보니 리슈의 주위는 엉망진창이 되어 있었다. 깨진 죽 그릇 말고도 탁자가 뒤집혀 있고, 의자도 바닥에 내던져져 있었다. 물건이란 물건은 전부 떨어져 있었고 카난은 방 한구석에서 온통 밥풀투성이가 된 채 양손으로 얼굴을 가리고 있었다. 깨진 그릇이 카난의 발아래에 떨어져 있었다.

그건 리슈가 집어 던진 접시였을까. 카난의 뺨에는 붉은 줄이 생겨나 있었다. 눈치를 살피듯 리슈 쪽을 훔쳐보는 카난은 겁에 질려 떨고 있었다.

간담이 서늘해졌다. 그럴 생각은 없었다. 하지만 이렇게 방을 엉망진창으로 만들어 놓을 사람은 리슈 한 명뿐이었다. 리슈는 머릿속이 새하얘지고, 비지땀이 줄줄 흘렀다.

"…가."

"리슈 님."

"당장 나가. 두 번 다시 돌아오지 마!"

리슈는 벽을 쾅쾅 치고 발을 동동 구르며 외쳤다. 이런 일은 하고 싶지 않았다. 하지만 그 외에 다른 말은 입 밖으로 나오질 않았다.

"죄송합니다. 옷 갈아입고 오겠습니다."

어지럽혀진 방을 송구한 듯 바라보며 카난이 밖으로 나갔다.

카난의 발소리가 완전히 사라지자 리슈는 바닥에 비틀비틀 주저앉았다. 천장을 올려다보는 눈은 눈물로 흠뻑 젖어 있었다. 이런 짓을 하고 싶었던 게 아닌데, 도대체 왜 이렇게 되어 버렸을까. 하지만 누군가를 공격하지 않으면 자신이 공격을 당한다. 그런 불안 때문에 카난에게 화풀이를 하고 말았다.

지금 자신의 얼굴은 흉하게 일그러져 있을 것이다. 큰 소리로 엉엉 울고 싶었지만 여기서 울면 누가 올지도 모른다. 리슈는 무릎을 꽉 끌어안았다.

"리슈, 리슈."

옆방에서 목소리가 들렸다. 천장에서 대롱이 내려오고, 소테이가 말을 걸고 있었다. 귀가 밝은 소테이는 방금 전의 그 난리 법석을 다 들었으리라.

"무슨 일이야? 시녀가 나갔나 본데."

"아무것도 아니야."

리슈는 옆방으로 가서 또다시 옷장 앞에 웅크리고 앉았다. 달콤쌉쌀한 향기에 마음이 차분해졌다. 흐릿하게 들려오는 소테이의 목소리 덕분에 리슈는 안도감을 찾을 수 있었다.

도대체 어떤 아이일까?

"있잖아, 리슈."

"왜애?"

"이제 곧 감시자가 내려갈 텐데, 위로 올라가 보지 않을래?"

너무나 달콤한 목소리였다.

평소였다면 망설이다 거절했으리라. 하지만 지금의 리슈에게는 그만큼의 여유가 없었다.

소테이의 제안을 거절할 이유도 없었다.

발소리가 들렸다. 리슈는 문에 귀를 대고 위에서 내려온 사람이 지나쳐 가기를 기다렸다. 심장이 쿵쿵 뛰는 소리가 들렸다. 지나가는 감시자에게 들리지 않을까 걱정하며 리슈는 조용히 숨을 죽였다. 지금 여기서 무슨 소리를 낸다 해도 감시자가 딱히 수상하게 여길 이유는 없겠지만, 이제부터 하려는 일 때문에 리슈는 극도로 긴장하고 있었다.

계단을 내려가는 소리가 들리고, 문이 열렸다 닫히는 소리가 났다. 리슈는 정신없이 쿵쿵 뛰는 심장을 진정시키려 애쓰며 방 밖으로 나갔다.

발소리가 울려 퍼지지 않도록 신발을 양손에 들고, 살그머니 복도를 걸어갔다. 그리고 계단을 한 걸음 한 걸음 밟아 올라가 문을 연 뒤, 소리가 나지 않도록 천천히 열었다.

위층은 리슈가 있던 곳보다 더욱 낡고 황폐했다. 리슈가 있던 층은 그래도 청소가 되는 편이었지만 이곳은 왠지 먼지가 가득한 느낌이었다. 리슈는 신발을 신고 주위를 둘러보았다. 방이 여러 개 있었는데 그중 한 곳, 문이 열려 틈새가 살짝 벌어진 곳이 있었다.

리슈는 두근거리는 기분으로 문을 두드렸다.

"소테이?"

반응이 없다. 다른 방이었을까, 하고 등을 돌린 순간 리슈의 몸에 무언가가 감겼다.

"하하, 어서 와~"

또렷하게 들리는 소녀의 목소리가 리슈의 귓가에 울려 퍼졌다. 등 뒤에서 뻗어 온 손은 희고 가늘며, 새파란 핏줄이 도드라져 보였다.

"계속 기다렸단 말이야."

달콤쌉쌀한 특유의 향기가 났다. 천장에서 쭉 풍기던 냄새였다.

"소테이?"

목덜미에 오싹 소름이 돋은 리슈의 머리 위로 소테이가 턱을 얹은 모양이었다. 무언가가 목덜미를 간질였다.

새하얀 뭉치였다. 가늘고 보드라운 최고급 비단실이 묶여 있었다. 옷에 달린 술일까.

"리슈, 피부가 너무 곱다. 햇볕에 타진 않았지만 건강한 피부색이야."

소테이가 손가락으로 리슈의 뺨을 콕콕 눌러 댔다.

"머리도 아름다워, 새까만 색이야. 이런 곳에서도 머리를 열심히 빗겨 주는 사람이 있구나. 부럽다. 응? 하지만 음식 먹는 법이 서툰가 보네. 밥풀이 묻어 있어."

머리에 붙어 있던 밥풀을 가느다란 손가락이 살짝 쥐었다. 그리고 떨구듯 떼어 내자 바닥에 톡 떨어졌다. 그 손끝은 드문드문 붉게 물들어 있었다. 화상을 입은 자국이 있었는데 지금은 낫는 중인 듯 보였다.

"가여워라. 어머니는 어린 시절 돌아가시고, 철이 들었을 무렵에는 정치의 도구로 이용당하고. 가족들에게서는 찬밥 취급을 당하고, 시녀들에게서도 무시당하고."

그렇다, 정말 그랬다.

"너무나도 가여워. 아무도 널 알아주지 않아. 왜 너만 항상 그런 꼴을 겪어야 하는 걸까?"

다정한 목소리와 향기가 리슈를 감쌌다. 하얀 피부에서는 체온이 느껴졌다. 이렇게 가까이서 사람의 피부를 느끼는 건 정말 오랜만이었다.

온몸이 흐느적흐느적 녹아내리는 것만 같았다.

"다들 너무해. 리슈가 착하니까 괴롭히고 몰아붙이는 거야."

달콤한 향기에 몽롱해진 리슈는 소테이의 말에 고개를 끄덕였다. 그렇다, 모두가 항상 자신을 괴롭히기만 한다. 소홀히 취급하고, 이용만 한다.

도대체 자신이 뭘 잘못했단 말인가.

아주 오래전부터.

옛날부터….

리슈의 안개 낀 머릿속에 문득 물음표가 떠올랐다. 어떻게 알았을까, 자신이 언제 아버지 이야기를 했던가?

"다 식은 밥을 어두운 방 안에서 먹어야만 한다니."

식사가 식었다는 이야기를 언제 이야기했던가?

의문을 느꼈지만 리슈의 머리는 제대로 돌아가질 않았다. 그러나 그때 소테이의 힘이 약해졌다. 리슈는 몸을 돌려, 계속 목소리로만 접하던 인물과 대치했다.

"표정이 왜 그래? 내가 그렇게 이상해?"

미소를 짓는 소녀의 얼굴은 한 번도 본 적 없는 색채를 띠고 있었다.

흔한 말로 표현하자면 아름다웠다. 복숭아 같은 얼굴형에 앵두처럼 도톰한 입술. 하지만 피부색이 너무도 옅었다. 서쪽에 사는 백성들은 하얀 피부를 갖고 있지만, 그보다도 훨씬 하얀색이었다. 백분을 아무리 발라도 결코 나올 수 없는 하얀색이다. 머리카락 또한 노파처럼 하얗다. 리슈가 좀 전에 술 장식으로 착각했던 건, 등 뒤로 반듯하게 풀어 내린 그 머리카락이었다.

"응? 이상해?"

천천히 내리까는 속눈썹마저 흰색이었다. 그리고 그 안에 들어앉아 있는 눈동자는 홍옥처럼 선명한 붉은색을 띠고 있었다.

서도에 가는 동안 그 소문을 들은 적이 있었다. 도성의 유력자들을 포로로 삼고, 각지를 떠들썩하게 만든 신선 같은 여자.

"바이냥냥⋯."

"알고 있었구나? 그럼 우린 똑같네."

소테이는 리슈의 머리카락을 손가락에 돌돌 감았다.

"나도 너에 대해 알고 있었거든. 설마 같은 곳에 올 거라고는 생각도 못 했지만."

소테이는 방긋 웃더니 리슈의 머리카락을 잡아당겼다.

"검은 머리, 정말 부럽다."

"⋯⋯."

"건강한 피부. 햇볕 밑으로 나가도 짓무르지 않겠지."

"……."

"난 창을 통해 들어오는 빛조차도 눈이 부셔. 리슈는 계속 어두컴컴한 방이라고 투덜거렸지만, 난 그 어두컴컴한 곳에서밖에 살아갈 수가 없어."

그 눈이 가늘어지더니, 리슈를 빤히 응시했다.

"네가 괴롭힘을 당했던 건 다른 누구도 아닌 너 자신의 탓이야."

가느다란 손가락이 리슈의 뺨을 스쳤다. 까칠한 그 손끝이 피부에 따갑게 느껴졌다.

"굶주림을 모르고 자라면서, 아무런 의문도 갖지 않고 예쁜 옷을 받아 입었겠지. 하지만 아무것도 안 하고 계속 우물쭈물하고만 있었을 거야. 리슈, 자기 스스로 자기 몸을 지키지 못하면 주위의 표적이 되는 건 너무나도 당연한 일이야."

뺨을 감싸고 있던 손가락이 세게 파고들었다. 소테이는 손톱을 세워 리슈의 뺨에 상처를 냈다.

"널 보고 있으면 답답해."

소테이의 얼굴에 주름이 잡혔다. 혐오감을 노골적으로 드러내는 그 표정과 말에 리슈는 몸을 움츠렸다.

"존재만으로도 짜증이 나."

소테이의 차가운 시선에 리슈의 심장은 펄떡 뛰었다.

지금까지 수없이 봐 왔던 시선 위로 그것이 겹쳐 보였다.

아버지의 시선, 이복 언니의 시선, 시녀들의 시선….

이가 딱딱 부딪쳤다. 붉은 눈동자 속으로 빨려 들어갈 것만 같았다. 벌레 우는 소리와도 비슷한, 술렁이는 소리가 들렸다. 그것은 뒤에 숨어 리슈의 험담을 하는 하인들의 목소리였다.

"그만…해….'

리슈는 고개를 마구 가로저으며 빨간 손톱자국이 남았을 뺨을 감싸 쥐고, 겁먹은 눈빛으로 소테이를 쳐다보았다.

소테이는 빈정거리는 미소를 지었다.

"정말 짜증나. …옛날의 나를 보는 것 같아."

소테이가 무슨 말을 하든 이젠 아무래도 상관없었다. 그저 이 자리에서 벗어나고만 싶어, 리슈는 뛰쳐나갔다. 낡아빠진 복도를 달리고 계단을 뛰어올랐다. 위층으로 올라가는 문은 소테이가 말한 대로 잠겨 있지 않았다. 리슈는 계속 달려 점점 위로 올라갔다.

계단을 몇 번이나 올라갔을까. 옷자락이 다 더럽혀지고, 바닥이 삐걱거리는 소리가 더욱 요란하게 났다.

아까와는 다른 문이 보였다. 그곳만은 잠겨 있는 듯했지만 자물쇠는 무참히도 다 썩어 떨어져 있었다. 리슈는 문손잡이를 움켜쥐었다. 그리고 조금 묵직한 그 문을 여니 눈앞에는 납빛 하늘이 펼쳐져 있었다. 도성 전체를 내려다볼 수 있는 그 풍경을 보면서 과거의 유력자들은 한 손에 술잔을 든 채, 자신의 영

광이 영원히 이어질 거라 생각했음이 틀림없었다.

노대였다. 그곳은 비바람에 노출된 탓인지 내부보다 노후화가 훨씬 심각하게 진행되어 있었다. 신발로 밟으니 바닥이 푹 꺼지고 삐걱거렸다.

평소였다면 무서워서 꼼짝도 못 했겠지만, 리슈는 앞으로 나아갔다.

발밑이 불안했지만 한 걸음 한 걸음 앞으로 나섰다. 난간도 다 낡아, 원래 칠했던 염료도 다 삭아 벗겨져 있었다.

아래에서 바람이 불어와 리슈의 뺨을 스치고, 헝클어진 머리를 더욱 헝클어뜨렸다.

새가 날아오는 모습이 보였다. 너무나도 자유로워 보이는 그 모습에 리슈는 손을 뻗었지만 당연히 닿지 않았다.

그저 바보처럼 허공을 움켜쥐려 하는 자신의 손끝을 쳐다볼 수밖에 없었다.

약사의 혼잣말

1 6 화 ⋮ 바센과 리슈

　소식을 들은 마오마오와 진시는 다급히 말을 달렸다. 마차 따위에 탈 겨를조차 없어, 진시는 전령으로 온 사내가 탔던 말을 차지했다. 마오마오는 진시에게 허락도 받지 않고 말에 올라탄 후 진시의 몸을 끌어안았다.

　"빨리 달릴 테니 떨어지지 마라."

　그것이 승낙의 뜻이라고 이해한 마오마오는 향긋한 등에 얼굴을 묻고 떨어지지 않으려 버텼다.

　궁정에 들어갈 때 표식을 보이는 일조차 귀찮았는지 진시는 복면을 벗고 얼굴만으로 통과했다. 말은 멈추지 않고 달려 리슈 비가 유폐되어 있는 탑으로 향했다.

　이미 탑 앞에는 사람들이 와글와글 몰려들어 있었다.

　탑을 지키는 위병들 외에도 관리니 관녀니 하는 구경꾼들도 북적거려, 무관이 들어오지 말라고 사람들을 막고 있었다. 관녀들 중에서는 재빠르게 진시를 찾아내고는 얼굴을 붉혔다가, 곧이어 마오마오를 보고 눈을 세모꼴로 뜨는 자도 있었다. 지금은 그런 자들을 상대할 틈도 없어 마오마오는 무시하고 진시를 따라갔다.

탑 꼭대기 층에 여자의 모습이 보였다. 멀리서 봐도 긴 머리를 풀어헤친 젊은 여자, 리슈 비였다. 뭘 하고 있는지는 알 수 없었다. 하지만 무언가를 붙잡으려는 듯 한 손을 크게 뻗어 하늘로 향하고 있었다.

'저런 곳엔 왜 갔지?'

매우 오래된 건물이며 심지어 발밑이 삐걱거리는 장소인데, 겁 많은 리슈 비가 정말 스스로 저런 높은 곳까지 올라갔을까?

하지만 너무 멀어서 표정까지 보이진 않았다. 도대체 뭘 하고 있는지 알 수가 없었다.

"비켜요, 비켜!"

귀에 익은 여자 목소리가 들렸다.

위병들이 리슈 비의 시녀장을 가로막고 있었다. 시녀장은 손을 크게 뻗으며 탑 안으로 들어가려 했지만 제지만 당할 뿐이었다.

"리슈 님이!"

그 옷은 어째서인지 진흙으로 더럽혀져 있었다. 위병들이 가로막는 이유도 그 부자연스럽게 지저분한 차림새 때문이었다.

마치 누군가가 뭉쳐 던진 진흙을 온몸에 맞기라도 한 듯했다.

그때 더욱 낯익은 얼굴이 나타났다.

"이게 도대체 어떻게 된 일이야? 왜 리슈 비전하가 저런 곳에!"

숨을 헐떡이며 나타난 사람은 바센이었다. 바센 또한 지금 막 이야기를 듣고 쫓아온 듯했다. 훈련 중이었는지, 늘 입고 다니는 관복이 아니라 무술 연습복 차림으로 보였다.

당황한 시녀에 시끄러운 남자까지 나타나는 바람에 상황은 더욱 혼란에 빠지고 말았다. 위병들은 이제 바센 상대까지 해야 했다. 그들은 마구잡이로 밀고 들어가려는 바센을 막으려 했지만, 반대로 그런 위병들이 질질 끌려가는 상황이었다.

'무지막지한 괴력이라니까.'

그것은 서도 여행에서도 충분히 알 수 있었던 사실이지만, 바센의 경우 뭔가가 더 있는 듯한 느낌이 들었다. 그러나 지금은 그것보다 리슈 비 문제가 먼저였다.

"진정들 해!"

늠름한 미성이 울려 퍼졌다. 바센과 시녀장의 움직임이 딱 멎고, 시선이 목소리의 주인 쪽으로 향했다.

진시가 무관 중 한 명에게 말을 맡기고 두 사람에게로 성큼성큼 다가갔다.

"내가 가겠다."

"하, 하지만…."

"내가 가겠다고 말하지 않았느냐."

결코 반박을 허용치 않는 얼굴이었다. 시녀장은 비틀비틀 지면에 주저앉았다. 얼굴에는 붉은 줄이 나 있었고, 머리에는 밥풀이 묻어 있었다.

'괴롭힘이라도 당했나?'

불가능한 이야기는 아니다. 후궁 이외에도 성격이 고약한 자들은 얼마든지 있다. 밀통한 혐의가 있는 비가 탑에 갇혔으니 소문은 쉽게 퍼졌을 테고, 그런 비를 모시는 시녀장도 누군가에게서 괴롭힘 한두 번쯤 당하는 건 이상한 일이 아니다.

보아하니 리슈 비에게 붙어 있는 시녀는 이 여자 한 명뿐인 듯했다. 누구의 도움도 받지 못하고 쭉 혼자서 버텼던 모양이다.

처음에는 얄미운 독 시식 담당 시녀였는데 사람은 변하는 법이라고 마오마오는 생각했다.

"왜 비전하를 혼자 놔뒀지? 식사를 가지러 갔나?"

진시는 다정하지 않지만 차갑지도 않은 목소리로 물었다. 오히려 그 차분한 반응에 안정을 얻었는지 시녀장이 입을 열었다.

"요 며칠 동안 비전하께서 몹시 우울해하셨어요. 방 밖으로 나오시지도 않고, 환기가 안 돼서인지 더 마음이 약해지셔서…. 오늘은 그만 한계에 부딪히셨던 모양이에요. 아무도 믿을 수가 없었는지 제게도 방 밖으로 나가라고 하셨어요."

"그래서 머리가 식을 때까지 밖에 나가 있었다는 말인가?"

"네. 옷을 갈아입을 필요가 있었거든요. 결국 한 번 더 갈아 입어야 하는 꼴이 되었지만요."

시녀장은 진흙으로 더럽혀진 치맛자락을 내려다보았다.

진시는 알겠다며 탑 안으로 들어갔다.

"저도 함께 가겠습니다."

바센은 진시를 따라가려 했으나 진시는 그런 바센을 가만히 응시했다.

"네가 올 필요는 없다. 네 역할도 아니지 않느냐."

그 말에 바센은 얼굴을 일그러뜨리며 주먹을 부르쥐었다.

'틀린 말은 아니지 뭐.'

후궁에서 일했기에 리슈 비와 면식이 있는 진시와는 달리, 바센은 그저 서도 여행에서 잠시 동반했던 존재에 불과하다. 바센은 리슈 비에게 무슨 특별한 감정을 품고 있는 것 같긴 했지만 어쨌거나 바센이 할 일은 아니다.

"하지만…."

바센은 분한 표정으로 진시를 마주 보았다.

"너는 내 보좌다. 그게 무슨 의미인지 알고 있느냐?"

"……."

"최악의 상황을 항상 염두에 두고 행동해야 한다. 그럴 수 있는 사람은 너 한 명뿐이야."

진시는 그렇게 말하고 나서 탑 안으로 들어갔다.

'신뢰가 아주 두터운걸.'

진시가 최고의 행동을 했는지 어떤지는 모르겠지만 아무튼 무난한 판단이라고 마오마오는 생각했다. 그리고 마오마오 역시 자신이 할 수 있는 일을 하는 수밖에 없다.

바센은 고뇌와 결심이 뒤섞인 표정을 지었다. 그리고 주위에 있던 관리를 불러 지시를 내렸다. 최대한 많은 양의 이불을 긁어모아 오라는 말인 듯했지만, 이 높이에서는 아무리 그래도 어려웠다.

마오마오는 또 자기 나름대로 할 수 있는 일이 있었다.

"리슈 비전하에게 또 다른 이상한 점은 없었나요?"

마오마오는 주저앉은 시녀장의 등을 쓰다듬어 주며 물었다.

뺨의 상처는 어쩌면 짜증이 난 리슈 비가 냈을지도 모른다. 아무리 얌전한 그 비라도 인간 불신에 빠지면 그 정도 화풀이는 할 수 있을 테니 말이다.

"이상한 점인지 아닌지는 모르겠지만 최근 들어 계속 천장이 신경 쓰이셨던 것 같아요. 전 그저 천장에 구멍이 난 것 때문에 그러신다고만 생각했는데…."

위층이 궁금했을까. 저렇게 꼭대기 층까지 올라갔을 정도니 말이다.

"위에도 사람이 있었나 봐요. 이상한 냄새가 방 안에 가득했는데, 어쩌면 위층에서 흘러내려온 건지도 몰라요."

"이상한 냄새요?"

"네. 향 같은데 한 번도 맡아 본 적 없는 냄새였고, 저는 별로 안 좋아했어요. 하지만 리슈 님은 마음에 드셨는지 냄새가 강한 곳에 자주 앉아 계시곤 했죠."

마오마오는 고개를 갸웃거리며 이번에는 위병을 쳐다보았다.

"저 탑 안에 누가 또 있었나요?"

그 질문에 위병들은 서로 얼굴을 마주 보며 대답하기 곤란하다는 표정을 지었다. 알고는 있지만 말할 수 없다는 얼굴들이었다.

"누가 있었나요!"

마오마오가 말꼬리에 힘을 주어 다시 묻자 의외의 곳에서 답변이 돌아왔다.

"있었던 게 아니라, 지금도 있어."

저벅저벅 발자국 소리를 내며 다가온 사람은 곱슬머리 안경 주판 인간이었다.

"혹시 누가 안에 들어갈 일이 생기면 최대한 멀리 떨어뜨려 놓아 달라고 부탁했는데."

위병을 살짝 질책하는 듯한 말투로 라한이 말했다.

"정말 죄송합니다. 탑의 노후화가 심해, 그 위층은 쓸 수 있는 상태가 아니었습니다."

"달리 누가 또 들어오리라고는 생각도 못 했지. 설마 비전하
가 들어갈 줄이야."

라한이 어깨를 으쓱하며 말했다.

"무슨 소리야?"

"무슨 소리고 자시고, 내가 의뢰했으니까. 외교 문제로 발전
할 수도 있는 상황이어서."

"외교?"

마오마오는 통 영문을 알 수가 없었다. 왜 그런 얘기가 나오
는 걸까?

"말했잖아, 서방 미녀와의 회담에 너도 참석하라고. 그 미녀
에게 부탁받았던 일이야."

"미녀라면, 그 서쪽 특사 말이야?!"

"목소리가 너무 커."

라한이 마오마오의 입을 틀어막았다.

위병들에게는 들리지 않았던 모양이지만, 시녀장은 반응했
다.

"서쪽 특사… 그러고 보니…."

"왜 그러세요?"

"아뇨, 예전에 리슈 님 주위에 이상한 일이 일어난 적 없느냐
고 물으셨잖아요? 지금 생각났는데요…."

"뭐죠?!"

마오마오는 거의 물어뜯을 기세로 시녀장의 어깨를 덥석 잡았다.

"시녀 한 명이 새를 놓친 적 있어요. 특사님에게서 받았다는 하얀 새를."

"새요? 거울이 아니라?"

특사는 상급 비 네 명에게 각각 커다란 거울을 헌상했을 텐데, 그게 아니었단 말인가.

"네, 그것도 있었지만 리슈 님이 제일 어리다는 이유로 하얀 새 암수 한 쌍을 선물해 주셨어요. 부모님 곁을 떠나 쓸쓸하지 않으냐면서 말이에요."

"새 한 쌍?"

"네. 리슈 님은 동물 털이나 새 깃털을 만지면 재채기를 하시기 때문에 거의 들여다보지도 않으셨지만요. 돌보는 일도 미안하지만 하녀에게만 맡겨 뒀어요. 지난번에 리슈 님이 자리를 비우셨을 때 한 마리만 놓친 줄 알았더니, 또 한 마리까지 놓쳐 버려서…."

'새를… 놓쳐?'

마오마오는 왠지 거기서부터 뭔가가 연결되어 있는 듯한 기분이 들었다. 그게 뭐였을까, 열심히 기억을 더듬어 보았다.

'혹시….'

"그건 비둘기 아니었나요?"

"비둘기였는지도 모르겠네요. 저도 살아 있는 모습을 본 적이 없어서 잘은 모르지만, 구구 우는 소리가 났던 것 같아요."

비둘기는 본래 살던 둥지로 돌아오는 습성이 있다.

그리고 리슈 비가 베껴 쓴 소설은 비비 꼬아 끈으로 만들어 숨겼다고 들었다. 하지만 사실은 비둘기 다리에 묶어 날려 보냈다면.

게다가 또 한 가지.

"작년 여름, 서방의 특사들이 왔던 연회 때 무슨 이야기가 나온 적은 없나요? 특사 본인이 아니라 그 종자들에 대한 이야기라도."

"그러고 보니…."

'서방의 남자분들은 성품이 아주 호방하고 멋지시더라.'

시녀들 중 그런 말을 한 자가 있다고 한다.

'경솔했다.'

마오마오는 당연히 대상이 그 책을 팔고 갔으리라고만 생각했다. 하지만 서쪽에서 온 손님이라면 번역본을 한발 빠르게 손에 넣었다고 생각해도 이상하지 않다.

본래 작년 연회는 특사들이 황제와 그 아우에게 자신들을 선보이기 위해 찾아오는 바람에 마련된 행사였다. 미리 정보를 손에 넣기 위해 궁녀들과 이야기를 나눴을 수도 있고, 그중에서 가장 빈틈이 많아 보이는 부분을 공략하는 건 당연한 일이다.

이들이 정보를 모으던 중 가장 함정에 빠뜨리기 쉬워 보이는 사람이 리슈 비라는 사실을 알게 되었다면, 리슈 비에게 공격이 집중되었던 이유도 설명할 수 있다.

'당했다.'

그렇지 않아도 시 일족 문제와 관련되어 있으면서도 천연덕스러운 얼굴로 시치미를 뚝 떼던 자들이다. 더 빨리 알아차렸어야 했다.

그러나 지금은 그런 후회를 하고 있을 때가 아니다.

"라한, 그럼 지금 저 탑 안에 있는 인물은 누구야?"

"……."

라한은 마오마오에게 다가와 귓속말을 했다. 그 이름을 들은 순간 마오마오의 전신에서 갑자기 비지땀이 뿜어져 나왔다.

"하얀 선녀."

하필이면 고르고 골라 그 인물이라니. 그렇다면 비의 방 안에 가득했다던 냄새도 이해할 수 있었다. 약에 정통한 그 선녀라면 향 속에 판단을 둔하게 만드는 약을 섞어 넣었을 가능성도 높다.

마오마오는 옆에 있던 라한을 밀어내고 탑으로 향했다. 바센은 이미 사라지고 없었다. 진시의 말대로 최악의 상황에 대비하여 움직이고 있는 걸까.

아니, 지금은 아무래도 상관없다.

빨리 리슈 비의 용태를 진찰해야만 한다.

당황한 위병들 쪽은 쳐다보지도 않고 마오마오는 탑 안으로 들어갔다. 복도, 계단, 복도, 계단. 눈이 빙빙 돌 것 같은 구조 때문에 정신을 차릴 수가 없었지만 그래도 계속 올라갔다. 어질어질한 머리를 꾹 누르던 마오마오는 자신이 꼭대기 층에 도달했음을 깨달았다. 눈앞에 남자들이 서 있었기 때문이었다.

활짝 열린 문 앞에 진시가 있었다. 그 안쪽, 노대 위에는 초점이 맞지 않는 눈동자의 리슈 비가 있었다. 진시는 차분한 태도로 말을 걸고 있었다. 노대는 다 낡고 허술한 상태여서 체중이 가벼운 리슈 비 정도는 버틸 수 있어도, 진시가 올라가면 바닥이 무너질 게 뻔했다.

그렇기 때문에 대화로 설득해서 돌아오게 만들어야 하지만….

"…지 마…. 오지 마…."

리슈 비는 무엇을 보고 있을까. 그저 고개를 좌우로 빠르게 흔들고, 얼굴에는 공포만이 가득할 뿐이었다.

눈앞에 있는 사람은 자신이 그토록 동경하던 아름다운 사내인데도 리슈 비는 마치 괴물이라도 보는 듯 고통스러운 표정을 짓고 있었다.

그 어떤 미모라 해도 지금의 리슈 비에게는 보이지 않는다.

무슨 환각이라도 보이는 듯했다.

"비전하."

진시는 그래도 상대를 자극하지 않도록 조심스럽게 말을 걸고 있었다. 진시의 방법은 틀리지 않았다. 계속 이야기를 이어가면서 리슈 비가 정신을 차리기를 기다리다 보면 성공할 것이다.

마오마오는 살며시 진시의 뒤로 가서 섰다. 진시의 체중으로 노대 위에 올라가기는 어렵다. 이 이상 가까이 다가가는 역할은 마오마오가 더 적합하다.

"제가 가겠습니다."

"아니, 잠깐."

마오마오는 진시의 손을 뿌리쳤다.

솔직히 가고 싶진 않았다. 이렇게 발 디딜 곳이 마땅치 않은 상황에서 바닥이 무너지기라도 한다면 어쩌란 말인가. 이 비는 도대체 왜 이런 귀찮은 짓을 저지른 걸까.

퍼붓고 싶은 불평은 끝도 없이 떠올랐지만, 그래도 마오마오는 바보처럼 앞뒤 가리지 않고 바로 행동에 나섰다.

어차피 이미 올라탄 배다. 마오마오는 그냥 끝까지 가 볼 생각이었다. 여기까지 왔으니 무슨 일이 있어도 리슈 비를 꼭 살려 내야겠다는, 그런 마음이 싹트고 있었다.

"비전하, 아뒤 님이 기다리고 계세요."

여기서 가족의 이름을 거론하는 건 역효과일 것이다. 진시조차 이 모양이니 말이다. 마오마오는 지금의 비를 가장 안심시킬 수 있는 인물의 이름을 꺼냈다.

"아둬… 님?"

비가 움찔 반응했다. 그 이름을 무서워하는 기색은 없었다.

"네, 이제 곧 오실 거예요. 그때까지 얼른 옷을 갈아입도록 해요."

마오마오는 절대 '돌아오라'고 직접적으로 말하지 않았다. 그저 그 노대 위에서 이쪽으로 이동해 주기만 하면 된다.

이대로 진정하고 돌아와 주기만 하면….

하지만 일은 그렇게 쉽게 풀리지 않았다.

달콤쌉쌀한 향기가 마오마오의 코를 스쳤다.

발소리도 내지 않고 옆을 스쳐 지나간다. 너무나 자연스러운 동작이었기에 아무도 반응하지 않았다. 마치 바람이 불어오는 듯, 하얀 소녀의 존재를 그 누구도 알아차리지 못했다. 그나마 제일 먼저 그 존재를 알아본 진시가 이쪽으로 오는 소녀를 제지하려 했다.

"꺄하하하하하하하!!!"

소리 높여 우는 새 같은 웃음소리가 울려 퍼졌다. 그 소녀가 한 일이라고는 그저 웃은 일뿐이었다. 새빨간 두 눈을 가늘게 뜨고 마치 짐승처럼 자지러지게 웃어 댄 게 전부였다.

마오마오의 온몸에 소름이 쭉 끼쳤다. 그리고 반사적으로 리슈 비에게 손을 뻗었다.

하지만 이미 늦었다.

고작 그 정도만으로도 리슈 비를 동요시키기에는 충분했다. 비는 얼굴을 일그러뜨리며 몸을 뒤쪽 난간에 기댔다. 여자의 찢어질 듯 높은 웃음소리, 그것은 얼마나 끔찍하게 비의 공포를 부추겼을까.

노후화된 난간은 그 가녀린 몸조차 받쳐 주지 못했고, 리슈 비는 아무것도 없는 허공으로 떨어져 내렸다.

마오마오는 노대 위를 박차고 달렸다. 하지만 바닥 판자가 쑥 빠지고, 마오마오까지 떨어지고 말았다. 바람을 전신으로 느낀 바로 그 순간 배에 압박감이 느껴졌다.

"안 돼!"

간발의 차이로 마오마오는 진시에게 붙잡혔다. 붙잡히긴 했지만 붙잡지는 못했다.

끌어올려진 마오마오의 손에는 아무것도 없었다. 리슈 비는 없었다.

○ ● ○

이제 모든 것이 다 끝난다.

리슈는 웃고 있었다. 떨어져 내리는 이 몸이 지면에 부딪히면, 이제 두 번 다시 깨어나지 않는 잠에 빠져들게 되리라.

흐릿하게 보이던 풍경들이 점점 선명해져 갔다. 무너진 노대에서 항상 퉁명스러운 표정만 짓고 있던 약사의 얼굴이 보였다. 아아, 방금 전까지 누군가가 계속 말을 거는 것 같았는데 어쩌면 저 약사였을지도 모르겠다고 리슈는 뒤늦게 이해했다.

그 누구에게서도 사랑받지 못하고, 필요로 해 주는 사람도 없는 자신. 방해만 될 바에야 차라리 사라져 버리는 게 나을지도 모른다.

비웃음을 사고, 무시당하고, 소홀한 취급을 당하는 일도 이젠 없을 것이다. 심술궂게 웃는 얼굴이 자신을 깔보는 일도 사라지겠지. 하지만 지면에 떨어지기까지의 순간이 너무나도 길게 느껴졌다. 어쩌면 정말로 날개가 돋아나 새처럼 날아가고 있는지도 모른다. 하지만 그런 환상은 그만두자. 현실로 돌아왔을 때 더 슬퍼지기만 할 뿐이니까.

눈을 감고, 이제 최후를 기다리려던 순간이었다.

"비전하!"

목소리가 들렸다. 어딘가에서 들어 본 적 있는 목소리인데, 누구였을까. 얼굴이 문득 그쪽을 향했다.

수없이 많은 지붕들이 겹겹이 펼쳐진 가운데 남자가 서 있었다. 성인이지만 수염을 기를 정도의 연령에는 아직 달하지 못한 청년. 어딘가 신경질적인 인상을 주는 그 미간이 기억 속에 남아 있었다.

서도 연회 때 사자를 물리쳐 주었던 그 청년이었다.

아직 고맙다는 말도 하지 못했다. 몇 번인가 말하려 했지만 차마 꺼낼 수가 없어, 조만간 편지를 보내야겠다고 생각하고 있었다. 지금 생각해 보니 편지를 보내지 않길 참 잘했던 것 같다. 괜히 저 사람까지 이상한 누명을 쓰게 되었다면 너무 미안한 일일 테니까.

하지만 이제라도 감사 인사는 하고 싶었다. 리슈는 입을 열었다. 들릴지 어떨지 모르지만, 그래도 짤막하게나마 '고마워' 정도는 말할 수 있을 터였다.

그러나 그 입술을 움직이기도 전, 청년은 말도 안 되는 행동을 저질렀다.

청년이 지붕 위를 달렸다. 오래된 기왓장이 깨져 파편이 흩날렸다. 그냥 걷기도 힘든 곳을 있는 힘껏 박차고, 청년은 날아올랐다. 날아서 리슈를 붙잡았다.

도대체 이게 무슨 짓이란 말인가.

정말 제정신인가.

이 높이에서 떨어지면 그 누구도 멀쩡할 수가 없다. 아무리 신체를 단련한 무인이라 해도 두 사람 몫의 체중으로 지면에 처박히는 순간 살아남을 가능성은 없을 터였다. 그런데도 이 청년은 리슈를 자신의 두 팔로 감싸 안고 있었다.

왜 아무런 가치도 없는 자신을 끌어안고 있는 걸까. 결국 둘 다 무의미하게 죽고 말 텐데.

이러지 말아 줬으면 좋겠다. 도대체, 왜.

눈물이 흘러넘쳤다. 하지만 청년은 그런 리슈의 마음도 모르고 어설픈 미소를 지었다.

그러고는….

콰악, 하는 격렬한 소리가 났다. 청년의 왼다리가 아래층 지붕에 걸렸다. 하지만 그것도 한순간이었을 뿐, 두 사람의 몸은 다시 떨어졌다. 청년의 왼다리가 이상한 방향으로 덜렁덜렁 꺾여 있었다.

"아, 안…."

안 돼, 하는 말조차 끝까지 나오질 않았다. 그 전에 청년이 멀쩡한 오른다리로 지붕을 걷어찼다. 도대체 얼마나 힘을 들였는지, 기왓장 파편이 마구 튀었다.

둘은 버스럭거리는 소리와 함께 덤불에 처박혔다. 시퍼런 풀 냄새가 진동했다. 탑 옆에 있는 커다란 나무에 내리꽂힌 모양이었다. 청년은 한 팔로 리슈를 안은 채 그 가지를 움켜쥐었다. 하지만 움켜쥐려 했으나 떨어지는 기세가 지나쳐, 두 사람 몫의 체중을 미처 지탱하지 못하고 손이 떨어졌다. 혀 차는 소리와 함께 나무 기둥에 손톱이 꽂혔다.

쿵, 하는 충격과 함께 낙하가 멈추었다.

충격은 느껴지지만 아프진 않았다. 리슈의 몸은 직접 바닥에 닿지 않았다. 청년의 몸이 바로 아래에서 리슈를 지켜 주었다. 그리고 그 아래에는 이불이 겹겹이 쌓여 있었다. 보아하니 주위에 제법 넓은 범위로 이불들을 잔뜩 깔아 놓았다.

청년의 두 다리는 부러지고, 왼손 손톱은 다 갈려서 새빨갛게 물들어 있었다. 아무리 이불을 깔아 놓았다고는 해도 이 정도 두께로는 등뼈 역시 멀쩡하지 못할 가능성이 높았다.

청년은 그야말로 만신창이가 된 몰골이었다. 하지만 그 얼굴에는 어설픈 미소가 떠올라 있었다.

"…도대체 왜?"

왜 구해 주었을까, 왜 그냥 내버려 두지 않았을까. 그런 질문을 할 여유조차 없었다. 그저 온몸을 바쳐 자신을 지켜 주고 구해 준 사람 앞에서 뭘 어떻게 해야 좋을지 리슈는 그조차 알지 못했다.

유일하게 무사한 청년의 오른손은 어째서인지 떨리고 있었다. 그 손은 떨면서 천천히 리슈의 몸에서 멀어져 갔다.

"다치신 곳은 없으십니까?"

"도대체 왜…."

그 뒤로 무슨 말을 해야 좋을지 알 수가 없었다. 리슈의 눈앞은 그저 눈물로 뿌옇게 흐리기만 했고, 반대로 이 상처투성이가 된 청년의 얼굴에는 환한 미소가 가득했다.

"어디 아픈 곳이라도 있으십니까?"

그게 아니다. 아파서 울고 있는 게 아니다. 리슈는 열심히 고개를 가로저어 부정했다.

"정말 죄송합니다. 긴급한 상황이었기에 이런 누추한 차림새로⋯."

그것도 아니다. 그런 걸 신경 쓰는 게 아니다.

"힘을 너무 주지 않도록 조심했습니다만, 그래도 혹시 몸에 멍이 생겼다면 벌을 내려 주십시오."

"⋯⋯."

왜 그런 말을 하는 걸까. 리슈를 감싸고 있던 두 팔은 힘차면서도 다정했다. 왜 벌을 내려야 한단 말인가.

오열이 터져 나왔다. 청년이 당황했다. 아니, 리슈를 걱정하기보단 자기 자신을 걱정해야 할 때일 텐데.

"왜⋯ 나 따위를 왜 구해 준 거죠?"

밀통을 했다는 의심을 받고 있는 비 따위는 이미 주상도 버렸으리라. 목숨을 걸고 구해 줄 필요까지도 없다.

"자기 자신을 너무 비하하지 마십시오. 구해 드릴 가치가 충분히 있었기 때문에 저도 구해 드린 겁니다."

청년은 그렇게 말하며 아직 무사한 오른손을 내밀어, 흘러넘치는 리슈의 눈물을 쑥스러운 듯 닦아 주었다.

"저는 당신이 행복하시길 바랄 뿐입니다. 그저 그게 전부입니다. 그 바람조차, 일개 관리로서는 분에 넘치는 소망이겠지만요."

청년은 또다시 어설픈 미소를 지었다.

"……."

리슈는 입술을 엉망진창으로 일그러뜨렸다. 화장도 거의 하지 않았고, 눈은 퉁퉁 부었다. 얼굴도 새빨갛게 달아올라 있을 터였다.

그런 얼굴을 이 청년에게 내보이기는 너무나 부끄러웠다. 부끄러웠기 때문에, 그 직후 취한 행동은 한층 더 부끄러운 행동이었다.

"리슈, 비전하?!"

리슈는 청년의 가슴에 얼굴을 묻었다.

청년이 당황했다. 당황한 탓인지 청년의 가슴에서 심장 뛰는 소리가 더욱 크게 들렸다. 스스로가 느끼기에도, 수치도 뭣도 모르는 행동이라는 생각이 들었다. 누가 보기 전에 빨리 떨어지지 않으면, 이번에는 이 청년이 부정의 누명을 쓰게 될지도 모른다. 평소였다면 심장이 미칠 듯 뛴 나머지 정신을 잃고 말 정도로 대담하기 그지없는 행동이었다.

분명히 맥박은 빨랐다. 하지만 동시에 마음은 차분했다.

희미한 땀 냄새가 나지만, 마치 신록 같은 향기가 나는 청년의 품속에서.

그저 이 짧은 한때가 조금이라도 오래 이어지기를 리슈는 빌었다.

"어처구니없는 이야기네요."

마오마오는 문제의 이국 비련 소설을 팔랑팔랑 넘겨 보았다. 진시에게서 지금 막 돌려받은 원본이었다. 물론 그것도 베껴 만든 사본이긴 하지만 말이다.

"그러게나 말이다."

책을 돌려주러 온 진시는 선반에 몸을 기대고 창 틈새 너머로 하늘을 바라보고 있었다.

무어라 형언하기 힘든 분위기가 감돌았다. 단둘만 있는데도 지금의 진시에게서는 최근 내뿜던 압박감이 느껴지지 않았다. 진시가 그럴 기분이 아니라는 사실을 마오마오도 잘 알고 있었다.

리슈 비, 아니 전前 비는 또다시 출가하게 되었다. 그런 명령을 내린 사람은 다름 아닌 황제 본인이었다.

"주상께서도 계속 생각하시던 바가 있었을 것이다."

전 비, 리슈의 모친은 황제와도 아둬와도 오랜 세월 알고 지 낸 사이였다. 황제도 그 딸을, 어느 정도는 자기 딸처럼 여기고 있었다. 그래서 후궁으로 다시 불러들였던 것이다. 리슈를 조 금이라도 행복하게 해 주기 위해.

행복하게 해 주려 했으나 세상이란 만만치 않기에 결국 그것 이 역효과를 일으키고 말았다. 시녀들과 이복 언니의 괴롭힘은 물론이고, 상급 비라는 지위에 올라앉은 탓에 리슈는 목숨까지 위협당하기도 했다.

이번에 탑에 유폐시킨 조처 역시 리슈가 목숨을 위협당할 일 을 염려한 황제 나름대로의 배려였다. 전 시녀장은, 간단히 말 하자면 주인을 갈아타려 하고 있었다. 이미 서방 특사에게서 이야기를 들었을 테니 이 이상 리슈를 모셔 봤자 더는 출세할 수 없으리라는 생각을 품고, 비둘기를 날려 연락을 취했던 모 양이었다. 그 계획 속에서 문제의 연서가 이용되었다.

하지만 하필이면 리슈를 바이냥냥과 함께 놓아두다니, 운이 나빴다고밖에 할 수가 없다. 정말로 불행의 별 아래에서 태어 났다고밖에.

리슈는 그 탑에 있는 동안 기묘한 환각을 보았다. 원인은 문 제의 달콤쌉쌀한 향이었다. 바이냥냥에게서 풍긴 냄새와 똑같 은 향으로, 탑에 들어갈 때 이루어진 신체검사에서는 걸리지 않았으나 마오마오가 그 하얀 소녀를 직접 조사해 보니 잇새에 실이 끼워져 있었다. 실을 씹어서 끊어 버리려 하는 탓에 억지로 입을 벌리고 끄집어내 보니 그 너머로 향이 든 주머니가 연결되어 있었다.

수은도 먹어 버리는 소녀인데 위장 안에 향을 못 숨길 것도 없다.

리슈가 이 향을 더 오랫동안 맡았다면 정말 위험해졌을지도 모른다. 하지만 지금 단계에서는 아직 별문제 없다고 의관 뤄먼이 말했으니 일단은 안심하기로 했다. 리슈의 경우 본래 그런 약이 잘 받는 체질이었던 것 또한 불행의 원인 중 하나였다.

"비라는 지위에 있으면서 이러한 소동을 일으키다니….."

문제를 일으킨 비를 그냥 내버려 둘 수는 없었으므로 결국 리슈를 출가시키기로 했다. 하지만 황제는 그 판단을 내리기 전, 마오마오를 불러 두 가지 질문을 했다.

"사람들의 소문이란 보통 어느 정도나 이어지느냐?"

마오마오는 75일이라고 답했으나, 황제는 그래서는 체면이 서지 않는다며 고개를 가로저었다.

그리고.

"리슈에게 어울리는 남자가 있다고 쳤을 때, 어떤 자가 좋을 것으로 여겨지느냐?"

마치 딸의 교제 상대에 대해 묻는 듯한 분위기였다. 남의 딸인 리슈에게도 이 모양이니 친딸인 링리 공주의 경우에는 어떻게 될까. 분명 눈에 넣어도 아프지 않을 정도로 예뻐하고 있을 텐데.

마오마오는 오른뺨에 흉터가 난 인물을 슬그머니 떠올렸으나, 그 말은 굳이 입 밖에 내지 않기로 했다. 교수형도 모자라 참수형이 기다리고 있을지도 모른다.

"그건 저도 잘 모르겠습니다만 양다리가 부러지고 한쪽 손의 손톱이 전부 뽑혀 나갔으며, 어깨뼈가 탈골된 자에게 보상을 내리시는 게 어떨까 합니다."

이번 사건에서 가장 엉망진창이 된 사람은 다름 아닌 바센일 터였다. 그 남자가 없었더라면 리슈는 지금쯤 짜부라진 감 신세가 되었을 것이다.

이불을 최대한 가져다가 깔아 놓는다 한들 떨어지는 리슈를 받아 낼 수는 없다는 사실을 알고 있던 바센은 방법을 바꿔, 이불을 한곳에 모아 놓지 않고 받아 낼 수 있는 범위를 넓혔다. 그리고 그것만으로는 다 흡수할 수 없는 충격은 전부 자신의 몸으로 견뎌 내기로 했다.

마오마오는 진시에게 피학 성향이 있다고 생각했지만 바센은 그보다 한 수 위로 보였다. 진시의 말에 따르면 '남들보다 통증을 느끼는 정도가 옅다'고 했으나, 아무리 그래도 이건 너무하다.

그저 할 수 있는 말이라고는, 그 자리에서 리슈를 구할 수 있었던 사람은 바센 한 명밖에 없었다는 것뿐이다.

이 이야기를 유곽 기녀들에게 해 주면 하나같이 "운명이네!" 하고 눈을 빛낼 게 뻔하다.

그리고 남자들 앞에서는 늘 겁을 먹을 거라고만 생각했던 리슈가 바센의 가슴에 얼굴을 묻고 훌쩍훌쩍 울고 있었다. 이 모습이 무엇을 의미하는지 모를 만큼 마오마오도 눈치가 없지는 않다. 진시는 사람들을 모두 물러나게 하고, 리슈가 울음을 그칠 때까지 기다려 주었다. 그 때문에 바센의 치료가 늦어지긴 했지만 바센 입장에서는 그리 싫지 않은 일이었으리라.

리슈가 절에 틀어박혀 지내게 될 기간은 **1년.** 그 후에는 비자리를 박탈당하고 친정으로 돌아가게 된다. 하지만 친정 집안에는 책임을 묻지 않는다.

또한 바센에 대한 보상은 **무엇이든** 원하는 것을 다 들어주기로 했다. 물건이든 사람이든, 황제가 허락하는 범위 내에서 원하는 것을 고를 수 있다. 그리고 바로 정할 수는 없을 테니 그 권한에 유예를 주기로 했다. 그 기간 또한 **1년**이다.

서로 첫눈에 반한 젊은 남녀. 마치 꾸며 낸 이야기 같은 그 만남이 쉽게 진행되지는 않는다고 생각하니 쓴웃음이 떠올랐다. 마오마오는 쓴웃음을 지으면서도 썩 나쁘지는 않다고 생각했다.

그리고 그 슬픈 사랑 이야기를 다시 한번 읽었다. 결과적으로는 역시 이해가 되질 않았다.

그러나 모든 문제가 원만하게 해결될 수는 없다.

그 서방의 여자 특사는 바이냥냥의 보호를 부탁했다. 죄인으로 잡혀 있는 인물을 말이다.

그 이유는….

"아이라의 수하에 있던 자이기 때문입니다."

아이라는 시 일족과 페이파 거래를 하던 또 한 명의 특사를 가리킨다. 그리고 지금까지 일어난 모든 소동의 원흉 역시 그 여자라고 했다.

특사는 그뿐만이 아니라 더욱 대담한 말을 했다. 무역이냐 망명이냐, 둘 중 하나를 골라야 하는 상황에 내몰려 있던 특사는 놀랍게도 후자를 선택한 것이다. 고구마 재배에 열을 올리고 있던 라한은 깜짝 놀랐으리라.

그리고 망명이라는 명목을 택하면서 특사가 제시한 방법은.

"상급 비 자리까지는 요구하지 않겠습니다. 중급 지위를 주신다면…."

당당하게 입궁하겠다는 선언이었다. 하기야 망명이라는 형태보다야 훨씬 온건한 방법임은 분명하지만.

'어디까지가 사실이고 어디까지가 거짓일까.'

마오마오는 알 수 없었다. 이제 그만 그런 일은 다 잊고 낮잠이나 푹 자고 싶다. 하지만 진시가 있는 한 그럴 수도 없으니, 빨리 돌아가 줬으면 좋겠다.

진시는 또 진시대로 돌아갈 생각이 없어 보였다. 노골적인 접촉은 없었지만 뭔가 여러모로 생각에 잠긴 눈치였다.

"이건 뭐지?"

진시는 볼품없는 모양의 서적을 집어 들었다. 마치 말라붙은 지렁이 같은 글씨로 쓰여 있는 그 책은 진시도 뭔지 알아볼 수 없는 모양이었다.

"무엇으로 보이시죠?"

"…바둑인가?"

진시는 고개를 갸웃거리면서도 삐뚤빼뚤한 모양의 흑백 원이 그려져 있는 모습을 보고 대답했다.

"혹시 군사님께서?"

"네."

라한이 특사의 정보와 맞바꾸어 가져온 물건이었다. 인쇄소에 아는 사람이 있지 않으냐면서 말이다.

'받아들여 줄지 어떨지 모르겠네.'

인쇄용 원본 책을 거의 빼앗다시피 사 온 일도 있고, 설령 받아들여 준다 해도 일단 이 책을 해독하는 데에서부터 시작해야 한다. 그게 제일 골치 아프다. 평소였다면 무시하고 책을 라한에게 도로 내팽개쳤겠지만, 마오마오는 신기하게도 이 불쾌하고 어설픈 책을 받아들였다.

진시가 의외라는 표정을 지었다. 마오마오는 신경 쓰지 말라는 의미에서 흥, 하고 코웃음을 치고는 장마철에 통 마르지 않는 빨랫감을 쳐다보는 듯한 눈빛을 지었다.

이런 응수는 언제까지 이어질까. 그냥 이대로였으면 좋겠다.

그리고 이제 발바닥 간지럼은 안 태웠으면 좋겠다. 또 당하기는 싫은 마음에 마오마오는 진시에게서 발을 가리며 앉아 있었다.

진시는 그런 마오마오의 태도를 눈치챘는지 살짝 여유 있는 미소를 지었다. 정말 울화가 치미는 일이다.

마오마오가 제발 그만 좀 가라는 시선을 보내고 있는데 문이 열렸다.

"어, 형님이잖아."

쵸우가 들어왔다. 진시는 고개를 살짝 끄덕이고는 오른손만 들어 인사를 했다.

쵸우는 좁은 것도 신경 쓰지 않고 약방 안으로 성큼성큼 걸어 들어왔다. 그리고 뭘 하려나 했더니, 마오마오의 등을 손가락 끝으로 슬그머니 문질렀다. 전신에 소름이 오싹 끼쳤다.

"그거 알아? 주근깨는 있잖아, 등을 이렇게 손가락으로 스으으윽 훑어 주는 데 엄청 약하거든. 재밌지?"

하필 왜 이럴 때 그런 사실을 폭로하는 걸까. 마오마오는 쵸우에게 주먹을 날리기 위해 손을 뻗었으나, 쵸우는 잽싸게 도망쳐 버렸다.

"그렇군."

진시가 히죽 웃었다. 그러고는 품에서 지갑을 꺼내더니 은 몇 개를 쵸우에게 쥐여 주었다. 어린애 용돈으로 주기에는 너무 많은 액수였다.

"응? 뭐야? 형님, 왜 이래?"

"심부름 좀 다녀와 줬으면 좋겠는걸. 아, 그래. 아주 천천히 다녀와도 좋아."

마오마오의 눈이 쪼그라들었다.

"우와! 형님, 역시 최고야!"

"천천히 갔다 와도 된다."

진시도 진시대로 그런 소리나 늘어놓고 있다.

"쵸우!"

악동은 이제 여기엔 볼일이 없다는 것처럼 뛰쳐나갔다.

마오마오가 그 뒤를 쫓기 위해 몸을 내밀자, 등 뒤에서 오싹오싹한 감각이 느껴졌다.

"지, 진시 님."

"호오, 정말 효과가 있는 모양이군."

진시는 의기양양한 미소를 짓고 있었다.

"아직 빚을 다 못 갚아서 말이야."

그렇게 말하는 청년의 얼굴에는 장난기가 가득했다.

약사의 혼잣말 6권 마침